U0104072

文學研究叢書

晚清海外旅行書寫的異國形象

（增訂版）

陳室如　著

目次

導論

一　旅行文本與形象學研究

　　形象學研究的先驅創導者法國比較文學家讓-馬麗‧卡雷（Jean-Marie Carré）提出研究國際文學關係時，不要拘泥於考證，要注重探討作家間的相互理解，人民間的相互看法、遊記、幻象等，並將形象學研究定義為「各民族間的、各種遊記、想像間的相互詮釋」[1]，由此奠定「形象學」研究的基礎。其後他的學生馬里奧斯‧法朗索瓦‧基亞（Marius-François Guyard）在1951年出版的《La Littérature comparée》（《比較文學》）一書中，把這一主張更加明確化，強調「形象學」研究即在「雙邊（或多邊）文學」研究中，把對「國別文學」中所表達的「外國形象」的研究，放置於諸種「事實聯繫」的中心，專門研究人們所看到的外國。[2]

　　遊記研究是屬於比較文學的傳統領域，以形象學的角度切入，可以發現遊記作者往往扮演了雙重角色：他們既是社會集體想像物的建構者和鼓吹者、始作俑者，又在一定程度上受到了集體想像的制約，因而他們筆下的異國形象也就成為了集體想像的

1　孟華：〈比較文學形象學論文翻譯、研究札記〉，收錄於孟華主編：《比較文學形象學》（北京：北京大學出版社，2001年），頁2。

2　嚴紹璗：〈序言〉，收錄於張哲俊：《中國古代文學中的日本形象研究》（北京：北京大學出版社，2004年），頁1-2。

投射物。在形象學中的遊記研究實際上必須繞經一個民族的思想史、心態史，這在研究中國近現代文學中的西方人形象時尤顯重要。近現代是中國人對世界的觀念發生重大變化的時期，而在這種變化中，對外部世界、對異國及異國人的認知和看法皆有著關鍵性的影響。[3]

　　鴉片戰爭以後，大量中國旅人遠赴海外，清廷於1866年首度派遣斌椿率領官方考察團赴西、[4] 1868年再派志剛率外交使團出訪，1876年派首位駐外公使郭嵩燾赴英，出使人員的出洋形式從短期參訪改為長期駐居，對外關係逐漸開放，這些官方旅人留下大量遊記與旅行詩作。除了官方旅人外，亦有私人因素出洋者，如王韜於1867-1870年接受英華書院院長理雅各邀請，赴歐洲協助譯書、康有為因戊戌政變而開始流亡海外，展開環遊多國之旅。這些旅行動機、文化背景各異的晚清旅人，如何觀看異國？在他們的旅行文本中呈現出什麼樣的異國形象？透過形象學的研究角度切入，不但能更清楚看見異國形象的多元詮釋，亦可更進一步瞭解旅行者自身的集體想像與文化觀照。

　　達尼埃爾-亨利・巴柔（Daniel-Henri Pageaux）將形象定義為「在文學化，同時也是社會化的運作過程中對異國看法的總和」，並強調：

> 一切形象都源於對「自我」與「他者」，「本土」與「異域」關係的自覺意識之中，即使這種意識是十分微弱的。

3　孟華：〈比較文學形象學論文翻譯、研究札記〉，頁15-16。

4　斌椿與時任中國海關總稅務司赫德率領使團赴歐洲遊歷，增廣見聞，此行為中國有史以來派往西方的第一個代表團，兼具外交與考察的雙重意義。

因此，形象即為對兩種類型文化現實間的差距所作的文學的或非文學，且能說明符指關係的表述。[5]

文學中的異國形象不再被看成是單純對現實的複製或描寫，而被放在「自我」與「他者」，「本土」與「異域」的互動關係中來進行考察。晚清海外旅行書寫一方面呈現異域（他者）形象，一方面也反映旅人的本土（自我）文化，可說是研究異國形象不可或缺的原始材料。

德國學者狄澤林克（Hugo Dyserinck）提及「比較文學形象學」的追求目標「首要追求是，認識不同形象的各種表現形式以及它們的生成和影響。另外，它還要為揭示這些文學形象在不同文化的相互接觸時所起的作用做出貢獻」。從其視角，可見形象學的研究重點並不是探討「形象」的正確與否，而是研究「形象」的生成、發展和影響，重點在於研究文學或者非文學層面的「他形象」和「自我形象」的發展過程及其緣由。[6]

形象學的研究重心不止於被言說者，而是要由此及彼，擴大至言說的主體。「形象」的正確與否並不是形象學用心根究的問題，形象研究應該關注的是為什麼會產生如此「形象」，也就是「是什麼」和「為什麼」的問題。[7]

---

5 〔法〕達尼埃爾-亨利・巴柔（Daniel-Henri Pageaux）著，孟華譯：〈形象〉，收錄於孟華主編：《比較文學形象學》（北京：北京大學出版社，2001年），頁155。

6 〔德〕狄澤林克（Hugo Dyserinck）著，方維規譯：〈比較文學形象學〉，《中國比較文學》2007年第3期（2007年7月），頁160、153。

7 方維規：〈形象、幻象、想像及其他〉，收錄於樂黛雲、〔法〕李比雄主編：《跨文化對話》第22輯（江蘇人民出版社，2007年），頁254。

　　以眾多晚清旅人造訪的英國為例，英國是第一個打敗中國、
與中國簽訂不平等條約，使中國失去「天朝上國」地位的西方強
國，是眾多晚清旅人考察取經的對象，也是西方文明的強勢代
表。同樣呈現英國的文明盛況，1866年初次出洋、匆匆訪英的斌
椿對西方文明極度陌生，只能多次在遊記中以「勝境」[8]概括其
美好形象、隨使人員張德彝同樣缺乏相對應的背景知識，也只能
頻頻讚嘆所見事物「實極人工之精巧也」[9]。1876年郭嵩燾以公
使身分長駐英國，已能敏銳觀察出英國強盛之因在於政治制度的
先進：

> 推源其立國本末，所以持久而國勢益張者，則在巴力門議
> 政院（Parliament）有維持國是之意，設買阿爾（Mayor）
> 治民，有順從民願之情。二者相持，是以君與民交相維
> 繫，迭盛迭衰，而立國千餘年終以不敝。人才學問相承以
> 起，而皆有以自效，此其立國之本也。[10]

8　斌椿對倫敦的概括印象，可由他兩次與英國王室接觸的對談中得知，面對英
　　太子「倫敦景象較中華如何」之詢問時，他回答：「中華使臣，從未有至外
　　國者，此次奉命遊歷，始知海外有此勝境」、被維多利亞女王接見時，亦以
　　勝境形容倫敦：「來已兼旬，得見倫敦屋宇器具製造精巧，甚於中國。至一
　　切政事，好處頗多。且蒙君主優待，得以遊覽勝景，實為感幸。」參見
　　〔清〕斌椿：《乘槎筆記》，收錄於鍾叔河主編：《走向世界叢書・修訂版
　　（一）》（長沙：岳麓書社，2008年），頁117、118。
9　〔清〕張德彝：《航海述奇》，收錄於鍾叔河主編：《走向世界叢書・修訂版
　　（一）》（長沙：岳麓書社，2008年），頁508。
10　〔清〕郭嵩燾：《倫敦與巴黎日記》，收錄於鍾叔河主編：《走向世界叢書・
　　修訂版（四）》（長沙：岳麓書社，2008年），頁407。

郭嵩燾意識到英國立國之本在於以議院為中心的西方民主制度，此處所呈現的英國富強形象，不再只是外在精巧器物，而是更深入內在本質的政教修明。

在三人的遊記中，英國皆以美好形象出現，但三者所關注的焦點與再現方式，因彼此文化背景與人格特質的不同而呈現差異。除了英國之外，在救亡圖存壓力下出洋的晚清旅人，對於其他國家的集體想像還透露出何種訊息？他們的旅行書寫與真實世界存在哪些差異？這些都是異國形象背後值得更進一步探究的問題。

1993年孟華開始引進西方比較文學形象學的研究方法，陸續譯介法國學者相關論文，2001年主編出版《比較文學形象學》一書，推動此一研究。此後中國陸續推出一系列的形象學研究，如黃興濤與楊念群主編、中華書局出版的「西方的中國形象」叢書，周寧主編、學苑出版社出版的「中國形象：西方的學說與傳說」叢書，擴大比較文學形象學的研究。當代比較文學形象學較之傳統形象學研究在理論與方法上都進行了更新，傳統形象學重視研究被注視者一方，關注異國形象與現實存在之間的真偽問題。當代形象學卻更強調對作家主體的研究，重視他是如何塑造「他者」形象。[11]

孟華在〈比較文學形象學論文翻譯、研究札記〉一文中提出當代形象學研究應在傳統基礎上突破、發展，即注重「我與他者的互動性」、「主體的研究」、「總體分析」、「文本內部研究」等四

---

11 王文娟：〈在意識形態與烏托邦的兩極之間——高羅佩《大唐狄公案》的形象學解讀〉，收錄於楊乃喬主編：《比較文學與世界文學輯刊：第一輯》（臺北：秀威資訊出版公司，2014年），頁283-284。

大理念，[12]其中有關總體分析尤須注意下列特點：

> 當一個人踏上異國國土時，潛意識裡早已被灌輸進了本土
> 文化對該國的諸多「先入之見」，多多少少自覺不自覺地
> 都會以此為「公理」來注視、解讀、描述異國。事實上，
> 任何個人都不可能絕對脫離集體無意識的樊籠，無論他有
> 多麼強烈的批判意識。[13]

正因為文本形象與歷史、社會、文化語境密切相關，形象研究必須從文本走出來，注重對創造了一個形象的文化體系作研究。

　　任何一個民族、國家都有關於異國形象的描述，它在長期發展過程中形成，並隨著外在社會歷史語境的變化而發生變化。異國形象與社會集體想像物之間往往呈現互動。一部具體作品中的異國形象既有受制於社會集體想像物的一面，反過來也或多或少都作用於後者，包含歷時與共時兩種情況。孟華以下列示意圖（圖一）來說明彼此關係，Ia代表傳統（歷時）的社會集體想像，Ib代表現實（共時）的社會集體想像，iX代表歷史上（1、2、3……中任意）一部具體作品中的異國形象，iY代表現實中一部作品（1、2、3……中的任意一部，且與iX的1、2、3……可有單獨或整體的關係）中的異國形象：

---

12 孟華：〈比較文學形象學論文翻譯、研究札記〉，頁4-9。
13 孟華：《中法文學關係研究》（上海：復旦大學出版社，2011年），頁39。

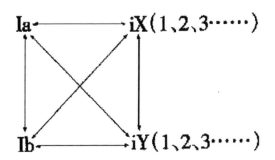

圖一　異國形象與社會集體想像之關係示意圖[14]

　　示意圖中，每一組關係都是雙向的。如果再把每一部作品與社會、歷史、文化語境的鉸接方式考慮在內，情況就更要複雜得多，它必然會涉及到作者、作品、讀者或其他受眾、各種現實語境、民族傳統、心態等方方面面，而它們之間的組合又呈犬牙交錯的形態。面對如此錯綜複雜的關係，研究者只有在關注每一個因素、每一對關係的基礎上，以總體、綜合的意識與方法，將研究結果加以整合，方能取得較好的結果。[15]

　　孟華上述所提到的形象學研究特點，正有助於本書所欲探討的異國形象分析，晚清旅人出洋之前，在中國所接收到的異國形象為何？旅行前的既有認知如何與旅行所帶來的衝擊交互作用，建構出對他者的集體想像？先前的旅行文本又如何對後來的旅人產生影響？產生對異國形象反覆言說的「套話」[16]、這些「套

14　孟華：《中法文學關係研究》，頁42。
15　孟華：《中法文學關係研究》，頁42-43。
16　「套話」為stéréotype一詞之漢譯，原指鉛版、或思想領域中一成不變的舊框框、老俗套，在巴柔的形象學研究中，套話則為「形象的一種特殊而又大量存在的形式」、「單一型態和單一語義的具象」。孟華針對巴柔所提出的「套話」的時間性問題加以修正，指出「套話」並非如巴柔所言「在任何歷史時

話」又產生了哪些改變？真正踏上旅途，晚清旅人如何接受既有
文獻的傳播與影響，進而在文本中建構出相似／相異的異國形
象？這些問題需要透過歷時性與共時性旅行文本中的異國形象相
互參照，並納入外部資料（史料、文化背景、傳播模式……）的
多方瞭解，方能探析旅人於遊記與旅遊詩中異國形象的多重文化
意涵。

二　文體對照：遊記、詩與小說

　　日記為晚清旅人用來記錄異國見聞的主要形式，依照旅行地
點與時間順序，如實呈現遊歷所見。官方旅人的遊覽記錄更有相
關規定，1866年斌椿一行人出國遊歷之際，總理衙門已交代「令
其沿途留心，將該國一切山川形勢，風土人情，隨時記載，帶回
中國，以資印證」[17]，斌椿亦確實按照規定，將「所經各國山川
險塞，與夫建國疆域，治亂興衰，詳加採訪，逐日登記」[18]，回
國後整理為《乘槎筆記》恭錄進呈。

　　日記與遊記雖有其個人性，但此類官方文書其實更接近於考
察報告，旅人除了有必須上繳的壓力外，因公出遊的目的也影響
寫作內容，誠如王爾敏所評述：

刻都有效」、「任何時刻都可使用」，而是「只在某一特定的歷史時期內有效」。
參見孟華：〈試論他者套話的時間性〉，收錄於孟華主編：《比較文學形象學》，
頁184-196。

17　〔清〕寶鋆：《籌辦夷務始末（同治朝）》（臺北：文海出版社，1966年）。

18　〔清〕斌椿：《乘槎筆記》，收錄於鍾叔河主編：《走向世界叢書·修訂版
（一）》，頁144。

> 斌椿一路詳加記載,寫成《乘槎筆記》,乃是擇其大端,
> 羅舉要節,用以提呈總理衙門參閱,其書自是為符合使
> 命,必須上呈總署。故其內涵重點,於列國政府接待,列
> 舉最詳,而小事私事多被省略。[19]

特殊使命的考察日記以國家為主體,內容著重與國家相關的外交互動與重要大事,斌椿個人的旅行私事自然不適宜記錄。

　　除了必須上繳的《乘槎筆記》外,斌椿另有記錄沿途有感而吟的詩草《海國勝遊草》和《天外歸帆草》,對比同一旅人所書寫的官方報告與私人詩集,可以發現兩種文體形式反映了不同的旅行觀照。同樣是針對西方婦女風俗的觀察與記錄,在繳交給總理衙門的《乘槎筆記》中,僅有少數片段簡單記載其風尚習慣,例如形容化妝舞會中染白髮的蘇格蘭年輕女子:「婦人白髮者,十有二三,姿容少艾,詢係染成者(多蘇格蘭人)」[20],寥寥數語帶過,然而,在個人詩集中,具有竹枝詞風格的詩作卻針對西方女性的風尚細節有著更生活化的詼諧描述,以〈書所見〉三首為例:

> 出門遊女盛如雲,陣陣衣香吐異芬;不食人間烟火氣,淡
> 巴菰味莫教聞(西俗最敬婦人,吸烟者遠避)。
> 白色花冠素色裳,縞衣如雪履如霜;旁觀莫誤文君寡,此
> 是人家新嫁娘(泰西以白色為吉色,婦女服飾多用之,新
> 婚則遍身皆白矣)。

19　王爾敏:《弱國的外交:面對列強環伺的晚清世局》(桂林:廣西師範大學出版社,2008年),頁210。

20　〔清〕斌椿:《乘槎筆記》,收錄於鍾叔河主編:《走向世界叢書‧修訂版(一)》,頁121。

柔荑不讓碩人篇，一握方稱禮數全；疏略恐教卿怪我，並
非執手愛卷然（相見以握手）。[21]

詳細記載了西方女子喜愛成群結隊出遊、噴灑香水，女子不吸
煙、男子吸煙者遠避的生活習慣，再加上婚禮偏好白色裝扮、不
分男女、不避肌膚之親，皆以握手為禮……等諸多迴異於中國的
舉止作派，斌椿非但未以傳統禮教觀點批判，反而以相當率真樸
實的文字直接呈現，這些未加修飾的瑣碎細節，顯然比制式化的
遊記報告更為活潑生動。

　　不同文體所詮釋的異國形象，牽涉了旅人本身的知識框架、
凝視角度、文化認知……等諸多因素，開啟更複雜的解讀空間。
誠如鄭毓瑜所言：

　　　　如果書寫活動是為了詮釋自己，那麼文體的選擇其實就是
　　　　選擇表現自己的一個面向。……一旦選擇某種文體，就彷
　　　　如進入歷史文化的迴廊，在一種熟悉的語句格式、典事氛
　　　　圍中，完成發現當下自我同時也是再現共享傳統的書寫活
　　　　動。[22]

晚清海外遊記的作者因公或因私而有不同的寫作考量，不論是同
時採取兩種文體書寫、抑或只擇其一，當旅人觀照同一異國客

21　〔清〕斌椿：《海國勝遊草》，收錄於鍾叔河主編：《走向世界叢書·修訂版
　　（一）》（長沙：岳麓書社，2008年），頁165。
22　鄭毓瑜：〈流亡的風景——〈遊後樂園賦〉與朱舜水的遺民書寫〉，收錄於鄭毓
　　瑜：《文本風景——自我與空間的相互定義》（臺北：麥田出版社，2005年），
　　頁193。

體，在言說他者之際，同時也言說了部分的自我。即便是不同旅
人的海外見聞，針對同一國度的描寫，在不同文體的詮釋中，也
開啟了更多元的解讀空間。

　　晚清旅人用來描述異國見聞的詩作，多半以描述地方特色的
竹枝詞為主，即便未以竹枝詞為名，詩作也經常帶有竹枝詞的風
格特色。竹枝詞為一種文體，它名為詞而非詞，以七言四句為主
要形式但又非詩歌七絕。它發源於楚地，最晚當在中唐以前即已
出現，後經劉禹錫、白居易、顧況……等詩人大量仿作，流傳漸
廣，具有語言流暢、通俗易懂之特色，歷代文人騷士亦多以此記
述民間風情。[23]晚清旅人除了以遊記、日記、考察報告等形式記
錄海外見聞，竹枝詞亦成為不少旅人所選用的書寫文體，夏曉虹
便曾針對此點提出說明：

> 晚清詩人喜用「竹枝詞」咏海外新事，無非是看中了竹枝
> 詞的輕巧靈便與亦莊亦諧。對於迫不及待要把所見所聞記
> 述下來而又把握不準的詩人，這確實是最佳選擇。[24]

與出使日記等謹嚴、刻板的文體不同，竹枝詞真率活潑、甚少顧
忌的特殊形式，確實可直接反映晚清旅人面對異國新事物的真實
感受。

---

23 關於竹枝詞的體製、源流與發展的歷史參見孫杰：《竹枝詞發展史》（上海：
　上海人民出版社，2014年）、王慎之、王子今輯：《清代海外竹枝詞》（北
　京：北京大學出版社，1994年）。

24 夏曉虹：〈吟到中華以外天——近代「海外竹枝詞」〉，收錄於呂文翠選編：
　《晚清報刊、性別與文化轉型：夏曉虹選集》（臺北：人間出版社，2013
　年），頁313。

　　斌椿的《海國勝遊草》和《天外歸帆草》詩集雖未以竹枝詞為名，卻明顯具有竹枝詞通俗靈便的特色。竹枝詞的活潑率真，適時補充了遊記報告的刻板，從另一方面來說，遊記的詳實記錄，也有助於提供解讀竹枝詞簡短內容所需的背景知識。以斌椿作品為例，同時對照遊記報告與淺顯易懂的竹枝詩作，對於整趟海外旅行所帶來不同層面的衝擊與調整，可以有更完整的認識。

　　繼1866年斌椿與1868年志剛的考察出訪之遊，1876年清廷初次派遣公使駐外，郭嵩燾為首任駐英公使，1877年12月，總理衙門奏《出使各國大臣應隨時諮送日記等件片》，對於出使日記有更具體的規定：

　　　　凡有關係交涉事件及各國風土人情，該使臣皆當詳細記載，隨時諮報，數年以後，各國事機，中國人員可以洞悉，即辦理一切，似不至漫無把握。……況日記並無一定體裁，辦理此等事件，自當盡心竭力，以期有益於國。……務將大小事件，逐日詳細登記，仍按月匯成一冊，諮送臣衙門備案查核。[25]

明確規定上繳出使日記為外交人員的工作之一。日記原為私密性強烈、個人化書寫的文體形式，亦無一定範本，總理衙門僅規定寫作內容與定期呈送備查的定例，並無相關格式限制，仍保留了少許個人發揮空間。

　　夏曉虹將出使日記歸入「為他人而寫」的一類，認為其「往

25　沈雲龍主編：《近代中國史料叢刊續編》（臺北：文海出版社，1974年），第91-92輯，第917冊，頁11214。

往多所隱晦，抹煞或模糊了作者的真性情」[26]，但實際上出使日記雜糅使臣實錄與個人化書寫的雙重特色，仍使得這類「為他人而寫」的作品依然無法完全抽離作者主觀情志，以郭嵩燾日記為例，他在體驗西方生活後，在日記中高度肯定西方文明：「西洋以智力相勝，垂二千年。……致情盡禮，質有其文，視春秋列國殆遠勝之」，卻招來「未能事人，焉能事鬼」、崇洋媚外的罵名，引發國內保守分子大力抨擊，繼而日記被毀版，[27]可見日記中透露的個人主觀感受，依然無法避免社會輿論的壓力。

晚清出使日記兼具公務諮報與個人書寫的特質，特殊的文體性質限制了自由表達、隨性書寫的可能。郭嵩燾日記被禁毀版的遭遇，自然也給之後出國的使臣帶來極大壓力，但在「為他人而寫」之際，畢竟仍無法完全擺脫「為自己而寫」的本能，旅人依然在公牘文書與個人化書寫的兩難困境中尋求調適與突破的可能，[28]尹德翔將其定義為「離自傳核心比較遠卻又包含自傳成分

---

26 夏曉虹：〈寫給別人還是寫給自己：讀幾部近代人物日記〉，《讀書》，1988年第9期（1988年5月），頁140-141。

27 〔清〕郭嵩燾：《倫敦與巴黎日記》，收錄於鍾叔河主編：《走向世界叢書‧修訂版（四）》，頁91。

28 楊波以曾紀澤日記為例，說明其雖為出使日記，內容儉省，但保有真性情流露、且記錄私人情感之特點，如記述在國外遇孩子病重，夫婦二人束手無策，只能僵臥徘徊、向壁祈禱的情形，「余心跳無主，徘徊半時許，待兒臥，乃入視之，守于床前積久。飯後，或守兒，或至另室僵臥，或陪醫話」，得知女兒廣璿在老家病歿，發出「骨肉乖隔四萬餘里，無術以救之，東望涕零而已」的悲歎。這些情景絕非虛與作態，而是舐犢情深的肺腑之言。參見〔清〕曾紀澤：《出使英法俄國日記》，收錄於鍾叔河主編：《走向世界叢書‧修訂版（五）》（長沙：岳麓書社，2008年），頁924、373、楊波：〈使臣實錄與小說家言──晚清出使日記的文體風格與敘述策略〉，《河南大學學報（社會科學版）》第59卷第4期（2019年7月），頁90。

的私人文獻」[29]，更接近此類作品本質。

　　相較於必須上繳的考察報告與出使日記，私人遊記如王韜、康有為等海外日記擁有更多書寫自由。另外，出使人員除了呈獻給上級的官方文書外，私人撰述的詩歌也保留了更多個人發揮空間，上述斌椿的《海國勝遊草》和《天外歸帆草》即為一例。晚清海外竹枝詞與遊記的連結，除了單獨出版、附錄於遊記之內或之後，[30]還有另一種夾以長注的形式，如以「竹枝詞」歌體詠唱外國之事，且將此體製發揚光大的黃遵憲《日本雜事詩》，該書成於1879年，為黃遵憲1877年任駐日參贊期間所著，共計200首，規模宏大，內容廣泛，為《日本國志》的副產品，[31]該書採取竹枝詞加注形式，以詩紀實，綜論古今，注文長達數千字；或如曾任第三任駐英公使劉瑞芬的隨員張祖翼於1888年出版的《倫敦竹枝詞》詩百首，每首一注，詩文結合，為專詠一國的竹枝詞中文字最長者，其中小注更被抽取，題為《倫敦風土記》收入王錫祺所編《小方壺齋輿地叢鈔》[32]，視為獨立作品。此種以長注

---

29 尹德翔：〈晚清使西日記之為自傳文獻的考察〉，《荊楚理工學院學報》第25卷第8期（2010年8月），頁7。

30 例如王之春於1879年赴日本考察、1895年出使俄國，兩次海外旅行分別作《談瀛錄》、《使俄草》兩部遊記，且於其中收錄〈東京竹枝詞〉、〈俄京竹枝詞〉、〈巴黎竹枝詞〉詩作。參見〔清〕王之春：《王之春集（二）》（長沙：岳麓書社，2010年），頁582-583、709-710、750。

31 黃遵憲於《日本雜事詩》序中詳細敘述自己作《日本雜事詩》之背景，序云：「余於丁丑之冬，奉使隨槎。既居東二年，稍與其士大夫游，讀其書，習其事，擬草《日本國志》一書，網羅舊聞，參考新政，輒取其雜事，衍為小注，串之以詩，即今所行《雜事詩》是也。」參見〔清〕黃遵憲撰，吳振清等編校整理：《黃遵憲集》（天津：天津人民出版社，2003年），頁6-7。

32 〔清〕張祖翼：《倫敦風土記》，收錄於〔清〕王錫祺輯錄：《小方壺齋輿地叢鈔再補編》第11帙（臺北：廣文書局，1990年）。

補充詩句的寫法，在當時可適應晚清輸入西學、瞭解世界的需要，注文與遊記形式亦有頗多相似之處。[33]

除強調地方特色的竹枝詞外，長篇古詩與雜言歌行體也是許多晚清海外旅人用來描述異國見聞的選擇。以康有為為例，自戊戌政變失敗後流亡海外，雖有遊記記錄海外行旅，但同時也有628首海外詩歌描寫海外經歷，其中便有超過百首形式自由的古體詩作，[34]長篇巨構甚多，如1905年所作〈巡覽美國畢，還登落機山頂，放歌七十韻〉總計963字、1909年所作〈耶路薩冷觀猶太人哭所羅門城壁，吾念故國，為愴然賦，凡百一韻〉長達970字，皆近千言，[35]夾敘夾議，富於變化，另外還頻繁使用長題、詩序和詩注，使詩作長篇化、文章化、紀實化的現象更加凸顯，此類作品呈現了豐富的異國形象，且在抒情議論部分，更直接反映了作者對於自我家國的內在省思。

不論是附錄於遊記之中，抑或以長注為文的竹枝詞詩作、長篇古詩、雜言歌行體……等，藉由不同形式的寫作手法，晚清旅人的詩作呈現了有關異國形象的多元資訊，與遊記對照之下，透過同一旅人不同文體、同一國度不同旅人作品的多方參照比較，將可更全面瞭解晚清海外旅行文本的異國形象。

除了親履其地的真實旅行外，晚清小說中存在著大量的旅行

---

33 此種寫法卻也消解了竹枝詞通俗易懂的特點，夏曉虹雖肯定此類竹枝詞的實用性，卻也指出了此類作品藝術性不足的缺點。參見夏曉虹：〈吟到中華以外天——近代「海外竹枝詞」〉，頁316。

34 繆雲好：《康有為海外詩文研究》（蘭州：西北師範大學中國古代文學碩士論文，2019年），頁92。

35 〔清〕康有為著，上海市文物保管委員會文獻研究部整理：《萬木草堂詩集——康有為遺稿》（上海：上海人民出版社，1996年），頁217-219、頁276-278。

敘事，虛構旅行人物，以其遊走遷徙的足跡為主線，描述主角旅行見聞，並透過旅行者的感受表達對時代的感知。晚清小說中的旅行空間包含了現實世界與虛擬場景，這也是晚清海外旅行書寫與各種地理知識、新聞報導……等各式新知交互作用下的產物。以吳趼人《新石頭記》（1905）為例，該書講述大觀園中的寶玉重回青埂峰下苦修，歷經劫難後又重新下凡，想一了補天之願。當他遊歷南京、上海、北京、武漢等地時，發現當時已是1901年，充滿火車、輪船、火柴……等新器物。接著又偶入一理想「文明境界」，見證科技強國的進步文化與道德完善。憑藉著文明境界的飛車和海底獵艦，寶玉又從空中飛到了非洲，進行了海底環球之旅。小說最後結束於寶玉的夢境，夢中的中國已實現立憲，成為世界強國。

　　《新石頭記》中開展了大量的空間旅行，主角穿梭於真實存在的海外異國與作者想像的奇異世界，多番遊歷後再以不同角度重新觀看自己的出發之地。在晚清小說的旅行敘事中，存在一個典型的遭遇模式，即主人公由鄉下（封閉的「前現代」）進入上海或異國等現代城市空間，遇見種種洋場維新狀況，初而震驚，後逐漸產生自己的認知和判斷。這個模式在許多小說中反覆出現，旅行者所遭遇的心理衝擊，成為晚清旅行敘事的核心體驗。[36]這種模式也常出現在晚清旅人的歐美旅行詩文中，旅人在見證西方新文明之際遭遇強烈震撼，當書寫他者形象的同時，這些震撼與

---

36 唐宏峰稱此種遭遇為一種「怪熟的遭遇（Uncanny Encounters）」，怪熟是一種怪奇與熟悉疊加在一起的悖論狀態，這種遭遇體驗的本質是一種現代性的危機體驗，世界在怪奇與熟悉之間喪失了原本穩定的面貌。參見唐宏峰：〈怪熟的遭遇：晚清小說旅行敘事之研究〉，《現代中文學刊》2010年第4期（2010年8月），頁33-43。

衝擊，經常轉化為對自我形象的重新反思。

　　晚清小說想像與真實交錯的異國形象，反映出什麼樣的旅人認知？小說中旅人出走所見的海外異國以及異世界，與強調紀實為主的旅行詩文有哪些異同？同樣歷經出走所帶來的衝擊，不同文類的旅行文本呈現了哪些特殊意涵？藉由不同文類所開啟的旅行空間，可以透過異國形象的並置再現，更清楚瞭解晚清海外旅行書寫的獨特性與多義性。

三　章節安排說明

　　本書架構安排如下，首先探究晚清海外旅行文本中歐美形象。

　　第一章以倫敦為焦點，透過張祖翼〈倫敦竹枝詞〉與海外遊記的對照，探究英國首都倫敦在不同旅人、不同文體的詮釋下，呈現出什麼樣的複雜形象。1840年英國發動第一次鴉片戰爭打破中國天朝上國的幻想，晚清正逢英國國力鼎盛時期，對中國旅人而言，英國首都倫敦等同於是西方先進文明的代名詞，也是中國第一個駐外使館設立之處，面對西方文明的強勢衝擊，晚清旅人如何在遊記中具體再現倫敦的強盛壯大？有別於多數旅人的正面書寫，張祖翼〈倫敦竹枝詞〉選擇以詩句短小、並列長注的特殊形式加以記錄，詩作與註解彼此矛盾互斥，呈現了與遊記截然不同的倫敦形象，其中的強烈落差，又隱藏了哪些微妙訊息？本章即欲以倫敦作為焦點，探討同一座城市在旅人運用不同的觀看視角與書寫形式下將呈現出哪些多元面貌，這些城市形象背後又映照出什麼樣的複雜想像。

　　第二章探討晚清海外紀遊詩中的巴黎地景，晚清歐遊旅人多

半經由地中海抵歐，從法國馬賽登陸，再經由巴黎轉往歐洲各地，巴黎可說是當時歐陸之旅的重要必經之處。晚清海外旅人造訪巴黎之際，巴黎已歷經拿破崙三世與奧斯曼男爵（Eugène Haussmann, 1809-1891）的大幅改造，轉型為一座現代化城市。除了華美繁麗的朦朧印象外，晚清旅人如何透過詩的形式呈現巴黎的具體樣貌？在觀看同一座城市的過程中，又如何調動既有的知識體系，詮釋出多樣的地景意涵？象徵帝國榮耀與現代化高科技文明的異國建築，在晚清旅人的社會集體想像中，又被投射了什麼樣的個人家國情感與矛盾情結？這些都是值得再進一步處理的問題。本章梳理晚清旅法詩人的背景與作品，並探討詩作中所呈現的帝國榮耀建築與現代化公共空間地景，藉由不同性質的地景分析，對於城市形象與旅人認知有更完整的觀照。

第三章則由單一城市的討論擴大至歐洲，對比兩位女性旅人遊記中的異國形象。晚清單士釐隨外交官丈夫錢恂出訪歐洲，處於時代轉變之際，清末民初的呂碧城則於1920年代隻身上路，展開歐洲之行，在普遍以男性旅人為發聲主體的近代遊記場域中，兩位女性旅人對自我作品定位與書寫策略皆有其特殊性，加入不同性別角色的對比參照，對於晚清海外旅行文本的異國形象可以有更全面的瞭解。本章先梳理二人的女性自覺與作品定位，進而對比二者在不同情境下再現歐洲的寫作策略，探究近現代海外女遊先驅筆下的異國形象轉變。

第四章將西方視野延伸到美國新大陸，以晚清旅人進出美國的東西岸兩大港口城市紐約與舊金山為焦點，探討在抵達與離開之間，晚清旅人在遊記中呈現什麼樣的新大陸形象。美國為新興強國，不同於歐洲列強歷史悠久，19世紀的舊金山因淘金熱與建

築鐵路之需，吸引大量華人移居，紐約為全美商業中心，也是第一大城，晚清旅人在異國觀看故國熟悉意象以及接受新文明所帶來的刺激時，如何透過書寫詮釋複雜的現代性體驗？又是如何看待新大陸繁盛表象背後的黑暗面？本章欲透過晚清旅人筆下的雙城記對比，一窺美國形象的轉變。

　　第五章將探討地域由歐美轉移至南洋，選擇以1891-1894年擔任中國首任駐新加坡總領事的黃遵憲詩作為討論重點，對比其他海外遊記，分析晚清旅行詩文中所呈現的新加坡形象。新加坡位於歐亞航道上，為晚清赴歐旅人必經之地，書寫該地作品雖多，但多半只是短暫停留的匆匆記錄，黃遵憲擁有多年駐外經驗，且長期旅居當地，有意識地以新意境、新風格表現新事物，如何在當地多元文化並存與華人傳統的認同之間，詮釋出不同以往的新加坡新氣象？本章先對比黃遵憲與先前晚清旅人筆下的南洋風光，再對照不同旅人新加坡書寫中所映照的故國文化，分析晚清海外旅行書寫中擺盪於化外與正朔之間的新加坡形象。

　　本書最後兩章以展示多國形象的博物館與博覽會為關注焦點，最後一章並納入小說為不同比較文類。第五章首先探討晚清海外遊記中的博物館形象，異國博物館陳列各國文物，匯集多種物質文明，為多數晚清海外旅人必訪之處。在參觀西方（歐美先進國家）與東方（日本）的博物館過程中，晚清旅人如何從物質展示的秩序與權力隱喻中窺看被他者建構的異國文化？館內所藏中國器物，提供旅人於異地重新觀看自我家國的機會。本章先分析晚清旅人筆下的西方博物館形象與被展示的中國形象，再對照當時強調西化的日本博物館，探究不同文化秩序下的異國博物館形象。晚清海外遊記中不同國家的博物館形象，正密集反映了旅

人對自我與他者的深刻反思，以此議題的探討作為總結，透過晚清海外遊記中博物館形象的轉變，可清楚窺見旅人對異國與故國的重新定位。

第七章分析晚清小說中的博覽會形象，以梁啟超《新中國未來記》（1902）、吳趼人《新石頭記》（1905）、陸士諤《新中國》（1910）三部描述中國博覽會的小說為主要文本，探討在中國舉行的博覽會中，異國文明被如何展示？展示與遊覽的相關細節又反映出什麼樣的中國形象？小說作者透過博覽形式開啟了什麼樣的旅行？其他出現在晚清小說中的博覽會類似意象又有何特殊意涵？這些都是本章亟欲進一步探討的問題。

全書結合比較文學形象學之跨文化研究理論與方法，分別由城市、國家、博物館、博覽會……等不同角度探究晚清海外旅行遊記、詩作、小說……等不同文類中的異國形象，希望藉此剖析晚清海外旅行書寫的豐富意涵，建構更完整的晚清文學研究。

第一章

晚清海外旅人的倫敦印象
——張祖翼〈倫敦竹枝詞〉與晚清海外遊記的對照

一　前言

　　鴉片戰爭後，隨著國際情勢的發展，晚清旅人跨出國門的機會逐漸增多，留下為數不少的海外記錄。相較於遊記的嚴謹性與完整性，竹枝詞以率真活潑的文體形式，更真實反映作者對異域的感受。從文體發展角度而言，詩人走出國門，於異國他邦所創作的各種各類的海外竹枝詞，更是一種對竹枝詞題材的開拓，同時肩負著介紹「異邦他國的山川地貌、民俗風情等」，「以廣國民之聞見者」的重要文化使命。[1]

　　在晚清海外竹枝詞中，原署名局中門外漢的〈倫敦竹枝詞〉以近百首詩的篇幅，將焦點集中於單一城市倫敦，對「自國政以逮民俗」之種種見聞，進行了詳細的描述與記錄，針對單一異國城市的百首竹枝詞組詩，如此龐大數量在當時可謂相當少見。[2]

1　王輝斌：〈清代的海外竹枝詞及其文化使命〉，《閩江學刊》2012年第1期（2012年1月），頁107-108。

2　以近百首詩作描寫單一異國城市的晚清海外竹枝詞，除了張祖翼〈倫敦竹枝詞〉外，僅有1886-1889年以隨員身分駐法的王以宣所著《法京紀事詩》，該書以100首具竹枝詞風格的絕句作品描寫法國巴黎。參見〔清〕王以宣：《法京紀事詩》，收錄於鍾叔河主編：《走向世界叢書續編》（長沙：岳麓書社，2016年）。其他以單一城市為主的海外竹枝詞，數量多半為10-20多首，如1884

〈倫敦竹枝詞〉掌握竹枝詞吸收當地詞彙的特點：「時雜以英語」，「詼諧入妙」[3]，並於詩後亦附上文字量數倍於詩歌本文的注釋，對〈倫敦竹枝詞〉詩句所涉地名、習俗、物象等，進行仔細箋注。然而，仔細對照，注文除補充說明詩句內容外，還透露了與詩句內容不同的評論，二者之間的落差頗值得玩味。[4]

該書最早由觀自得齋主人徐士愷於光緒戊子年（1888年）刊載於《觀自得齋叢書》「別集」最後一卷，署名「局中門外漢」。至於作者局中門外漢的真實身分，歷來已有多方考證，錢鍾書在對照王錫祺主編《小方壺齋輿地叢鈔・再補編》叢書時，已指出「光緒十四年版的《觀自得齋叢書》裡署名『局中門外漢戲草』的〈倫敦竹枝詞〉是張祖翼寫的，《小方壺齋輿地叢鈔》再補編第十一帙第十冊裡張祖翼《倫敦風土記》其實是抽印了《竹枝

年、1895年出訪日本及俄國、歐洲的王之春，於遊記《談瀛錄》、《使俄草》後，附有海外竹枝詞三種：〈東京竹枝詞〉13首、〈俄京竹枝詞〉10首、〈巴黎竹枝詞〉12種，參見〔清〕王之春：《談瀛錄》、《使俄草》，收錄於鍾叔河主編：《走向世界叢書續編》（長沙：岳麓書社，2016年）。潘飛聲於1887年受邀至德國講學三年，著有〈柏林竹枝詞〉24首，參見〔清〕潘飛聲：《柏林竹枝詞》，收錄於鍾叔河主編：《走向世界叢書續編》（長沙：岳麓書社，2016年）。

3　〔清〕犧甫：《倫敦竹枝詞・跋》（長沙：岳麓書社，2016年），頁31。

4　自宋元之後，竹枝詞已出現後附以注文的特色。如施蟄存所言：「宋元以後，出現了各種地方性竹枝詞，往往是數十首到一、二百首的大規模組詩。每首詩後附有注釋，記錄了各地山川、名勝、風俗人情，以至方言、俚語。這一類的竹枝詞，已不是以詩為主，而是以注為主了。這些注文，就是民俗學的好資料。」參見施蟄存著，陳子善、徐如麒編選：《施蟄存七十年文選》（上海：上海文藝出版社，1996年），頁726。詩注並存雖為竹枝詞傳統現象，但詩與注的內容多半相互呼應，鮮少出現像張祖翼〈倫敦竹枝詞〉幾乎全書詩注互斥的情形。

詞》的自注」[5]。路成文、楊曉妮在考證張祖翼生平事蹟後，得
出如是結論：

> 〈倫敦竹枝詞〉署名作者「局中門外漢」。……1887年（光
> 緒十三年）7月，張祖翼以遊歷官員隨從的身份考察英國和
> 法國，因而到達倫敦，並在隨後一段時間創作了〈倫敦竹
> 枝詞〉。……張祖翼的歐洲之行時間較短，〈倫敦竹枝詞〉
> 的寫作時間也大致在1887年冬至1888年初。[6]

首次明確指出〈倫敦竹枝詞〉之作者身分與創作時間，該文並仔
細對照《倫敦風土記》與〈倫敦竹枝詞〉，一一指出在行文方式
的差異與內容用字的細微差距。尹德翔在考證多部出使日記與史
料後，進一步修正路成文等人說法，指出張祖翼身分應為駐英公
使劉瑞芬手下之正式隨員，劉瑞芬上任時間為光緒十二年四月
（1886年5月），奏稿中亦提及光緒十五年（1889年）四月張祖翼
期滿銷差回國，因此，張祖翼停留時間並非如路文所言之短，至
於何以隱瞞創作事實？尹文分析原因應為「張祖翼隨使英倫之
時，年紀還輕，有前途、事業、關係的考慮」，且身為中國駐英
使館隨員，具官方身分，〈倫敦竹枝詞〉中有大量貶損英國內

5　錢鍾書：《七綴集》（北京：生活・讀書・新知三聯書店，2002年），頁161。
　　二者除個別文字略有出入外，內容幾乎相同，《觀自得齋叢書》版的〈倫敦竹
　　枝詞〉出版於光緒十四年戊子，《小方壺齋輿地叢鈔》版的《倫敦風土記》出
　　版於光緒二十年甲午，出版時間亦相近。
6　路成文，楊曉妮：〈《倫敦竹枝詞》作者張祖翼考〉，《聊城大學學報》2012年
　　第3期（2012年6月），頁42。

容，公開真實身分勢必引來困擾。[7]

〈倫敦竹枝詞〉共99首詩，除第一首與最後兩首為作者點題與感慨之作外，其他96首詩皆歌詠倫敦風貌，作者雖自謙「氣粗言語雜」、「詞之俚鄙，事之猥瑣，知不免方家之匿笑也」，卻頗自豪於自己作品的開創性：「軺軒不采外邦詩，異域風謠創自茲」[8]，以異域風情入詩、題材創新，是他所標榜的作品特色。朱自清於1933年購得此書時，亦盛讚此書之真實生動：

> 又其所詩所記都是親見親聞，與尤侗《外國竹枝詞》等類作品只是紙上談兵不同，所以真切有味，詩中所說的情形大體上還和現在的倫敦相彷彿；曾經到倫敦或將到倫敦的人看這本書一定覺著更好玩兒！[9]

點出作者親歷經驗的難得，1931年赴英留學的朱自清對比自己的親身體驗，對張祖翼筆下的倫敦風情頗為肯定，認為該作跨越時間限制，確實反映城市特色。

---

7 劉瑞芬使團成員之一鄒代鈞在《西征紀程》中開篇記載隨使人員名單，其中之一即為「桐城張遜先祖翼」，且對照《清季中外使領年表》之「清朝駐英國使臣年表」及劉瑞芬奏稿亦可推論張祖翼於英國居留時間。詳細考證過程與作者身分討論參見尹德翔：《晚清海外竹枝詞考論》（北京：中國社會科學出版社，2016年），頁163-172。

8 〔清〕張祖翼：〈倫敦竹枝詞〉，鍾叔河主編：《走向世界叢書續編》（長沙：岳麓書社，2016年），頁30。另根據尹德翔的考證，張祖翼之前已有中國人吳樵珊於1844-1846年以中文教師身分隨傳教士美魏茶（William Charles Milne）赴英國，並著有〈倫敦竹枝詞〉數十首，其中文版今已湮沒不可考。參見尹德翔：《晚清海外竹枝詞考論》，頁71。

9 朱自清：《朱自清全集·第四卷》（長春：時代文藝出版社，2000年），頁164。

然而，〈倫敦竹枝詞〉所呈現的倫敦形象，並非僅止於朱自清所言的好玩有趣，在細筆描繪倫敦各式風貌後，張祖翼於結尾歸納出一種矛盾複雜心態：「堪笑今人愛出洋，出洋最易變心腸。未知防海籌邊策，且效高冠短褐裝」[10]，極度嘲諷出洋西化的晚清人士，也透露出他對西方文明的抗拒。然而，同樣身為出洋一員，異國經驗雖擴充創作題材，對異文化的排拒卻也使得他筆下的倫敦形象呈現了多層次的轉折。

張祖翼駐英之際，倫敦已是高度發展的現代城市，在他之前已有多位晚清旅人造訪倫敦，留下不少相關記錄，例如1866年清廷首次派出第一個海外考察團，擔任使臣的斌椿與隨行翻譯張德彝均有作品記錄倫敦之行，1867年王韜應香港英華書院校長理雅各之邀，遠赴英國協助譯書，亦曾短訪倫敦。1877年清廷首任駐外公使郭嵩燾一行人抵達倫敦後，才出現了長期居留的觀察記錄。在中西文化碰撞過程中，建設完善、富強壯盛的倫敦城市為大英帝國之首都，同時也是西方文明的具體象徵，自有其代表意義。

不同於之前的旅人，張祖翼使用「局中門外漢」筆名掩蓋真實身分，使得他擁有極高的創作自由，率性表達自我感受，全書以單一城市為描寫重心，停留時間亦長，相較於其他旅人的高度讚賞，〈倫敦竹枝詞〉頻繁出現的諷刺侮蔑顯然頗為怪異，且詩句與注文的態度明顯有所落差，亦隱藏了更多解讀空間，不論就主題風格與文體形式而言，在晚清的海外書寫中皆極為獨特。

比較文學形象學認為，遊記作者扮演的雙重身分，一方面是社會集體想像物的建構者和鼓吹者、始作俑者，一方面是受集體

---

10 〔清〕張祖翼：〈倫敦竹枝詞〉，頁30。

想像物的制約，遊記作者筆下的異國形象成為了集體想像的投射物。[11]對比張祖翼與其他晚清旅人筆下的倫敦形象，除可清楚觀見旅人們對同一座城市的集體想像外，更反映出旅人本身觀看視角與書寫策略的差異。

目前以張祖翼〈倫敦竹枝詞〉為主的相關研究，除前述有關作者身分之考證外，較具代表性者為尹德翔〈局中門外漢《倫敦竹枝詞》〉[12]與程瑛〈清代《倫敦竹枝詞》的形象學文本分析〉[13]、〈晚清域外遊記中的形象危機——以《西海紀遊草》、《倫敦竹枝詞》為例〉[14]。第一篇除仔細考證作者身分外，並概論該書之內容、風格與評價，全面整理了〈倫敦竹枝詞〉的相關資料，將其視為「第一個時代的民族志」，提醒研究者應盡量回到歷史語境，給予同情的理解；後兩篇均運用文學形象學的分析方法，整理作品中的詞彙，探討作者如何套用經典情境消解他者的相異性，卻又同時凸顯了相異性的存在。

本文即欲在前行研究基礎上，進一步擴大〈倫敦竹枝詞〉的研究範疇，結合張祖翼之前的旅人作品，對比張祖翼筆下的倫敦形象。首先就文體特色所呈現的差異展開對照，其次就〈倫敦竹枝詞〉大力著墨的城市空間與女性形象與其他遊記進行分析，透過對〈倫敦竹枝詞〉的多方探討，對晚清旅人的倫敦印象有更完整的認識。

---

11 孟華：《比較文學形象學》（北京：北京大學出版社，2001年），頁16。
12 尹德翔：《晚清海外竹枝詞考論》，頁163-187。
13 程瑛：〈清代《倫敦竹枝詞》的形象學文本分析〉，孟華等：《中國文學中的西方人形象》（合肥：安徽教育出版社，2006年），頁90-98。
14 張萍：〈晚清域外遊記中的形象危機——以《西海紀遊草》、《倫敦竹枝詞》為例〉，《東アジア文化交渉研究》第7期（2014年3月），頁75-78。

二　斷裂文體與音譯詞：文體特色之對照

　　張祖翼的〈倫敦竹枝詞〉兼具詩作與注文，二者之間卻非只是單純的補充說明，在不同文體之間，張祖翼隱藏了微妙的個人主觀情緒，大量音譯詞的使用，更刻意營造出他者的相異感，這些描述手法所呈現出的倫敦形象，與其他遊記有著明顯的不同。

（一）斷裂的文體

　　張祖翼之前的倫敦旅人多半具備官方身分，如短暫出訪的斌椿、張德彝與駐英公使郭嵩燾、劉瑞芬及隨行人員等人，私人出遊如王韜，他們多數以日記或遊記形式記錄倫敦。[15]雖有少數旅人如斌椿、袁祖志同時以詩文描述倫敦，但皆為短暫出遊之作。[16]像張祖翼旅居倫敦數年，卻選擇以竹枝詞單一文體記錄者，可謂極為罕見。

　　張祖翼在〈倫敦竹枝詞〉最後一首詩的注文中總結自己的作品特質：

　　　　竹枝詞百首，皆就倫敦一處風景言之，他國不與焉，采風

15　關於出使日記的規定，1877年總理衙門曾奏請「凡有關係交涉事件及各國風土人情，該使臣當詳細記載，隨時咨報」，獲允准後，即規定使臣將其見聞有關交涉事件信息逐日記載，「按月匯成一冊咨送臣衙門備案查核」，為符合規定，多數官方旅人以日記形式記錄海外見聞。參見〔清〕寶鋆：《籌辦夷務始末（同治朝）》（臺北：文海出版社，1966年），頁12。

16　斌椿除旅行日記《乘槎筆記》外，另有詩作《海國勝遊草》。1883年上海文人袁祖志以隨員身分，隨輪船招商局總辦唐廷樞赴歐洲考察商務與船務，其旅行日記《瀛海采問紀實》中附有〈海外吟〉，以詩作歌詠沿途經行城市。

> 者於此可見歐門之一斑矣。至詞之俚鄙，事之猥瑣。知不
> 免為方家之匿笑也。[17]

重申竹枝詞以書寫一地瑣事為主、語言俚俗、不同於其他文體的
專屬特色。王士禎指出竹枝詞的特色為「詠風土，瑣細詼諧皆可
入，大抵以風趣為主」、「稍以文語緣諸俚俗，若太加文藻，則非
本色矣」[18]。不論在內容主題與風格趣味上，張祖翼以竹枝詞作
為反映異域城市的表現方式，自然為合理考量。

　　然而，就篇幅而言，〈倫敦竹枝詞〉全書作品皆為四句七
言，字數有限，不若遊記可在全文中完整傳達資訊，竹枝詞中常
以注文解釋或補充說明詩句內容。詩句與注文並列，原可更完整
呈現海外見聞，但張祖翼所使用的兩種文體卻呈現了極為矛盾的
反差，詩後的註解文字大部分僅是客觀敘述，補充說明詩句中所
提及的事物或相關知識，詩句本身也有著強烈反差，最後一句往
往急轉直下，附加個人主觀大力批判倫敦相關人事，詩文並列所
呈現的個人情感與價值判斷有著明顯差異，如此方式所展現的倫
敦形象更為複雜。

　　以形容倫敦的不夜城光明景象為例，注文平實說明「滿街皆
有電燈，戲館、飯館尤多」，詩句卻形容「一尺圓球百尺竿，電
光閃爍月光寒，歌場舞榭渾如晝，世事昏沈難普照」[19]，最後一
句急轉直下，將輝煌夜景轉為無法挽救的黑暗，暗喻城市內在本
質不如眼前所見美好風光，就算有閃亮的燈光照明，依然無法照

17　〔清〕張祖翼：〈倫敦竹枝詞〉，頁30。
18　〔清〕王士禎：《帶經堂詩話》（北京：人民文學出版社，1982年），頁849。
19　〔清〕張祖翼：〈倫敦竹枝詞〉，頁19。

耀滿城的昏沉世事，強化城市的負面特質。

　　再看張祖翼對倫敦文明建設的描述，詩作中雖然同時描繪了倫敦的恢弘氣象，例如描述珍藏豐富的動物園，詩作內容為：「黃獅白象紫峰駝，怪獸珍禽盡網羅」、注文補充說明其「蓄各種珍禽異獸，周圍可數里，真有《山海經》、《爾雅》所不載者」，拓展詩人眼界，但最後所歸結出的城市人文特質卻是「都道倫敦風景好，原來人少畜生多」[20]，將原本描述空間由動物園延伸至整座城市，注文稱呼動物為「珍禽異獸」，但詩句卻改以充滿貶意的「畜生」稱之，刻意強調整座城市「畜生多」的野蠻形象，也順勢消解了城市的文明性。再看他對倫敦教堂的描寫：「壯麗無如禮拜堂，上供教主下埋王」，一開始即讚美倫敦教堂的壯麗外觀，注文亦客觀解釋教堂禮拜與埋葬歷代君主習俗，呼應詩句內容。但詩句後半段卻以「七天一次宣邪教，引得愚民舉國狂」[21]作結，不但將西方宗教貶為「邪教」，更直稱全國人民愚蠢瘋狂。

　　對比詩作末句與其他部分的負面批評，可以發現，張祖翼所諷刺的多半為器物以外的內在層面，至於倫敦的外在層面如科技建築、文明設施，詩句前半段與注文仍以肯定的正面形象為主，但夾雜於其中的詩句後半段卻明顯附加了詩人偏頗的負面批判，而這些多半是針對內在層面，如人民素質、宗教信仰、道德修養……等，「人少畜生多」、「愚民」、「舉國狂」、「邪教」……各式負面詞彙建構起另一個道德低落、愚蠢瘋狂的萬惡城市。

　　從「外在（正）→內在（負）→外在（正）」的敘事結構，

20　〔清〕張祖翼：〈倫敦竹枝詞〉，頁20。
21　〔清〕張祖翼：〈倫敦竹枝詞〉，頁22。

可以看出詩句後半與前半及注文的明顯斷裂。田曉菲以「天堂／地獄」[22]解釋中國旅人對異域的觀看模式,〈倫敦竹枝詞〉裡詩作前半段與注文共同建構了美好天堂,詩作後半段卻頻頻將其翻轉為醜惡地獄,不論是對城市內在本質的批判抑或虛實交錯的空間安排,天堂和地獄在同一個文本中不安地並置,在形式上呈現散體附註與詩作本身之間的張力,短小的詩歌與冗長的附註在內容和語氣上都形成了強烈的對比,創造出一種奇異的交叉,反映了作者對異域充滿矛盾和曖昧的態度。詩與文之間的角力不僅僅映射出詩人自身的矛盾態度,也在形式上實現了描摹異域之時天堂模式與地獄模式之間的張力。[23]

　　旅居倫敦數年的張祖翼顯然已感受了倫敦的文明進步,但投射作者主觀好惡的大量負面詩句,明顯過於偏頗,企圖拉回客觀論述的注文並未奏效,正→反→正的多層次轉折,同時反映了多變的城市形象與旅人心境轉折,儘管體認了西方城市文明,但礙於民族自尊與傳統價值,仍無法全面承認「我不如彼」的窘境,由外在表象轉入內在層面的刻意批判,看似是對他者的嚴苛挑剔,其實是另一種捍衛自我文化的方式,最後雖以注文說明客觀

---

22 田曉菲指出「常常鑲嵌在佛教語彙裡的天堂／地獄範式一直到十九世紀依然是觀看和描寫世界的主要模式」,「佛教術語到晚清早已失去『他者文化』的色彩,而是已經成為了中國文化語彙的重要組成部分;不論在彼時或是在現下,它們在社會文化中處處可見。因此,以佛教語言描述異國達到的效果,恰恰是使異域具有一種可以接受的奇異感。換句話說,『淨土』或『阿鼻地獄』這樣的詞彙和意象為讀者提供了一種熟悉的陌生。通過這種表達方式,外國文化的異質屬性可以有效地傳達給讀者,同時也不至於衝擊到他們固有的世界觀。」參見田曉菲:《神遊:早期中古時代與十九世紀中國的行旅寫作》(北京:生活・讀書・新知三聯書店,2015年),頁164-165。

23 田曉菲:《神遊:早期中古時代與十九世紀中國的行旅寫作》,頁216。

事實，但「天堂／地獄」的反差依然鮮明強烈。

　　這種反差可以說是張祖翼刻意營造的書寫模式，詩句前半段與注文的包裝並未消減詩句後半段的強烈批判，並存的懸殊落差反而更為明顯。對比同樣兼以詩文描寫倫敦的斌椿作品，張祖翼所呈現的矛盾與文體斷裂更為明顯。1866年清廷首次派出第一個海外考察團，由63歲的斌椿擔任使臣，負責勘查泰西國情，訪問行程主要交由英人赫德（Robert Hart）安排。斌椿一行人於英國停駐38天，除了6天前往北方伯明罕、曼徹斯特等工業城市參觀工廠外，其餘時間多半停留於倫敦。

　　斌椿在倫敦進行的活動主要為拜客、參觀官方機構（海關、製幣廠、兵工廠、聽議會）、遊覽景點（教堂、水晶宮、溫莎堡）、參與娛樂活動（觀劇與魔術）……等。在走馬看花的繁忙行程中，斌椿對於倫敦的概括印象可由兩次與英國王室接觸的對談中得知：

> 中華使臣，從未有至外國者，此次奉命遊歷，始知海外有此勝境。
>
> 來已兼旬，得見倫敦屋宇器具製造精巧，甚於中國。至一切政事，好處頗多。且蒙君主優待，得以遊覽勝景，實為感幸。[24]

前者為回答英太子「倫敦景象較中華如何」之詢問，後者則是被維多利亞女王接見時的對話。

24　〔清〕斌椿：《乘槎筆記》，鍾叔河主編：《走向世界叢書·修訂版（一）》（長沙：岳麓書社，2008年），頁117、118。

在對比自我國家後，斌椿以「勝境」、「勝景」概括倫敦的整體形象，甚至承認在屋宇器具等物質層面「甚於中國」。至於「勝境」、「勝景」之「勝」為何？斌椿所描述的倫敦景象無一不巨大宏偉——生靈苑（動物園）所藏皆「目未睹而耳未聞者」、公議廳「高峻閎敞」、水晶宮庭園「璀璨可觀」、溫莎堡「殿宇高廣」、來往官員居處「屋宇壯麗」、劇院「座落寬大」[25]……，在在呈現文明城市之盛大氣象。

斌椿兩次以「勝境」、「勝景」盛讚對方，皆出現於官方場合，在代表國家身分出席的正式場合中，「甚於中國」之評價或許可視作禮貌來往的謙稱，「勝境」、「勝景」之細節雖未多作描述，遊記中諸多宏偉意象所構築而成的城市樣貌，卻統攝於官方色彩底下，成為晚清旅人所傳遞的倫敦形象。

再以斌椿詩作為對照，〈四月二十三日英國君主請赴宴舞宮飲宴〉描述參加宮廷晚宴：「玉階仙仗列千官，滿砌名花七寶欄。夜半金爐添獸炭，瓊樓高處不勝寒」、「大棗如瓜千歲桃，玉盤王母賜蒲桃。歸來誇向同人說，能到瑤池已足豪」[26]，同樣強調「勝境」的巨大宏偉，但「玉階」、「瓊樓」、「王母」、「瑤池」……經常出現於中國古典詩歌的典故與意象，卻直接消解了異域特色，如同中國傳統宮廷宴會之重述，無法具體呈現「勝境」之美好。倫敦雖為精巧勝境，但旅人的知識體系尚無法完整再現勝境特點，重疊於中國宮殿與神話仙境的美好意象中，倫敦的正面形象更顯虛幻。

---

25 〔清〕斌椿：《乘槎筆記》，頁112-117。

26 〔清〕斌椿：《海國勝遊草》，收錄於鍾叔河主編：《走向世界叢書‧修訂版（一）》（長沙：岳麓書社，2008年），頁167。

　　相較於遊記的具體描述，斌椿詩作中連結古典意象的倫敦形象頗為虛幻，但不論遊記或詩作，對於倫敦的高度肯定並無太大差異。斌椿的倫敦之行為短暫造訪，詩文中的倫敦形象以虛幻的美好幻境存在，張祖翼作品為長期旅居之作，對於倫敦城市文明的體認越深，也更越感自我家國的不足，〈倫敦竹枝詞〉的斷裂文體與矛盾性，正反映了詩人的複雜情感。

　　倘若再對照比張祖翼早數年前往倫敦考察的袁祖志詩作，或許更能理解這種複雜情緒，袁祖志以不少詩文描述倫敦的文明進步：「倫敦之城何其麗，倫敦之市何其喧，倫敦之民何其庶，倫敦之車何其繁」[27]，但臨別之際所作的〈留別倫敦四絕句〉，卻如是詮釋倫敦霧氣：「天心亦自厭豪華，眼底常將毒霧（入冬霧氣迷人，雖晝如夜）遮。怪煞此間人不悟，危邦誤作好津涯」，挾帶毒氣的迷霧成為遮蔽眾人眼光的屏障，追求豪奢的倫敦更非理想之地，藉由描述城市自然現象再次貶低他者，最後直言：「巧奪天工服智能，君民趨利壟同登。臨歧無限低徊意，盛極終防衰氣乘」[28]，強調倫敦雖有著高度發展的現代文明，但「君民趨利」，過度追求利益，此時雖發展繁盛，但好景不常，未來極有可能由盛轉衰。毒霧在他筆下被比喻為遮蔽真相的迷障，迷障之後，是西方文明的缺失與衰敗，袁祖志對倫敦霧氣的聯想與渲染，反映出與張祖翼極為相似的自我認同，西方危邦終非理想之地，目前的強盛氣勢僅是短暫現象，進一步暗示著那個自己即將歸返、且不追求奢華表象的故國，未來亦有翻轉局勢的可能。

　　書寫他者負面形象之際，其實是強化自我認同的另一種方

27　〔清〕袁祖志：《瀛海采問紀實》，頁118。
28　〔清〕袁祖志：《瀛海采問紀實》，頁139。

式。儘管張祖翼與袁祖志的書寫策略不同，但背後卻有著極為相似的家國情感。〈留別倫敦四絕句〉為告別之作，詩中對倫敦的印象由正面轉為負面，並未如〈倫敦竹枝詞〉藉由注文再次轉回正面。對比袁祖志遊記〈英都倫敦〉，雖盛讚倫敦士奮民勤，工巧商富，上下悉敦禮讓，「誠不愧領袖諸邦、稱強瀛海」，但最後結尾卻強調倫敦過度開發，「故人謂倫敦之地如物雕空，難免一日傾陷之患」，與詩作一樣由正轉反，暗示倫敦未來的可能衰亡。

　　不論是斌椿的全然正面肯定，抑或袁祖志的由正轉反，兩人同樣以詩文描述倫敦，但詩文情感顯然是一致的，即便有所轉折，也未如同〈倫敦竹枝詞〉的多次反轉。尹德翔對〈倫敦竹枝詞〉的詩文斷裂現象有進一步解說：

> 這種詩文斷裂的情況，也正可以說明，從文化震驚，如何方便地轉化為一種情感上的敵視和態度上的憎惡。恰恰詩人的不講邏輯、不顧事實的嘻笑怒罵，體現的才是一種本質態度。[29]

並解釋了情感在文化選擇上往往展現出非理性的狂熱態度，高度發展的西方文明給張祖翼帶來極大衝擊，注文無法解釋、或支撐詩中的情感與觀點，反而是他的另一種轉化，將對西方文化的震驚轉化為主觀的憎惡，即便〈倫敦竹枝詞〉有正面形象的包裝，但那些看似突兀、夾雜其中的負面形象，才是真正重點。然而，過多貶低、侮辱性的語言，也可能偏離了竹枝詞采風問俗的客觀

---

29 尹德翔：《晚清海外竹枝詞考論》，頁184。

態度，[30]在刻意經營的寫作模式中，也凸顯了詩人對西方文化的排拒。

（二）大量音譯詞與相異性

　　除了斷裂的文體特色外，以口語、俚語入詩，可使作品更為活潑自然，原本便是竹枝詞的語言特色，〈倫敦竹枝詞〉中不但頻繁使用音譯詞，甚至多次以此入韻，在傳統文體形式與古怪發音之間，形成奇異的反差趣味。例如寫女子遊園：「結伴來遊大巴克，見人低喚克門郎」，「巴克」即公園（park）、「克門郎」即come on，注文解釋「『巴克』譯言『花園』也，『克門郎』譯言『來同行』也」，描述倫敦女子交遊自由，凸顯異國風俗差異。描寫情人見面：「握手相逢姑莫林，喃喃私語怕人聽，訂期後會郎休誤，臨別開司劇有聲」，「姑莫林」即早安（good morning）、「開司」即接吻（kiss），注文解釋「『姑莫林』譯言『早上好』也，『開司』譯言『接吻』也」，藉由肢體動作與噴噴有聲的接吻，形容男女交往自由風氣。

　　全書音譯詞使用之頻繁，最為誇張者莫過於描寫街頭大鐘之作：

> 相約今宵踏月行，抬頭克落克分明。一杯濁酒黃昏後，哈甫怕司到乃恩。英人謂「鐘」曰「克落克」，謂「半」曰「哈甫」，謂「已過」曰「怕司」，謂「九」曰「乃恩」。「哈甫怕司到乃恩」者，「九點半鐘已過也」。[31]

---

30 尹德翔：《晚清海外竹枝詞考論》，頁183。

31 〔清〕張祖翼：〈倫敦竹枝詞〉，頁24。

整首詩作28字，其中四個音譯詞便佔了10字，密集組合而成陌生敘述，最後一句「哈甫怕司到乃恩」（half pass to nine），更是全由音譯詞所組成，注文雖加以翻譯，但整體所呈現的突兀感更彰顯了異國城市的奇異性。

音譯詞屬於書寫相異性的一種方式，這些直接取自被注視者國家的詞彙，傳播和表現出一個絕對的異國事實，一個永不會變更的相異性成分。[32]〈倫敦竹枝詞〉中所出現的眾多音譯詞，正強化了異國城市的相異性。然而，一個音譯詞，實際上就是一個絕對的相異性，音譯詞的使用，通常是人們在本土語言文化中完全找不到對應物時才會採用，任何一個音譯詞要想在目的語中具有生命力，均需經歷一個逐漸被認可、被接納的過程。[33]張祖翼所使用的音譯詞卻不符合此項原則，「巴克」、「克門郎」、「姑莫林」、「開司」、「哈甫」、「怕司」「乃恩」……等在張祖翼所熟悉的語言文化中早已有了相對應的詞語，但在詩作中，他卻捨棄容易理解的意譯，轉而拼湊組合起陌生的音譯詞，不厭其煩地在注文中一一翻譯，除了表現自己對外語的瞭解外，也藉由意義隔閡產生的相異性，為距離遙遠的倫敦添加更多新奇想像。[34]

不論是之前的斌椿、袁祖志，抑或之後強調以新語詞入詩的黃遵憲，在其他旅人描述倫敦的詩作中，幾無此種以大量音譯詞

32 〔法〕達尼埃爾-亨利・巴柔（Daniel-Henri Pageaux）著，孟華譯：〈從文化形象到集體想像物〉，收錄於孟華主編：《比較文學形象學》（北京：北京大學出版社，2001年），頁131。

33 孟華：〈對曾紀澤使法日記的形象研究——以語詞為中心〉，《中國比較文學》第99期（2015年4月），頁173。

34 尹德翔認為張祖翼的此番手法「和古代竹枝詞摻入少數民族方言的情形是一樣的」，使用音譯詞可讓讀者更真切地感受異國現實。參見尹德翔：《晚清海外竹枝詞考論》，頁186。

彰顯異國情調的手法，在遊記中更少見如此高密度使用音譯詞的
情形。錢鍾書評論晚清音譯詞入詩之現象，認為斌椿《海國勝遊
草》偶爾把外國字的譯音嵌進詩裡，「頗可上承高錫恩《夷閨
詞》，下啟張祖翼〈倫敦竹枝詞〉」，但斌椿與高錫恩之作亦僅是
偶一為之，並未像張祖翼大量採用，藉此彰顯描寫對象的相異
性，錢鍾書稱讚張祖翼以「魁陰」音譯queen字「又說出王后是
『陰』性的『魁』首，頗有巧思」[35]，同樣一詞，斌椿在遊記中
直接翻作「太坤」，對比之下，更見張之巧思。再看晚清海外詩
作中有關外國年輕女性（miss）的翻譯，斌椿詩句「彌思（譯言
女兒）小字是安拿」[36]，譯為「彌思」，張祖翼詩作「二八密司
親手賣」[37]，則譯作「密司」，在發音上實以張譯較為相近，在
音譯詞的使用上，張祖翼確有其獨特之處。

　　張萍推測張祖翼採用此種寫作方式可能有兩個原因，一為他
意識到將異國據為己有的困難、一為他有辦法或有信心將這種絕
對的相異性整合進文本的運作系統之中。然而，音譯詞可以被整
合進竹枝詞刻畫新鮮事物的傳統，進而將西方與偏遠地區混為一
談，另一方面，它所呈現的相異性也極有可能逸出竹枝詞的範
圍，成為一種真正的相異性，使人意識到一個不同於傳統竹枝詞
所書寫的地域存在。[38]張祖翼筆下的倫敦，顯然是較為偏向後
者，刻意捨棄原有對應名詞、大量採用音譯而非意譯，更加彰顯
了倫敦的陌生與隔閡。

---

35 錢鍾書：《七綴集（修訂版）》，頁161。

36 〔清〕斌椿：《海國勝遊草》，頁168。

37 〔清〕張祖翼：〈倫敦竹枝詞〉，頁10。

38 張萍：〈晚清域外遊記中的形象危機——以《西海紀遊草》、《倫敦竹枝詞》為
　　例〉，頁86-87。

三　被改寫的倫敦：倫敦印象之對照

（一）城市空間與科技文明

　　除了斌椿以虛幻勝境、仙境想像描述倫敦的美好外，張祖翼之前的海外旅人，也進一步在作品中揭示了倫敦的具體樣貌。1866年隨斌椿出訪的張德彝已關注了現代都市交通建設的具體層面：「蓋英國京城地狹人稠，故在地中樓下造車道。環繞通於各街巷口」[39]，由地理空間、人口密度思考城市發展的過程。當1868年張德彝隨志剛所率領的外交使團[40]再訪倫敦時，舊地重遊的他已對於同樣的交通議題有著更立體的觀察：

> 倫敦城建有鐵道三層，一在地面，為各屬之通街；一在地下，周遊城內；一在屋上，繞行城周，因地狹故也。[41]

他注意到先進城市的交通發展建設是全面性的，倫敦作為當時西方國家中發達城市的代表，已開始拓展多重空間，發揮經濟效益，從眼前所見的交通現象，延伸到背後的都市規劃設計概念，更深刻反映倫敦的內在樣貌。

　　旅居倫敦數年的張祖翼，對於倫敦的城市建設與科技文明自

---

39 〔清〕張德彝：《航海述奇》，收錄於鍾叔河主編：《走向世界叢書・修訂版（一）》（長沙：岳麓書社，2008年），頁510。

40 繼斌椿考察之旅結束後，1867年清政府正式向西方國家派出第一個外交使團，由蒲安臣、志剛和孫家穀三位「辦理中外交涉事務大臣」組成，張德彝亦在隨使之列，使團一行經由日本、美國之後，於1868年抵達倫敦。

41 〔清〕張德彝：《歐美環遊記》，鍾叔河主編：《走向世界叢書・修訂版（一）》（長沙：岳麓書社，2008年），頁703。

然也有深刻體驗，只是他筆下的倫敦雖有著先進的城市文明，但往往有著更複雜的矛盾形象。以描述倫敦自來水系統為例，〈倫敦竹枝詞〉的詩作與注文分別呈現如下：

> 水管縱橫達滿城，竟將甘露潤蒼生。西江吸盡終何盤，穢俗由來洗不清。
>
> 大家小戶飲濯皆用自來水。其法，於江畔造一機器，吸而上之，復以小鐵管埋入地中或墻腹，達於各戶，晝夜不竭。皆用機法瀝去渣滓，倍常清潔，每月收費也輕。[42]

詩作前半段盛讚自來水系統之發達，注文進一步說明運作方式，顯然對其公共衛生及便利低廉的優點頗為肯定，詩末卻筆鋒一轉，犀利批判倫敦的不潔風俗，即便有再先進文明的科技輔助也無濟於事。

　　然而，倫敦之「穢俗」究竟為何？張祖翼在詩句與注文中皆無說明，注文盛讚的城市清潔樣貌，對應的卻是詩人主觀認定的城市內在本質缺失，詩句本身前後呈現強烈反差，由正面至負面，由詩至注文，又再經一次反轉，詩人筆下的倫敦形象在多次正反轉折之間，越發顯得矛盾曖昧。

　　事實上19世紀中期的倫敦自來水供水網絡已相當成熟，幾乎每戶居民都擁有家庭供水系統，每個倫敦人平均每天可獲得20加侖的水，遠遠超過歐洲或北美的任何城市，1852年《大都市自來水法案》（Metropolis Water Act）要求自來水公司蓄水庫遠離污

---

42 〔清〕張祖翼：〈倫敦竹枝詞〉，頁19。

染源，加強建設過濾設備，改善供水品質。[43]早張祖翼20年訪英的王韜，曾數度前往倫敦遊覽，在遊記中即盛讚倫敦的自來水供水系統規劃完善，十分利便：

> 各街地中皆範鉛鐵為筒，長短曲折，遠近流通，互相接引。各家壁中咸有泉管，有塞以司啟閉，用時噴流如注，不患不足，無穿鑿緪汲之勞，亦無氾濫缺乏之慮。[44]

王韜所揭示的是整潔便民的現代化都市建設，遊記內容與張祖翼注文及該詩前半段的肯定態度相似，然而，對比張祖翼詩句與注文、王韜遊記的嚴重落差，連如此清潔先進的自來水系統也無法洗滌的城市穢俗，更凸顯其骯髒污穢的嚴重程度。

關於倫敦文明科技的描述，張祖翼經常將其延伸至城市內在性質的批判，例如他記錄在倫敦所見照相技術：「白日無光電氣明，共誇新法善傳神。可如照膽秦宮鏡，照出心腸曖昧人」，詩後另加註解：「英國有新法，照相者不借日光，白晝燃電燈於黑暗屋中照之，較日光尤顯明」[45]，說明照相須於暗房進行，並以電燈照之的過程，可見他對照相技術科學原理的運作已有基本瞭解，但詩句卻再次強化「白日無光」的暗黑形象，最後更引用「秦宮鏡」[46]之典故，暗諷使用照相技術者，所照出的不過是

43　〔法〕克里斯托夫・德費耶（Christophe Defeuilley）著，唐俊譯：《君主與承包商：倫敦、紐約、巴黎的供水變遷史》（北京：社會科學文獻出版社，2019年），頁100、109。

44　〔清〕王韜：《漫遊隨錄圖記》，頁85。

45　〔清〕張祖翼：〈倫敦竹枝詞〉，頁24。

46　「秦宮鏡」典故可參見《西京雜記》相關記載，《西京雜記》卷三記錄：「有

「心腸曖昧人」。充滿諷刺的黑暗想像由日常所見風景延伸至科技器物，再擴大至當地居民的人格特質，彰顯倫敦從外到內的負面形象。

對比20多年前同樣曾在倫敦體驗照相技術的斌椿詩作：「意匠經營為寫真，鏡中印出宰官身。書生何幸遭逢好，竟作東來第一人」[47]，斌椿顯然對照相原理一無所知，但作為第一個體驗西方照相技術的東方人，這無疑是個有趣且得意的體驗。張祖翼的詩作已跳脫獵奇層面，記錄了更深入的相關步驟原理與器具設備，但刻意附加的傳統典故與個人想像，卻嚴重扭曲了倫敦形象，此種以相反態度對倫敦的極度貶抑與有意誤解，同時反映了旅人對他者的矛盾情緒以及對自我文化的強烈認同。

張祖翼之前的倫敦旅人，無一不在作品中盛讚倫敦的恢弘氣象與文明建設。以王韜為例，他筆下的倫敦：「衢路整潔，房屋崇閎，車馬往來，絡繹如織，肩摩轂擊，鎮日不停」。與張德彝筆下的倫敦印象：「倫敦周可百里，居民二百萬，道路平坦，園林茂盛，街巷整齊，市廛繁盛」[48]，可說幾無差異。

除此之外，王韜更進一步強調倫敦的光明形象與相對地位：

方鏡，廣四尺，高五尺九寸，表裡有明。人直來照之，影則倒見。以手掩心而來，即見腸胃五臟，歷歷無礙。……秦始皇常以照宮人，膽張心動，則殺之也」，被視為可照見人內在心膽善惡之寶物。張祖翼藉「秦宮鏡」洞察臟腑、明辨是非之功能，反諷倫敦人真面目「心腸曖昧」。參見〔晉〕葛洪：《西京雜記》，收錄於〔宋〕李昉：《太平廣記》第9冊（北京：中華書局，1986年），頁32470。

47 〔清〕斌椿：《海國勝遊草》，頁166。

48 〔清〕張德彝：《航海述奇》，鍾叔河主編：《走向世界叢書・修訂版（一）》（長沙：岳麓書社，2008年），頁501。

> 萬家燈火，密若繁星，洵五大洲中一盛集也……入暮，燈
> 光輝煌如晝，真如不夜之城，長明之國。[49]

王韜的比較視野已擴大至世界版圖「五大洲」，從更宏觀的角度思
考倫敦的相對位置，並於作品中直言「倫敦都會稱泰西巨擘」[50]，
清楚點出倫敦於當前西方世界的重要性。王韜對倫敦的評價頗值
得玩味，第一次形容倫敦為「五大洲之盛集」，僅是大範圍的概
括，但對照自己由亞洲、非洲、一路至歐洲的真實行旅經驗後，
逐漸聚焦，循序漸進將倫敦的文明定位置於最高點，清楚揭示倫
敦作為當今「泰西巨擘」的明確地位，藉由旅行程度的深化，城
市的定位與形象亦越顯清晰。

　　張祖翼作品中所描述的倫敦雖部分印證了先前旅人所描述的
城市優點，但在肯定有形的物質文明之外，卻刻意在詩句與注文
之間夾雜對城市內在特質的批判，上一小節針對此部分已有所探
討，至於連先進自來水科技也無法洗清的穢俗究竟是什麼？詩人
雖未明言，卻已明顯暗示整體城市形象並非全然美好。

　　斌椿、張德彝之後的倫敦旅人已不再僅是著眼於城市的外在
建設，如王韜的倫敦之旅企圖深入城市內在文化，進而有更深刻
的發現：

> 每日出遊，遍歷各處，嘗觀典籍於太學，品瑰奇於名院，
> 審察火機之妙用，推求格致之精微。[51]

49　〔清〕王韜著，王稼句點校：《漫遊隨錄圖記》（濟南：山東畫報出版社，
　　2004年），頁79。
50　〔清〕王韜著，王稼句點校：《漫遊隨錄圖記》，頁85。
51　〔清〕王韜著，王稼句點校：《漫遊隨錄圖記》，頁79。

也正因為如此，在倫敦之旅的記錄中，王韜另闢〈制度略述〉、〈製造精奇〉二章，具體記錄倫敦火車行車之制、海關緝查、電報傳遞、尊重製造專利制度……等先進成果，透過內在層面的挖掘分析，更完整呈現倫敦的文明優勢。

　　同樣注意到倫敦內在特色的還有清廷首任駐外公使郭嵩燾，郭嵩燾於1877年抵達倫敦，直到1879年辭職返國，他於倫敦居留的時間超過兩年，對此座城市的認識瞭解，自然不同於先前匆匆來去的晚清旅人。郭嵩燾旅居倫敦的時期早於張祖翼將近十年，但觀察力極為敏銳的他已將眼光轉向政治、經濟、文化……等內在部分的探尋，從「所藏遍及四大部洲」、「縱民人入觀，以資考覽」的大英博物館，郭嵩燾見識到的是公共設施的開放性以及英國「魄力之大，亦實他國所不能及也」[52]的強盛國力，不再只是炫惑於城市建設的雄偉外觀。

　　在日記中他仔細記錄倫敦各項資料，包含地理位置、倫敦鐵橋興建歷史、人口變化、公職人員編制、郵政業務、交通概況（火車與公共馬車）、公共建設（煤氣燈與自來水）、社會安全（救火車與員警分署），皆鉅細靡遺以具體數據記載。例如記錄倫敦市肆：「倫敦居民，追溯一千三百七十七年僅三萬五千人，四百年來增至四百萬人」，由歷史數字的回溯，反映城市的崛起變化；不夜之城的光明表象來自於「煤氣燈公司十八家」、「通衢用煤氣燈三十六萬桿，每夜用煤氣一千三百萬六方尺」；大眾交通運輸規劃完善：「火輪車棧一百一十處」、公共馬車以顏色區分路線，「其車各有圖記，來往街道，各有地段，男婦附載，絡繹

52　〔清〕郭嵩燾：《倫敦與巴黎日記》，頁141。

如織」；社會秩序有賴人民公舉為之的民官與巡街捕役七千名維護，[53]城市中看似平凡瑣碎的生活細節，實則處處牽涉龐大體制與資源的繁複運作。

迥異於其他旅人的浮泛印象，郭嵩燾以精準的客觀數字描繪出倫敦的清楚輪廓，以倫敦生活作為體驗西方文明的基準，重新審視自我文化，郭嵩燾提出驚人之論：

> 自漢以來，中國教化日益微滅；而政教風俗，歐洲各國乃獨擅其勝。其視中國，亦猶三代盛時之視夷狄也。中國士大夫知此義者尚無其人，傷哉？[54]

直接承認中國文化優勢早已不再。郭嵩燾的反應與斌椿面對英國王室時回應「甚於中國」的自謙詞不同，斌椿僅承認外在表象的不如，久居倫敦、深刻體驗英國文化的郭嵩燾卻察覺到西方不僅在物質層面獲勝，內在的政教文化亦勝於中國，倫敦以強盛壯大的形象開啟郭嵩燾的西方體驗，卻同時映照出旅人故鄉的缺失與不足。

相較於王韜與郭嵩燾對倫敦政教風俗的高度肯定，張祖翼詩中的批判顯然極為突兀。除了對城市內在本質的直接批判外，張祖翼也嘗試透過空間的轉化，在虛實交錯的想像中，渲染文明城市的暗黑形象。例如他描述倫敦泰晤士河水底隧道：

> 水底通衢南北連，往來不喚渡頭船。燈光慘淡陰風起，未

---

53 〔清〕郭嵩燾：《倫敦與巴黎日記》，頁466-471。
54 〔清〕郭嵩燾：《倫敦與巴黎日記》，頁491。

死先教赴九泉。[55]

前半段分明讚嘆科技進步，交通網絡發達，已不需傳統渡船，注文亦稱讚「代米思（Thames，泰晤士河）江底闢路一條，往來可通人行，上為橋，中為水，下又有隧道，真奇想也」[56]，肯定水底隧道構想之奇特，後半段卻發揮想像，驟然將交通便捷城市轉化為陰風慘淡的幽冥世界。

再看張祖翼眼中的機器工廠：

爐錘水火奪天工，鐵屋回環復道通。十丈輪迴終日轉，總難跳出鬼途中。

注文「機器廠其大無比，凡製造大小各物，無不有機器成之，精微奧妙非深造者莫能細述」，且自謙「中國人自許為通曉機器者，皆欺人之語」[57]，看似已為西方技術所折服，與詩句前半部形容倫敦工廠技術巧奪天工、構造複雜的特點相互呼應，然而詩句後半段卻跳脫機器文明之精巧，墮入另一個鬼氣森森，無限輪迴的地獄空間。

上一節提及田曉菲以「天堂／地獄」解釋中國旅人對異域的觀看模式，在張祖翼以前的晚清旅人眼中，倫敦無疑較偏向天堂，斌椿以來的中國旅人，活動範圍基本上仍以攝政街之西為主，為倫敦開發完善的區域，至於倫敦舊城的現實黑暗面，鮮少

---

55 〔清〕張祖翼：〈倫敦竹枝詞〉，頁22。
56 〔清〕張祖翼：〈倫敦竹枝詞〉，頁22。
57 〔清〕張祖翼：〈倫敦竹枝詞〉，頁19。

出現於作品中，即便提及，也絕非描述重點，例如前述郭嵩燾細寫倫敦的日記中，雖提及倫敦現況「窮苦無依之民十二萬九千人」[58]，但也僅點到為止，未再多加形容。將英國塑造為理想國與學習對象的王韜，在倫敦參觀蠟像館，見林則徐夫婦塑像時，更是刻意避開鴉片戰爭與帝國侵略行為，僅論林氏開放通商五口之功，全書所呈現的倫敦依然停留在「風景清美，洵樂土也」[59]的完美形象。

〈倫敦竹枝詞〉打破先前旅人慣用的天堂模式，在想像與現實之間，構築出一個被刻意扭曲、天堂與地獄並存的城市形象，城市雖擁有先進科技，卻隱藏著無法洗淨的骯髒穢俗，發達的交通網絡與機械文明，仍籠罩於陰森恐怖的幽冥氛圍，張祖翼看似在某種程度上呼應了前人倫敦遊記的共同印象，卻又呈現了另一個詭異的城市空間。

（二）慾望空間與職業女性

〈倫敦竹枝詞〉對城市的描述，有極大比例集中於職業女性，且偏重男女交往部分，此類作品在全書96首竹枝詞中就有32首，約佔全書1/3。在書寫倫敦職業女性的作品中，張祖翼更是運用了大量的音譯詞，例如戲園外的貧窮女販「自知和氣生財道，口口聲聲邁大林」，注文解釋「『邁大林』譯言『我的寶

---

58 〔清〕郭嵩燾：《倫敦與巴黎日記》，頁468。

59 〔清〕王韜著，王稼句點校：《漫遊隨錄圖記》，頁99、91。關於此點，王立群分析王韜在其他著述中經常譴責英國向中國輸入鴉片的行為，在這裡卻對其罪惡行徑不置一辭，明顯有故意掩蓋英國侵略行為的企圖。參見王立群：〈《漫遊隨錄》中所塑造的英國形象〉，《北京科技大學學報（社會科學版）》第21卷第1期（2005年1月），頁80。

貝』」，即my darling，又補充說明其「把手接吻，無所不至，只
圖生意而已」，顯然對其行徑頗為不齒；描述餐館女侍週日赴客
人之約「一笑低聲問佳客，這回生代好同車」，注文解釋「『生
代』譯言『禮拜日』」[60]，即Sunday，由日常生活細節反映倫敦
男女交往自由。象徵科學理性的水族館則結合音譯詞轉化為倫敦
男女暗通款曲的慾望空間：

> 銷魂最是亞魁林，粉黛如梭看不清。一盞槐痕通款曲，低
> 聲溫鎊索黃金。
> 「亞魁林」譯言「水族園」也，「槐痕」譯言「酒」也，
> 英人謂「一」為「溫」。[61]

「亞魁林」即aquarium，「槐痕」即wine，「溫鎊」即one pound，
注文說明水族館「為妓女聚會之所，粉白黛綠，連袂而來，視有
當意者，即攜入座」，甚至進而仔細描述男女夜合之資與尋歡細
節。從公園、戲園、餐館、到水族館……等公共場所，毫無顧忌
地渲染男女情慾互動，儼然將倫敦描繪成一個道德敗壞的慾望
空間。

　　除此之外，他對倫敦女子的種種形容，更是毫不避諱地直接
附加各式情慾想像。所見倫敦女子裝扮「細腰突乳聳高臀，黑漆
皮靴八寸新。雙馬大車輕絹傘，招搖馳過軟紅塵」，強化腰乳臀
足的性別特徵，並以「招搖」二字暗寓貶意，注文中更仔細說明
「縛腰如束筍，兩乳凸胸前，股後縛軟竹架，將後幅襯起高尺

60　〔清〕張祖翼：〈倫敦竹枝詞〉，頁13、10。
61　〔清〕張祖翼：〈倫敦竹枝詞〉，頁12。

許，以為美觀」[62]，具象彰顯衣著特色所凸顯的女性生理特徵，詩句與注文交互加乘，彷彿滿城盡是賣弄風情的開放女性。

張祖翼對於倫敦女子的描述，不分職業身分，皆擺脫不了情色連結，女護士「深情夜夜詢安否，浹骨淪肌報得無」[63]，似與病人關係曖昧難明、女花店主「若教解語應傾國，花愛金錢妾愛郎」，直言花店女主人的感情態度，注文中甚至明言「凡賣鮮花者，皆絕代佳人，設店通衢，盡人調笑。日落閉肆後，相率不知所之矣」[64]，直接描述其輕薄隨便，開啟打烊後的旖旎想像、女教師「每日先零兩三枚，朝朝暮暮按時來，豈徒教習英文語，別有師恩未易猜」[65]，暗示師生曖昧情誼、女電報員「為他人約黃昏後，未免癡情竊問郎」[66]，暗示下班後的複雜感情生活。倫敦女性的不同專業能力全然被抹滅，從大眾娛樂場所到醫院、教室、電報局……等嚴肅場合，整座倫敦城市毫無例外，全然籠罩於張祖翼刻意營造的情慾想像中。

〈倫敦竹枝詞〉與女性相關篇幅幾乎過半，對當地女性的描述多半扭曲偏頗，充滿色情與淫慾，即便尊貴如英國女王亦不例

---

62 〔清〕張祖翼：〈倫敦竹枝詞〉，頁9。

63 〔清〕張祖翼：〈倫敦竹枝詞〉，頁15。註解中對女護士的描述卻是肯定其專業能力：「扶持病人者，皆二十內外年輕女僕，一色號衣，日夜不離病榻。凡選女僕入院者，必擇其潔淨精壯，尤須設誓許願，以防急憒。故女僕無不盡心竭力，較家人尤周到也」，強調其盡心照顧病人、潔淨精壯之特點，再次呈現詩句與註解相反的情形。參見〔清〕張祖翼：〈倫敦竹枝詞〉，頁15-16。

64 〔清〕張祖翼：〈倫敦竹枝詞〉，頁11。

65 〔清〕張祖翼：〈倫敦竹枝詞〉，頁14。「先零」即shilling，為英國貨幣單位，只需兩三枚即可召喚女教師前來，且由「朝朝暮暮」、「別有師恩」暗示師生關係匪淺，只是金錢即可購買的廉價服務。

66 〔清〕張祖翼：〈倫敦竹枝詞〉，頁18。

外：「五十年前一美人，居然在號為魁陰」，注文「英民呼其主為『魁陰』，譯言『女王』也」，「魁陰」即queen，在女王五十週年登基紀念慶典之際為此詩，張祖翼以「居然」暗喻嘲諷之意，無視於女王之尊貴地位，僅注意其年老外貌。在描述屬島蘇格蘭人著傳統服飾拜見女王時，更大肆嘲笑其「露膝更無臣子禮，何妨裸體入王宮」[67]，正式禮儀進行的莊重氣氛瞬間被消解殆盡。

對比前期訪英旅人筆下的英國女王形象，更可見明顯差距：

> 大棗如瓜千歲桃，玉盤王母賜葡萄；歸來誇向同人說，能到瑤池已足豪。[68]

第一位拜見英國女王的晚清旅人斌椿直接以熟悉的傳統意象詮釋，套用中國神話典故——仙桃、瑤池、西王母，鋪陳女王的尊貴形象，此種囿於傳統認知框架的詮釋手法雖反映出旅人的侷限，但昔日被比附為西王母尊貴形象的女王，在張祖翼作品中竟被貶為年華老去、必須面對露膝蠻族的遲暮美人，天上人間地位驟變，落差不可謂不大。

以充滿色情與淫慾的眼光觀看城市，張祖翼筆下的倫敦也自然處處春色蕩漾，宴會中女子袒露裝扮成為觀看焦點：「怪他嬌小如花女，袒臂呈胸作上賓」，注文「婦女來者，皆脫帽解上衣，袒兩臂，胸乳畢露」[69]，裝扮清涼的倫敦女子顯然較盛宴氣象更為吸引張祖翼。對於女子裝扮暴露的大肆鋪陳，也成為張祖

67　〔清〕張祖翼：〈倫敦竹枝詞〉，頁4、5。
68　〔清〕斌椿：《海國勝遊草》，頁167。
69　〔清〕張祖翼：〈倫敦竹枝詞〉，頁7。

翼描寫倫敦的一大特點，例如舞臺上所見女演員「赤身但縛錦圍腰，一片凝脂魂為銷」，僅著眼於其赤裸裝扮，至於表演狀況如何根本非觀看重點：「舞蹈不知作何語，下場捧口倍嬌嬈」，注文「女伶出臺，上無衣，下無褲，以錦一幅纏腰際，僅掩下體而已，其白嫩不可名狀」，場面描述肉慾橫流，女演員表演結束後，與台下觀眾送飛吻互動：「以兩手捧口，送『開司』」[70]，更是充滿無限遐想。就連描寫靜態的藝術品展示，也是大力著墨於裸露特點：

> 石像陰陽裸體陳，畫工靜對細摹神。怪他學畫皆嬌女，畫到腰間倍認真。（博物院）

> 家家都愛掛春宮，道是春宮卻不同。只有橫陳嬌小樣，絕不淫褻醜形容。
> 丹青萬幅掛琳瑯，山水樓台著色良。怪底畫工皆好色，美人偏不著衣裳。[71]（油畫院）

從女子裝扮到雕像、畫像，無一不充滿裸體意象。裸露的色情空間遍佈戲院、博物院、居民居家、油畫院……等公私領域，已是倫敦居民生活一環。田曉菲認為張祖翼刻意強調西方美人畫均裸體的狀況並非真正事實，「也許是為了製造聳人聽聞的效果而誇人其實」，描述春宮畫的詩作也代表了張祖翼在遭遇異國文化時如

---

70 〔清〕張祖翼：〈倫敦竹枝詞〉，頁11。「開司」即kiss。
71 〔清〕張祖翼：〈倫敦竹枝詞〉，頁14、25。

何對之言說的窘境，張祖翼必須用現有的本土文化語彙來為他的讀者描述這個現象，但是，他所見之物已經遠遠超過他用來表現它的詞語，最終只能歸結於一個顯得相當蒼白的詞：「不同」。[72]

　　對於此種景象，張祖翼在注文中以「蓋亦司空見慣而不怪耳」、「毫不為怪」[73]補充說明，連續出現的「怪」字可見他顯然無法接受此種景象，但這種強烈的深刻印象，卻成了他在書寫倫敦時的主要基調，與大量音譯詞及色欲化的女性形象，共同營造出城市奇特的異國情調。

　　初訪泰西的晚清旅人態度較保守者如張德彝、劉錫鴻……等人，雖亦曾對西方女子的裸露裝扮與西方裸體藝術感到驚訝，但並不像張祖翼幾乎全然以此作為關注焦點，從公領域到私領域，所有空間充斥著無所不在的情慾想像。再對照與張祖翼同時旅居倫敦的駐英公使劉瑞芬日記，同樣參觀油畫院，劉瑞芬僅讚嘆其「山水人物狗馬，各極其妙」，參加皇室舞會時雖亦提及女子裝扮「皆袒胸露臂」，但更多描述重點在於其華麗珠寶以及衣著所代表的禮儀意涵，[74]而非誇張的情色想像或道德批判，至於被張

---

72 田曉菲：《神遊：早期中古時代與十九世紀中國的行旅寫作》，頁163-164。

73 例如描述倫敦隨處可見裸露的人體畫作：「凡畫美人者，無論著色墨筆，皆寸絲不掛，惟蔽其下體而已。廳室畫室皆懸之，毫不為怪」、博物院畫工面對裸體雕像處之泰然：「畫工皆女子，攜畫具入院，靜對而摹之，日以百計。毫無羞澀之狀，蓋亦司空見慣而不怪耳。」參見〔清〕張祖翼：〈倫敦竹枝詞〉，頁14。

74 〔清〕劉瑞芬：《西軺紀略》（國立臺灣大學圖書館藏，清光緒劉氏養雲山莊遺稿本影印，1893年），頁8、11。劉瑞芬所見的英國皇室女子雖袒胸露臂，但「百疊裙後拖彩色錦緞，長裙拂地四五尺，為禮之至敬也」，他所著眼的重點並非身體裸露的情色想像，而是西方禮儀的不同展現方式，眼界顯然不同於張祖翼。

祖翼描述為女子私下約會空間的公園，劉瑞芬卻是盛讚其環境優
美，為政府體恤人民之良好德政：「仕女童稚，嬉遊雜沓。西國
養生之道，曲體人意，亦養民善政之一端也」。被張祖翼渲染為
銷魂場所的水族館，在劉瑞芬筆下亦只是遊人作樂之地，且「西
人行樂，極意經營，各國皆然，亦俗使然也」[75]，西人注重休閒
娛樂，水族館不過是此種風氣下的尋常設施。劉瑞芬筆下的倫敦
女子注重禮節，城市公共設施完善、人民善於養生休閒，兩人同
時旅居倫敦，所呈現的倫敦形象卻迥然相異，張祖翼刻意從情色
與敗德出發的書寫策略，明顯使得筆下的倫敦風景也隨之失真。

　　再看當時與張祖翼一同駐守倫敦、身為公使隨員的鄒代鈞，[76]
他作品所描述的倫敦民情：「風俗堅忍耐勞、守法度，以逾蕩為
恥……男女並重，故婦女均出應賓友，亦未聞因此致淫亂。蓋其
法禁淫亂，不禁應賓友也」[77]。鄒代鈞筆下的倫敦女子呈現落落
大方接應賓客，舉止有節的正面形象，兩性關係更非如張祖翼所
形容的放蕩不羈，與〈倫敦竹枝詞〉中刻意彰顯的淫亂印象顯然
有所不同。

　　不論與先前或同時期的晚清倫敦旅人作品加以對照，張祖翼
的〈倫敦竹枝詞〉所建構的倫敦形象顯然都是極為特異。大量音
譯詞的使用，強化倫敦的異國情調與陌生感，女子形象的慾望

75　〔清〕劉瑞芬：《西軺紀略》（國立臺灣大學圖書館藏，清光緒劉氏養雲山莊
　　遺稿本影印，1893年），頁12-13。

76　鄒代鈞為清朝重要地理學家，1886年駐英使臣劉瑞芬前往倫敦赴任，鄒代鈞
　　以隨員身分同行，《西征紀程》即為此次出使的旅行記錄，該書記錄各地地
　　貌，考證歷史地理，並記載異國所見重要政治制度與風俗民情。

77　〔清〕鄒代鈞：《西征紀程》，收錄於鍾叔河主編：《走向世界叢書續編》（長
　　沙：岳麓書社，2016年），頁169。

化，凸顯整座城市的敗德。強調西方科技文明雖發達，但內在的
道德層面卻未能同等進步，此種表現手法，或可與1866年初訪倫
敦的張德彝相互參照，張德彝雖在遊記中大讚倫敦之「奇」，對
於籠罩倫敦的黑霧亦明白背後成因，在作品中仍忍不住加上道德
批判：「入夜永係霧氣瀰漫，不知淫風流行而天光蒙蔽，以示儆
耶」[78]，將倫敦霧霾視為上天對淫亂城市的示警。張德彝將自然
現象連結城市淫亂風氣，暗示城市的內在缺失，張祖翼則直接以
大量與事實不符的情色想像醜化倫敦，兩人造訪時間雖相差二十
年，筆下的倫敦卻同樣都在刻意貶抑的手法下，呈現出嚴重的道
德瑕疵。長期駐英的張祖翼已不同於二十年前匆匆初訪、走馬看
花的張德彝，對倫敦認識益深，卻以更加偏頗的方式醜化倫敦，
這正反映了旅人沉重的內在包袱，想像與扭曲的程度越強，似乎
就越能減少自己國家與西方強國的發展落差，藉由重新建構的異
國城市形象，再次定位自我家國。

　　張祖翼之後的晚清旅人，雖亦曾於作品中提及倫敦的負面形
象，但多半集中於對霧霾的描寫，如1890年第四任駐英公使薛福
成在遊記中記錄倫敦「九月以後直至三月，幾於無日不陰，無日
不霧」，並以科學角度說明霧霾成因：「蓋英倫三島，四面皆海，
本多白霧；而倫敦五百萬煙戶之煤煙，又為霧所掩，不能沖霄直
上，聚為黃霧」[79]，不再附加情緒化的個人想像。隨行參贊黃遵
憲所作〈倫敦大霧行〉，也是以長篇詩作誇張渲染倫敦大霧期間

78　〔清〕張德彝：《航海述奇》，頁708。

79　〔清〕薛福成：《出使英法義比四國日記》，收錄於鍾叔河主編：《走向世界叢
　　書‧修訂版（八）》（長沙：岳麓書社，2008年），頁238-239。

自然霧氣與工業煙塵混雜，遮蔽天地，日月無光的恐怖形象。[80]
1895年訪英的潘乃光同樣以竹枝詞描寫倫敦，所作〈英都倫敦〉
十首詩作中，對於倫敦的負面印象集中以霧霾為主：「每日陰霾
不放晴，一冬常在霧中行」，雖亦有批評其他缺點之處，如稱許
倫敦交通建設發達後，也點出背後隱憂問題：「稅務年年幾倍
增」[81]，但整體而言，詩中所呈現的倫敦形象仍是一文明繁華大
城，而非像張祖翼有意識地以特定模式全面醜化倫敦。與其他晚
清旅人相較之下，〈倫敦竹枝詞〉所呈現的城市形象顯然相當突
兀，也成為晚清倫敦書寫中極為奇特的存在。

　　程瑛曾分析張祖翼的心態：「作為一名中下層知識分子，數
千年傳統文化的積澱和鴉片戰爭後近半世紀以來社會中下層對西
方認識的遲滯、觀念的陳舊，都使他不想也不能越雷池半步」[82]。
然而，旅居倫敦日久，對現代文明科技的體驗也更加深刻，在面
臨異文化衝擊之際，〈倫敦竹枝詞〉雖呈現了先進發達的物質文
明，卻還是可以看見張祖翼難以承認彼優我劣的窘境。詩中刻意
扭曲外在形象，對倫敦道德低落、情慾橫流的猛烈抨擊，多半是
以中國傳統禮教觀點出發，雖是旅人守舊的反應，卻未嘗不是另
一種為自身民族文化發聲的表現。注文斷裂的書寫方式雖破壞詩

80　詩中描述倫敦霧霾嚴重：「時不辨朝夕，地不識南北。離離火焰青，漫漫劫灰
　　黑」，甚至以「阿鼻獄」、「羅殺國」……等佛典與梵語形容大霧的黑暗與可
　　怕：「忽然黑暗無間墮落阿鼻獄，又驚惡風吹船飄至羅殺國」。參見〔清〕黃
　　遵憲著，陳錚編：《黃遵憲全集》（北京：中華書局，2005年），頁120-121。

81　〔清〕潘乃光著，李寅生、楊經華校注：《榕蔭草堂詩草校注》（成都：巴蜀
　　書社，2014年），頁484-485。

82　程瑛：〈清代《倫敦竹枝詞》的形象學文本分析〉，收錄於孟華主編：《中國文
　　學中的西方人形象》（合肥：安徽出版社，2006年），頁92。

的藝術美感，但藉由詩的抒情特質表達詩人真正感受，強調異國城市雖在物質表象上勝過中國，內在道德卻有著無法忽視的嚴重瑕疵，並非完美無缺，透過渲染對方的內在道德缺失，也翻轉了彼強我弱的絕對劣勢。

四　結語

倫敦為英國首都，晚清旅人造訪之際，正是英國國力鼎盛時期。張祖翼以前的中國旅人，不論官方或私人身分，多半在作品中書寫倫敦的正面形象，從氣勢恢弘的奇異勝境到清晰具體的文明都會，共同描繪出一個內外兼美的理想城市。

不同於前人的遊記，張祖翼選擇以竹枝詞描寫倫敦，透過詩句與注文的矛盾斷裂，在正→反→正的轉折之間，一方面呈現倫敦的文明進步，另一方面卻針對城市的內在本質提出質疑，藉由劇烈拉扯的文體張力重塑了一個外在表象文明進步，內在道德卻無比低落的惡質城市，並刻意使用大量音譯詞，營造出新奇的異國情調。

在張祖翼充滿偏見的詮釋下，過往旅人所營造的倫敦美好形象被全然解構，城市建設雖先進文明，政教風俗卻骯髒不堪，規劃良好的城市空間有著揮之不去的陰森氣息。在充滿情色眼光的凝視下，被嚴重扭曲的倫敦職業女性形象與裸露特性，進一步深化城市的敗德特質，原先文明先進的理想城市被重構成春色滿城的慾望空間。

張祖翼極力彰顯的負面形象，顛覆了晚清旅人對倫敦的集體印象，延伸出另一種觀看的可能，同時反映了旅人在面對異文

化的不安與矛盾，只是在如此偏頗手法的運作下，非但未能確實
發揮竹枝詞的詼諧風趣本色，反而更加彰顯了旅人自身的侷限與
不足。

　　本文為科技部106年度研究計畫「再現異國形象：晚清海外
遊記與竹枝詞的雙重對照」（編號：MOST 106-2410-H-003-117-
MY2）、108年度研究計畫「近現代中國海外遊記的英國形象
（1840-1949）」（編號：MOST 108-2410-H-003-096-MY2）部分研
究成果。
　　原文初稿曾宣讀於「第12屆通俗文學與雅正文學——『近現
代文學與文化』國際學術研討會」（2017年11月17-18日），中興大
學中國文學系主辦。

第二章

現代化之都的見證與轉化[*]

──晚清海外紀遊詩中的巴黎地景

一　前言

　　1866年，在海關總稅務司赫德的帶領下，代表清廷首次出訪西方的官員斌椿在遊記《乘槎筆記》中記錄了自己對巴黎的第一印象：「街市繁華，氣局闊大」，三個月後再訪巴黎，更盛讚其「街市依然，都城壯麗，甲於西土矣」[1]，對巴黎留下極為美好的印象，將其定位為西土第一的壯麗城市。

　　在詩集《海國勝遊草》中，斌椿對於巴黎的華麗街市有更為直接的描述：

---

* 本章篇名參考〔美〕大衛‧哈維（David Harvey）的著作《巴黎城記：現代性之都的誕生》之書名，在 1848 到 1871 年兩次失敗的革命之間，巴黎經歷了一場驚人的轉變，經過首長奧斯曼男爵（Eugène Haussmann）的大幅改造後，才以今日巴黎四處可見的林蔭大道，取代了昔日的中世紀地圖，才變成今日如夢如幻的巴黎。晚清旅人赴法之際，正好見證了甫經改革過的現代化之都。他們以古典詩作所再現的巴黎地景，不但是現代化城市的見證，也是中西兩種不同知識體系的轉化與再現。參見〔美〕大衛‧哈維（David Harvey）著，黃煜文譯：《巴黎城記：現代性之都的誕生》（臺北：群學出版社，2007 年）。

1　〔清〕斌椿：《乘槎筆記》，收錄於鍾叔河主編：《走向世界叢書‧修訂版（一）》（長沙：岳麓書社，2008年），頁108、134。

康衢如砥淨無埃，駿馬香車雜遝來。畫閣雕欄空際立，地
衣帘額鏡中裁。明燈對照琉璃帳，美釀頻斟瑪瑙杯。醉裡
不知身是客，夢魂疑是住蓬萊。[2]

身為晚清首批踏出國門的旅人，斌椿顯然對國外新事物尚未具備
相應的知識基礎，只能在詩中以大量傳統元素如「駿馬香車」、
「畫閣雕欄」、「琉璃」、「瑪瑙」……等堆疊出巴黎的華麗形象，
最後更以象徵仙境的「蓬萊」作為巴黎的代名詞。

　　1890年清廷任命薛福成出使英、法、義、比四國，黃遵憲為
參贊隨行，之後轉任新加坡領事，赴任途中亦曾行經巴黎，事隔
多年，當他於1898年在中國追憶起這趟旅行時，同樣使用與斌椿
極為相似的手法再現巴黎美好：

萬夜懸耀夜光珠，照出諸天夜燕圖。瓔珞網雲花散雨，居
然欲界有仙都。[3]

相較於初次出洋的斌椿而言，晚年追憶海外旅行的黃遵憲已具備
多年駐外經驗，[4]對國外事物也有一定程度的瞭解，卻與斌椿同
樣採用與「蓬萊」極為類似的「仙都」來形容巴黎。在不同年

2　〔清〕斌椿：《海國勝遊草》，收錄於鍾叔河主編：《走向世界叢書‧修訂版
　　（一）》（長沙：岳麓書社，2008年），頁165。

3　〔清〕黃遵憲著，陳錚編：《黃遵憲全集》（北京：中華書局，2005年），頁
　　159。

4　赴歐之前，黃遵憲曾於1877年隨何如璋東渡出使日本，1882年調任駐美國舊
　　金山總領事，結束駐歐行程後，又於1891年到新加坡任總領事，1894年方結
　　束外交生涯返國。

代、不同背景的晚清旅人的詩作中，巴黎皆以不同於人間的華美形象出現，除了抽象朦朧的想像外，晚清旅人如何透過傳統詩形式呈現巴黎的具體樣貌？在觀看同一座城市的過程中，又如何調動既有的知識體系、投射個人情感，詮釋出多樣的地景意涵？這正是本章所欲探討的主要問題。

　　19世紀的法國在工業革命後國力大增，已成為一個強大的殖民帝國，19世紀後半期，法國巴黎在1855年、1867年、1878年、1889年、1900年共舉辦了五次萬國博覽會，為推動博覽會的進行，法國政府在巴黎大興土木，進行各種改建，也加速了巴黎的現代化。1853年開始，拿破崙三世任用奧斯曼（Eugène Haussmann）為塞納省省長，自此開始進行長達17年的巴黎改造計畫，奧斯曼將近郊併入巴黎市，使得巴黎由原本的十二區擴大為二十區，並藉由修建道路與整頓房屋、古蹟，重新進行城市規劃，大刀闊斧的改革，「將巴黎開腸剖肚、重組城市的血肉組織」[5]，經過嚴格的城市佈局，使巴黎蛻變為景觀整齊、功能完善的現代化城市。

　　晚清赴歐旅人最常見的旅行路線，是搭乘遠洋輪船由上海出發，經香港－新加坡－蘇門答臘－亞丁－紅海－埃及，經蘇伊士運河（未開通時乘火車）－埃及－義大利，再從法國馬賽港登陸歐洲大陸後，再經由巴黎轉往英國。參見下圖：

5　〔美〕大衛・哈維（David Harvey）著，黃煜文譯：《巴黎城記：現代性之都的誕生》，頁110。

圖一　晚清旅人歐遊路線

從行進路線與開發程度看來，作為歐陸之旅的重要必經之處，相較於行程前半段尚未經過大規模改造的其他城市，巴黎所帶給旅人的現代化衝擊自然更為強烈。例如1895年初次訪法的王之春便於〈巴黎行〉詩中描述初抵巴黎的震撼：

> 地球行近七萬里，境入巴黎縱其詭。眼花撩亂興狂發，城開不夜恣華靡。[6]

巴黎的華靡印象令他眼花撩亂，目眩神迷，總評由亞入歐的前半段旅程，他盛讚巴黎「睥睨泰西雄歐洲」[7]，為泰西第一城市。

6　〔清〕王之春：《使俄草》，收錄於鍾叔河主編：《走向世界叢書續編》（長沙：岳麓書社，2016年），頁74。

7　王之春在遊記中對巴黎第一印象的形容更為誇張：「見街道之寬闊，閭閻之宏整，實甲於地球」，已將比較基準由歐洲提升至全世界。參見〔清〕王之春：《使俄草》，頁74。

　　1866年後前往歐洲的晚清旅人，正見證了歷經奧斯曼改造，以及不斷因應博覽會展開新建設的現代巴黎。躬逢其盛的他們，如何以傳統詩為載體，再現現代化城市的具體風貌？現今熱門觀光景點如巴黎鐵塔、香榭麗舍大道、凱旋門……等，在晚清詩人筆下又是何種樣貌？在凝視與書寫這些文明地景的過程中，詩人們投射出哪些複雜的情感認同與自我想像？地景不僅是我們看到的事物，它也是一種觀看事物的方式（way of seeing things），一種觀看和描繪我們周遭世界的特定方式。[8]晚清旅人的凝視與觀看，又充滿了哪些特定的文化價值與意識形態？

　　關於此一主題，目前雖有相關研究如赫雪俠《清末中國和幕末明治日本海外漢詩中的法國形象》[9]、鄭俊惠《近代海外竹枝詞中的「歐美」與「南洋」》[10]……等學位論文關注晚清海外紀遊詩中的特定地域，但甚少以單一城市作為研究主題。孟華〈從艾儒略到朱自清：遊記與浪漫法蘭西形象的生成〉，以遊記為主要研究文本，藉由比較文學形象學研究方法，探討「浪漫法蘭

8　約翰・威利（John Wylie）著，王志弘等譯：《地景》（臺北：群學出版社，2021年），頁9。

9　赫雪俠：《清末中國和幕末明治日本海外漢詩中的法國形象》（太原：山西大學比較文學與世界文學碩士論文，2012年）。該文研究中日兩國海外漢詩中的法國形象，最後得出結論為「中日兩國海外漢詩中的法國形象不但反映了東西方異質文化碰撞交流的現實，也體現了中日兩國在對外意識、審美理念和文化傳統上的巨大反差」，雖亦涉及巴黎部分，但因強調中日文化對比，並非僅針對地景著墨。

10　鄭俊惠：《近代海外竹枝詞中的「歐美」與「南洋」》（上海：華東師範大學世界文學碩士論文，2019年）。該文關注近代中國人寫作歐美、南洋竹枝詞的時代背景，並透過作品與作者分析，探析作品的現代性，涵蓋範圍甚廣，歐美部分雖亦提及巴黎，但並非主要議題，處理篇幅亦有限。

西」形象如何在同質與異質的互文中構成。[11]該文提醒了筆者注意旅行書寫的互文性不但是建構異國形象的主要特點之一，旅行文本同時也扮演著新形象揭示者的重要角色。形象特有的滲透性，以及傳統與現代意義的相互依存，都是探討異國形象時所不容忽視之處。

本章即以晚清海外紀遊詩中的巴黎地景作為主要研究焦點，首先分析晚清旅法詩人的旅行背景與作品形式，再藉由不同主題的地景作品進行參照比對，包含往昔帝國榮耀與公共生活空間兩部分，分析詩作地景所呈現的文化隱喻，透過不同角度的切入，更深入分析晚清海外詩人所呈現的巴黎形象，以及他們在見證現代化城市文明後，透過異國地景所映照出的自我觀照與文化想像。

二　晚清旅法詩人與作品

（一）出訪背景

鴉片戰爭以後，清廷在國勢衰頹、列強侵逼的壓力底下，不得不開啟國門，與外界產生交流。1866年派斌椿出使歐洲訪問後，1868年再由志剛率團出訪歐美，但二者皆為短暫出訪，直到1876年首任駐外公使郭嵩燾赴英後，方有較長期的旅居形式出現。

---

11 該文指出「浪漫法蘭西」形象的起源始自法國神父艾儒略的遊記《職方外記》在中國的譯介。晚清旅人張德彝和王韜追隨艾儒略，現當代作家又追隨張德彝和王韜，現代中國人心目中的「浪漫法蘭西」形象就是在這種「同質」與「異質」的「互文」中構成的。參見孟華：〈從艾儒略到朱自清：遊記與浪漫法蘭西形象的生成〉，收錄於孟華：《中法文學關係研究》（上海：復旦大學出版社，2011年），頁228-239。

　　以官方身分出國的旅人多半須繳交相關記錄，日記或考察報告為主要形式，例如首任駐英公使郭嵩燾《使西紀程》即為出使日記，繼任的曾紀澤、薛福成，以及駐美公使陳蘭彬、張蔭桓、崔國因、伍廷芳，駐德公使劉錫鴻、李鳳苞……等人，也都有相關記錄。

　　同樣記錄旅行，相較於必須上繳、記錄詳細的日記或報告，抒發個人情志、不須上繳的詩作，反而擁有更多的自由空間。同樣一趟行程，亦可見旅人同時以遊記與詩展開書寫，例如前述的斌椿除著有遊記《乘槎筆記》外，另有《海國勝遊草》、《天外歸帆草》二詩集記錄旅行。

　　耙梳晚清旅法詩人的旅行背景與身分，主要可分為官方與私人二大類。其中官方出遊者居大多數，以1866年的斌椿為首，接著是1879年以翻譯官身分隨第二任駐英公使曾紀澤派駐英國的左秉隆，左秉隆於1879-1881年駐英期間曾赴法旅行，並於巴黎搭乘熱氣球升空，[12]著有〈詠輕氣球〉古詩描述此難得體驗。[13]1906年清廷派五大臣出國考察，為君主立憲作準備，左秉隆以頭等參贊身分隨行，再次遊歐，停留巴黎期間曾造訪拿破崙陵墓、凡爾賽宮等景點，並著詩紀念。

---

12 左秉隆〈飛機〉一詩曾提及此段經歷：「憶昔隨節使歐洲，在法曾駕輕氣球」。參見〔清〕左秉隆著，林立校注：《勤勉堂詩鈔：清朝駐新加坡首任領事官左秉隆詩全編》（臺北：時報文化出版公司，2021年），頁118。

13 左秉隆於詩中讚嘆輕氣球的神奇功能：「不假雙飛翼，而能超太虛」，但也擔憂此項科技的安全性：「夙夜懼隕越，徒此費吹噓」，詩人最後抒發「願隨大地轉，一氣任卷舒」的感懷作結。以熱氣球為主要描寫對象，至於登氣球所見巴黎景象並未加以著墨。參見〔清〕左秉隆著，林立校注：《勤勉堂詩鈔：清朝駐新加坡首任領事官左秉隆詩全編》，頁76。

　　1883年上海文人袁祖志以隨員身分，隨輪船招商局總辦唐廷樞赴歐洲考察商務與船務。袁祖志為上海洋場才子、報館名士，雖出遊在外，但旅途中經常以電報形式將自己吟詠國外見聞之作傳回國內，刊載於《申報》上，引起國內諸多文人唱和，袁祖志再以詩歌相互酬唱，集結海外旅行詩作的《海外吟》便收錄多首酬唱之作，收錄有關巴黎之作有組詩〈巴黎四咏〉4首以及〈留別巴黎一律〉1首。[14]

　　1886-1889年以隨員身分駐法的王以宣，則是晚清停留法國時間最長、寫作法國旅行詩作數量最多的詩人。1884年王以宣的老師許景澄被任命為出使法、德、義、荷、奧五國公使，王以宣後以隨員身分赴法，停留三年的時間，著有《法京紀事詩》共100首詩。詩作分六部分：「首政教，次風俗，次服飾，次景物，次名勝，次遊覽」[15]記錄法國見聞，王以宣自言採用形式為「仿灤京雜賦體，係以截句百首」，以絕句記錄巴黎，值得注意的是，除了詩句本身之外，詩後另有附加說明的雜賦體記事，最長者甚至達一千二百多字，詳細說明詩中事物。

　　王以宣之外的官方旅法詩人，多半都以短訪形式居多。1889年巴黎舉辦第三屆世界博覽會，駐美公使張蔭桓作為大清國出訪代表前往參觀，期間曾登上巴黎鐵塔並著有〈巴黎鐵塔歌〉[16]、1890年黃遵憲隨出使英法義比大臣薛福成赴倫敦，1891年夏天調

14　〔清〕袁祖志：〈海外吟〉，《瀛海采問紀實》，收錄於鍾叔河主編：《走向世界叢書續編》（長沙：岳麓書社，2016年）。

15　〔清〕王以宣：《法京紀事詩》，收錄於鍾叔河主編：《走向世界叢書續編》（長沙：岳麓書社，2016年），頁80。

16　〔清〕張蔭桓著，孔繁文、任青整理：《張蔭桓集》（北京：中華書局，2012年），頁128。

任新加坡總領事，赴任途中行經巴黎，特地登上鐵塔參觀，著有〈登巴黎鐵塔〉[17]長詩。

　　1894年俄國沙皇亞歷山大三世病逝，皇太子尼古拉二世繼位，王之春以湖北布政使身分，作為特派使臣前往俄國唁賀。王之春先由上海啟程，1895年經地中海由法國馬賽登陸，進入俄國執行任務，任務結束後，王之春於歐洲各地展開遊歷，並再訪巴黎，停留約兩個多月的時間，著有遊記《使俄草》，其中附錄12首吟詠巴黎的〈巴黎竹枝詞〉[18]。以及〈巴黎行〉、〈重到法京〉、〈遊萬生園〉……等長詩。潘乃光則以參贊身分隨同王之春出訪，將一路行旅記錄輯為《海外竹枝詞》，其中與巴黎相關者共15首，補錄另有《巴黎雜詩》10首，與〈重到法京〉五律1首、〈巴黎懷古〉長詩1首。[19]

　　以私人因素旅行巴黎，並作詩記錄者，則以康有為為代表。康有為於戊戌政變失敗後流亡海外，1904年踏上歐洲旅行，1905年由德入法，停留十多天，著有《法蘭西遊記》以及〈遊法蘭西詩〉6首記錄巴黎見聞，之後於1906、1907年均曾再訪巴黎，並著有〈巴黎戲劇，易數曲，各極歌舞之妙。山海天月，慘澹娛

17　〔清〕黃遵憲著，陳錚編：《黃遵憲全集》，頁127-128。

18　〔清〕王之春：《使俄草》，收錄於鍾叔河主編：《走向世界叢書續編》（長沙：岳麓書社，2016年）。原詩作散見於《使俄草》中，尹德翔另於〈《中華竹枝詞全編・海外卷》補遺〉一文中特別輯錄12首組詩並加註，參見尹德翔：〈《中華竹枝詞全編・海外卷》補遺〉，《寧波大學學報（人文科學版）》第24卷第5期（2011年9月），頁32-33。

19　原作被收入多本竹枝詞選集，但甚少專人研究，2005年廣西大學楊經華碩士論文《〈榕蔭草堂詩草〉校注》將《海外竹枝詞》附於文末，該學位論文2014年由巴蜀書社同題出版。參見〔清〕潘乃光著，李寅生、楊經華校注：《榕蔭草堂詩草校注》（成都：巴蜀書社，2014年）。

逸。氣象迫真，感人甚深，欲嘆觀止〉一詩，以及1908-1909年
間，在其他異國行旅中，曾追憶巴黎之作如〈遊各國蠟人院，巴
黎最勝妙矣〉。

綜觀晚清巴黎紀遊詩的作者背景，多半具備官方身分，包含
奉朝廷之命出洋的特使、隨使、駐外人員，私人出遊者僅康有為
一人。停留巴黎時間，除王以宣長達三年，旅居時間較長外，其
餘僅停留從數日到兩個月不等，以短訪形式居多。早期旅人如斌
椿、袁祖志……等旅行閱歷較為有限，但後期旅法者從張蔭桓、
黃遵憲至康有為，已有遊歷多國經驗，對於巴黎經驗的詮釋，也
有了不同的比較視野。

（二）形式與焦點

晚清旅人詩作形式，除了以長篇撰寫、詳述巴黎見聞外，也
有不少旅人採用以吟詠風土為主要特色的竹枝詞，[20]如王之春、
潘乃光等人，其他旅人如斌椿、王以宣……等，詩集雖非以竹枝
詞為名，卻也同樣具備竹枝詞不拘瑣細、吟詠風土的特性。描述
巴黎的詩作中，以註解補充說明是常見的寫作手法，以詩為載
體，無法完整詮釋異國新事物，註解的補充說明即有存在必要。
然而，有些註解篇幅甚至遠遠超過詩作本身。[21]

---

20 竹枝詞起源於巴渝之地，確切起源，已難究考。清人王士禎於《帶經堂詩
話》中點出竹枝詞的特色為「詠風土，瑣細詼諧皆可入。大抵以風趣為主，
與絕句迥別」。參見〔清〕王士禎：《帶經堂詩話》（北京：人民文學出版社，
1982年），頁207。

21 施蟄存也曾針對宋元以後，地方性竹枝詞的此種現象提出說明：「這一類的
竹枝詞，已不是以詩為主，而是以注為主了」。參見施蟄存：〈序〉，收錄於
丘良任：《竹枝紀事詩》（廣州：暨南大學出版社，1994年），頁4。

　　以旅居三年的王以宣為例，除熱門觀光景點外，他對於生活場景的體驗亦較其他旅人來得更為豐富。以詩為引，雜賦為註解補充說明，可對照出詩人的明顯好惡，例如他描述巴黎教堂：

　　　　堂聳青霄氣象雄，鐘聲響送白雲空。羨他天主真情種，多
　　　　少鸞鳳拜下風。[22]

前半段看似稱讚巴黎教堂建築雄偉，後半段卻筆鋒一轉，諷刺女性信徒對教主的崇拜。在附註的說明中，對於當地風俗有更直接的嘲諷：「每逢禮拜，聽經大率女多於男，可見婦人佞佛，中外一致」，直接將巴黎女性宗教崇拜行為比擬為「佞佛」，原先詩句中響徹雲霄、不帶批判色彩的鐘聲，在註解中也被嫌惡為「擾人清夢」[23]。《法京紀事詩》詩句形式雖短，但後註的長文卻直接補充了更多資訊與個人情感。

　　康有為的巴黎詩作以長詩為主，透過長篇書寫巴黎景物與個人感思，除了長篇詩作外，詩題、詩序、詩注亦有明顯的文章化、紀實化傾向，[24]上述〈巴黎觀劇〉即為一例，以長題仔細說明詩句內容，即便詩句內容較短，如參觀拿破崙紀功坊與蠟人院，以律詩抒發對拿破崙的觀感，全詩不過8句，詩題篇幅明顯超過詩句：〈遊滑鐵盧，觀擒拿破崙處。及遊巴黎，觀拿帝坊陵，巍然漣旗，尚匣其紅文石櫬。及觀蠟人院，拿帝掩碟帳中，

---

22 〔清〕王以宣：《法京紀事詩》，頁68。
23 〔清〕王以宣：《法京紀事詩》，頁69。
24 關於此部分的分析，可參見左鵬軍：〈康有為的詩題、詩序和詩注〉，《廣東社會科學》2009年第5期（2009年10月），頁116-124。

一子侍疾淒然。于英雄末路也,慨然感賦〉,詩序更是長達200多字,[25]感慨昔日英雄早已不再。

除了康有為以外,斌椿盛讚巴黎華美的詩題為〈二十二日戌刻由里昂登車,未明即至巴黎斯(法國都名,計程千里),街市華麗,甲於泰西〉,已是詳細的行程說明,詩作與詩注、詩題、詩序的交互參照,可以更清楚看見旅人再現巴黎的不同視角。

詩題、詩注的加長,可補充說明詩句內容,加強作品的紀實性,此種現象不只是出現在晚清海外旅行詩作,錢仲聯在《清詩紀事》前言中已注意到中國古典詩歌歷來「言志」、「緣情」,重抒情而不重敘事的傳統,在清代已經產生變化,以詩歌敘說時政、反映現實成為清代詩壇的風氣。[26]晚清海外詩人以長注、長題描述見聞,可加強詩的敘事性與紀實性,但另一方面也同時削弱了詩的簡潔凝練,限縮了作品的想像空間。斌椿、康有為詩題幾乎已是濃縮的旅行報導摘要,王以宣直接描述當地風俗缺失,也抹去詩中景物可能延伸的象徵意涵,長注、長題雖有助於瞭解詩句內容,卻也可能產生喧賓奪主的狀況。

統整上述詩人作品中,出現較多的巴黎地景次數如下:

表 1　晚清海外紀遊詩巴黎地景統計

地景名稱	巴黎鐵塔	凱旋門	羅浮宮	動物園	香榭麗舍大道	蠟人院	公園
描寫次數	6	5	3	3	3	3	3

25 〔清〕康有為著,上海市文物保管委員會文獻研究部整理:《萬木草堂詩集——康有為遺稿》(上海:上海人民出版社,1996年),頁190-191。

26 錢仲聯:《清詩紀事》(南京:江蘇古籍出版社,1987年),頁3。

8位旅人中，除1866年的斌椿、1883年的袁祖志因巴黎鐵塔尚未建造而未得見外，其餘6位旅人無一不親赴巴黎鐵塔且作詩紀念，其餘入詩的熱門景點尚有凱旋門、香榭麗舍大道，以及展示特殊物件如羅浮宮、動物院、蠟人館……等，另外隨處可見的大眾休閒場所公園，亦是多位詩人關注目標。[27]

　　至於晚清海外詩人的巴黎旅行路線，除了詩作之外，對照敘述較為完整的遊記與年表資料，可以發現，早期旅人如斌椿因停留時間較短，僅匆匆造訪凡爾賽宮、生靈苑（動物園）、皇家花園……等處，晚清旅人如王之春停留時間較長，兩個月內造訪多處景點：香榭麗舍大道、得勝樓（凱旋門）、羅浮宮、巴黎鐵塔、萬生園（動物園），並著詩紀念。1905年第一次造訪巴黎的康有為由德入法，停留兩日即赴瑞士，停留時間雖短，旅行路線卻已精簡概括巴黎重要景點：「歷遊鐵塔公園、故宮博物院、櫨華宮（即羅浮宮）」、「更遊拿破崙紀功坊（即凱旋門）、蠟人院」[28]，二日行程與王之春所記熱門景點相去不遠，亦已涵蓋上表所列多數熱門地景，停留時間長短雖不同，但對於巴黎地景的選擇顯然已有部分共識。

---

27 根據統計資料，1855-1860年的法語巴黎旅遊指南主要以右岸香榭大道與林蔭大道一帶為遊覽重心，集中於奧斯曼改革後的現代景觀，晚清旅人集中參訪的巴黎景點大致上與當時的觀光旅行熱點雷同，旅行天數與日程雖各有差異，但卻都同樣關注城市的現代化景點。參見戴瑋琪：《法語旅遊指南中的旅遊資訊分析：以1855年-1870年的巴黎為例》（臺北：臺灣師範大學歐洲文化與觀光研究所碩士論文，2014年）。

28 康文佩編：《康南海（有為）先生年譜・續編》（臺北：文海出版社，1972年），頁52。此為康有為1905年第一次赴巴黎旅行路線，康有為相隔數日後再返巴黎，一週時間內除了造訪熱門景點路易十四故宮（凡爾賽宮）外，也因個人對博物館的喜好而特別參觀多處博物館，如軟規味博物院、乾那花利博物院，留下難得的個人記錄。

三 帝國榮耀：巴黎鐵塔與拿破崙相關建築

巴黎鐵塔與凱旋門為晚清海外旅行詩人描述最多的地景，此兩大建築正象徵著帝國亟欲彰顯的強盛國力。

（一）國力象徵：巴黎鐵塔

晚清巴黎紀遊詩中，最多旅人書寫的熱門地景正是法國最著名地標——巴黎鐵塔。為迎接1889年第九屆世界博覽會、紀念法國大革命百年，法國政府希望打造比華盛頓紀念碑（169公尺高）高逾兩倍的建築物，藉以彰顯強盛國力，在法國政府的支援下，1887年3月工程正式開工，耗時兩年多，鐵塔終於在1889年3月3日完工，並以其建築師古斯塔夫・艾菲爾（Gustave Eiffel）冠名，又名艾菲爾鐵塔（La Tour Eiffel），後蟬聯世界最高建築物長達40年之久。[29]

1889年後旅法的晚清詩人，無一不親臨其地並撰詩記錄。1886-1889年駐法的王以宣正躬逢博覽會盛況，也記錄了他所見的巴黎鐵塔：

> 盛會躬逢大拓場，年時眼福飽歸裝。浮圖聳處高千尺，環遍輿球數塔王。[30]

---

29 Jill Jonnes. *Eiffel's Tower: And the World's Fair Where Buffalo Bill Beguiled Paris, the Artists Quarreled, and Thomas Edison became a Count* (New York, NY: Viking Press, 2009), p.6.

30 〔清〕王以宣：《法京紀事詩》，頁66。

詩句如實說明巴黎鐵塔為當時世界第一高塔的崇高位置，加上佛家語「浮圖」的模糊想像線索，雖試圖以熟悉意象連結陌生景物，但並無法呈現鐵塔的具體樣貌。註解中另說明「愛否兒鐵塔，竟高至百丈而莫可窮極也」、「邑人愛否兒思創奇特，以取誇耀，醵資建此塔，即以己名名之。塔凡五層，合城皆睹，上設酒肆，遊者升以機屋，約略容數百人，意在合海內之大舉，無有比其高者，誠塔中之巨擘也」[31]，注文簡介了鐵塔的基本結構與用途，勾勒出大概輪廓，但仍停留在「莫可窮極」、「數百人」……等模糊認識，對於興建鐵塔一舉的評論隱含著負面批判，認為耗費鉅資興建世界第一高塔，不過是好大喜功，「以取誇耀」，沒有太多實質貢獻。

　　同年奔赴盛會、作詩記錄的尚有代表清廷出席的公使張蔭桓，張蔭桓於當年被派駐美國、西班牙、秘魯三國公使，轉道歐洲赴任，途經巴黎，前往參加世界博覽會，且「高步共登雲外塔」，登上鐵塔最高層。他在〈巴黎鐵塔歌〉中描述鐵塔：

　　　　置為鐵塔垂百丈，玲瓏釘綴銖兩勻。中分三級下四足，地震不倒雷無神。絕頂飛箋達諸國，下層會食容萬人。初為溜梯但斜上，儵乃直躍虛無垠。只聞機栝密傳響，出戶髣髴摩星辰。拾級能升視腰腳，螺旋反路仍紛紜。憑闌眺矚渺障翳，俯視舊宮如蝨褌。[32]

張蔭桓以長篇歌行驚嘆鐵塔的雄偉壯闊，不但介紹了鐵塔的基本

31　〔清〕王以宣：《法京紀事詩》，頁66。

32　〔清〕張蔭桓著，孔繁文、任青整理：《張蔭桓集》，頁128。

構造與外觀細節，連攀登方式與登塔所見均有具體描述。詩中有
針對科學技術的仔細觀察，如「玲瓏釘綴銖」描述鐵塔通體以鐵
片釘綴而成，玲瓏工巧，「兩勻」亦注意到左右對稱的形狀，「溜
梯」、「斜上」與「機栝密傳響」，形容搭乘塔內斜道升降機上塔腰
（鐵塔第二層）的親身體驗，鐵塔形象鮮明清晰。巴黎鐵塔的落
成展現了科學與工業的勝利，標記著巴黎這座現代化城市，展開
一場新興鋼鐵建材與傳統石材建築的挑戰。鐵塔迅速有力的建造，
正標記了岩石時代的結束，也象徵著鋼鐵時代的來臨。[33]張蔭桓
從鐵塔材質到建築構造的敘述，也正呼應了城市的現代化特色。

　　除了客觀層面的描述外，張蔭桓亦發揮感性想像，例如他盛
讚巴黎建築技術的精良，可克服自然條件的挑戰：「地震不倒雷
無神」，強調鐵塔聳入雲霄，一出升降梯即可摘取星辰，登塔俯
瞰，眼前全無遮蔽，巴黎全景盡收眼底，滿足人們登高遠眺的
夢想。

　　張蔭桓的〈登巴黎鐵塔歌〉由全景到近景，上到下、外到
內，對巴黎鐵塔進行仔細描繪，雖無註解說明，但詩句詳盡描
述，清楚再現了巴黎鐵塔的整體形貌，也隱含了詩人對西方科技
的驚羨與嚮往。

　　在同一年代觀看同座建築物，王以宣與張蔭桓卻詮釋了極為
不同的鐵塔形象，前者模糊抽象，後者在清晰形貌中亦附加了生
動的個人體驗與想像。儘管張蔭桓在詩句後半隱約投射對先進科
技的不安：「神工鬼斧會衰竭，造物忌巧天所嗔」[34]，感嘆鬼斧

33　〔法〕皮耶・諾哈（Pierre Nora）著，戴麗娟譯：《記憶所繫之處II》（臺北：
　　行人出版社，2012年），頁139-142、蔡秉叡：《花都的締造：巴黎的關鍵世紀》
　　（臺北：釀出版（秀威科技），2021年），頁500-501。
34　〔清〕張蔭桓著，孔繁文、任青整理：《張蔭桓集》，頁128。

神工的建築技術恐招上天忌恨，但整體而言，對登塔經驗與鐵塔形象的形容，仍是以正面肯定為主。

1891年由歐洲轉赴新加坡接任總領事的黃遵憲，行經巴黎，登上巴黎鐵塔，著長詩〈登巴黎鐵塔〉。黃遵憲外交閱歷豐富，抵法之前，已有駐日、美與歐洲經驗，並撰有《日本雜事詩》記錄駐日見聞。在〈登巴黎鐵塔〉詩題後，附有說明：「塔高法國三百邁突，當中國千尺。人力所造，五部洲最高處也」，說明鐵塔基本資料，黃遵憲此處所採用的單位「邁突」，即公尺「meter」，以科學數據更客觀呈現鐵塔高度，並換算為中國計量單位「尺」，清制長度一尺約為0.32公尺，千尺即相當接近巴黎鐵塔的真實高度，藉由不同單位制度的並列與換算，旅人既有知識體系與新事物有了更為直接的連結，鐵塔的宏偉壯觀亦更為寫實。

〈登巴黎鐵塔〉前半段盛讚巴黎鐵塔的崇高地位與自己的登塔體驗：

> 拔地崛然起，峻嶒矗百丈。自非假羽翼，孰能躝履上。高標懸金針，四維挂鐵網。下豎五丈旗，可容千人帳。石礎森開張，露闕屹相向。遊人企足看，已驚眼界創。懸車倏上騰，乍聞轆轤響。人已不翼飛，迴出空虛上。並世無二尊，獨立絕依傍。即居最下層，高已莫能抗。[35]

黃遵憲切實描寫鐵塔構造細節與內部結構，如「懸金針」（避雷針）、「挂鐵網」（安全設施）、「五丈旗」、「千人帳」……等周邊細

---

35 〔清〕黃遵憲著，陳錚編：《黃遵憲全集》，頁127。

節均清楚呈現，鐵塔內部結構與登塔過程，亦詳細描述，懸車上升即可聽見轆轤運作聲響。西方科技已能取代飛鳥羽翼，帶領遊客登上高空，詩句前半段所描述的壯闊與驚奇之感，真實生動。

在寫實細節之外，黃遵憲也有著超脫現實的感嘆，他形容此次登塔「呼吸通帝座，疑可通肸蚃」[36]，幾乎可以上達天聽，可與神靈感應。登高遠眺、一覽巴黎全景之際，黃遵憲所遙想的卻是法國歷史，他讚嘆拿破崙的偉大戰績：「蓋世氣無兩，勝尊天單于」，卻也感嘆英雄不再的悲哀，進而引發更加沉重的歷史反思：「歐洲古戰場，好勝不相讓」，再以蠻觸相爭寓言比擬當今西方列強之爭，登塔引發了他「一覽小天下，五洲如在掌」的壯闊豪情，卻也觸動詩人對和平與自由的嚮往：「何時禦氣遊，乘球悠來往。扶搖九萬里，一笑吾其儻」[37]。真實存在的巴黎地景所映照的卻是詩人超脫當下的遙遠奇想，以及對自我、家國的期許與希望，黃遵憲筆下的巴黎鐵塔看似客觀具體，卻隱含了更多虛幻空間。

1895年旅法的王之春，亦採用與黃遵憲相同的手法記錄巴黎鐵塔高度：

---

36 「帝座」為古星名，「肸蚃（響）」原指氣味、聲音、光色等形跡幽微事物的散播，如左思〈吳都賦〉：「光色炫晃，芬馥靈響」，即以香氣為喻，描寫光色流動，但因形跡之幽微，「肸蚃（響）」後亦用以指稱與神靈的感應，如左思〈蜀都賦〉：「天帝運期而會昌，景福肸饗而興作」，參見〔南朝·梁〕蕭統編，〔唐〕李善等注：《六臣注文選》（北京：中華書局，2012年），頁114、98。關於「肸蚃」被引申為「靈感通微，即心靈與神幽世界的感應」，可參見蕭馳：《中國思想與抒情傳統第三卷：聖道與詩心》（臺北：聯經出版社，2012年），頁110。黃遵憲在此以「通帝座」、「通肸蚃」強調鐵塔之高，登高即可與天產生靈感通微。

37 〔清〕黃遵憲著，陳錚編：《黃遵憲全集》，頁127-128。

雄都坐鎮仰彌高，塔勢凌空欲駕鼇。三百邁當攔四護，錚
錚鐵馬逐風號。[38]

直接以三百邁當（meter）說明鐵塔的雄偉高聳。

　　1905年旅法的康有為來到巴黎，不僅盛讚「天下之大觀偉
制，莫若巴黎之鐵塔矣」，更於停留巴黎十多日期間「凡登塔前
後三次」[39]。熱愛巴黎鐵塔的康有為著有長詩〈巴黎登鐵塔頂，
飲酒快歌〉記登塔心得，題後有介紹鐵塔基本資料的說明文字：
「塔三層，高九十餘丈，下層之高已三十餘丈，中開大市，戲園
酒樓茶館皆備置」，具體說明鐵塔的實際高度與實用功能，但詩
中所呈現的鐵塔形象，卻充滿了極為傳統的中國古典元素：

　　　　浩浩凌天風，高標卓碧落。邈邈虛空中，華嚴現樓閣。神
　　　　仙蕊珠殿，人間誤貶托。高高跨蒼穹，仍扡塵中腳。霓裳
　　　　羽衣舞，夜夜月裡樂。玉女紫霞杯，一飲成大藥。[40]

加上與佛教、道教相關的「華嚴」、「蕊珠殿」，以及「霓裳羽衣」、
「紫霞杯」……等古典意象連結後，代表西方科技的先進建築瞬
間被轉化為充滿詩人熟悉意象的傳統場景。在讚嘆鐵塔崇高地位
的同時，也不忘提及自己的傲人旅行經歷：「寰瀛我踏遍，名塔登
之數。只許繞膝下，阿育見應怍」[41]，極度以自我寰瀛之旅為豪。

38　〔清〕王之春：《使俄草》，頁228。
39　〔清〕康有為：《歐洲十一國遊記二種》，收錄於鍾叔河主編：《走向世界叢
　　書·修訂版（十）》（長沙：岳麓書社，2008年），頁221。
40　〔清〕康有為：《萬木草堂詩集——康有為遺稿》，頁187。
41　〔清〕康有為：《萬木草堂詩集——康有為遺稿》，頁187。

　　登塔之行一樣讓康有為興起與黃遵憲極為相似的歷史懷古以及「呼吸通帝座」的幽微感受,從高處俯瞰大地,最後所興起的豪情壯志更是慷慨激昂:「湯湯太平洋,橫海誰拏攫。我手攜地球,問天天驚愕」[42],充滿奇特想像與宏偉氣概。

　　遊歷多國、且以「太平洋」、「地球」……等新名詞入詩的康有為,閱歷自然與近四十年前的斌椿有極大差別,初次出洋的斌椿以「駿馬香車」、「畫閣雕欄」、「琉璃」、「瑪瑙」……等傳統認知重構巴黎的「仙都」,企圖結合西方陌生風景與自我知識架構,見識已豐的康有為,卻仍選擇與斌椿十分類似的傳統詞彙重構異國場景,全詩幾無對鐵塔真實細節的描繪,詩人閱歷豐富、抱負雄奇的形象反而更為鮮明。從康有為在巴黎登高的另一首詩作〈巴黎登氣球歌〉中,亦可見相似敘事手法,他搭乘熱氣球升至空中,由上俯瞰巴黎全景,望見鐵塔奇特形狀:「尺鐵塔宇內高第一,下覽若插尖筆端」,在凌空御虛的想像中,他將自己想像為解救世人而下凡的神仙,因「不忍之心發難滅,再入地獄救斯民」[43],到人間解救百姓疾苦,但從虛空移至塵土,詩人回望蒼天又不免自憐。在想像與真實之間不斷轉換,由入世—出世—再度入世,再度消解了空間的真實感,自我不惜入世解救蒼生的偉大形象也益發鮮明。[44]

---

42 〔清〕康有為:《萬木草堂詩集——康有為遺稿》,頁188。

43 〔清〕康有為:《萬木草堂詩集——康有為遺稿》,頁189-190。

44 張治觀察晚清愛國人士的海外紀遊詩作常有「上天」、「入海」兩個題目,上天多是為了「回天」、「補天」,入海則是「道不行,乘桴浮於海」,傳統士大夫的「救世」與「遁世」情懷,在海天之間有了更為寬廣的抒發場所。參見張治:《異域與新學:晚清海外旅行寫作研究》(北京:北京大學出版社,2014年),頁225。康有為的巴黎登高之作,正反映了他的「救世」情懷。

　　從〈巴黎登鐵塔頂,飲酒快歌〉、〈巴黎登氣球歌〉中皆可見真實與虛幻交替呈現的空間場景,雄偉的巴黎地景在詩人的比附中被消解了真實性,鐵塔真實樣貌並非描述重點,地景所映照出的詩人特質方為真正核心,在康有為的筆下,世界第一高塔的崇高正映襯出自己與眾不同的獨特性。

　　從王以宣到康有為筆下的巴黎鐵塔,隨著詩人觀看視角與再現手法的差異,鐵塔形象隨之具體清晰,卻又再度模糊。早期旅人並無相關科學知識,選擇用認知體系中的相關比附使陌生風景熟悉化,張蔭桓、黃遵憲以客觀理性的寫作手法,使鐵塔具象化,建築物相關的先進科技呼應城市的現代化特質。即使對西方科技文明已有一定基礎認知,多次出洋的黃遵憲與康有為卻刻意以大量傳統文化典故抒發個人登高遐想,筆下鐵塔風光逐漸模糊,取而代之的反而是念茲在茲的家國處境與個人心志感懷。當地景逐漸成為只是映照旅人自我的背景時,這些看似虛幻的想像,同時也揭露了旅人無比真實的自我言說。

(二)戰功紀念:拿破崙相關建築

　　拿破崙為法國重要代表人物,拿破崙在巴黎與近郊所興建的諸多建築,亦是晚清海外旅人描寫的對象。座落於巴黎市中心的凱旋門(Arc de Triomphe)是為紀念拿破崙1806年於奧斯特利茨打敗俄奧聯軍而建,拱門巨幅浮雕記錄法國大革命及拿破崙領導的各戰役歷史史蹟,凱旋門於1806年2月奠基,1836年7月修建完畢,高50公尺,寬45公尺,氣勢雄偉盛大,[45]為巴黎重要地標。

---

45 苑金生:〈法國巴黎凱旋門及「馬賽曲」石雕藝術欣賞〉,《石材》2003年第6期(2003年6月),頁46-47、鄒耀勇:《巴黎城市發展與保護史論》(上海:華東師範大學歷史研究所博士論文,2007年),頁58-59。

　　1883年以半官方身分前往歐洲考察的袁祖志，即以詩句描述
「得勝樓」（凱旋門）：

　　　　也是君人蓋世豪，秦皇漢武等勤勞。未知功德巍巍處，可
　　　　與斯樓一樣高？[46]

詩中並未對建築物細節加以描述，雖以「君人蓋世豪」稱許拿破
崙，並以秦始皇、漢武帝……等功績顯赫君主為喻，[47]但詩末藉
由凱旋門高度對拿破崙所提出的質疑，卻充滿嘲諷之意。詩題後
所附的說明如實呈現凱旋門的建造由來、內部構造、登門頂所
見、經費與建材……等相關細節：

　　　　樓為法君拿破崙第一記功所築，高二百七十餘級，環樓通
　　　　衢十六道，登樓四顧，全城在目，計費銀百萬工尚未竟，
　　　　石基堅固無匹，誠偉觀也。[48]

兼具不同層面的介紹，客觀的說明文字與抽象的詩句卻呈現明顯
反差。拿破崙一世為法蘭西第一帝國的建造者，袁祖志在詩中挪

46　〔清〕袁祖志：〈海外吟〉，《瀛海采問紀實》，頁113。
47　1905年旅法的康有為參觀凱旋門時，在遊記中同樣以秦始皇、漢武帝比擬拿
　　破崙：「法人故好惡無常，而從來雄略好戰之主，未有不與時會為抑揚，蓋
　　猶秦皇、漢武也」，同樣著眼其因好戰而褒貶參半的後世評價。袁、康旅行
　　巴黎時間雖已相隔二十多年，其間中國亦已出版更多法國相關著作，如王韜
　　《普法戰紀》（1873）、《重修法國志略》（1890）……等，對拿破崙也有更全
　　面的介紹說明，但依然可見晚清旅人對拿破崙好戰印象的批判以及中國霸王
　　形象的比擬。參見〔清〕康有為：《歐洲十一國遊記二種》，頁225。
48　〔清〕袁祖志：〈海外吟〉，《瀛海采問紀實》，頁113。

用熟悉的中國歷史人物對比，從既有的認知結構與知識譜系中，尋求同化陌生異國人物的方式，如是描述手法，也使得他筆下的巴黎地景在詩人熟悉的懷古模式中，成為具有濃厚中國風味的抽象空間。

　　袁祖志遊歐之際，中法戰爭已開啟，身為被侵略國的國民，旅行途中再遇戰爭刺激，自然難以認同屢屢發動戰爭、戰功彪炳的拿破崙，詩中所寄託的不滿情緒亦是可以想像。晚清早期傳教士所編刊物如《東西洋考每月統記傳》、《外國史略》……等雖已向中國國內介紹法國大革命與拿破崙事蹟，但拿破崙形象在中國的流傳，主要還是透過如魏源《海國圖志》（1843）、徐繼畬《瀛寰志略》（1849）……等地理著述而來，此二書亦是當時晚清旅人認識世界的重要資料來源，例如斌椿在行旅中見義大利火山形狀，即印證先前閱讀經驗，形容「與《瀛寰志略》悉合」[49]。《海國圖志》、《瀛寰志略》對於拿破崙的介紹，無一不是強調其窮兵黷武的好戰形象，如魏源對拿破崙的整體評價為：「論其才能，非不出類拔萃，惟佳兵好戰，以至於亡」[50]，強調其因好戰而終取滅亡之下場，徐繼畬在《瀛寰志略》中雖表達對其「用兵如神」軍事才華的驚嘆，但最後按語還是強調「至拿破崙之百戰百勝，終為降虜，則所謂兵不戢而自焚，又可為黷武者之殷鑒矣」[51]，同樣對其好戰下場多所批評。[52]

49　〔清〕斌椿：《乘槎筆記》，頁107。

50　〔清〕魏源：《海國圖志》（長沙：岳麓書社，1998年），頁1204-1205。

51　〔清〕徐繼畬：《瀛寰志略》（上海：上海書店出版社，2001年），頁210。

52　魏源、徐繼畬雖皆肯定其軍事才華，但二人皆受制於儒家思想，堅守儒家的「王霸之辨」，不僅否認拿破崙稱帝的合法性，也嚴屬批評其武功，二者的論述很快成為晚清士人認識法國大革命與拿破崙的最主要資源。關於此部分

　　袁祖志詩中的凱旋門地景，正呼應了晚清前期中國所流傳的
拿破崙形象，在象徵英雄勝利功績的紀念建築物前，以極為諷刺
的反問方式，對主角進行批判。袁祖志對法國好戰的厭惡，不僅
表現在凱旋門地景詩中，也反映在其他巴黎詩作裡，當他告別巴
黎之際，原先隱藏在凱旋門地景詩中的含蓄提問，在〈留別巴黎
一律〉中轉為毫不保留的直接抨擊：

> 信是人間第一城，奢華靡麗甲寰瀛。層樓傑閣金銀氣，駛
> 女癡男笑語聲。黷武頻教兵越境（時方有事於越南及馬達
> 加士等國），兆豐喜值雪飛霙（時方大雪）。旁觀獨我深憂
> 杞，天道由來惡滿盈。[53]

不僅點出巴黎奢侈華靡之風，也針對當時法國頻頻發動戰爭，侵
略越南與馬達加斯加之舉提出批評，對比當時正頻受列強戰爭侵
逼的中國處境，詩人對法國的好戰行徑更是厭惡，甚至預言其
「天道由來惡滿盈」，未來勢必遭受老天報應。紀念拿破崙豐功
偉業的巴黎地景，在投射了詩人的家國想像後，彰顯的並非英雄
功績，反而是強化了愛好征戰、不得善終的負面特質。
　　1905年遊巴黎的康有為，則是將標榜戰功的凱旋門與拿破崙
陵墓並置：「旌旗慘淡扶歸櫬，觀闕嵯峨表石坊」，最後感嘆「最
痛總帷殞殀日，奈何低唱月微茫」[54]，凱旋門的嵯峨景觀對應的

的討論，可參見崔文東：〈從撒旦到霸王——馬禮遜、郭實獵筆下的拿破崙形
象及其影響〉，《清華學報》第45卷第4期（2015年12月），頁651-655。

53　〔清〕袁祖志：〈海外吟〉，《瀛海采問紀實》，頁140。

54　〔清〕康有為：《萬木草堂詩集——康有為遺稿》，頁191。

卻是陵墓的慘淡旌旗，[55]詩中雖未批判其好戰行徑，但顯然著眼於英雄末日的感傷，而非戰功輝煌的榮耀。

　　拿破崙為紀念同場戰役的勝利，除了建造凱旋門外，同年於凱旋門對面的旺多姆廣場還立起高達43.5公尺的紀念圓柱（Colonne Vendôme），柱上雕刻此次戰役勝利故事，柱頂聳立拿破崙雕像，用以紀念拿破崙戰功，此柱亦被稱為凱旋柱。然而，當1870年拿破崙三世發起普法戰爭，法國慘敗，繼而爆發1871年的巴黎公社起義，圓柱被人民拆除，3年後才又重新豎立。[56]1886-1889年期間旅法的王以宣所見即為重建後的圓柱，他在詩中對此亦有諸多感慨：

> 銅柱標來定遠功，後王事業略相同。凌霄遺像千秋在，太息英雄志未終。[57]

標榜功業的銅柱與雕像依然聳立，但人事已非，拿破崙家族的遠征志業卻已告終。王以宣在詩後附上解說，除簡介銅柱建造歷史外，也刻畫了拿破崙三世的好戰形象：「民怨懟王之覆國也，並以黷武怨前王，相與仆其柱」，銅柱的傾圮，正暗示了對其好戰行徑的批判。與袁祖志的感慨極為相似，英雄地景所召喚的並非

---

55 同年左秉隆隨載澤出訪各國，再次訪歐的左秉隆行經巴黎，作〈謁拿破崙第一墓〉一詩紀念：「縱橫闢地萬千里，冷落投荒五六年。冠世英雄今已逝，佳城蔥鬱尚依然」，透過回顧拿破崙生平成敗與今昔對照，感嘆英雄不再。參見〔清〕左秉隆著，林立校注：《勤勉堂詩鈔：清朝駐新加坡首任領事官左秉隆詩全編》，頁262。

56 鄒耀勇：《巴黎城市發展與保護史論》，頁59。

57 〔清〕王以宣：《法京紀事詩》，頁65。

觀看者的崇拜，反而是壯志未酬與戰爭苦難的負面連結，王以宣
採用與袁祖志不同的書寫策略，詩中含蓄懷古，詩後的說明卻同
樣隱藏著對好戰功業的不以為然。

　　1895年造訪巴黎的王之春，則是以不同視角呈現凱旋門的現
代性：

　　　　桑西利涉大街頭，屹立中央得勝樓。四達通衢信瞻仰，表
　　　　功有意抗千秋。[58]

在奧斯曼改造巴黎的過程中，位於星形廣場正中央的凱旋門成為
交通樞紐中心，呈現向外放射的道路布局。王之春雖亦注意到凱
旋門的紀念性質，但無疑更著重建築物的交通地位，往外延伸至
繁華熱鬧的香榭麗舍大道[59]（桑西利涉），反映巴黎交通發達、
商業興盛的現代化都市風貌。

　　即便不是以標榜戰功為主的巴黎建築，只要附加了拿破崙的
人物形象，在晚清旅人筆下，最後仍歸結於英雄末路的感嘆。以
1905年康有為所描寫拿破崙居住過的楓丹白露宮為例，康有為在
詩題〈遊方點部螺故宮，此宮創於西曆十二世紀，累室增廣，凡
三千六百室，二千楊。外觀不美，內宮刻畫最精，冠歐洲王宮〉

58　〔清〕王之春：《使俄草》，頁228。

59　法語「avenue」一詞，由原意「到達」的古法語動詞avenir的過去分詞衍生而
　　來；最顯而易懂的例子是「Avenue des Champs-Élysées」（香榭麗舍大道）。由
　　這條大道一直上坡，便會「到達」屹立在盡頭的凱旋門（Arc de triomphe de
　　l'Étoile）。轉引自〔日〕鹿島茂著，吳怡文、游蕾蕾譯：《巴黎文學散步》（臺
　　北：日月文化出版社，2008年），頁28。「avenue」通常搭配歷史紀念建築物，
　　在凱旋門建立以前，香榭麗舍大道還不是一條「avenue」。

說明楓丹白露宮的歷史背景，並以具體數字描述其華麗壯美，讚嘆皇宮內部：

> 繡壁金宮相妙莊，三千宮殿二千床。歐洲宮室誰為大，萬戶千門此建章。[60]

形容宮殿內部金碧輝煌的精巧裝飾，並以萬、千等數字強調楓丹白露宮壯麗廣偉、傲視歐洲的特殊定位。然而，在另一首〈遊法國方點部螺故宮，觀拿帝及其后奧公主奩櫥、金宮、畫柱、文石地、繡床几〉詩中，雖亦描述宮殿內部豪奢擺設：「綉床玉几金宮殿」以及拿破崙當年叱吒風雲、佳麗環繞的得意形象：「萬馬奔騰叱吒去」、「百花舞鳳隱英雄」，但仍不免感嘆「殿閣華嚴霸業空」[61]，英雄遠征失敗的結局，最終不過只是一場空。在物是人非的興亡感嘆中，隱含了對拿破崙最終下場的深沉惋惜。

從晚清詩人的作品中，拿破崙在巴黎與近郊所興建的紀念建築，非但沒有凸顯建築物所標榜的偉大特質，反而在附加了人物形象的想像後，增加對其好戰事蹟的批判，這與當時晚清拿破崙形象的輸入、以及中國備受侵略的時代背景密切相關，詩人在國家危急存亡之秋觀看他者英雄，受背景知識與家國情懷的影響，自然也消解了地景原有的崇高意義，在卸除了拿破崙形象的想像後，建築物本身的實用性與現代性意義，方得以於詩作中呈現。

---

60 〔清〕康有為：《萬木草堂詩集——康有為遺稿》，頁191。
61 〔清〕康有為：《萬木草堂詩集——康有為遺稿》，頁191。

四　現代化城市的公共生活空間

在巴黎現代化改造過程中，原先由貴族獨享的特殊場域如蒐藏奇珍異品的博物院、動物園，以及休閒遊憩的園林空間……等，已逐步轉向全民開放，這些開放的公共地景對晚清旅人而言，無非是另一種新奇體驗，這些新奇體驗，在詩作中也轉以各式面貌呈現。

（一）展示文明：蠟人院、萬生園、博物院

展示藝術作品的蠟人院為熱門巴黎旅遊景點，袁祖志、王以宣、康有為均曾造訪並著詩記錄。三人均讚嘆蠟像技術的栩栩如生，如袁祖志描述其「摶土為人何太巧，親承謦欬直無殊」[62]、王以宣亦形容「蠟人館內觀豐標，褒鄂鬚眉欲動搖。若把大觀園塑就，美人名士定魂銷」[63]，康有為在總結豐富旅行經驗後，更作〈遊各國蠟人院，巴黎最勝妙矣〉一詩肯定其靈巧技術：「顏色皆如生，神氣尤飛動」[64]。對於空間展示秩序，僅袁祖志稍加注意，並於說明中提及：「分室裝點，縱人平視。雖君后之尊亦雜置，而不以為褻」[65]，注意到人物擺放順序並未有尊卑之分。

展示珍禽異獸的動物園是晚清巴黎旅人所造訪的熱門景點之一。巴黎第一座對外開放的公眾動物園出現於1793年，法國大革命爆發後4年，人們將凡爾賽動物園裡的動物，驅趕至位於巴黎

62　〔清〕袁祖志：〈海外吟〉，《瀛海采問紀實》，頁114。

63　〔清〕王以宣：《法京紀事詩》，頁68。

64　〔清〕康有為：《萬木草堂詩集——康有為遺稿》，頁280。

65　〔清〕袁祖志：〈海外吟〉，《瀛海采問紀實》，頁114。

中心地帶的動植物公園並公開展示，成為歷史上第一座公眾動物園。這種將動物園去神秘化的體現，結束了數百年來珍稀動物被王侯貴族壟斷的局面，掀開了普羅民眾接觸這些象徵權力的動物的一頁。[66]

　　然而，在動物園的相關詩作中，卻可見晚清巴黎旅人的敘述限制。1883年旅法的袁祖志與3年後駐法的王以宣皆曾參訪動物園，並著詩記之：

　　　　飛潛動植盡收藏，類別群分任倘佯。最是惱人遊興處，嘵嘵犬吠太倡狂。[67]

　　　　萬生園子隱松杉，動植飛潛種不芟。試聽綠楊城郭外，輕車軋軋出林岩。[68]

兩人皆寫出巴黎動物園收藏動植物種類繁多的特點，以「飛潛動植」點出分類，但不論詩句或說明文字，關於其中陳列順序、動植物細節與相關知識均付之闕如，[69]袁祖志僅提及園中的犬吠猖

66　謝曉揚：《馴化與慾望：人和動物關係的暗黑史》（臺北：印象文字出版社，2019年），頁120-122。

67　〔清〕袁祖志：〈海外吟〉，《瀛海采問紀實》，頁113。

68　〔清〕王以宣：《法京紀事詩》，頁63。

69　袁祖志詩題後的說明文字：「院方廣十餘里，羅致各種鳥獸鱗蟲花草樹木，分類蓄植，供人遊玩。多有不識名者，惟犬類大繁，嘵嘵群吠，殊無謂也」，「多有不識名者」點出不具備相關知識的敘述困境。王以宣詩句的說明：「萬生園又稱傳種院，以所畜各物，借孳生傳種類也。……園中珍禽異獸，瑤草奇花，繁衍充斥」，亦僅以奇、異等特質概括論之。參見〔清〕袁祖志：〈海外吟〉，《瀛海采問紀實》，頁113-114、〔清〕王以宣：《法京紀事詩》，頁63-64。

狂惱人，王以宣則是關注周遭環境與遊園列車，兩人詩中所呈現的動物園形象，均無法充分呼應展示場所的空間秩序與其背後隱藏的知識性。

1895年訪法的王之春亦參觀動物園，詩中具體描述了巴黎萬生園的展示資訊：

> 蟲魚鳥獸象都馴，博物何從問假真。招手萬生園裡去，真人來看假麒麟。[70]

詩中雖說明園中所展示的動物名稱與特性，但刻意在真實資訊中引出真假的對立反思，在真與假的交錯之間，也模糊了現實與想像的界線。

在另一首詩作〈遊萬生園〉中，王之春與袁祖志、王以宣關注焦點相似，同樣強調動物園的幽美景色：

> 樹色湖光分外妍，園亭點綴恰天然（茂林外鑿湖疊山，殊開境界）。新開雅座供春茗，遠見遊人上畫船。席借花茵何冉冉，泉飛瀑布聽涓涓。殊方勝景偏身入，海外三山信舊傳。[71]

---

70 〔清〕王之春：《使俄草》，頁228。對照王之春遊記內容：「麕身牛尾一角，不食生物，不踐生草者，慶靄堂云麟也，然書傳云麟五趾，今此獸四趾，未知確否」，詩中所描述的假麒麟可能是長頸鹿。參見〔清〕王之春：《使俄草》，頁174-175。

71 〔清〕王之春：《使俄草》，頁175。

萬生園內的各種動物並非旅人觀看重點，園內優美景色與悠閒氣
氛方為體驗重點，分類展示動物、對大眾開放的現代化場所，在
詩人筆下被轉化為抽象朦朧的海外仙境，動物園特有的空間理性
秩序自然也被全然消解。

　　王之春對於文明展示場所的描述態度頗為複雜，蒐藏珍禽異
獸的萬生園真假難辨、景致宜人，陳列古今珍奇事物的博物院則
短暫易逝：

> 堂皇博物院堪誇，回首王宮冷暮鴉。一任蒐羅盡古今，也
> 同折戟慨沈沙。[72]

表面誇讚博物院的富麗堂皇，實質卻藉由「暮鴉」、「折戟」、「沈
沙」……等蒼涼意象消解了博物館的現代性，藉由今非昔比的興
亡之感，強調收藏古今的博物館最後終將不復存在。

　　晚清旅人訪法之際，巴黎博物館不再是少數貴族的儲藏室，
已逐漸由私人典藏轉為公開展示，具有更專業的收藏、分類、交
流、展示功能，成為了城市的重要文化藝術空間與知識的傳播中
心。[73]博物館提供了一個有趣的隱喻場域，壓縮時間與空間，讓參

72　〔清〕王之春：《使俄草》，頁228。

73　到19世紀末期，博物館的觀念在巴黎社會中已經相當普及。1900年巴黎旅遊指
　　南（Le guide de Joanne）一書中共推薦了16家博物館。全書共331頁，其中博
　　物館介紹部分達89頁，僅博物館一類即占到全書頁數26%以上。可以證明博物
　　館在19世紀末的時候已經成為了城市中重要的文化藝術空間，博物館已經同高
　　級賓館、大型商場一樣，成為分佈在城市中西部識別性較強的文化娛樂休閒教
　　育空間。參見黃輝：〈「文化性」空間組織力量及其認知在城市內部空間的演
　　變──以巴黎博物館為例〉，《世界地理研究》第24卷第1期（2015年3月），頁
　　144。

觀者得以從物質展示中窺看被他者建構的多元文化。英國博物館史學者班奈特（Tony Bennett）以傅柯（Michel Foucault）規訓體制的觀念，將現代博物館機構的誕生，放在一種更廣義的「展覽叢結」（Exhibitionary Complex）的現象來理解，從「展覽學科規訓」（藝術史、自然史、考古學與人類學等學科知識）與「展覽機器」（博物館、博覽會、百貨公司、商場等）的知識／權力關係運作的治理形式，將一切事物轉為可視化的（Visible）的過程，都和傅柯所說的凝視（Gaze）相關，凝視與被凝視的對象之間，產生了廣泛而複雜的糾結關係，展覽傳遞知識給觀看者，同時傳達詮釋機關的意志。[74]堂皇博物館所欲傳遞給觀眾的是西方帝國的輝煌過往，但王之春的感受顯然並非如此。從王之春的相關詩作中，可見現實空間的展示秩序並非觀看重點，作為蒐藏戰利品空間的博物館，依然與戰爭密切相關，王之春刻意採用「折戟」、「沈沙」、「王宮」……等戰爭相關元素加以描繪，而非讚揚其偉大規模，恐怕也與自己身為戰敗國人民、國內文物多被列強搜刮的背景因素隱約相關。

　　王之春訪法之際，亦造訪了當時已開放給大眾參觀的羅浮宮，並作詩記錄：

　　　　羅佛奇珍勝市廛，舊王宮好更流連。鐵人最古應無匹，已逾四千七百年。[75]

---

74 Bennett Tony. *The Birth of the Museum: History, Theory, Politics* (London, UK: Routledge, 1995), pp.59-88、呂紹理：《展示臺灣——權力、空間與殖民統治的形象表述》（臺北：麥田出版社，2005年），頁291。

75 〔清〕王之春：《使俄草》，頁228。

在針對羅浮宮的詩作中，反而沒有流露太多負面描述，而是讚嘆其珍奇性，並舉其中館藏木乃伊（即「鐵人」）為代表，透過四千七百年的數字標註強調收藏古物之久遠。

　　對比其同行隨員潘乃光描寫羅浮宮的片段，則可見不同的觀看視角：

> 空手回來負寶山，店名羅佛認通闤。若詢第一金鋼鑽，豈肯尋常示老慳。[76]

羅浮宮當時已是開放大眾參觀的公共場所，潘乃光的相關經驗卻是「入寶山空手回來」，強調其不可能輕易將珍奇寶物展示給吝嗇者觀看，明顯與事實不符。[77]若參照潘乃光其他描述巴黎的詩作，可以發現他對拿破崙的好戰極為反感：

> 劫灰飛盡了無痕，英雄空懷拿破崙。貽務皆因王好戰，山河如故愧倫敦。[78]

與上一小節透過地景聯想表達的反諷不同，潘乃光直接以拿破崙作為詩之主角，諷刺其好戰行徑與自取滅亡。對於展示戰利品、

76　〔清〕潘乃光：《海外竹枝詞》，收錄於尹德翔箋注：《晚清海外竹枝詞考論》，頁247。

77　對比同行的王之春遊記，可以發現他們此次參觀羅浮宮，已見到潘乃光詩中所言的世界第一金剛鑽，王之春形容其「形如雞卵，光芒四射」。參見〔清〕王之春：《使俄草》，頁183。

78　〔清〕潘乃光：《海外竹枝詞》，收錄於尹德翔箋注：《晚清海外竹枝詞考論》，頁242。

且為拿破崙修建的羅浮宮，會出現如此描述，抑或也投射了詩人部分的反戰意識。

　　對於巴黎博物館有最強烈情緒反應者，莫過於1905年訪法的康有為。康有為盛讚「巴黎博物院之宏偉繁夥，鐵塔之高壯宏大，實甲天下」[79]，相當肯定巴黎博物館的宏大規模。但在多首參觀巴黎博物館的詩作中，卻一再流露悲痛之情。當他參訪巴黎敬規味博物館[80]之際，見館內竟藏有中國圓明園玉璽時，在異國意外照見流落在外的故國文物，令他感到極度震驚與哀痛，並作〈巴黎博物館睹圓明園春山玉璽，思舊遊，感賦〉長詩感嘆：

> 阿房一炬光亙天，熱河三軍淚沾臆。小臣步屧傷懷抱，手撫銅駝歎荊棘。豈意京邑兩丘墟，玉璽落此無人識。雨夜淋鈴幾度聞，追思故苑滿春雲。[81]

以阿房宮被焚為喻，他感嘆當前中國因庚子之亂，象徵皇帝至高無上權力的玉璽竟流落他國，無人認識。故國玉璽召喚出一個遙遠時空裡的壯盛帝國：「當時威廉始入英，人民不及五十億。歐土文明未開化，惟我威靈照八極」，在中西歷史的對比中，帝國昔日的美好輝煌更令他無比眷戀。蒐藏古今文物的巴黎博物館，

---

79 〔清〕康有為：《歐洲十一國遊記二種》，頁206。

80 根據康有為的敘述，乾那花利博物院「此院一八七十九年開」。參見〔清〕康有為：《歐洲十一國遊記二種》，頁219-220，根據開館年份與譯音推測，此館應為1879年由里昂工業家愛米爾·吉美（Émile Guimet）所創辦的集美國立亞洲藝術博物館（Musée national des Arts asiatiques-Guimet），簡稱集美博物館（Musée Guimet），該館收藏大量亞洲藝術品。

81 〔清〕康有為：《萬木草堂詩集——康有為遺稿》，頁188。

頓時轉化為詩人的懷舊場域，在刻意的想像追尋中，館藏文物所映照出的是清晰卻虛幻的帝國身影。然而，從虛幻想像回到現實情境的康有為，最後也只能認清當前處境：「逋臣萬里遊巴黎，摩挲遺璽心淒淒」[82]，重新回到哀傷的現有時空。

當康有為懷抱無比悲痛心情再遊此博物館，所開啟的依然是對過往中國的懷想與悲嘆，〈巴黎博物院中見懋勤殿玉璽〉一詩中追憶當年維新變法細節，再回到現實場景，依然只能感傷「淒涼回首懋勤殿，玉璽遷流國是非」[83]，再次抒發悲痛心情。巴黎博物館的具體形象，也在詩人不斷重返回憶的過程中隨之淡化，取而代之的是更為鮮明的中國身影。

或因詩人知識背景有限，晚清巴黎旅人詩中所呈現的展示場所形象模糊，難以掌握其背後隱藏的分類意義與文明秩序，或因投射了各自的國家想像與故國感思，而呈現了不同於現實場域的偏頗樣貌，原本具備公共開放意義的巴黎文明地景，也因此被轉化為更為多元的個人抒情空間。

（二）美好市容：林蔭大道與公園

巴黎整潔明亮的街道與市容，則是晚清旅人印象深刻的現代化體驗。1866年訪法的斌椿形容巴黎街市「康衢如砥淨無埃，駿馬香車雜遝來」[84]，稱讚道路寬廣乾淨。1886-1889年旅法三年的王以宣，在詩中也有類似描述：

82　〔清〕康有為：《萬木草堂詩集──康有為遺稿》，頁188。
83　〔清〕康有為：《萬木草堂詩集──康有為遺稿》，頁188。
84　〔清〕斌椿：《海國勝遊草》，頁165。

坦蕩雲衢似砥誇，歲時碾石與礱沙。紛紛寶馬香車里，綠
樹明燈夾道遮。[85]

強調巴黎道路寬廣，以及綠樹成蔭、明燈照耀的美好景象。王以
宣在詩後的說明交代了巴黎道路的修建歷史：「法王腓力第二，
始造石路，寬平修潔，甲於歐土」，仔細描述了道路維護的工程
細節：「工程局逐日查看，節次修整，雖終歲車蹂馬躪，而坦平
如故，不見傾陷凹凸之形。其路分木、沙、石三種：木路削木成
塊，熬沸油，使堅實，用代磚砌。淋之以膠，其工為最堅最
久」，針對道路養護過程與鋪設材質有極為詳盡的描寫。詩人所
見巴黎街道「復植茂樹，間明燈，永夕永朝，車馬絡繹」，夕陽
初下之際乘車行於其間，「爽挹塵襟，直可作天際真人想」。[86]

　　除了詩意的享受外，王以宣點出城市文明景象背後的現實層
面，巴黎的繁華熱鬧有賴於良好交通建設支撐，美好市容更需長
期經營維護，對於地景的關注已由表象延伸至更複雜的城市經濟
與建設考量。1895年赴法的潘乃光，在詩中同樣陳述了巴黎街道
的具體細節：

通衢創作木頭街，板面平鋪下積柴（街用直木二尺許，豎
立打樁，上蓋以板然，祇一兩處耳）。車馬無聲行坦坦，
三年一換當官差。[87]

---

85 〔清〕王以宣：《法京紀事詩》，頁57-58。

86 〔清〕王以宣：《法京紀事詩》，頁57-58。

87 〔清〕潘乃光著，李寅生等校注：《榕陰草堂詩草校注》，頁481。

桑西利涉在當前，疑雨疑晴四月天。夏木千章圖畫裡，舞
衫歌扇聚群仙。[88]

與王以宣附註於詩後說明文字的手法不同，潘乃光直接於詩中描
繪巴黎街道的安靜平坦與如畫美景，從馬路設計、相關建材、街
道周邊規劃……等細節，一一具體形容，現代文明都市的美麗光
潔躍然紙上。

中世紀時期，巴黎街區一般為泥土路面，1348年巴黎市政府
頒布法規，規定巴黎市區所有街道路面必須鋪上石塊，使得巴黎
街道已減少塵土飛揚的情形，改善環境整潔。拿破崙稱帝後，開
始撥鉅款對巴黎城區道路進行拓寬與翻修，1853年奧斯曼進行改
造計畫，再次整治巴黎街道，不但持續拓寬過於擁擠的街道，也
針對破損的石砌道路進行修補。[89]

奧斯曼除了修補道路外，還在主幹道外增設人行道與林蔭大
道，於道路兩旁種植樹木是他改善城市環境的重要成果，巴黎樹
木總量由1852年的5萬棵增至1869年的9.5萬棵，奧斯曼所修建的
林蔭大道改善了巴黎的環境，並成為巴黎城市的特色。[90]

晚清巴黎旅人所見的整潔市容，正是已經過奧斯曼改造後的
文明成果。從斌椿、王以宣到潘乃光，無不盛讚巴黎街市的乾淨
美麗。駐法三年的王以宣，在誇讚寬廣街道與「到處綠蔭濃似

---

88 〔清〕潘乃光著，李寅生等校注：《榕陰草堂詩草校注》，頁485。

89 鄒耀勇：《巴黎城市發展與保護史論》，頁60-61。

90 Michel Carmona, Haussmann. *His Life and Times, and the Making of Modern Paris*
(Chicago, IL: I.R. Dee, 2002), pp.397-399。轉引自朱明：〈奧斯曼時期的巴黎
城市改造和城市化〉，《世界歷史》2001年第3期（2001年6月），頁50。

滴,鞭絲飛作滿城春」[91]的滿城綠意後,更進一步看到了美麗風景背後的健康考量,他於詩中讚美巴黎林蔭大道:

> 樹林一帶色蔥蘢,遠近樓台翠影重。都趁晚涼天氣好,車如流水馬如龍。[92]

詩句呈現巴黎交通繁盛與綠意盎然的街道設計,詩後的說明文字,更明白揭示了與城市規劃相關的健康考量:「彼都人民繁庶,謂廣植樹木,可以疏清淑之氣,而少疾病。故城闉內外,罔不鱗次節比,鬱鬱蔥蔥,無烈日之朝烘,有清風之夕拂。其最多處,翠蓋重重,彌望無際,真能於熱鬧場中,拓出清涼世界」[93]。點出廣植樹木不僅為了美化環境,還可調節氣溫,改善空氣品質,有益身體健康。王以宣的觀察顯然已跳脫一般觀光客所關注的城市風景,回歸更實際的生活體察。

至於晚清旅人所讚美的巴黎光明印象,也反映了奧斯曼普設道路照明設施的改善成果。[94]如黃遵憲於多年後追憶巴黎「萬夜懸耀夜光珠」[95],王之春形容城市夜景「暮色蒼茫海氣清,電光

---

91 〔清〕王以宣:《法京紀事詩》,頁59。

92 〔清〕王以宣:《法京紀事詩》,頁62。

93 〔清〕王以宣:《法京紀事詩》,頁62。

94 巴黎道路照明系統的改善,主要還是從奧斯曼的改造開始。1856年初奧斯曼成立了巴黎照明和煤氣公司,授予特權負責建設路燈照明系統,巴黎道路的煤氣燈、油燈等照明設施數量,從1853年的1.24萬只增至1869年的3萬只,使得巴黎即使在夜晚也能維持晚清旅人所看到的光明樣貌。Patrice de Moncan. *Le Paris d'Haussmann* (Paris, France: Mécène, 2009), p.108。轉引自荊文翰:〈變革時代的城市現代化轉型——以「巴黎大改造」為例〉,《法國研究》2019年第1期（2019年2月）,頁4-5。

95 〔清〕黃遵憲著,陳錚編:《黃遵憲全集》,頁159。

煤火爛如星」[96]，二人都在詩作中將巴黎塑造為一個光明燦爛的華麗城市，這些光明表象，正是先進科技與城市規劃設計的實踐。

　　林木成蔭的綠色意象，還反映於城市內供人民休憩的公共設施上，如王以宣筆下的巴黎公園：

> 花園底事喚公家，靈沼靈台信不差。一角斜陽橫抹處，遊人帽影側烏紗。[97]
> 細草如茵軟織泥，繁花似繡簇成畦。朝朝約伴尋春去，倦臥芳原夕照西。[98]

相較於其他匆匆造訪的晚清旅人，王以宣駐法三年，旅居形式擁有更多時間可瞭解旅行的城市，他詩中的巴黎公園景致秀麗，人民可自由進出，充滿悠閒氣氛，除了寫景之外，王以宣還注意到巴黎公園對民眾開放的特殊性，不僅詩中描繪尋常遊人與官員同遊景象，說明文字裡更直接描述園中設施：「公家花園，為通國人民隨時遊息之所」、「林邊密排鐵椅，以備遊人憩坐」，皆為體貼人民設計。並強調公園的公共休閒娛樂性質：「平時遊人踵接肩摩，亦無虛日，深得與民偕樂之意」[99]。第一首描繪公園的詩

96　〔清〕王之春：《使俄草》，頁228。
97　〔清〕王以宣：《法京紀事詩》，頁62。
98　〔清〕王以宣：《法京紀事詩》，頁63。
99　〔清〕王以宣：《法京紀事詩》，頁62。巴黎遠郊的綠化體系主要由布洛涅（Bois de Boulogne）和文森（Bois de Vincennes）兩座森林公園組成。它們在歷史上都是法國王室狩獵的場所，大改造期間拿破崙三世將它們捐贈給了巴黎市，使奧斯曼得以將它們打造成為可供巴黎人休閒娛樂的公共空間。在巴黎綠化體系的構建過程之中，「共用」始終是一個重要的設計理念。拿破崙三世對社會問題有一定的認知。第二帝國建立後，緩和社會矛盾的需要和

作中，王以宣對與民同樂的現象頗為驚訝，但在第二首詩作中，顯然已融入此「消夏之樂境」[100]中，與巴黎居民一同享受「坐臥不拘，俯仰自得」的閒適之樂了。

　　奧斯曼改造巴黎的過程中，也考慮1830年代以來學者提倡的建議，如1843年梅納迪耶建議在巴黎市廣設公園與開放空間，重視健康與衛生，主張應讓人類身體與精神更接近「純粹」自然的治療力量以重獲生機。奧斯曼改造巴黎市內的多座公園如布洛涅森林、凡森、盧森堡公園……等，即是希望將自然的概念帶進巴黎，使一般大眾也能獲得好處。[101]王以宣所享受的城市綠化公共設施，即為奧斯曼的改造成果，久居其間，他也意識到城市綠意的公共性與完善規劃，更切實體驗了城市的現代性。

　　然而，強調開放共用的休閒公共地景，在不同旅人的凝視下，也可能被賦予截然不同的意義。在詩中稱許巴黎街道宜人景致的潘乃光，當他描寫同屬公共生活空間的公園時，卻隱藏了無

對勞動階級的關注相融合，使其希望在巴黎打造無階級差別的共用空間，通過提供公園、廣場等設施來改善中下層民眾的生活狀況。參見荊文翰：〈變革時代的城市現代化轉型──以「巴黎大改造」為例〉，頁6、〔英〕科林‧瓊斯（Colin Jones）著，董小川譯：《巴黎城市史》（長春：東北師範大學出版社，2008年），頁235-236。王以宣詩中雖未註明遊覽的是巴黎哪一座公園，但對當時的巴黎人民而言，進入公園遊憩放鬆身心，已是尋常活動。

100　〔清〕王以宣：《法京紀事詩》，頁63。

101　〔美〕大衛‧哈維（David Harvey）著，黃煜文譯：《巴黎城記：現代性之都的誕生》，頁258-259。奧斯曼上任之前，1850年巴黎的市立公園面積有47英畝，經過20年，奧斯曼去職後，公園面積已經廣達4500英畝。行道樹數量增加到原來兩倍，大道沿線則刻意加重樹木，使其兩側各有兩排行道樹。除此之外，奧斯曼還在公有地上種植樹木，促進巴黎的大量綠化。參見〔美〕大衛‧哈維（David Harvey）著，黃煜文譯：《巴黎城記：現代性之都的誕生》，頁249。

邊春色：

> 阿得薄郎譯茂林，交柯接葉何陰陰。藏春最好兼消夏，不
> 是知音不便尋。[102]

「阿得薄郎」即今日的布洛涅森林公園（Le bois de Boulogne），
該園原為君王狩獵場所，後於奧斯曼改造時期開放給民眾作為公
園使用，潘乃光所關注的顯然非公園的公共休閒性，詩句後直接
加註說明「此處男女私會習為固然」，連園中綠意盎然的茂密林
木都被附加了幽暗不明的「陰陰」形容，投射情色想像後，原先
自由健康的公園頓時轉化為暗藏春色的情慾空間。

　　王以宣雖亦曾因中西風俗不同，形容公園裸體雕像「花香鳥
語漢宮春」，但僅是簡單說明園中擺設與民眾觀感：「園中石人，
取供點綴，率皆倮露，不以為褻」[103]，亦未有過多批判。潘乃光
則在詩作中擴大對巴黎的情色想像，投射慾望的公共空間由公園
延伸到博物館：

> 守貞殊不與人同，鐵鎖深嚴勝守宮。不愧佛朗蘇第一，王
> 妃留帶挽淫風。（守貞帶並鎮在博物院）[104]

藉著歌詠博物館所藏路易十三王后的貞操帶，諷刺法國淫佚民
風。在潘乃光的保守且偏頗的眼光注視下，法國從巴黎公園到整

102　〔清〕潘乃光著，李寅生等校注：《榕陰草堂詩草校注》，頁481。
103　〔清〕王以宣：《法京紀事詩》，頁62。
104　〔清〕潘乃光著，李寅生等校注：《榕陰草堂詩草校注》，頁481-482。

個國家,都被渲染成放蕩不羈、春色無邊的享樂國度。

潘乃光對巴黎淫佚民風的強調,也呼應了魏源《海國圖志》中的法國人民形象:「終日歌舞遊樂,男女佚蕩」、「其女巧舌如簧,深悅人意,但不甚守禮」[105],在刻板印象的強化下,消解了原有的公共地景意涵,也更加凸顯詩人的傳統與保守。

五　結語

晚清海外旅人造訪巴黎之際,巴黎正歷經奧斯曼的大幅改造,轉型為一座現代化城市。除了以「仙都」、「蓬萊」的虛幻想像再現巴黎美好外,在接受各式新文明事物的刺激後,晚清海外詩人筆下的巴黎地景,不但展現了巴黎的文明景象,也映照出詩人鮮明的自我與家國情感。

晚清巴黎旅人多半具備官方身分,旅行形式除王以宣駐法三年外,其餘為數日到兩個月的短訪。因承載大量異國資訊,描述巴黎的詩作以長篇或著重地方特色的竹枝詞為主,詩題與詩後常附上說明文字解釋地景相關資料,增加作品的紀實性,但也影響詩作的想像空間。

晚清海外旅人所描述的巴黎地景詩作以巴黎鐵塔數量最多,鐵塔象徵法國強盛國力,隨著參訪旅人背景知識的豐富,詩中的鐵塔樣貌也隨之清晰,但登塔所引發的家國感慨與自我言說,卻延伸出另一個抽象時空。拿破崙稱帝後於巴黎興建或整修許多紀念建築,但晚清詩人所再現的並非英雄功績,而是對其霸業成空

---

105 〔清〕魏源:《海國圖志》,頁1253、1239。

的感嘆與好戰形象的批判。巴黎展示場所如博物館、動物園……等，在晚清詩人筆下的形象極為模糊，多數旅人無法掌握其分類意義與文明秩序，在博物館所遇見的故國文物，則開啟了詩人對古老輝煌中國的追尋。多數詩人盛讚巴黎的公共生活空間，如街道與市容光明整潔，以及綠意盎然的林蔭大道與開放民眾休憩的公園，但亦有少數旅人帶有保守眼光與民族偏見，將巴黎詮釋為春色滿溢的情慾空間。

　　擺盪於現實場景與虛幻想像之間，晚清巴黎旅人透過高聳地景如巴黎鐵塔、凱旋門……等，具體再現出現代化都市的文明形象，但來自衰頹帝國的窘境，以及傳統認知的影響，也使得他們筆下的巴黎地景呈現出異於真實的反差。詩人筆下的巴黎地景誠然美好先進，卻也在旅人頻頻回視自我與家國的過程中，附加了更多的悲傷與沉痛。

　　本文為科技部106年度研究計畫「再現異國形象：晚清海外遊記與竹枝詞的雙重對照」（編號：MOST 106-2410-H-003-117-MY2）研究成果。

　　原文初稿曾宣讀於「第31屆詩學會議——『詩學與彰化學』學術研討會」（2022年5月27日），彰化師範大學國文系暨臺文所主辦，2022年5月27日。

第三章

近代女子西遊記

——單士釐與呂碧城歐遊書寫的性別自覺與再現策略

一　前言

　　晚清至民國初期的海外旅人中，單士釐（1858-1945）與呂碧城（1883-1943）可說是極為特殊的存在。兩人皆為女性身分、皆展開海外之旅、且均留下相關旅行詩文，在普遍以男性旅人為發聲主體的近代海外遊記場域中，難得出現這兩位女性，以具體作品再現海外旅行經驗與自我身影，開啟了近代女遊書寫的先聲。

　　儘管兩人同為早期出走的女性旅人，但由於身分背景、旅行動機……等諸多差異，使得兩人所採取的書寫策略與作品再現的異國形象仍有差異。單士釐為浙江杭州蕭山人，出身書香世家，被譽為「第一位寫國外遊記的女子」[1]，幼年失母，隨舅父許壬伯讀書，父親單思溥與舅父皆有文名，自幼即飽覽群籍，夫婿錢恂（1853-1927）為錢玄同長兄，是知名外交官，她首次隨丈夫錢恂出使是在光緒25年（1899年），《癸卯旅行記》記錄1903年從日本經朝鮮、中國東北、西伯利亞至聖彼得堡八十天的旅行日記。1907-1909年，錢恂先後擔任駐荷蘭與義大利公使，單士釐隨同

---

[1]　鍾叔河：《癸卯旅行記·歸潛記》序言，收錄於鍾叔河主編：《走向世界叢書·修訂版（十）》（長沙：岳麓書社，2008年），頁657-658。

丈夫赴歐，1909年返國，於回國後的第二年（1910年）整理歐洲遊歷見聞，《歸潛記》一書內容除記述旅居生活外，亦記述義大利與古希臘羅馬藝文，以及中西文化交流史事研究。作為當時到達西歐並留下文字記錄的第一位女性，她的遊記極富開創意義，提供了不同於男性旅人的觀看視角，《歸潛記》中對羅馬神話的詳細介紹，在中國近代神話學史上更具有開山的價值。[2]

呂碧城為安徽世家閨秀，出生年代與單士釐相差25年，曾任北洋女子師範學堂校長。1920年她跨洋赴美遊學，於紐約哥倫比亞大學旁聽，1922年返國後活躍於上海，並於1926年開始隻身遊歷歐美，最後寓居瑞士，直到1933年末才離開歐洲，啟程返國。《歐美漫遊錄》（又名《鴻雪因緣》）所收錄的文章即為1926-1930年這段期間的見聞記錄。[3]不同於單士釐的隨夫同行，具有政治使命的限制，呂碧城終身未婚，獨自上路，對旅行的安排有著更為自由的個人自主性。

兩人同為近代出走的女性先聲，出走時機均處於人生的中年階段，遠遊目的地同為歐洲，單士釐延續明清仕宦家族女性隨夫「宦遊」的傳統，看似傳統保守，卻有著難得的開明姿態；民國成立後的呂碧城隻身獨遊，看似先進獨立，卻又以傳統文言寫作，且遊記中對傳統價值仍有一定堅持。兩人出走的時代背景一為晚清國家危急存亡之秋、一為民國初年五四新文化運動後的強

2　〔清〕單士釐：《歸潛記》，收錄於鍾叔河主編：《走向世界叢書‧修訂版（十）》（長沙：岳麓書社，2008年），頁674。

3　胡曉真：〈恰似飛鴻踏雪泥──民國才女呂碧城與她的時代足跡〉，載於《歐美漫遊錄：九十年前民初才女的背包旅行記》（臺北：英屬蓋曼群島商網路與書公司，2013年），頁4-5。

烈變革時期，亦各有不同。兩人的女遊書寫皆具一定代表性，卻
也在多重因素的影響下，呈現了複雜的相似性與差異性，在傳統
與現代之間不斷擺盪。她們的書寫策略隱含了哪些主體的想像建
構與知識背景？藉由二者作品中異國形象的相互參照，將可更清
楚窺見近代女遊書寫的發聲與轉變。

　　對於兩者的旅行書寫研究，目前已累積豐碩成果，單士釐部
分多半集中於第一本遊記《癸卯旅行記》的探討，如Ellen Widmer
（魏愛蓮）〈一個女子眼中的海外遊歷：本土和全球視野中的單士
釐《癸卯旅行記》〉、姚振黎〈單士釐走向世界之經歷——兼論女
性創作考察〉，羅秀美〈流動的風景與凝視的文本——談單士釐
（1856-1943）的旅行散文以及她對女性文學的傳播與接受〉透
過遊記的分析觀看她如何接受明清以來的女作家及其書寫譜系的
建構，第二本遊記《歸潛記》的分析較少，較具代表性之專論如
鹿憶鹿〈單士釐與拉奧孔——兼論晚清學者的神話觀〉探討其中
的神話美學，分析單士釐與晚清知識分子的觀看差異。[4]

4　該篇英文版Ellen Widmer（魏愛蓮）：〈Shan Shili's Guimao luxing ji of 1903 in
　　Local and Global Perspective〉（女子眼中的異國之旅——單士釐之癸卯旅行
　　記），載於胡曉真編：《世變與維新——晚明與晚清的文學藝術》（臺北：中研
　　院文哲所籌備處，2001年），頁429-466，其後修訂增補中文版〈一個女子眼
　　中的海外遊歷：本土和全球視野中的單士釐《癸卯旅行記》〉，載於魏愛蓮：
　　《晚明以降才女的書寫、閱讀與旅行》（上海：復旦大學出版社，2016年），
　　頁247-284、姚振黎：〈單士釐走向世界之經歷——兼論女性創作考察〉，收錄
　　於范銘如主編：《挑撥新趨勢——第二屆中國女性書寫國際學術研討會論文集》
　　（臺北：學生書局，2003年），頁257-296、羅秀美：〈流動的風景與凝視的文
　　本——談單士釐（1856-1943）的旅行散文以及她對女性文學的傳播與接受〉，
　　《淡江中文學報》第15期（2006年10月），頁41-94、鹿憶鹿：〈單士釐與拉奧
　　孔——兼論晚清學者的神話觀〉，《興大中文學報》第23期（2008年10月），頁
　　679-703。

　　呂碧城的《歐美漫遊錄》亦有多篇研究成果，花宏豔〈呂碧城遊記中的西方形象〉即認為呂碧城在其域外書寫中塑造的西方形象是東方中國的鏡像、羅秀美〈呂碧城英倫之旅的文化景觀——兼及靈異／靈學敘事與宗教修行的因緣〉集中探討其中英國遊記部分與靈學敘事及宗教因緣、楊錦郁《呂碧城文學與思想》第四章分析呂碧城的文學表現，其中特別針對記遊散文的文體特色與文章美學進行探討，點出《歐美漫遊錄》的藝術特色。[5]多本學位論文亦以不同角度切入，如潘宜芝《空間・行旅・新女性——呂碧城作品研究》、張晏菁《越界與歸趨：才女呂碧城（1883-1943）的後期書寫》皆涉及呂碧城歐美遊歷詩文的探討，劉萱萱《呂碧城《歐美漫遊錄》與林獻堂《環球遊記》比較研究》、李璐《呂碧城的異域之旅與自我追尋——以《歐美漫遊錄》為中心》[6]均以《歐美漫遊錄》作為主要探討文本，前者結合臺灣文學作品進行比較研究，提供不同切入角度，擴大文本解讀空間。

　　針對單士釐與呂碧城二者的海外遊記研究甚多，但對比二者作品的相關研究目前則較為不足，同為近代女遊先聲，二者擁有

5　楊錦郁：《呂碧城文學與思想》（高雄：佛光出版社，2013年），頁177-185。

6　花宏豔：〈呂碧城遊記中的西方形象〉，《中國比較文學》2015年第1期（2015年1月），頁168-179、羅秀美：〈呂碧城英倫之旅的文化景觀——兼及靈異／靈學敘事與宗教修行的因緣〉，《興大中文學報》第47期（2020年6月），頁159-202、潘宜芝：《空間・行旅・新女性——呂碧城作品研究》（臺中：東海大學中國文學系碩士論文，2011年）、張晏菁：《越界與歸趨：才女呂碧城（1883-1943）的後期書寫》（嘉義：中正大學中國文學研究所博士論文，2016年）、劉萱萱：《呂碧城《歐美漫遊錄》與林獻堂《環球遊記》比較研究》（臺中：中興大學中國文學研究所博士論文，2017年）、李璐《呂碧城的異域之旅與自我追尋——以《歐美漫遊錄》為中心》（上海：上海社會科學院中國現當代文學研究碩士論文，2018年）。

難得機會出洋遠行，且皆留下難得的旅行書寫作品，歐洲為二人
足跡重疊之處，二人的歐洲遊記呈現出哪些特別的觀看角度？女
性身分是否對於旅行文本的創作產生了哪些限制或影響？這些限
制或影響，又如何在作品中呈現？

　　本章即欲在前行研究基礎上，針對二者的歐遊書寫進行比較
分析，探究兩位女性旅人的歐洲旅行採取了哪些獨特的書寫策
略？女性身分與觀看視角，使得她們的歐遊書寫反映了哪些不同
於男性旅人的性別特色？各自的書寫策略又隱含了哪些主體想像
與背景知識？藉由二者歐遊作品的相互參照，將可更清楚窺見近
代女遊的發聲。

二　女性自覺與作品定位

　　在單士釐的首部遊記《癸卯旅行記・自序》[7]中，她清楚揭
示自己在旅行中所扮演的角色與自我作品定位：

> 今癸卯，外子將蹈西伯利之長鐵道而為歐俄之遊，予喜相
> 偕。十餘年來，予日有所記，未嘗間斷，顧瑣細無足存者。
> 惟此一段旅行日記，歷日八十，行路二萬，履國凡四，頗
> 可以廣聞見。錄付並木，名曰《癸卯旅行記》。我同胞婦

7　《癸卯旅行記》目前有北京圖書館藏稿本、日本同文印刷舍印本，本章所引
　　用之《走向世界叢書・修訂版（十）》版本為鍾叔河據北京圖書館藏稿本所
　　編，以日本同文印刷舍1904年印本校過。《歸潛記》所引用版本為鍾叔河依
　　歸安錢氏家刻毛本（未竟）整理，同樣收錄於鍾叔河主編：《走向世界叢
　　書・修訂版（十）》一書中。

女，或亦覽此而起遠征之羨乎？[8]

對於能夠與夫同行、增廣見聞，單士釐相當欣喜，希望藉由自己
的作品激勵其他同樣對旅行有興趣的婦女同胞們。從自序的呼告
看來，單士釐特別將「我同胞婦女」預設為特定讀者，連結自我
女性身分，刻意彰顯的性別意識顯然有別於其他男性遊記作者。
置於全書〈自序〉前的〈題記〉則是由丈夫錢恂所完成，錢恂對
於妻子的遊歷經驗與著作頗為自豪，認為是「得中國婦女所未曾
有」，並以男性視角預設作品定位：「方今女學漸萌，女智漸開，
必有樂於讀此者」[9]，強化預設讀者的性別角色與知識背景，同
時也可見錢恂對於妻子才華的高度重視，藉由為妻子作品寫序，
表達對女性寫作與出版的支持。

　　《癸卯旅行記》中雖有大量記載有關日本女學的先進看法，
例如見日本女學興盛，回顧中國女德尚存，希望中國女學亦能興
起，使自己國家成為世界強國：「苟善於教育，開誘其智，以完
全其德，當為地球無二之女教國；由女教以及子孫，即為地球無
二之強國可也」[10]。但身為「朝廷命婦」的單士釐在遊記中卻仍
運用男性論述加以包裹，作品中大量摻雜「外子云」、「外子
曰」，藉此得到男性肯定與認同，同時亦避開了站在「舞臺中
央」可能招致的嚴苛批評。[11]這或許亦與作品所預設的讀者角色

8　〔清〕單士釐：《歸潛記》，頁684。

9　〔清〕單士釐：《歸潛記》，頁683。

10　〔清〕單士釐：《癸卯旅行記》，收錄於鍾叔河主編：《走向世界叢書・修訂
　　版（十）》（長沙：岳麓書社，2008年），頁697-698。

11　陳室如：〈閨閣與世界的碰撞——單士釐旅行書寫的性別意識與帝國凝視〉，
　　《彰化師大國文學誌》第13期（2006年12月），頁270。

為女性有關，出走之餘，單士釐透過遊記為女性讀者示範了以夫為尊的傳統姿態，卻也適時表達自己的先進理念，此種折衷的表達方式，透露出她在婚姻中尊重丈夫之際，也保有一定的自我，進而在遊記中表現出對女學與國家富強的專業見解。

　　至於記錄歐洲藝文的《歸潛記》，初印版的作者一開始原本署名為其丈夫與長子「歸安錢恂稻孫同撰」[12]，現代重印版才把著作權重新歸於單士釐，[13]但內容仍夾雜了許多她的丈夫殘稿與長子翻譯之作，例如第二章〈新釋宮・景寺之屬〉為前一篇〈彼得寺〉的附錄，單士釐在題記中寫道：「此長子稻孫為予遊覽之便所撰」[14]，第四篇〈景教流行中國碑跋〉、第五篇〈景教流行中國表〉均整理自積跬步主人（即錢恂）殘稿。[15]書末附錄〈寶星記〉，為錢恂駐義大利期間獲配本國寶星榮銜之相關記錄，看似與全書主旨無關，單氏雖云此「不脫文人積習」，但在記錄異國文化的書寫中，仍不忘安排特定篇章彰顯丈夫功業，大抵不脫舊日婦人以丈夫所獲殊銜為榮的心態。[16]在展現獨立先進的女遊記錄之際，形式上仍保留一定程度的傳統性別期待。

---

12 〔清〕孫殿起：《販書偶記續編》（上海：上海古籍出版社，1980年），頁167。

13 Ellen Widmer（魏愛蓮）針對此一現象提出兩種可能，一種是反映了後世努力提升單士釐作為女性先驅者的聲望，另一可能則與禮儀有關，單士釐可能認為在她的著作中引起人們對她自身的注意是不得體的，迴避問題的方式就是每次都求助於兒子和丈夫的名字。參見魏愛蓮：《晚明以降才女的書寫、閱讀與旅行》，頁256-257。

14 〔清〕單士釐：《歸潛記》，頁809。

15 詳細比對資料可參見邱巍：《吳興錢家：近代學術文化家族的斷裂與傳承》（杭州：浙江大學出版社，2009年），頁121-122。

16 劉詠聰：《才德相輝：中國女性的治學與課子》（香港：三聯書店，2015年），頁54。

再者,《癸卯旅行記》中屢屢引錢恂所提供訊息補充記事,書中稱呼錢恂為「外子」,《歸潛記》各文引述錢恂考證時呼之為「積跬步主人」,明顯都是在讀者面前稱呼自己丈夫的叫法,由此可見二書在下筆之際已預設了閱聽對象,並準備出版,絕非僅是寫作自娛的作品,單士釐有充分傳世意欲,[17]雖有一定的女性創作自覺,在面對外界的壓力底下,仍須適時隱身於男性身影背後。

除了遊記之外,單士釐亦在紀遊詩中展現高度的女性自覺與國家意識,1900年,她與丈夫應日本友人之邀,遊覽金澤與橫須賀,欣賞完美景後,她不忘勉勵所有女性同胞:

> 寄語深閨侶,療俗急需藥。幼學當斯紀,(英人論十九世紀為婦女世界,今已二十世紀,吾華婦女可不勉勵)良時再來莫。[18]

呼籲中國女性「幼學有為」,抓住全世界掀起的女學浪潮,連結中國女學與世界局勢,賦予女性更重大的責任與期許。1903年春天,當她與丈夫同行,經過俄羅斯的烏拉爾山脈時,記錄了對西方先進交通工具與廣闊風景的新鮮體驗後,更是自豪地展現自己的先行者姿態:「謂語諸閨秀,先路敢為請」[19],為國內諸多女性帶來示範與希望。有別於遊記的顧忌與遮掩,單士釐詩作中的女性自覺與自我形象更為鮮明直接,她把作者的聲音集中在試圖

---

17 劉詠聰:《才德相輝:中國女性的治學與課子》,頁54-55。

18 〔清〕單士釐著,陳鴻祥校點:《受茲室詩稿》(長沙:湖南文藝出版社,1986年),頁27。

19 〔清〕單士釐著,陳鴻祥校點:《受茲室詩稿》,頁37。

　　喚醒女性的自我意識上，對她而言，女性的旅行不僅是為了提高流動性，更是為了開闊眼界，提高意識。[20]

　　作為跨國遠行並留下遊記的女性，單士釐的女遊自然極具開創性，從夫出遊雖有一定限制，但早在明末清初的江南士大夫家庭中，婦女出行已經不會被視作僭越，妻、女陪同官僚赴其遠任更為常見，坐在轎上、車上、船上的上層女性，都帶著一種責任和歷險的感覺渴望著動身。通過在赴任途中或在遠任上服侍父親或丈夫，她們遵從著「三從」的字面含義。這種順從，轉而成為了開拓眼界的機會，給旅行者帶來了樂趣和新知識。[21]單士釐表面雖是依循「三從」的道德標準從夫而遊，在遊記中保留部分男性話語權，卻仍透過個人的高度自覺，在看似保守的傳統限制中表現出文明開化的一面。

　　單身未婚、隻身獨遊的呂碧城與單士釐不同，為了興趣與探險，她獨自一人暢遊世界，而非作為女眷隨從父親、丈夫或兒子宦遊，亦非作為外交官的妻子隨任海外，通過這一點，她為女性旅遊的含義帶來了嶄新維度。[22]在《歐美漫遊錄》[23]序文中，她

20　Yanning Wang. *Reverie and Reality: Poetry on Travel by Late Imperial Chinese Women* (Lanham, MD: Lexington Books, 2014), p.153.

21　〔美〕高彥頤著，李志生譯：《閨塾師：明末清初江南的才女文化》（南京：江蘇人民出版社，2005年），頁233。

22　方秀潔：〈另類的現代性，或現代中國的古典女性：呂碧城充滿挑戰的一生及其詞作〉，收錄於華東師範大學中文系主編：《慶祝施蟄存教授百年華誕文集》（上海：上海古籍出版社，2003年），頁344。

23　《歐美漫遊錄》原題為《鴻雪因緣》，登載於北京《順天時報》以及上海周瘦鵑《紫羅蘭》雜誌，後於1929年分別收入北京刊印的《信芳集》和上海中華書局出版《呂碧城集》，二者篇名與內容範圍略有不同，本章所採用版本為李保民箋注的《呂碧城集》，《歐美漫遊錄》收錄於其中卷一，參見呂碧城著，李保民箋注：《呂碧城集》（上海：上海古籍出版社，2015年）。

揭示自己的作品定位：

> 予此行隻身重洋，翛然遐往，自亞而美而歐，計時週歲，
> 繞地球一匝，見聞所及，爰為此記。自誌鴻雪之因緣，兼
> 為國人之向導，不僅茶餘酒後消遣已也。[24]

是以嚮導的先行者身分指導讀者，並非單純提供茶餘酒後的消遣
娛樂，書中確實也有如〈獨遊之辦法及經驗〉一文指導讀者應如
何處理出國旅行實務細節，例如在歐洲訂購由法國前往義大利的
跨國旅行車票，可透過柯克公司[25]預購，在遊記中亦仔細描述親
身經歷，對比國內旅遊雜誌內容，提供讀者正確資訊，例如由法
赴瑞士途中，在巴黎請美國友人同行，代為處理寄運行李一事，
糾正國內旅行刊物錯誤之處：

> 上海出版之《遊歐須知》等書謂歐洲無代寄行李制度，須
> 自僱人搬運登車者誤也（或當年如此，而今非矣）。[26]

---

24 呂碧城著，李保民箋注：《呂碧城集》，頁317。

25 英國人湯瑪斯‧柯克（Thomas Cook, 1808-1892）於1845年創設了世界上最早
的旅行社，即「湯瑪斯‧柯克父子公司」（Thomas Cook & Sons Co.），呂碧城
在〈獨遊之辦法及經驗〉一文中，亦向讀者說明可透過旅行社如柯克及美國
運通公司（American Express）購買輪船與鐵路票券。除訂購票券外，呂碧城
於歐洲旅行期間，依賴柯克公司協助甚多，例如在維也納遇民眾抗爭遊行，
被困於旅館，身上現金花用完畢，但銀行關閉，無法領款，只能向柯克公司
求助、在義大利米蘭因不滿代訂旅館過於偏遠，也是第一時間想起柯克公司
「因其分局遍設各處眾所共知」，而請館員僱車前往求助。參見呂碧城著，李
保民箋注：《呂碧城集》，頁377、338。

26 呂碧城著，李保民箋注：《呂碧城集》，頁361。

注意到旅行資訊的時效性，呂碧城的遊記不但不再預設讀者的性別角色，甚至有更務實的寫作考量，作品的專業特色更為明確。

其次，呂碧城遊記的發表場域與單士釐有極大差異，單士釐為旅行結束後，整理日記與手稿集結成書，呂碧城卻是在旅行過程中於國內報刊上陸續公開發表，《歐美漫遊錄》登載在《順天時報》時名為〈鴻雪因緣‧歐美漫遊錄〉，自1928年2月1日起刊載第一篇〈鴻雪因緣‧歐美漫遊錄（一）〉，直到1928年5月25日為止，共計刊登31篇，1930年後連載於《紫羅蘭》雜誌第4卷13-24號，《紫羅蘭》為鴛鴦蝴蝶派文人周瘦鵑主編的暢銷雜誌，以對西方時尚與西式生活有興趣的都會中產階級為主要對象，[27]呂碧城以通訊報導方式所再現的西方見聞，正符合雜誌訴求，可即時引介西方新知與生活細節，滿足讀者好奇心，這種發表於公眾場域的報導性與即時性，已有明確預設讀者的前提，使其遊記有別於傳統女性的私密敘述。在遊記中，呂碧城提及自己的通訊遊記頗受歡迎：「久停未續，閱者遠道函催」，也因此有了更直接的寫作動機：「亟欲應之，費時匝月，始脫稿付郵」[28]，寫作當下，即已相當清楚自我的作品定位與發表場域，即時傳播異國新知與親身經歷的先進姿態不言而喻。

沒有婚姻束縛、不再附屬於男性的異國之旅看似自由無羈，

---

27 潘少瑜：〈時尚無罪：《紫羅蘭》半月刊的編輯美學、政治意識與文化想像〉，《中正漢學研究》第2期（2013年12月），頁290。

28 呂碧城著，李保民箋注：《呂碧城集》，頁419。凌啟鴻於1929年為呂碧城詩詞《信芳集》所作跋文中亦提及呂碧城遊記受歡迎的狀況：「嘗聞某報昔日銷售不及二萬份，自刊載女士之《鴻雪因緣》後，數日之間驟增至三萬五千份。嗚呼！洛陽紙貴，女士有矣。」參見凌啟鴻：〈跋信芳集〉，收錄於呂碧城著，李保民校箋：《呂碧城集》，頁717。

她在遊記中也記錄多段和男性共處情境,例如攀登瑞士雪山時,遇德國男子贈花獻殷勤,向她索取聯絡方式希望保持聯繫,呂碧城「乃勉諾之,不欲實踐也」,並感嘆「不如獨遊默賞之安逸」[29]。在巴黎與接受同住一旅館美國客人邀約,共赴餐館,餐後男方要求平分餐費與小費,呂碧城雖「異之而未言」,但仍「笑付之」,最後於遊記中發表評論:「蓋歐美通俗,男女同餐或遊,男者付值,否則為恥」、「彼夷然不赧其面,此人於歐美亦鮮見也」[30],大方展現自己對於西方社會男女互動的原則與評價。

然而,看似自由開明的呂碧城,卻也在遊記中呈現了另一種性別困境。以〈建尼瓦湖[31]之蕩舟〉為例,旅居瑞士的呂碧城渴望泛舟湖上,卻因苦無伴侶、不善操舟而無法如願,一日於湖畔突遇陌生少年前來邀約,她冒險應允上舟,卻不忘於遊記中提醒讀者:「然予此行極為謬妄,願讀此記者切勿效尤」[32],貿然答應陌生男子邀約,孤男寡女共處一舟,此種行徑顯然有違傳統閨秀禮教,當時現場並無他人目睹,她卻選擇於遊記中公開言說,闡述自我的內心矛盾,一方面以安全因素警告讀者切勿效尤,一方面又於遊記中仔細記錄蕩舟的美好情境以及與少年的曖昧互動,過程中充滿各式內在矛盾與衝突情境,凸顯了女性旅人在出走遠行之際,依然面臨無法跨越的自我限制。

儘管呂碧城與單士釐的出走機緣、身分背景均有極大差異,兩人在遠離中國的歐遊書寫中,仍有因性別角色所帶來的重重倨

29 呂碧城著,李保民箋注:《呂碧城集》,頁361。
30 呂碧城著,李保民箋注:《呂碧城集》,頁362。
31 建尼瓦湖(Lake Geneva),位於瑞士西南端的日內瓦近郊,「建尼瓦」(Geneva)今多譯為日內瓦。
32 呂碧城著,李保民箋注:《呂碧城集》,頁358-359。

限，隨夫宦遊的單士釐選擇以男性論述作為女遊發聲的憑藉，
獨身出遊的呂碧城看似自由，還是有著自我附加的傳統束縛，
兩人同為女遊先聲，歐遊際遇相異，卻仍因性別角色而有不同的
限制。

三　歐遊書寫的再現策略

　　兩人的旅行範圍重疊之處以歐洲為主，單士釐另有俄國、日
本旅行經驗，呂碧城亦有美國之行，兩人旅行地點差異甚大，本
章針對異國形象的對比主要以歐洲遊記為主。

（一）以故國為參照

　　作家在塑造異國形象時，其實也正細細審視異國文化，觀看
的過程中，作者往往會不自覺的以本國「集體想像物」這把尺來
衡量對方，並加上個人的喜惡，故「他者」透顯的是自我以及其
所處社會的集體意識。[33]單士釐的《歸潛記》雖以記錄希臘羅馬
藝文為主，卻還是可見被作者刻意穿插其中的中國描述。以〈羅
馬之猶太區——格篤（Ghetto）〉為例，格篤（Ghetto）為羅馬當
地所設的猶太人隔離區，該篇專文自羅馬帝國時代寫起，細數歷
代領導者虐待猶太人之情境，仔細呈現猶太人在異地所遭受的非
人待遇，尤其是被逼迫與禽獸競走、羞辱性地標哭牆的設立更是
殘酷：

---

33 劉雅瓊：〈形象與文化攜手——論比較文學形象學中的他者與自我關係〉，《現
　　代語文》2008年第4期（2008年4月），頁92。

> 保羅二（一四六八年）迫令猶太人於喀尼乏爾節日，競走
> 於群民嘲訕之中，此虐習行兩百年而後已。競走者，驢驅
> 於前，猶太人逐驢後，僅許圍一縷布於腰下，四肢盡裸。
> 猶太人後為水牛，牛後為野馬（即阿非利加產之劣斑
> 馬），凡不以人類視猶太人也。猶太人忍辱不敢違。[34]
> 格篤初稱猶太街，用牆圍之，自四頭橋至「哭場」。哭
> 場云者，即志一五五六年七月二十五日猶太人被迫入囚
> 屋，從此服從無限煩惱之悲慘而命之名也。[35]

在藝文氣息濃厚的羅馬地區，單士釐卻以大量篇幅記載猶太人備
受欺凌的黑暗面，流落異國的猶太人被當作禽獸看待，與水牛驢
馬……等牲畜同列，卻只能忍氣吞聲，此種陋習竟持續兩百年之
久，至於當地悲傷景點「哭場」的設立，更時時提醒他們目前所
處的悲慘遭遇。單士釐最後於文末提醒讀者：「此格篤記，閱者
宜細心味之。數百年後，吾人當共知之」[36]，以流落異國的猶太
人悲慘遭遇作為借鏡，提醒中國讀者引以為戒。單士釐出遊歐洲
之際已是清帝國結束前夕，中國的國際處境亦居弱勢，在通篇以
歐洲文化藝術為主題的美好陳述中，突然插入失國遺黎見逼見虐
的慘況描述，再加上文末對國人的沉痛叮嚀，《歸潛記》中關於
中國的陳述隱微低調，卻又無比沉重。

　　在〈羅馬之猶太區──格篤（Ghetto）〉之前，單士釐另作〈摩
西教流行中國記〉一文，她自言寫作此二篇動機為「一以溯景教

34　〔清〕單士釐：《歸潛記》，頁877-878。
35　〔清〕單士釐：《歸潛記》，頁879。
36　〔清〕單士釐：《歸潛記》，頁822。

與猶太一貫之淵源，一以示景教與猶太教難融之見，並以示亡國遺黎受害于白人治權下之慘狀、受轄于黃人治權下自由云」[37]，在回溯摩西教於中國流傳的歷史中，單士釐透過史料進行中西對比，描述古代猶太人在中國開封享有宗教自由與良好的生活環境，並沒有受到虐待，西人反引以為怪，認為「中國為處事疏忽」，單士釐對此亦發出感慨：「夫豈知中國固無所惡於異教之人，並無所鄙於亡國之氓也」[38]，強調中國不歧視異教的寬厚態度。

在《歸潛記》兩篇關於猶太人的敘述中，都可見到與中國相關的描述，不但形容猶太人在西方所受到的慘況，也凸顯他們在中國所受的和善待遇，《歸潛記》中所呈現的猶太人形象，藉亡國遺黎的身分提醒中國讀者注意國家處境，晚清中國與身處異國的猶太人相似，都面臨著彼強我弱的困境，同時也強化了中國與西方彼惡我善的對比。

與單士釐的前一本遊記《癸卯旅行記》比較之下，《歸潛記》裡反射的中國身影顯得模糊許多，《癸卯旅行記》頻頻強調女學與國家富強的連結，除日本之行外，當她在俄國遇見入境檢查的不合理現象時，亦發出沉重感嘆：

> 中國婦女，籠閉一室，本不知有國。予從日本來，習聞彼婦女每以國民自任。且以為國本鞏固，尤關婦女。予亦不禁勃然發愛國心，故於經越界，不勝慨乎言之。[39]

37　〔清〕單士釐：《歸潛記》，頁867。

38　〔清〕單士釐：《歸潛記》，頁872。

39　〔清〕單士釐：《癸卯旅行記》，頁733。

不論在日本或俄國，遊記中的女性意識始終與國家興亡緊緊相連。
《歸潛記》性質特殊，非純粹遊記，亦非單獨歷史考證，除親歷
見聞外，還論述了羅馬藝術、建築、天主教、猶太教、景教的歷
史與發展，提供馬可・波羅的生平簡介以及中西交往史上重大事
件說明。Ellen Widmer（魏愛蓮）對比單士釐的兩部遊記，認為
《歸潛記》在提供信息方面更為直接，較少意識形態考慮，進而
評論：「隨著時間推移，她可能放棄了促進中國婦女覺醒的觀念，
轉而傾向於把旅行寫作侷限於更純粹的文化課題」[40]，然而，記
錄歐遊的《歸潛記》雖不同於日俄遊歷的《癸卯旅行記》以直接
呼告方式強調愛國責任，在以藝文為主體的論述系統中，突兀安
插〈摩西教流行中國記〉、〈羅馬之猶太區——格篤（Ghetto）〉
二篇有關猶太文化的敘述，並非只是單純介紹異族文化，其中依
然可見單士釐對故國的惦念，藉由他者映照自我家國困境，進而
積極提醒，絕非僅將自己的旅行寫作侷限於純粹的文化課題。

　　相較於單士釐的憂患意識，1920年代出遊的呂碧城雖不須面
臨同樣的亡國危機，但當時中國正處於內戰混亂的北伐時期，國
內局勢仍屬動盪不安。她將自己的歐洲旅行定義為「閒雲野鶴，
不預政治」[41]，刻意表彰其遊之「漫」，無意求學，也不想革命
救國，[42]這正是呂碧城獨特的旅行姿態。《歐美漫遊錄》中乍看
幾乎未見對國家的相關省思，反而呈現刻意維持的疏離感。然而
對比《歐美漫遊錄》中〈倫敦堡〉一文原稿卻可發現，呂碧城並

---

40 Ellen Widmer（魏愛蓮）：〈一個女子眼中的海外遊歷：本土和全球視野中的
　　單士釐《癸卯旅行記》〉，頁256。

41 呂碧城著，李保民箋注：《呂碧城集》，頁370。

42 胡曉真：〈恰似飛鴻踏雪泥——民國才女呂碧城與她的時代足跡〉，頁15。

非全然無感，該文原刊登於天津版《大公報》，題為〈倫敦參觀
皇冕記〉，內容主要介紹倫敦塔內皇室寶器的陳列所以及綠宮，
文末原有一大段對國事的感慨，批判國內政治紛擾，[43]但改為
〈倫敦堡〉收錄進作品集後，卻將整段刪除，僅增加對歷史建築
的詳細敘述，這或許亦說明了她對國事並非毫不關心，刻意冷漠
與抽離，實際上是另一種無奈的表現。[44]

　　細讀呂碧城的歐洲遊記，仍可發現她頻頻召喚中國身影，遊
走於不同國家之間，記憶中的故國風光卻一路跟隨，重疊於各式
異域風光。例如她描述瑞士蒙特儒清晨湖畔風光色彩濃厚，先引
古詩「曉來江氣連城白，雨後山光滿郭青」，表示詩句僅有青白
二色，與眼前異域風光仍有差異。待旭日升起，光影變化，再引
唐詩「漠漠輕陰向晚開，青天白日映樓臺。曲江水暖花千樹，為
底忙時不肯來」，認為二者「可相彷彿云」，以古典山水詩句調動
文化想像，將陌生的異域風景熟悉化，最後更直接以中國西湖作
為比擬對象：「湖濱多魚，阡陌植桑，恍如浙之西湖，惟壯麗過
之」[45]。由抽象的文化想像到具體的地景連結，透過多層次的轉
折，同化了原本特色迥異的異國風景。

　　在瑞士建尼瓦湖蕩舟之際，呂碧城又再以西湖作為對照：
「該湖體積甚巨，波藍如海，較吾浙之西湖富麗有餘，而幽蒨似
遜」，頻頻出現的故國地景，成為她丈量異國風景的標準，對比
二者特色之後，她所認同的依然是故國風光，最後感嘆：「惜

43　呂碧城：〈倫敦參觀皇冕記〉，天津《大公報》第6版，1928年3月3日。

44　劉萱萱：《呂碧城《歐美漫遊錄》與林獻堂《環球遊記》比較研究》，頁155-
　　156。

45　呂碧城著，李保民箋注：《呂碧城集》，頁334-345。

『楊柳岸，曉風殘月』之句，不足為胡兒道也」[46]，從實際地理空間再次回到自己熟悉的文化想像，並察覺自我與他者的認知差距。故國風光與文化地景的比附，成為呂碧城詮釋異域風光的慣用手法，儘管眼前觀看的是各種不同的異域風景，卻一再映照出旅人內在認同的故國風景。

　　除了西湖之外，多處中國風景於她的歐洲遊記中不斷再現。義大利羅馬瀑布所倒映的是廬山名勝三疊泉：「惕佛里[47]則多山巒，瀑布甚多，曲折傾瀉，有如我國廬山之三疊泉」[48]、水城威尼斯則是蘇杭街市的投影：「陸地皆悉用石板舖成，曲巷狹徑，頗似吾國蘇杭之街市」[49]、水上交通工具貢朵拉（Gondola）被比為中國傳統龍舟：「有舟楫而無車馬，往來街衢，悉用小艇，細長而翹其首尾，狀如吾國之龍舟，稱曰『岡豆拉』（Gondola）」[50]。從自然山水的對應，到人工建築、交通器物的比對，無一不是對故國風景的頻頻回顧，即便是異國水都的日常交通工具「岡豆拉」（Gondola）小艇，因形狀與龍舟相似，也被添加了中國傳統節慶色彩。從具體的形象比對到文化意涵的延伸，在實際外形與抽象意義的多重交錯中，威尼斯的異國特色被瞬間消解，原先呼應當地特色而生的特殊交通工具，被轉化為東方故國的民俗象徵。遊記所再現的歐洲異國形象，紛紛被投射了特定的故國身影，呂碧城不斷以自我言說他者，在此種手法下所塑造的西方形

---

46 呂碧城著，李保民箋注：《呂碧城集》，頁359。

47 惕佛里即Tivoli，或謂羅馬諸山之分脈。

48 呂碧城著，李保民箋注：《呂碧城集》，頁352。

49 呂碧城著，李保民箋注：《呂碧城集》，頁371-372。

50 呂碧城著，李保民箋注：《呂碧城集》，頁371-372。

象也成為東方中國的鏡像。[51]

　　以自我熟悉的文化典故重新詮釋異域風光，是呂碧城將陌生風景熟悉化的另一種手法，當見到曾經輝煌壯觀的古羅馬廣場如今已成廢墟，她在遊記裡調動熟悉的文化典故懷古傷今：「斷礎殘甃，散臥於野花夕照之中，時見蜥蜴出入，銅駝荊棘有同慨焉」[52]。「銅駝荊棘」典故出自《晉書·索靖傳》：「靖有先識遠量，知天下將亂，指洛陽宮門銅駝，歎曰：『會見汝在荊棘中耳！』」[53]，「銅駝」成為遺民詩歌常見的象徵符碼，後人因此以「銅駝荊棘」形容天下大亂或國土淪陷後的殘破淒涼景象。古羅馬帝國過往輝煌於現實中已不復見，來自另一遙遠古老帝國的呂碧城，卻能透過熟悉意象的轉譯，將陌生的異國空間轉化為似曾相識的文化空間，賦予朝代更替、昨是今非的滄桑之感，原本靜態的眼前景物，透過廢墟中穿梭往來的蜥蜴，與自我文化體系中的銅駝動物形象、情感隱喻巧妙連結，加上思緒的流動，旅人得以發揮同情共感之效，差異甚大的異國也再次被投射了一路相隨的故國身影。[54]

　　對比清末同遊羅馬古蹟的中國旅人，呂碧城感性抒情的懷想特色更為明顯。曾任出使英、法、義、比四國大臣的薛福成於

51　花宏豔：〈呂碧城遊記中的西方形象〉，頁168-179。

52　呂碧城著，李保民箋注：《呂碧城集》，頁384。

53　〔唐〕房玄齡等：《晉書·索靖傳》（臺北：鼎文書局，1976年），頁1648。

54　此種現象在呂碧城的詞作中更為明顯，吳盛青評論呂碧城將域外寫作變成一種文化翻譯的行為：「繁複的典故與意象外寫作交織成一張巨大意符的網，將不熟悉的文化空間覆蓋或歸化」。參見吳盛青：〈彩筆調和兩半球——呂碧城海外詞中的文化翻譯〉，收錄於高嘉謙、鄭毓瑜主編：《從摩羅到諾貝爾：文學·經典·現代意識》（臺北：麥田出版社，2015年），頁128-129。

1890年參訪羅馬，面對歷經戰亂、屹然如故的古蹟，僅由實用觀點出發，感嘆：「可見古時工程之堅致，材料之閎巨焉」[55]，薛福成具官方身分，在出訪日記中自然不適合流露過多私人情感，對西方工程建築技術與建材的肯定僅簡單帶過。因戊戌政變流亡海外的康有為，則在私人日記中盛讚羅馬保存古蹟甚佳：「今都人士皆知愛護，皆知歎美，皆知效法，無有取其一磚，拾其一泥者，而公保守之，以為國榮。今大地過客，皆得遊觀，生其歎慕，睹其實跡，拓影而去，足以為憑」，對比中國「不知崇敬英雄，不知保存古物」的真野蠻人行徑，古老文明建築無法流傳，如今遠遠落後西方，他只能承認「歐美今以工藝盛強於地球」，面對此種窘境，進而提出保存古物、建築改用石材的懇切呼籲，希望能改善現況，在保存中國古典文物的基礎上，吸收西方強處，最後「增進中國無量文明於大地上」[56]。

　　同樣召喚出遙遠的熟悉故國，面對羅馬古蹟，康有為在亡國危機中出走，在彼強我劣的憂患心態下，映照出故國的不足與缺失，進而構築對未來的美好想像，迥異於呂碧城傷今懷古、將異國事物熟悉化的轉譯方式。儘管觀看對象不同，盛讚羅馬雄偉古蹟的康有為，卻與同時代出走、觀看羅馬猶太人的單士釐有著相似情懷，皆是以國家現實處境為出發點，並未因性別不同而有太多差異。呂碧城刻意與國家現實處境保持疏離，卻又頻頻於遊記中召喚故國意象，單士釐與呂碧城歐遊文本中雖同樣出現有關中

---

55 〔清〕薛福成：《出使英法義比四國日記》，收錄於鍾叔河主編：《走向世界叢書‧修訂版（八）》（長沙：岳麓書社，2008年），頁309。

56 〔清〕康有為：《歐洲十一國遊記二種》，收錄於鍾叔河主編：《走向世界叢書‧修訂版（十）》（長沙：岳麓書社，2008年），頁117-121。

國的描述，但召喚的方式與情感卻明顯不同，單士釐與同時代的男性旅人一樣，面臨國家危急存亡之秋，遊記中都有著沉重的憂患意識，呂碧城所出走的時代已不須再面臨亡國危機，作品中自然也淡化了此種色彩，置身於民初五四後的白話書寫環境下，呂碧城堅持以傳統文言寫作，旅行詩文中頻繁使用的文化典故，同時顯示了她對於自我文化身分的認同，故國意象轉而成為她將異域風景熟悉化的常用手法，除此之外，這或許與她作品預設的讀者身分也有相關，當描述異國見聞的通訊文章刊載於報刊上時，透過熟悉景物的附加轉化，可以使未能出國的讀者藉由同樣的文化意象啟動想像，對無法親眼觀看的異國景物不再全然陌生。

（二）藝術與美感的呈現

　　兩位女性旅人皆具備一定的藝術文化素養，在遊記中描述歐洲藝文所反映的審美觀照，亦是兩人再現異國形象的書寫策略。

　　在《歸潛記》中，單士釐翻譯西歐神話、引介神話傳說，促進中西文化交流，遊記中呈現的歐洲形象具有悠久浪漫的文化素養。〈章華庭四室〉描述她參觀義大利羅馬梵諦岡博物院景廳所陳列的神話人物雕像（參見圖一），文筆尤為細膩深入，以「勞貢室」為例：

> 勞貢（Laocoon）集像者，名雕巨擘也。像為二蛇繞嚙一老者、二少者。老者右舉蛇胴，左提蛇頸，筋骨高下，一望而知為甚有力者。然長蛇繞足嚙腰，縱強逾賁育，亦莫能脫。二少者，左為長子，右為次子。長子瞬息受嚙，仰視悚駭，自顧不遑，無以解父厄。次子則既蝕毒牙，狀已

垂斃。凡所雕刻，筋肉脈絡，無絲毫不肖，而主客之位，運動之方，配合調和，允稱傑作。尤可佩者，一像一題之中，含三種瞬時，老者正被噬，長子將被噬，次子既被噬。此三瞬時者，感覺舉動，迥不相同，辨別既難，表顯尤匪易。此像於各人眉目間分別摹細，俾觀者一瞥而區異畢見，而全像呼應，仍不少乖，神乎技矣。名曰集像，亦為具三人三瞬時於一像也。[57]

鉅細靡遺由外觀、構圖、方位特寫雕像細節，將父親被長蛇纏繞，無法掙脫的恐慌、長子瞬息受噬的驚駭、次子被噬垂死的無力，三種人物的複雜反應如實再現，「全像呼應」、「主客之位，運動之方，配合調和」、「具三人三瞬時於一像」……等，以藝術視角分析的專業形容，更凸顯其高度鑑賞能力。[58]

　　單士釐進一步從文學與美術的觀點探討勞貢雕像的裸體必要性：

勞貢赴祭，必被長袍，今像且裸體，不合於事實，是又何說？曰：勞貢之強，詩中以語述之，不必有形。今雕像必借形以顯，則捨筋骨莫著。果衣服翩躚，則不獨不能示強，且轉示弱，烏乎可！[59]

---

57 〔清〕單士釐：《歸潛記》，頁821。
58 單士釐的此段觀點與歌德分析同一雕像的論點極為相似，亦有學者推測單士釐或知道歌德論拉奧孔的資料。參見鹿憶鹿：〈單士釐與拉奧孔──兼論晚清學者的神話觀〉，頁688-689。
59 〔清〕單士釐：《歸潛記》，頁825。

圖一　梵諦岡博物館館藏之勞貢雕像[60]

運用中國傳統畫論中借形達意，以形寫神，以形暢神，以形生神，以達到形神兼備目的的觀點去分析雕像，探討文字與雕像所傳達的不同視覺效果，勞貢之「神」在於他的強和力，以筋骨脈絡之「形」顯之，能收到最佳的藝術效果，雕像不同於文字鋪陳情感，僅以直觀視覺呈現，故以裸體展現姿態特色確有其必要性，[61]單士釐結合對中國傳統畫論的認識，提出獨到見解。

---

60 取自梵諦岡博物館網頁資料：https://www.museivaticani.va/content/museivaticani/en/collezioni/musei/museo-pio-clementino/Cortile-Ottagono/laocoonte.html，查詢日期：2023年7月3日。

61 馬昌儀：〈我國第一個評述拉奧孔的女性——論單士釐的美學見解〉，《民間文學年刊》第1期（2007年7月），頁10-11。

　　單士釐對於勞貢雕像的記錄雖採述多於論的方式，卻展現了
她的敏銳觀察力與專業鑑賞力，這在晚清海外遊記中極為少見。
然而單士釐本人不懂歐洲語言，無法直接閱讀西方文獻，關於勞
貢的理解和認識，有極大部分來自於長子錢稻孫為她收集和翻譯
的希臘羅馬神話和美學資料，對比德國美學家萊辛發表於1766年
的《拉奧孔》，《歸潛記》中有關勞貢的描述如詩畫關係、詩與雕
像中的勞貢表情不同……等觀點與其十分相近，例如萊辛在《拉
奧孔》第一章提出：「為什麼拉奧孔在雕刻裡不哀號，而在詩裡
卻哀號」的疑問，單士釐也提出同樣問題：「詩中勞貢大呼而
亡，今像無呼喚狀，果孰是」[62]，兩人結論亦近似，萊辛認為：
「美就是古代藝術家的法律；他們在表現痛苦中避免醜」[63]，單
士釐評論詩與雕像表現形式不同，倘若雕像中的拉奧孔亦張口哀
嚎，將呈現一滑稽畫面，只會引起觀眾厭惡。

　　但有關雕像裸體、手臂曲直……等問題，單士釐又能提出自
己的獨特看法。再對照《歸潛記》中，單士釐大量引述他人說
法，如〈章華庭四室〉中描述勞貢部分，或謂「考其所雕」、「相
傳勞貢者」、「學者又研究其成雕之時代」、「或又曰」、「讀辯論勞
貢之書」[64]……等，雖未言實際出處為何，但可以肯定的是，勢
必參考了大量相關資料，才能從雕刻藝術、文藝學、神話學、美
學、考古學……等各個方面比較詳細地介紹和評論勞貢。[65]再看

---

62 〔清〕單士釐：《歸潛記》，頁825。

63 〔德〕萊辛（Gotthold Ephraim Lessing）著，朱光潛譯：《拉奧孔》（北京：
　　商務印書館，2015年），頁17。

64 〔清〕單士釐：《歸潛記》，頁821-825。

65 至於單士釐是否看過萊辛的《拉奧孔》一書，鹿憶鹿推測：「她是有緣知曉
　　萊辛、歌德、席勒等人對拉奧孔的評價的。然而，她另闢蹊徑，想與他們說

其中有關阿波羅雕像的部分，同樣徵引大量西方學者論述，如不知名的「評雕者曰」、「或曰」，亦有知名學者與作品，如「英儒倍庚曰」（今譯「培根」，Francis Bacon）、「義大利詩人檀戴曰」（今譯「但丁」，Dante Alighieri）[66]，從文學、美學、神話學……等多方面呈現雕像的藝術價值，展現出難得的眼光與視野，在多重書寫策略交錯下，也具體呈現了歐洲自希臘羅馬時代以來，高度成熟的文明藝術形象。

對比其他曾造訪梵諦岡博物館的旅人日記，可以更明顯發現其中差距。薛福成簡略記錄博物館建築與蒐藏規模後，即一筆簡略帶過：「不少希世之珍，因未暇細觀，茲不具載」[67]。1906年曾造訪梵諦岡博物館的戴鴻慈，出國的首要任務是考察國外政治，作為清廷預備實施君主立憲的參考，在實用經世目的下出走，他見聖彼得大教堂之宏偉壯麗，隨即從利益層面考量：「窮奢極欲，以成此莫大之壇宇，可謂古今之奇聞矣」，無暇注意其中藝術珍品，入博物館內見諸多雕像，雖稱讚其「毛髮如生，筋絡入細」、「雕刻之工，信可寶貴」[68]，但對於雕像的文化背景與藝術價值完全未提。在整個時代背景都強調著經世致用與救亡圖存的主要氛圍中，單士釐慧眼獨具的審美能力與細膩詮釋，有別

得不同」，參見鹿憶鹿：〈單士釐與拉奧孔——兼論晚清學者的神話觀〉，頁703。湛帥在比對二者異同後，也提出類似說法：「或有可能當時她未能實際看到萊辛《拉奧孔》的原本或她看到的相關資料中，只介紹了萊辛的觀點，而未提及萊辛此書」，參見湛帥：《單士釐文學藝術批評研究》（濟南：濟南大學中國語言文學碩士論文，2018年），頁24。

66　〔清〕單士釐：《歸潛記》，頁826-829。

67　〔清〕薛福成：《出使英法義比四國日記》，頁214。

68　〔清〕戴鴻慈：《出使九國日記》，收錄於鍾叔河主編：《走向世界叢書·修訂版（九）》（長沙：岳麓書社，2008年），頁509。

於官方旅人的既定使命，以截然不同的方式揭示了歐洲文明藝術
的美學意義與獨特價值。

　　除此之外，值得一提的是，單士釐為清末閨閣女子，卻能在
遊記中嚴肅討論雕像的裸體問題，忠實呈現異國文化的美感與特
色，而非由道德禮教觀點加以批判，在當時保守封建的風氣下，
如此作為實屬難得。以保守眼光批判西方裸體藝術的晚清旅人並
不少見，以1886-1889年任駐英使館隨員的張祖翼為例，即作詩
諷刺英國博物院中的裸體雕像與畫作：「石像陰陽裸體陳，畫工
靜對細摹神。怪他學畫皆嬌女，畫到腰間倍認真」，在註解中更
仔細說明裸體雕像「人無論男女，皆裸露，凹凸隱現，真如生
者」，面對裸體雕像卻處之泰然的女畫工竟「毫無羞澀之狀，蓋
亦司空見慣而不怪耳」[69]，更是感到相當不以為然。張祖翼在詩
句與註解中均強調其「怪」，從中國傳統道德禮教的觀點出發，
博物館裸體雕像的藝術價值被全然消解，取而代之的僅剩敗德的
焦慮。

　　對比張祖翼的保守姿態，單士釐的開明視角更顯難能可貴。
此種開明姿態，亦是旅行所帶來的認同調整：「予昔年初出國境，
見裸體雕畫，心竊怪之，既觀勞貢之像，讀辯論勞貢之書，於是
知學者著作，非可妄非也」[70]，當年初出國門的她，一開始並無
法接受裸體雕像，但歷經他者文化的衝擊，旅人逐漸調整自我價
值與認知，轉而欣賞不同文化的藝術美感，儘管單士釐體認到因
國情不同，此雕像勢必無法在中國境內得到高度評價：「顧移此

---

69 〔清〕張祖翼：〈倫敦竹枝詞〉，收錄於鍾叔河主編：《走向世界叢書續編》
　　（長沙：岳麓書社，2016年），頁14。
70 〔清〕單士釐：《歸潛記》，頁825。

像於中國，則不博讚美矣」[71]，仍顧及現實差異，但透過深度鑑
賞與探討，遊記中所再現的西方藝術形象還是充滿正面肯定。

　　裸體雕像雖能呈現藝術美感，但在中西方卻可能獲得完全不
同的評價，單士釐所體認到的國情差異，在康有為的義大利遊記
中亦有相關探討。康有為欣賞羅馬博物院石雕栩栩如生：「毛髮
骨肉如生，筋脈搖注」，亦以開放態度承認裸體雕像實有其必要
性：「蓋非此則筋脈不見，而精巧不出」。然而古希臘羅馬時代會
出現裸體雕像，也反映了「其時男女之界不嚴故也」[72]，中國雕
像不如羅馬精緻的緣故，正在於中國「以廉恥甚重，難作裸體故
也」，康有為直接點出藝術品背後的道德規範，甚至企圖以中國
的高度道德感作為理由，為中國石雕發展不如西方尋找合理的解
釋理由。以私人身分出遊的康有為雖較前述官方旅人更為開明，
也注意到不同國情與藝術特色的差異，但對藝術的感受度與文化
知識背景仍不若單士釐深刻，遊記中對其他國家雕像主觀美醜的
判定，最後僅歸結於此為不同國家文明優劣的展現，文明越古老
的國家所產雕像越是精美，反之則越醜惡，這種對於國家與人種
的偏見，也越發凸顯其侷限性。[73]

　　《歸潛記》中的美學觀照不只表現在雕像的欣賞，還反映於

71　〔清〕單士釐：《歸潛記》，頁825。

72　〔清〕康有為：《歐洲十一國遊記二種》，頁509。

73　康有為認為「刻像之美惡，足驗國度之文野」，南亞、西印度、南美及非洲
　　等地區的雕木石像「皆醜怪不可迫視焉」，中國與希臘神像外觀妙麗，主要
　　因二者皆古老文明。馬昌儀評論他的看法顯然有所偏頗：「以今人的心理和
　　眼光去衡度各民族原始藝術或古代藝術之美惡，判別國度之文野，其偏頗是
　　顯而易見的，說明他對羅馬藝術以及各民族的原始雕像藝術並沒有真正理
　　解」。參見〔清〕康有為：《歐洲十一國遊記二種》，頁136、馬昌儀：〈我國
　　第一個評述拉奧孔的女性──論單士釐的美學見解〉，頁35。

其他藝術層面。以羅馬彼得寺（聖彼得大教堂）的描寫為例，單
士釐對於觀賞角度（「凡大建築無不注重穹式，故觀工作者，必
先觀其穹」）與科學原理（「入彼得寺者不然，毫無拘束被迫、偽
作懺悔之苦。學者曰，此光線眾射使然」）均有專業評述，並徵
引德國藝術家歌德之言對照自己的遊歷所見：

> 德儒格戴有言曰：「觀彼得寺，乃知美術可勝自然，而不
> 必模仿自然。此寺尺寸大於自然，美術可勝自然而無一毫
> 不自然，此其所以為美。」至哉斯言。[74]
> 路加手中之筆，長七英尺，而配合自然，不見美術過於自
> 然之弊。即此以推，無處不然，宜格戴之崇拜寺工矣。[75]

教堂穹頂圓形壁畫下有四尊聖者雕像，單士釐以路加雕像的細節
比例映證篇首格戴（歌德）所強調的自然特點，從建築結構、設
計原理、美術鑑賞……等多方面描繪歐洲藝術的美感，也使得她
筆下的歐洲文藝以更立體的方式展現。

　　對於西方特有的藝術技巧，單士釐在作品中也以專業角度仔
細介紹，例如《歸潛記》中對mosaique（馬賽克）的介紹：

> 凡聚各種有色細材，或石或木，更或他種材料，點點相
> 配，合成一圖一畫，皆以此稱之，美術中之一種。我國固
> 無此術，即無可配譯之名……今稱曰「聚珍」。[76]

---

74 〔清〕單士釐：《歸潛記》，頁773-774。「格戴」即德國藝術家歌德（Johann
　　Wolfgang von Goethe，1749-1832）之譯名。
75 〔清〕單士釐：《歸潛記》，頁775。
76 〔清〕單士釐：《歸潛記》，頁818。

藉由藝術手法與翻譯名稱的仔細說明，將西方藝術新知與原有的
知識體系進行適當的結合，還考慮了預設讀者的背景，在晚清海
外旅行書寫中呈現了難得的美學觀照。

　　對於歐洲的裸體雕像，呂碧城與單士釐同樣抱持著正面欣賞
態度，赴歐旅行之前，呂碧城曾於1921年赴美國哥倫比亞大學研
習美術，接觸西方藝術理論，具備一定程度的美學素養，在描述
歐洲旅行所見的藝術作品時，往往也更能掌握作品精髓。《歐美
漫遊錄》記錄美國與歐洲之行，呂碧城的美國之旅探訪大自然美
景（如大峽谷）與人文景點（如好萊塢明星住宅區），歐洲之旅
則造訪諸多藝文景點，如博物館、美術館、古蹟建築……等，她
的美學素養在歐洲遊記中也有更多發揮。

　　《歐美漫遊錄》中不似單士釐的《歸潛記》以希臘羅馬神話
為主題系列深入書寫，但遊記中仍如實再現裸體石雕的美好樣貌。
例如她描述羅馬波格斯美術館（Borghese Gallery）中所展示的拿
破崙之妹寶蓮雕像：「寶蓮貌僅中人，而琢工之美則臻極品。裸
體欹臥於榻，革褥棉茵，皆形溫軟，悉石質也」[77]，讚嘆雕刻家
的高超藝術，使雕像美貌更勝真人，就雕像的整體材質與造型著
墨，點出堅硬石材生動呈現被榻溫軟形貌的反差效果。再看她筆
下的太陽神阿波羅與達芙妮女神雕像：「阿普婁（Apollo）及達芬
（Daphne）男女二神石像，相持裸立，荇藻縈身，水痕下瀝，表示
自海中出」[78]，以細節呈現水流下滴與水草纏身之形態特點，凸顯
靜態裸體石雕之靈動。對於伯尼尼（Bernini）所作的美女樸拉塞
賓（Proserpine）被冥王強擄之石雕（參見圖二），則以細筆描繪：

77　呂碧城著，李保民箋注：《呂碧城集》，頁349。
78　呂碧城著，李保民箋注：《呂碧城集》，頁349。

美女樸拉塞賓（Proserpine）被擄之石像，一虯髯龐大之
惡魔，攫女於臂，其筋骨暴露之手，著女體，使肉凹陷，
愈形其柔澤。女惶恐掙紮，淚痕被頰，一強一弱，相形宛
然，悉出於石工。[79]

圖二　波格斯美術館館藏樸拉塞賓（Proserpine）
被冥王強擄之石雕[80]

---

79 呂碧城著，李保民箋注：《呂碧城集》，頁349。

80 波格斯美術館（Borghese Gallery）館藏此石雕名稱為「The Rape of Proser-

與單士釐一樣，呂碧城歐洲遊記中的美學素養不僅表現於雕像的鑑賞，在建築、繪畫……等各方面也展現了她的專業。以參觀倫敦議院為例，她說明其建築風格為「嘎惕克（Gothic）古式」（哥德式），並介紹牆壁繪畫與雕繪花樣：

> 墙壁為福來斯寇式（Fresco Style），滿繪史事，取材宗教、武俠、公道三種精神，且多石像，皆帝王勳貴也。棟梁椽桷，雕繪甚精，其雕繪大抵以獅馬皇冕為標記。[81]

「福來斯寇（Fresco）」今譯為「鮮畫」、「濕壁畫」，是一種以膠水調和顏料而塗寫的水彩畫法，因大都畫在壁上，亦稱之為「壁畫」，可保存良久，在西方主要流行於文藝復興以前的14-16世紀。[82]呂碧城以藝術專業知識具體描繪建築，於西方藝術史的瞭解，使她得以進行較為專業的報導，這對於當時少有機會出國的讀者而言，確實提供了重要的導覽功能。[83]

　　《歐美漫遊錄》中所呈現的歐洲藝術同樣以正面形象居多，不同於《歸潛記》以神話傳說、美學論述建構西方藝術的美好形象，呂碧城除了單純鑑賞外，還加上不同藝術文化的比較參照。例如她肯定義大利石雕的寫實技法已臻絕頂，進而提出下一步建

pina (Ratto di Proserpina)」，作者為義大利藝術家Gian Lorenzo Bernini。網站：https://borghese.gallery/collection/sculpture/the-rape-of-proserpina.html，查詢日期：2023年7月3日。

81　呂碧城著，李保民箋注：《呂碧城集》，頁396。

82　豐子愷：《豐子愷論藝術》（上海：復旦大學出版社，1985年），頁181。

83　羅秀美：〈呂碧城英倫之旅的文化景觀——兼及靈異／靈學敘事與宗教修行的因緣〉，頁23。

議：「當更別闢蹊徑，或更如東洋派之寫意」[84]，認為西方寫實藝術發展極致後，可取法東方藝術的寫意特點，且認定寫意較寫實尤難。

　　呂碧城所提出的寫實、寫意兩大藝術概念，主要針對東西藝術的不同特點而論，「寫意」重在表現精神性，在中國畫裡，相對於意味寫實的「形式」，寫意通常比形式更為重要。[85] 1930年，豐子愷曾於《東方雜誌》上發表了〈中國美術在現代藝術上之勝利〉一文，譬喻西洋畫與中國畫向來在趣味上有不可越的區別：

> 中國畫的表現如「夢」，西洋畫的表現如「真」。即中國畫中所描表的都是這世間所沒有的物或做不到的事，例如橫飛空中的蘭葉，一望五六重的山水，皆如夢中所見。為現實世間所見不到的。反之，西洋畫則（在寫實派以前）形狀、遠近、比例、解剖、明暗、色彩，大都如實描寫，望去有如同實物一樣之感。[86]

---

84 呂碧城著，李保民箋注：《呂碧城集》，頁349。

85 〔日〕秋山光和：《新潮世界美術辭典》（東京：新潮社，1985年），頁656。

86 豐子愷：《繪畫與文學》（上海：開明書店，1934年），頁89。豐子愷常借「東洋」強調中國，藉此對比西洋，凸顯東方藝術與西方藝術的不同。在〈中國美術在現代藝術上之勝利〉一文中，他提到近代西洋畫都是蒙日本畫的影響，並直接將日本畫歸為中國畫的一種，強調「日本畫完全出於中國畫。日本畫實在就是中國畫的一種」。參見豐子愷：《繪畫與文學》，頁94。呂碧城在遊記中所提及的「東洋」，亦是偏向與西洋對應的概念，例如她曾於義大利米蘭購得一精緻花傘，旅行途中用於各國，備受眾人稱讚，甚至還有群眾索取傳看觀賞：「謂東洋人所用器物亦如此奇巧」，此處所謂「東洋人」即指東方人。參見呂碧城著，李保民箋注：《呂碧城集》，頁400-401。

西洋畫的寫實追求形似，相對於西洋畫的東洋畫（包含中國畫與日本畫）則講求「氣韻生動」。東洋畫的精神不關科學的實體的精微，不求形似逼真，但因有氣韻的表出，而其逼真反為深刻。豐子愷進而指出西洋現代藝術的現代派、印象派均受東洋畫影響，東洋畫的表現顯然優於西洋畫，該文篇名即以「勝利」二字說明其優越感。

　　呂碧城雖以高度美學素養肯定西方藝術，但身為中國旅人，在肯定西方藝術的高度成就後，最後肯定的仍是偏向自我文化的「東洋派之寫意」，呂碧城的觀點與豐子愷不謀而合，還是認同東方藝術成就高於西方，可提供西方藝術未來新發展參考：「然較寫實尤難，當期之異日耳」[87]，儘管在遊記中描述了大量藝術品建構出西方的美好形象，但呂碧城最後所認同的仍是屬於自己的古老東方。

　　對中國藝術的熟悉，成為她鑑賞西方藝術的基礎。在參觀完義大利佛羅倫斯的刻石工廠後，呂碧城讚嘆其精絕技術「筆繪尚難，況成於嵌石乎」，還以中國景泰藍製法作為比較，發現其中差異：「惟深淺凸凹、陰陽向背，儼然如生，與照像無異」。並由石刻背面「針鋒交錯，聚千百碎片而成」的特點推論其製作過程「必選配色澤使融合無間，而不用人工之染；必天然之富，益以工藝之精，方克成之」[88]，評斷在此所見刻石作品，必須結合天然物產資源與人工精妙技術方能製成。此番見解不但顯示她對西方藝術觀察入微，也反映她對中國傳統手工藝的熟悉，方能進行二者的比較分析。跳脫基本的外觀描述與概括讚美，呂碧城由藝

87　呂碧城著，李保民箋注：《呂碧城集》，頁349。
88　呂碧城著，李保民箋注：《呂碧城集》，頁380。

術品的材質延伸至人工技術、物產資源……等實用層面的探討，進而開啟中西方藝術的審美比較，遊記中對西方藝術形象的建構，更充分展現個人深厚的藝術素養與審美專業。

有別於單士釐在遊記中徵引大量資料，系統性論述西方藝術美感，呂碧城所再現的西方藝術多半奠基於她自身的美學素養，兩人的描述各有所長，卻同樣具備敏銳觀察與開明眼光，以不同方式詮釋了西方藝術的美好形象。

四　結語

單士釐與呂碧城為晚清至民國難得出走海外的女性旅人，兩人跨出國門的時間相差二十多年，卻有許多相似之處：同為女性、均受良好教育、出走時機均處於人生的中年階段、均曾親履歐洲，留下相關遊記作品，開啟近代海外女遊書寫的先聲。

兩人身分背景與旅行機緣有極大差異，單士釐隨外交官丈夫同行，為附屬角色的宦遊，遊記的書寫統攝於男性論述下，預設了讀者為女性角色，但仍勇於突破傳統框架，展現文明開化的一面；呂碧城終身未婚，隻身獨遊，遊記以通訊方式於報刊公開發表，強調作品的報導性與專業性，看似自由無羈，但女性身分仍使她在旅行途中面臨矛盾的書寫困境。

兩人在歐洲遊記中以不同方式召喚中國，單士釐出走之際正是晚清末期，亡國憂患如影隨形，她在日本與俄國遊記中多次直呼女學與強國之連結，記錄歐遊的《歸潛記》卻以流落異邦的猶太人為例，委婉提醒國人記取亡國教訓。呂碧城強調自己的歐洲之行純為個人漫遊，不過問政治，卻仍不免處處以中國地景對

比，藉由熟悉典故連結文化記憶再現異域。

　　兩人對歐洲的藝術文化均予以正面肯定，皆在作品中展現了高度的美學素養，這在兩人其他地區的遊記中較為少見。單士釐在保守封建的氛圍底下依然肯定希臘羅馬裸體雕像的藝術成就，結合神話、繪畫與美學多重角度深入分析，示範高度審美專業，開介紹西方藝文、翻譯西方神話故事之先河；呂碧城除單純鑑賞作品的藝術特點外，還加上不同文化的參照比較，在比較東西藝術之餘，依然較肯定東方文化，並延伸至人工技術、物產資源……等實用層面的探討，充分展現個人高度藝術涵養，兩人各以所長展現了歐洲文明藝術的美好形象。兩位女性旅人的歐遊書寫呈現了鮮明的異國形象，也反映出清末民初的女遊文化，在傳統與現代之間的不同取捨，在先進開明地勇於出走之際，以各自的折衷方式呼應自我認定的文化傳統。

　　本文為科技部108年度研究計畫「近現代中國海外遊記的英國形象（1840-1949）」（編號：MOST 108-2410-H-003-096-MY2）研究成果。

　　原文初稿曾宣讀於「第四屆世界漢學論壇」（4th Conference of Chinese Studies & 19th International Symposium on the Chinese ancient novel and drama literature, incl. digitalization）（2020年8月15-18日），世界漢學研究會、德國維藤大學（Witten University）主辦，2020年8月17日（線上發表）。

第四章

進入或遠離？

——晚清旅美遊記中的紐約與舊金山

一　前言：泰西之良夷？從西岸到東岸

在晚清對外關係中，美國雖與歐洲列強統稱為「西方」、「泰西」，但快速崛起、隨即成為世界強國的發展歷程，與歐洲諸國仍有極大差異。相較於中國與西方列強的緊張關係，晚清的中美外交關係亦相對親善，1817年兩廣總督蔣攸銛在呈給嘉慶皇帝的奏摺中便如是形容美國：

> 近來貿易船除唊咭唎之外，凡呂宋、賀蘭、瑞國等船，或年來二三隻，或間歲不來，惟咪唎嘡貨船較多，亦最為恭順。[1]

在天朝中心的視野下，中國以外即是蠻夷，但美國是因貿易需求而表現得更為恭順的良夷。

鴉片戰爭以前，中國對美國的認識多半來自西方商人與傳教士，當時第一位來中國的美國傳教士裨治文（Elijah Coleman

1　故宮博物院編：《清代外交史料》（臺北：成文出版社，1968年），嘉慶朝卷六，頁684。

Bridgman, 1801-1861）於1838年所出版的《美理哥國合省國志略》，為最有系統向中國讀者介紹美國史地的中文專書，該書分上下兩帙，上帙介紹美國全圖，仔細說明各省的氣候物產等，下帙介紹美國的政治制度，該書雖僅是對於美國的簡要介紹，但有別於西方世界的獨立國家形象已開始被勾勒出來。中國隨後出版的地理著作，如林則徐《四洲志》、魏源《海國圖志》、梁廷枏《海國四說》、徐繼畬《瀛寰志略》……等，其中提到美國的部分，幾乎都可見裨治文著作的身影。[2]直到1840年後開始有中國旅人前往美國，留下直接的觀察記錄，晚清中國的美國形象才跳脫出傳教士的指引想像，[3]有著更複雜多元的轉變。

　　1847年廈門人林鍼受花旗銀行聘用，前往美國從事翻譯，留下《西海紀遊草》，以詩文形式記錄在美國紐約所見所聞，此為晚清旅人訪美最早實錄。林鍼當時乘坐的是三桅帆船，「自二月由廣東啟程，至六月方達其國」[4]，耗費140天才抵達美國。1868年清廷派出第一支正式官方使節團親赴歐美展開海外考察，該團即由美國卸任駐華公使蒲安臣帶領，中國官員志剛、孫家穀陪

2　熊月之：《西學東漸與晚清社會》（上海：上海人民出版社，1994年），頁233、265。

3　在此之前，尚有1820年由謝清高口述、楊炳南記載的《海錄》提及美國：「咩哩干國，在嘆咭唎西，由散爹哩西少北行。由嘆咭唎西行，約旬日可到。亦海中孤島也。疆域稍狹。原嘆咭唎所封，今自立為一國，風俗與嘆咭唎同，即來廣東的花旗也」。〔清〕謝清高：《海錄》，收錄於鍾叔河主編：《走向世界叢書續編》（長沙：岳麓書社，2016年），頁51-52。謝清高為廣東人，1783年遭遇海難被西洋船艦救起，隨後遊歷海外多國，但文中以海中孤島形容美國，顯然有誤，且內容僅提及沿海近港觀察，未見上岸親歷見聞。

4　〔清〕林鍼：《西海紀遊草》，收錄於鍾叔河主編：《走向世界叢書‧修訂版（一）》（長沙：岳麓書社，2008年），頁36。

同，由美入歐，先後訪問11個國家。志剛等人先在上海搭乘美國
郵船公司的格思達噶裡號輪抵橫濱，然後登齋那（即中國）號到
大洋彼岸的舊金山海口，整趟航程僅耗費37日，相較於林鍼所耗
費的漫長時間，移動日程已大幅減少。

　　志剛出使的前一年1867年，美國太平洋郵船公司（The Pacific
Mail Steamship Co.，又稱花旗郵船公司、萬昌輪船公司）成立，
率先開通上海——舊金山航線，這是上海在太平洋上與西方國家
溝通貿易的第一條遠洋航線，此航線亦順道兼運往返上海與長崎、
橫濱等日本口岸之間的航運業務。[5]由上海出發、抵達舊金山，成
為許多自中國赴美旅人的主要選擇，在他們的遊記中，舊金山是
他們所接觸的第一個美國城市。

　　19世紀50年代起，隨著淘金熱與美國西部大開發，舊金山已
湧入大量華人勞工，1852年更是有超過2萬華人蜂擁而至，當金
礦資源耗竭時，1865-1869年橫跨內華達山脈的中央太平洋鐵路
修築期間，又招募了多達1.4萬中國工人，[6]他們多由舊金山登
陸，許多人日後也定居在舊金山。晚清旅美遊記作者所見的舊金
山雖為異國城市，卻因眾多華人群居，而呈現出不同於其他異鄉
的特殊風貌。晚清旅人們如何詮釋這座美國城市所帶來的現代性

5　王垂芳主編：《洋商史：上海1843-1956》（上海：上海社會科學院出版社，
　　2007年），頁168。

6　孔復禮著，李明歡譯：《華人在他鄉：中華近現代海外移民史》（臺北：臺灣
　　商務印書館，2019年），頁191。1849年已有成群中國人抵達舊金山，其中以
　　礦工為主，華人把加利福尼亞稱作「金山」（廣東話Gam Saam），1851年澳洲
　　淘金熱開始，中國人將澳洲新殖民地維多利亞區稱作新金山，把加利福尼亞
　　改名舊金山。此後，華人一直把三藩市（San Francisco）稱作舊金山。參見
　　〔美〕艾明如（Mae Ngai）著，黃中憲譯：《從苦力貿易到排華：淘金熱潮華
　　人移工的奮鬥與全球政治》（臺北：時報文化出版公司，2023年），頁49、57。

體驗以及海外華人所映照的多重形象？

　　1868年志剛一行人由舊金山上岸後，轉搭火車赴大西洋西岸
阿斯賓末爾海口，再搭輪船至紐約，至紐約海口上岸，由紐約至
華盛頓謁見總統，呈遞國書，結束訪美行程後，至紐約海口搭乘
輪船赴英。位於美國東岸的紐約，為當時全國第一大港，就交通
位置而言，更是旅人由美赴歐、由歐赴美的重要樞紐。19世紀是
紐約城市發展史上的黃金時代，在改善對外交通，與內陸地區有
更多聯繫之後，1870年以後紐約躍升為擁有超過百萬人口的國際
性大都市，成為美國第一大城，也是僅次於倫敦、巴黎的世界第
三大城市，[7]幾乎是晚清赴美旅人必訪之處，紐約先進的城市文
明，更是帶給晚清旅人強烈的現代性衝擊。

　　同樣都是19世紀美國極為重要的港口城市，作為抵達或離開
的交通轉運點，西岸的舊金山與東岸的紐約，在晚清旅人筆下呈
現出什麼樣的形象？兩座城市所帶來的現代性體驗又有什麼異
同？旅人抵達時的想像與城市現況又有哪些差距？隨著旅行閱歷
的積累，在美國東西岸間移動的晚清旅人，他們對城市的比較與
對照，又隱含哪些反思？這些都是值得再進一步探究的問題。

　　蒲安臣使節團出訪的前一年，總理衙門恭親王奕訢上奏，內
容提到：「英、法、美三國，以財力雄視西洋，勢各相等；其中
美國最為安靜，性亦平和」[8]。雖已意識到美國的強大國力，但仍
強調美國和善溫順的一面。然而，真正親履其地的晚清旅人們，

7　王旭：《美國城市發展模式：從城市化到大都市區化》（北京：清華大學出版
　　社，2006年），頁43-44。

8　〔清〕志剛：《初使泰西記》，收錄於鍾叔河主編：《走向世界叢書・修訂版
　　（一）》（長沙：岳麓書社，2008年），頁386。

筆下的美國形象是否只停留在單一的正面形象？隨著中美關係變化，尤其美國自1853年已發生排華運動，之後隨著美國經濟問題，華工備受排擠，甚至慘遭虐待，[9]這時旅人筆下的美國形象又產生了什麼樣的變化？

　　目前關於晚清旅美遊記的研究有不少是以史學角度切入，例如吳翎君《晚清中國朝野對美國的認識》[10]、盧瑩娟《晚清赴美使團眼中的西方——以文化體驗為中心》[11]，前者分析美國何以在晚清人士心目中有特別的好印象，以及美國所代表的特別意義，引用材料多為官方案牘，後者嘗試透過晚清三個赴美使團：蒲安臣使團（1867-1870）；陳蘭彬、鄭藻如使團（1878-1881-1884）；張蔭桓、崔國因使團（1886-1889-1893），探究西方經驗對晚清傳統士人的影響與侷限，雖引用大量晚清旅美遊記，但偏重歷史層面如朝貢模式、近代西方外交體制、外交人員社交活動的分析，與文學相關部分較少。周宇清〈晚清中國駐美公使視閾中的美國形象及對中國內政的省思〉[12]對比駐美公使對國內外政治的反思，得出不同文明可以在互動中得到鑒別、揚棄、共生和發展之結論。梁碧瑩《艱難的外交——晚清中國駐美公使研究》[13]全面考察陳蘭彬、鄭藻如、張蔭桓、崔國因、伍廷芳……等駐美公

9　張慶松：《美國百年排華內幕》（上海：上海人民出版社，1998年）。

10　吳翎君：《晚清中國朝野對美國的認識》（臺北：花木蘭文化出版社，2010年）。

11　盧瑩娟：《晚清赴美使團眼中的西方——以文化體驗為中心》（新竹：清華大學歷史研究所碩士論文，2010年）。

12　周宇清：〈晚清中國駐美公使視閾中的美國形象及對中國內政的省思〉，《首都師範大學學報（社會科學版）》，2009年第4期（2009年8月），頁35-36。

13　梁碧瑩：《艱難的外交——晚清中國駐美公使研究》（天津：天津古籍出版社，2004年）。

使，認為在晚清「弱國無外交」的窘境下，中國駐美外交人員依
然努力維護國家與民眾利益，上述研究多半由史學角度出發，清
楚梳理中美互動的時代脈絡。

從文學角度出發者，以尤靜嫻《帝國之眼：晚清旅美遊記研
究（1840-1911）》[14]為主，該文從晚清旅美遊記的背景、內容、文
體分析，探討晚清美國形象的生成，並藉由分析旅人的美國體
驗，凸顯其邁向現代化的意義，然該文撰述時間較早，新材料部
分如其他隨使人員金鼎《隨同考察政治日記》、王詠霓《道西齋
日記》……等尚未納入探討。姜源《異國形象研究：清朝中晚期
中美形象的彼此建構》[15]借鑒和應用比較文學形象研究，探索清
朝中晚期中美形象的彼此建構，最後歸結在兩國彼此形象建構
中，國家和文化的強勢與否以及「衝擊」與「反應」的特點一直
貫穿在相互形象的建構之中，然而涉及中美兩國百年文學史料，
資料廣泛龐雜，旅美遊記主要納入李圭《環遊地球新錄》，較少
著墨其他遊記。另外賀昌盛、黃雲霞〈被塑造的「他者」──近
代中國的美國形象〉[16]一文探討自1817年至1905年中國對美國的
認識，涵蓋史料、地理著作、多部晚清小說，最後得出結論為
「中國人眼中的『美國』一直未能獲得清晰而明確的定位」，但
針對遊記部分較少著墨，仍有相當發揮空間。本章即欲在前行研
究的基礎上，將焦點集中於晚清旅人描述最為頻繁、進出美國的

---

14 尤靜嫻：《帝國之眼：晚清旅美遊記研究（1840-1911）》（臺北：臺灣大學中
  國文學研究所碩士論文，2005年）。

15 姜源：《異國形象研究：清朝中晚期中美形象的彼此建構》（重慶：四川大學
  比較文學與世界文學博士論文，2005年）。

16 賀昌盛、黃雲霞：〈被塑造的「他者」──近代中國的美國形象〉，《廈門大學
  學報（哲學社會科學版）》2008年第2期（2008年4月），頁36-42。

兩座關鍵城市：舊金山與紐約，首先針對晚清旅美遊記概況進行
耙梳，再探討旅人在兩座城市所感受的現代性體驗與負面感受，
藉此更具體掌握晚清旅美遊記所呈現的美國形象。

二　晚清旅美遊記與交通路線

　　因旅行目的與職務性質的不同，官方旅行與私人行旅的赴美
交通路線以及對紐約、舊金山的體驗也各有差異。

（一）官方旅人

　　官方旅人主要可分為兩種：常駐人員與執行特定公務短暫遊
歷者。

　　第一類常駐人員始於晚清駐美公使的派遣。1873年9月，總
理衙門派陳蘭彬前往古巴調查華工受虐待事件，1874年古巴調查
團回國後提交的華工慘遭虐待的報告，使清政府意識到保護華工
的必要性和重要性，1875年12月清廷始任命陳蘭彬為駐美國、西
班牙和秘魯的第一任公使，1878年中國駐美使館在美國首都華盛
頓正式設立。

　　中國駐美公使一般兼任駐西班牙與秘魯公使，因秘魯與古巴
同屬西班牙領地，直到1903年，外務部認為美國與西班牙相隔遙
遠，跨地區兼使不合時宜，才改由使法大臣兼任西班牙公使。公
使三年一任，隨員亦是，使館中的參贊、領事、隨員、翻譯等外
交官，多由公使調聘。[17]晚清駐美公使實際赴職者共8人，留下相

17　梁碧瑩：《艱難的外交——晚清中國駐美公使研究》，頁91、108。

關旅美遊記者主要有第一任陳蘭彬（1878-1881年）《使美紀略》、
第三任張蔭桓（1885-1889年）《三洲日記》、第四任崔國因（1889-
1893年）《出使美日秘國日記》。

以崔國因為例，他在日記〈序〉中已意識到出使日記的特
殊性：

> 日記者，記逐日所行之事，巨細不遺，以紀實也。出使日
> 記，與尋常日記不同，必取其有關交涉法戒，此外皆所略
> 焉。[18]

說明出使日記的公務屬性，他的日記主要記載中美交涉過程、華
工歷史及其狀況、國際局勢……等外交事宜，除逐日記錄工作事
宜外，亦附上「因按」、「因謹按」說明自己看法。

中國駐美使館位於華盛頓，[19]駐外人員在日記中除記錄於舊
金山上岸、赴華盛頓就任途中行經紐約等見聞外，也常因處理外

---

18 〔清〕崔國因：《出使美日秘國日記（上）》，收錄於鍾叔河主編：《走向世界
叢書續編》（長沙：岳麓書社，2016年），頁5。

19 根據黃剛對清朝駐美使館館址的考察，清朝駐美使館共經過七次搬遷，但均
在美國首都華盛頓西北區。參見黃剛：《頭一位大人伯理璽天德總統——中美
使領關係史上的人與事之述論》（臺北：培根文化公司，1998年），頁8。除駐
美使館的設立外，為保護在美華工，陳蘭彬奏請朝廷於華人聚居處建立領事
館，經朝廷批准後，1878年終於舊金山、檀香山等地設立領事館，委派領事
官員上任，1883年於紐約設立領事館。被譽為「中國歷來駐美外交官中唯一
能做保護華僑工作之人」的黃遵憲即於1882-1885年出任舊金山第二任總領
事，可惜未留下相關遊記，僅著有〈逐客篇〉長詩控訴美國排華行徑。參見
司徒美堂：《我痛恨美帝》（北京：光明日報出版社，1951年），頁4、顏清湟
著，粟明鮮、賀躍夫譯：《出國華工與清朝官員》（新加坡：新加坡大學出版
社，1985年），頁155-157。

交事件而提及紐約、舊金山相關事務。例如崔國因為維護華人權益，便曾延聘紐約律師進行官司訴訟，張蔭桓也提及為處理美西排華事件與華人問題而疲於奔命，無暇參與其他活動：

> 美西省之仇視華人牢不可破，我華人猶不知危懼，同類自殘，抑何夢夢？議院既散，各國公使分往外城擇佳山水處避暑，不去則群詆為鄙吝，余亦欲從同，但苦於日行公事難想置，中國使事之繁，他國不及知也。[20]

其出使日記也大量記載了繁雜的外交事務，令他苦不堪言。

　　除駐美公使日記外，隨行人員亦有相關遊記作品，如蔡鈞1881年隨第二任公使鄭藻如出使美日秘，駐美三個月後，前往西班牙使署任參贊，《出洋瑣記》即根據此次出使經歷而作。

　　常駐人員因停留時間較久，對於美國文化與生活亦有較長時間的接觸，對紐約與舊金山兩座城市的體驗不再只是匆匆路過，但因工作職務所限，抗議美方排華法律的制訂、與美方進行僑務交涉、保護華人權益……等幾乎是所有公使日記的書寫重點。

　　第二類具備官方身分的考察遊歷者，他們多數的行程經常是一次訪問多國，美國僅是其中參訪國家之一。1868年由蒲安臣帶領、志剛同行的中國使團即為典型代表，結束訪美行程後，出使團赴歐參訪英、法、普、俄……等多國，歷時兩年八個月。其中志剛著有《初使泰西記》、張德彝著有《歐美環遊記》記錄考察見聞。蒲安臣使節團赴美主要任務為簽署中美天津條約續約，此

20　〔清〕張蔭桓：《三洲日記（上）》，收錄於鍾叔河主編：《走向世界叢書續編》（長沙：岳麓書社，2016年），頁70。

行於美國共停留四個多月，從志剛的遊記中可感受到中美關係的
友好，例如美國總統於晚宴所云：「中國與美國僅隔一水，實為
近鄰。將來交往日久，自必愈見和洽」，簽約完成時，雙方和樂
融融，「伯理喜頓逐一執手問好，並言深願幫助中國，願中國與
美國日益和睦等」[21]，對未來中美關係充滿美好願景。[22]

　　1905年清廷為籌備君主立憲運動，派遣戴鴻慈與端方兩位大
臣奉命出使西方考察政治，戴鴻慈一行約五十人於上海出發，經
由橫濱前往美國，先至檀香山後，再於舊金山登陸轉赴美東展開
考察行程，停留美國月餘後，於紐約搭乘輪船赴英，繼續歐洲考
察行程，由美赴歐的旅行路線與志剛類似。此趟考察行程以政治
為重點，故於首都華盛頓停留9日最多，其次則為紐約5日、舊金
山3日，除戴鴻慈著有《出使九國日記》記載考察所見外，[23]同
行者尚有陪同人員金鼎著有報告《隨同考察政治筆記》。[24]

　　其餘規模較小的考察或執行公務遊記，尚有1874年護送幼童
赴美留學的祁兆熙著有《遊美洲日記》[25]、傅雲龍於1887-1889年

21　〔清〕志剛：《初使泰西記》，頁270。

22　此次續約所簽訂的增訂條款第五條「大清國與大美國切念民人前往各國，或
　　願長住入籍，或隨時來往，總聽其自便，不得禁阻為是」承認兩國人民可自
　　由遷徙、外移，此約為美國反蓄奴政治、內戰後重建時期政治的產物，保障
　　中美兩國對等權利，《中美天津條約續增條款》也於1870年代擋下美國制訂
　　全國排華法案的勢頭。參見〔美〕艾明如（Mae Ngai）著，黃中憲譯：《從
　　苦力貿易到排華：淘金熱潮華人移工的奮鬥與全球政治》，頁214-215。

23　〔清〕戴鴻慈：《出使九國日記》，收錄於鍾叔河主編：《走向世界叢書‧修
　　訂版（九）》（長沙：岳麓書社，2008年）。

24　〔清〕金鼎：《隨同考察政治筆記》，收錄於鍾叔河主編：《走向世界叢書續
　　編》（長沙：岳麓書社，2016年）。

25　〔清〕祁兆熙：《遊美洲日記》，收錄於鍾叔河主編：《走向世界叢書‧修訂版
　　（二）》（長沙：岳麓書社，2008年）。

赴日本與美洲進行考察所著《遊歷美加等國圖經餘記》[26]、陳琪於1904年被派赴美國參加聖路易斯博覽會調查實業，並往德國考察陸軍，著有《環遊日記》。[27]三人之中陳琪由美入歐的路線與志剛、戴鴻慈等路線相近，祁、傅二人則由舊金山登岸、離美，除祁兆熙執行護送公務結束後隨即於舊金山登船返國，未訪紐約外，幾乎所有因公訪美的遊記作者均曾造訪紐約，並留下相關記錄。在考察歐美多國的官方行程中，由舊金山登岸、紐約離美赴歐的路線是最多晚清旅人所採用，出入東西兩岸港口城市也成為多數官方旅人的共同經驗。

（二）私人行旅

　　至於晚清以私人身分展開訪美行程的遊記作者與作品，仍帶有部分官方色彩。例如1876年美國於費城舉辦建國百年世界博覽會，李圭以中國工商代表身分率團參加，他們於1876年5月14日從上海出發，經日本橫濱後轉美國客輪「北京城號」赴舊金山，於1876年6月23日抵達費城，在美國停留三個多月後，再由費城離美至英、法等國遊覽，李圭著有《環遊地球新錄》[28]記錄此

---

26 〔清〕傅雲龍：《遊歷美加等國圖經餘記》，收錄於鍾叔河主編：《走向世界叢書續編》（長沙：岳麓書社，2016年）。傅雲龍此次考察搜集各國地理、風貌、物產、資源等資料，編寫圖志，共計完成《遊歷日本圖經》30卷、《遊歷美利加圖經》32卷、《遊歷英屬加拿大圖經》8卷，《遊歷古巴圖經》2卷、《遊歷秘魯圖經》4卷、《遊歷巴西圖經》10卷，主要以圖表形式介紹各國概況，「餘記」則以日記形式記錄遊歷行程和見聞感想。

27 〔清〕陳琪：《環遊日記》，收錄於鍾叔河主編：《走向世界叢書續編》（長沙：岳麓書社，2016年）。

28 〔清〕李圭：《環遊地球新錄》，收錄於鍾叔河主編：《走向世界叢書‧修訂版（六）》（長沙：岳麓書社，2008年）。

行。李圭去美國的主要任務為參加博覽會，遊記中以大篇幅〈美會紀略〉記錄遊覽會所見，但於離美前夕，他抽空赴紐約旅行數日，並於〈遊覽隨筆〉中記載紐約見聞。1887年原任駐歐公使隨員的王詠霓任期結束，特地由歐洲繞道赴美，再轉經日本返國，這趟由紐約上岸、舊金山離美的旅行路線，與其他官方考察人員方向相反，他於美國停留約20日，包含紐約5日、舊金山6日，《道西齋日記》[29]記錄了這趟以駐外人員返國公費彈性進行的私人之旅。

1847年林鍼受聘赴美擔任翻譯所作的《西海紀遊草》則單純為私人旅美作品，包含以駢文寫成的自序與正文詩作，但篇幅均不長，無法從中得知旅行路線與細節，文中描述較為詳細者為紐約見聞。1903年梁啟超前往美國宣傳保皇思想，展開新大陸之行。在加拿大遊歷兩個月後，由滿地可（蒙特婁，Montreal）抵達美國紐約，在紐約停留兩個月，期間至華盛頓、哈佛……等地旅行，再返回紐約，轉往費城、匹茲堡、聖路易、芝加哥……等城市遊歷，於舊金山停留一個月後，由溫哥華啟程返回日本橫濱。此行所作《新大陸遊記》[30]對於美國政治、歷史、社會……等現況作了深刻的觀察與評論。

晚清旅人赴美的私人行程比官方考察路線更為多元，在舊金山與紐約停留的時間，短至數日、長至月餘，旅人登陸美國的方式不再只限於舊金山，由歐入美、由加拿大入美……等多種初體

---

29 〔清〕王詠霓：《道西齋日記》，收錄於鍾叔河主編：《走向世界叢書續編》（長沙：岳麓書社，2016年）。

30 〔清〕梁啟超：《新大陸遊記及其他》，收錄於鍾叔河主編：《走向世界叢書・修訂版（十）》（長沙：岳麓書社，2008年）。

驗，以及旅人身分與觀看視角的差異性，皆使得私人旅美遊記詮釋兩座城市的方式比官方遊記更多樣豐富。

三　西與東的現代性體驗[31]

對晚清旅人而言，美國為新興強國，有別於歷史悠久的歐洲列強，新近崛起國家卻具有高度科技文明，赴美旅行是一場新鮮的西方現代性體驗，舊金山與紐約分別帶給他們不同的新文明刺激。

（一）舊金山：重組的同與異

1868年志剛與張德彝隨使節團展開歐美考察行程，當他們抵達美國，由舊金山上岸時，兩人對於當地的描述如下：

---

31 李歐梵曾引Charles Tayler《兩個現代性》的說法來解釋現代性，認為其中一種就是著重於西方自啟蒙運動以來發展出的一套關於科學技術現代化的理論，這個理論的出發點在於所謂現代性的發展是一種不可避免的現象，從西方的啟蒙主義以後，理性的發展，工具理性、工業革命，到科技發展，甚至到民族國家的建立，到市場經濟的發展，加上資本主義，這一系列的潮流似乎已遍及世界各地，無論你是否喜歡它，是否反抗它，這個潮流是不可避免的。周憲則將現代性視為一種對於世界急劇變化的感悟，假使將對現代性體驗的思考轉向近代以來中國人走出國門看世界的過程和眼光，現代性體驗也就是中國如何看世界和看自己的問題，是對陌生的社會和文化的體驗，也是對自己歷史傳統的再次確認。參見李歐梵：《中國現代文學與現代性十講‧晚清文化、文學與現代性》（上海：復旦大學出版社，2002年），頁2、周憲：〈旅行者的眼光——從近現代遊記文學看現代性體驗的形成〉，收錄於劉昭明主編：《旅行與文藝：國際會議論文集》（臺北：書林出版社，2001年），頁405-424。

> 金山為各國貿易總匯之區，中國廣東人來此貿易者，不下
> 數萬。行店房宇，悉租自洋人。因而外國人呼之為「唐人
> 街」。建立會館六處。司事六人偕來拜謁，甚屬恭敬。[32]

> 午後街遊，其風景稍遜泰西，所有閭巷市廛、廟宇會館、
> 酒肆戲園，皆係華人佈置，井井有條。其大街土人稱為
> 「唐人城」，遠望之訛為羊城也。[33]

兩人均提及華人群居的唐人街，初次出洋的志剛強調當地繁盛商
業與歷史發展，前年才隨斌椿出訪歐洲的張德彝很快將美國與歐
洲加以比較，[34]做出當地「稍遜泰西」之結論，甚至直接將舊金
山與中國廣州[35]畫上等號，遠渡重洋來到美國，熟悉的華人文化
景觀並未給兩人帶來眼界大開的衝擊。

　　上岸後的張德彝對於舊金山有更多具體描寫，他們投宿的雖
是宏敞的七層樓旅館，但門楣上張貼「華人之著西服者，不得參
見欽差」，於當地所見「華人貿易於此之著西服者，查無一人」，
接受當地粵人招待：「約食於遠芳樓。山珍海錯，烹調悉如內
地」[36]，在舊金山他們雖也參觀了造幣局、造船廠、織氈局……
等工業設施，見證機械文明，但使節團所體驗的衣食細節俱是故
鄉印象的重新複製。

32　〔清〕志剛：《初使泰西記》，頁264。
33　〔清〕張德彝：《歐美環遊記》，頁637。
34　清廷於1866年派遣斌椿帶領的考察團訪問歐洲，張德彝以同文館學生擔任翻
　　譯隨行，此趟訪歐之行歷時四個多月，參訪英、法、德、荷等歐洲11個國
　　家，對於歐洲文明已有初步接觸與瞭解。
35　「羊城」為廣州別稱。
36　〔清〕張德彝：《歐美環遊記》，頁641、644。

　　19世紀50年代中後期的舊金山，因淘金熱潮帶來商貿興旺，加上位居重要交通樞紐，60年代後工業發展趨勢加快，經濟結構轉而變得多樣化，志剛與張德彝造訪之際，舊金山已是美國西岸工商發達的大規模城市，[37]但兩人遊記中出現的大量華人景物，顯然削弱了西方城市的現代性。

　　相隔10年，1878年首位駐美公使陳蘭彬於舊金山上岸，同樣見到熟悉的故國文化景象：「登岸見華人會館酒店已掛中國龍旗」，但他筆下的舊金山形象已充滿先進的西方科技，例如他投宿高九層樓的金茉莉酒店：「庭院設新制電氣燈四盞，白光如月，芒焰遠映，勝煤氣燈，且工費所省倍，他日行用諒必廣矣」[38]，電器燈的光芒亮度、實用效率均勝過煤氣燈，科技新器物所帶來的光明體驗已直接讓陳蘭彬感受先進國家的進步，他更大膽推測日後電氣燈必將被廣為使用。

　　陳蘭彬非首次赴美，1872年他便曾與容閎一同率領第一批官派留美學童30人赴美，[39]1878年再次旅美，讓他直接感受到西方文明的進步，他筆下的舊金山形象已迥異於志、張二人：

37　王旭：《美國西海岸大城市研究》（長春：東北師範大學出版社，1994年），頁11。

38　〔清〕陳蘭彬：《使美紀略》，收錄於鍾叔河主編：《走向世界叢書續編》（長沙：岳麓書社，2016年），頁9。

39　1847年容閎接受美國教會資助赴美留學，回國後多次建議政府派遣中國留學生赴美學習，1871年曾國藩、李鴻章聯名上奏，提出具體辦法，總理各國事務衙門立即批准。1872-1875年間，清廷分批選派120名幼童赴美，此為中國最早官派留學計畫。1872年陳蘭彬被任命為監督、容閎為副監督，率領第一批學童30人赴美留學，這是近代中國第一批留美學生。參見王小丁：《中美教育關係研究（1840-1927）》（重慶：四川大學出版社，2009年），頁211-212。

其街道寬闊，形如棋盤，而以街市街為適中之地。生意之
大，尤在東邊各街，俱有長行街車，可坐十數人，略同泛
湖小艇，而往來迅捷。又有機汽車，不用人力、馬力轉動
消息，自能行走……其出產以水銀、麵粉為大宗，其餘海
味、藥材亦多運出口。蓋邦國大勢，總以出口貨多為興
旺，少為衰弱，此埠蒸蒸日上云。[40]

除了重述當地貿易發達、商業繁榮的特點外，陳蘭彬已加入城市
規劃的審視觀點：整齊寬闊、經過考量的路線設計，以及取代傳
統人力、馬力的現代化交通工具、物產豐富與具備出口優勢。陳
蘭彬筆下的舊金山形象，已非傳統華人景象的重新再現，而是一
座規劃完善，擁有發展前景的現代化城市。

在不同旅人角度的詮釋下，同一座城市可能呈現出截然不同
的風貌，陳蘭彬眼中充滿現代感的舊金山飯店電氣燈，時隔3
年，卻在其他遊記中以另一種樣貌呈現。第二任駐美公使隨行人
員蔡鈞於1881年由舊金山登陸時，他同樣見到氣勢恢宏、光明燦
爛的飯店建築，卻以極度傳統的寫作手法描述：

樓閣九層，高淩霄漢，危檐蔽日，復到橫虹，階除則砌瓊
鋪玉，棟宇則錯彩鏤金，一至夕間，電燈千百盞，射紅流
紫，壯麗甲於美洲。[41]

「高淩霄漢」、「砌瓊鋪玉」、「錯彩鏤金」……等熟悉套語的使

---

40 〔清〕陳蘭彬：《使美紀略》，頁10。
41 〔清〕蔡鈞：《出洋瑣記》，頁8。

用，蔡鈞雖欲凸顯舊金山建築物的華麗壯闊，但這些套語堆疊而
出的熟悉想像，卻也使得象徵西方文明的現代建築與中國傳統建
築形象並無太大差距，陳蘭彬眼中具有實用高效率的電氣燈，在
蔡鈞筆下被轉化為迷離朦朧的壯麗奇景，文明城市的科技現代性
也隨之淡化。

　　在摻雜了傳統文化元素的想像後，晚清旅美遊記中的舊金山
往往呈現著新舊併陳、陌生熟悉的複雜形象，例如1887年結束駐
歐生涯、繞道美國旅行的王咏霓，描述舊金山現代化景觀：

> 大街名馬克司吹脫，夜間皆用電氣燈。街馬不用人力，以
> 機器運動巨繩曳輪往返，地勢高低不一，馬力不及，故作
> 此代之（軌道中有一條直線）。[42]

電氣燈果真已如同陳蘭彬所預料被廣泛使用，由單一旅館延伸至
整條街上，因應特定地勢而取代人力的機械交通工具，也如實展
現科技文明所帶來的便利性。同年赴美考察的傅雲龍對於舊金山
有軌電車的描述更為仔細：「車轉四輪，行鐵軌上，軌道之間嵌
鐵條二，相離寸許，一鐵線行機流轉於中，凡車欲行，鉗著鐵
線，脫鉗則車立停」[43]，詳細說明有軌電車的操作細節與運轉方
式，使得城市的先進形象更為立體。在描繪舊金山的文明形象之
際，王咏霓卻同時提及城市裡隨處可見的故國意象：「市上所
見，凡店面裝飾招牌，皆中國款式，華人居此者不改冠服，不入

42　〔清〕王咏霓：《道西齋日記》，頁47。
43　〔清〕傅雲龍：《遊歷美加等國圖經餘記》，頁14。

禮拜堂，亦可取也」[44]，肯定當地華人固守傳統文化信仰的堅持。兩種文化壁壘分明，卻又並置於同一座城市，在同與異的交互對照下，晚清旅美遊記中的舊金山文明形象也顯得更為複雜。

清末旅人對於舊金山有著更深刻的觀察，例如1904年承辦聖路易博覽會業務赴美的陳琪，與先前旅人一樣被滿街電燈的光明夜景所吸引：「電燈璀璨，招牌字樣純以五彩燈光排成，橫直半圓，諸式變化，閃爍如水晶世界」[45]，卻也關注了器物層面以外的城市特質：

> 美國工人出外皆乘電車，每車容二十餘人，無分等級，不論遠近，取資五仙。街上絕少行人，乘車者率手新聞紙，無大聲談話者。貨車垃圾車皆在夜間轉運，不礙行人，故能維持一切靜謐潔淨事宜。[46]

同樣描述交通工具，陳琪著眼的是遵守規矩、安靜乘車的市民素質，他也點出乾淨整潔的市容，背後另有完善規劃的清潔制度方能維持，從物質表象到內在抽象層面的思考，更深刻呈現城市的現代化形象。

晚清旅人赴美之際，舊金山已是美國西岸主要大城，遊記中固然呈現了城市先進的科技器物與文明制度，但大量出現的故國意象，卻也使得他們筆下的城市現代性體驗不夠鮮明，晚清旅人在遊記中所描繪的舊金山，雖有具體的城市文明細節，這些特色

---

44 〔清〕王咏霓：《道西齋日記》，頁47。
45 〔清〕陳琪：《環遊日記》，頁10。
46 〔清〕陳琪：《環遊日記》，頁9。

卻顯然沒有給他們帶來足以震驚的現代性衝擊。

（二）紐約：新奇世界大都會

　　迥異於新舊意象併陳的舊金山，晚清赴美旅人的紐約初體驗充滿著各式西方新文明所帶來的強烈衝擊。1847年林鍼前往美國擔任翻譯，留下相關遊記。林鍼自言寫作目的為「譜海市蜃樓，表新奇之佳話」，他的美國初體驗由紐約開始，在作品中他大量描繪了在紐約所見的西方新科技，如電報：「驛傳密事急郵，支聯脈絡。暗用廿六文字，隔省俄通」、自來水系統：「各家樓臺暗藏銅管於壁上，以承放清濁之水，極工盡巧。而平地噴水高出數丈，如天花亂墜」[47]，以及照相技術、新聞報紙……等。另有規劃完善的社會福利機構，如盲人院、孤兒院……等設施，反映了城市發展成熟的制度體系。從外在的新奇物質文明到社會體制的完善規劃，林鍼所呈現的紐約並非如他自序所言只是虛幻的海市蜃樓，反而是具體成熟的先進城市。

　　林鍼的作品僅記錄紐約印象，未書寫美國其他城市。由西岸到東岸的其他晚清旅人則有強烈感受，1868年乍到紐約的志剛才真正感受到在舊金山未見的新興強國氣象：「乍見其街市喧闐，樓宇高整，家有安居樂業之風，人無遊手好閒之俗，新國之氣象猶存」[48]，在舊金山認為美國不如歐洲進步的張德彝，見證了紐約的繁華景象後，立即翻轉先前評論：

　　　　新埠城周約七十五里，居民一百五十萬。街道寬闊，樓房

47　〔清〕林鍼：《西海紀遊草》，頁35-37。
48　〔清〕志剛：《初使泰西記》，頁268。

淨麗如巴里;人煙輳集,舖戶稠密似倫敦。閭巷千百,按
數而名者,有自頭條胡同至二百二十九條胡同。亦是朝朝
佳節,夜夜元宵。其通衢馳驅車馬,晝夜喧闐,而徒行者
有衝突之患;則架空橫一鐵橋,橋式上平、首尾陂,兩邊
之兩端各設二鐵梯,一登一降,往來毫無阻礙。路途之不
潔者,有兵晨昏灑掃。每日各巷皆有一車經過,車後橫一
圓刷,長約九尺,周八尺,車行刷轉,則地淨矣。[49]

在張德彝筆下,紐約市容整齊、人口稠密,已是足以和巴黎、倫
敦比擬的國際大都會,全市交通繁盛,橫跨空中的高架鐵路更是
新奇。張德彝的描述手法雖是以故國熟悉景物再現紐約市景,例
如以典故「朝朝佳節,夜夜元宵」形容其燈火通明、以胡同代稱
紐約街道,但如實呈現了紐約規劃完善的公共衛生與大眾交通,
具體彰顯了城市的現代文明。

張德彝所提到的紐約印象:商業興盛、交通發達、市容整
潔,大抵是多數晚清旅人在遊記中重述的城市特點,例如1876年
李圭筆下的紐約:

屋由三層高至七八層,壯麗無比。行人車馬,填塞街巷,
徹夜不絕。河內帆檣林立,一望無際。鐵路、電線如脈
絡,無不貫通。輪車必須城內經過者,則於空際建長橋,
或於街底穴道以行⋯⋯貿易之大,美土為第一。若統地球
言之,直與英京倫敦、法京巴里鼎足而三。而屋宇齊整美

---

49 〔清〕張德彝:《歐美環遊記》,頁651-652。

觀英法間尚弗。[50]

　　明白揭示紐約為美國第一大城，李圭與張德彝一樣，皆強調紐約的商業、交通、建築特色，也將紐約與倫敦、巴黎並列，甚至認為在房屋的整齊美觀程度上勝過其他兩座城市。其他如蔡鈞形容紐約：「為貿易之總匯，繁華之勝集，巨商善賈，悉薈萃於此焉」[51]、第四任駐美公使崔國因赴紐約見高架鐵路「與屋頂齊，即於其上行駛街車，以免擁擠」[52]，稱讚其設計巧妙便民，皆與張、李所記錄的城市文明特色相近。

　　李圭於1876年在紐約見到施工中的布魯克林大橋（Brooklyn Bridge）：「仰視之，若雙峰對峙，不知費幾許金錢。將來造成，當又增一盛景」[53]，該橋最後於1883年完工，[54]大橋建成後果真如同李圭的預測，成為紐約重要地景，也是晚清旅人體驗城市現代性的重點。第一、三任駐美公使陳蘭彬與張蔭桓均在日記中有相關記錄：

　　　　晨抵紐約舊寓。偕寶森觀鐵橋，跨赫次河，長五千九百八

50　〔清〕李圭：《環遊地球新錄》，頁269。

51　〔清〕蔡鈞：《出洋瑣記》，頁9。

52　〔清〕崔國因：《出使美日祕國日記（上）》，頁195。

53　〔清〕李圭：《環遊地球新錄》，頁269-270。

54　位於紐約的布魯克林大橋（Brooklyn Bridge）是美國最早的懸吊橋之一，橫跨紐約東河（East River），連接著布魯克林區（Brooklyn）和曼哈頓島（Manhattan），從1869年開工，到1883年竣工，前後長達13年。橋總長1825公尺，寬26公尺，完工時是世界上最長的懸吊橋，也是第一座使用鋼線索的懸吊橋。參見李錫霖、蔡榮根：《鋼結構設計》（臺北：五南圖書公司，2017年），頁17-18。

十九尺，廣八十五尺，從水面至平板高一百三十五尺左右。築塔高二百七十八尺，廣一百四十尺，懸鋼絲巨繩四條，每筒徑十五寸又四分寸之三。中間容輪車來去。車行以電氣附鐵繩而行，不用煤氣。兩旁為馬車道，上層為行人往來。自始造迄峻工凡十三年，造費一千五百萬銀圓。人計每方寸可勝十六萬磅之重。[55]

鳥約鐵綫橋初造時，歐洲論者輒嗤其必不能成，成亦不能持久，然即今將十年矣。鐵線以純鋼制煉，合五千四百三十四交合而成，徑十尺有半重力能勝一萬二千噸。沿橋用大鐵綫四根交相牽挽，飄飄有凌雲之致。橋長五千九百八十八尺，寬八十五尺，自橋頭至橋柱兩邊各長五百三十尺，此猶在陸地也。橋柱之中則凌空駕海矣，高處出水一百三十五尺。橋分五巷，中走火車，旁徒行，再旁則馬車，路不相凌雜，乘馬車者不得步行，猶徒行之不能臨流眺望也。[56]

兩人均以大量科學數據記錄鋼橋的壯大規模，在客觀數字的理性表述中，紐約的先進樣貌不再只限於旅人的感性讚嘆。原本不被歐洲人看好的巨大鋼橋不僅順利完工，還屹立超過十年，橋面車道規劃井然有序，再次凸顯紐約交通繁盛之特點。從大橋的雄偉外觀、特殊材質、科學設計……等詳細記錄，晚清旅人對紐約著名地景的詮釋已跳脫傳統典故的想像比附，城市的文明進步形象

---

55 〔清〕陳蘭彬：《使美紀略》，頁36。
56 〔清〕張蔭桓：《三洲日記（下）》，頁517。

也更顯清晰。

晚清旅美遊記中對紐約新文明最為震撼、記錄最深刻者，當屬1903年訪美的梁啟超。梁啟超於1898年因戊戌變法失敗流亡至日本，期間受美國舊金山華人邀請，於1899年前往美國，卻因清政府阻撓，第一次的美國之行只到夏威夷檀香山便中止。1903年再次赴美，這趟新大陸之旅，讓他開啟了不同眼界。他細數自己眼界變化過程，一路由中國內地、香港上海、日本，逐步提升，到了美國之後，更是對紐約嘆為觀止：

> 更橫大陸至美國東方，眼界又一變，太平洋沿岸諸都會陋矣，不足道矣。此殆凡遊歷者所同知也。至紐約，觀止也未？[57]

紐約顯然是一路行旅中帶給梁啟超最巨大衝擊的城市，在遊記中他以誇張口吻形容自己詮釋紐約經驗的窘境：

> 今欲語其龐大其壯麗其繁盛，則目眩於視察，耳疲於聽聞，口吃於演述，手窮於摹寫，吾亦不知從何處說起。[58]

不知如何言說整座城市的壯麗繁盛。面對紐約錯綜複雜的交通盛況，他甚至「神氣為昏，魂膽為搖」[59]。在頻頻渲染整座城市所

---

57 〔清〕梁啟超：《新大陸遊記及其他》，頁459。

58 〔清〕梁啟超：《新大陸遊記及其他》，頁438。

59 梁啟超形容紐約交通盛況：「街上車、空中車、隧道車、馬車、自駕電車、自由車，終日殷殷於頂上，砰砰於足下，轔轔於左，彭彭於右，隆隆於前，丁

帶來的震撼之餘,梁啟超也精準點出了紐約不同於其他城市的現代特性。他指出紐約不同於倫敦、柏林、巴黎、維也納、羅馬……等其他世界第一等都會,其他世界一等都會多為該國政治、商業、甚至是文學美術等中心,紐約卻單純以商業功能為主,不但是美國商業中心點,也是全世界商業中心點。[60]梁啟超進一步引用英國社會學家斯賓塞(Herbert Spencer)理論分析紐約定位:「野蠻時代以生產機關為武備機關之供給物,文明時代以武備機關為生產機關之保障物」,認為19世紀歐美已轉趨注重生產一事,美國尤其如此,當今紐約「尤為純粹之生產機關,而無所摻雜者」,[61]正符合文明時代的進步特點。

梁啟超對紐約的評論是以全世界作為比較基準,他樂觀推論依據紐約的人口增進速度,不及十年,「必駕倫敦而上」,躍升為世界第一大都會。[62]《新大陸遊記》中呈現紐約不斷進步、欣欣向榮的現代形象,格局也比前期旅美遊記作品更為壯闊。梁啟超在遊記中對紐約的整體定位展開深刻思考,景物的觀察反而不是描述重點,中央公園為遊記中少數提及的地景,他注意的是都市空間規劃特色與公園的社會功能:

> 紐約全市公園之面積,共七千萬嗌架,為全世界諸市公園地之最多者。次則倫敦,共六千五百萬嗌架。論市政者,

丁於後,神氣為昏,魂膽為搖」。〔清〕梁啟超:《新大陸遊記及其他》,頁460。

60 〔清〕梁啟超:《新大陸遊記及其他》,頁439。

61 〔清〕梁啟超:《新大陸遊記及其他》,頁438。

62 〔清〕梁啟超:《新大陸遊記及其他》,頁460。

　　皆言太繁盛之市，若無相當之公園，則於衛生道德上皆有
　　大害，吾至紐約而信。一日不到公園，則精神昏濁，理想
　　汗下。[63]

同樣將紐約公園與其他國家城市（倫敦）加以對比，凸顯其世界
第一之地位，進而理性談論公園的設計規劃與公共衛生相關概
念，並以親身經歷加以驗證，紐約的文明進步的形象也更為具體
真實。

　　19世紀的紐約帶給晚清旅人極大震撼，這些現代性體驗被旅
人以不同手法重新再現，包含傳統想像的比附與客觀紀實報導，
進而對都市定位展開全面探討。隨著旅人的視角轉換與格局擴
大，紐約繁盛先進的形象，也從新奇炫麗到具體清晰，更確立其
世界大都會、商業中心的文明地位。

---

63 有趣的是，在記錄紐約中央公園之際，梁啟超還另以中國人思考角度作為對
　　比：「其地在全市之中央，若改為市場，所售地價，可三四倍於中國政府之歲
　　入。以中國人之眼觀之，必曰棄金錢於無用之地，可惜可惜」，認為其必以實
　　用利益考量為主，未能體會先進城市公共設施之重要性。參見〔清〕梁啟超：
　　《新大陸遊記及其他》，頁460。倘若對比其他晚清旅人對於中央公園的描述，
　　可以看出梁啟超的論點極為先進，以1887年遊歷美國的傅雲龍為例，他同樣
　　在遊記中提及中央公園，但僅說明公園名稱與園中景色：「十日乘馬車行九
　　里（英里三）遊仙濯拔克。譯者曰，『仙濯』之言中央，『拔』之言大園也，
　　『克』語助詞也。費出有恆產者，公立，非私有也。有渠有閣廊，有石亭，
　　有卉，有叢木，有帆艇十數，栽容稚子。有綠几三五，坐臥遊人。有海虎海
　　獅之屬，畜之曲沼。有紀念石幢，移自埃及」，並未意識到現代城市設置公園
　　的重要功能與意義。參見〔清〕傅雲龍：《遊歷美加等國圖經餘記》，頁50。

四　暗黑新大陸

　　晚清旅人在舊金山與紐約體驗了兩種不同類型的城市新文明，見證了新興國家的富強國力，然而，兩座城市也以不同方式向旅人展示了沉重的黑暗面。

（一）舊金山：殘忍的矛盾

　　晚清旅美遊記中關於舊金山的負面敘述，主要與當地華人相關。首先是當地華人所面臨的排華風潮，中國官員由舊金山登岸後往往與華商有所接觸，透過華商的直接控訴，也更加瞭解當地實況。以1886年赴美的第三任公使張蔭桓為例，上岸後在中華會館隨即面對華商痛訴：「各商經客歲今春土人謀驅逐、謀炸陷，幾不安生，大有風鶴之感。欲收莊回華，賬項又難遽集，鬱鬱居此，又有性命之虞，未免進退維谷」[64]，明言在異鄉飽受欺凌，進退兩難的生存困境。

　　美國的大規模排華運動始於19世紀70年代初，由於開採金礦高峰期已過，中央太平洋鐵路已於1869年完工，數萬名礦工與築路華工轉向其他行業謀生，影響其他以歐洲移民為主的美國白人工作機會，加上同一時期美國正面臨經濟不景氣，失業問題嚴重，華工因此轉為被攻擊對象。70年代末期，美國勞工組織工人黨，促使政府制訂排華法案，1882年美國國會通過第一個排華法案，此為中美關係史上第一個聯邦排華法律，表明排華已成為美國政府的既定方針。[65]華人眾多的舊金山地區排華風潮更為嚴

64　〔清〕張蔭桓：《三洲日記（上）》，頁21。
65　1882年通過的排華法案主要條文包括禁止華工進入美國，為期十年。1888年

重。張蔭桓之前的首任駐美公使陳蘭彬已在1878年的遊記中陳述
舊金山華人受虐情形：

> 自礦金漸竭，輪船告成，羈寄日多，工值日減，遂蓄志把
> 持，妒工肆虐。而各國人皆有領事保護，兵船遊巡，不敢
> 逞志，故專向華人。使猶毆辱尋仇，近且擾及寓廬，潛行
> 焚掠。始猶華傭被虐，近且偪勒雇主，不准容留，而又設
> 誓聯盟，斂貲謠煽，欲使通國附和，盡逐華人而後已。[66]

他詳細描繪了舊金山華人慘況，也點出當地華人沒有領事保護的
無助，不僅地方白人組織串連排華，連政府單位亦處處針對華人：
「所設新法，如住房之立方天氣，寄葬之不得遷運，及割辮罰保
等例，均於華人不便」[67]，由上到下，華人不但被排擠凌虐，連
生活方式亦處處受限。

　　陳蘭彬遊記中如實呈現了當時舊金山排華細節，「設誓聯
盟」指的是1876年舊金山市出現加州聯合兄弟會與舊金山反華聯
盟，1877年加州工人黨成立，這些皆是排華組織，他們提出「華
人必須滾蛋」（The Chinese Must Go）口號，官方部分，如住房
之立方天氣、遷葬方式、割辮罰保……等法令規定，都是舊金山
政府當局針對華人所提出的多項歧視性法案，[68]當地排華程度之

美國國會再通過另一法案，規定華工出境後，不准重新進入美國。1892年及
1902年，國會延長1882年法案各十年，並增添更多限制。參見沈已堯：《海
外排華百年史》（香港：萬有圖書公司，1970年），頁33-35。
66　〔清〕陳蘭彬：《使美紀略》，頁12。
67　〔清〕陳蘭彬：《使美紀略》，頁12。
68　「住房之立方天氣」指的是1875年舊金山參事會通過居住房屋法令，即「立

激烈可說是全美之最。

　　舊金山強烈排華的殘酷暴虐，成為許多晚清旅人書寫的城市特點。儘管清政府已於1878年在舊金山設立領事館竭力護僑，但8年後張蔭桓抵達舊金山時，問題依然沒有解決。面對華商控訴，自認「保護商民，責無旁貸」的他在日記中展開強烈批判：

> 金山荒蕪之區，蔚為都會，傑構雲連，商旅閧隘，微華人之力，易克臻此？乃不數年而謀限制矣，不數年而謀驅逐矣。近且焚掠搶殺，慘毒不堪。顧茲海外我黎，何以為計？[69]

張蔭桓犀利指出舊金山由一片荒蕪到現今成為熱鬧都會，大力仰仗華人開墾之功，如今卻忘恩負義，驅逐華人，甚至以各種暴行虐之，藉由歷史回顧，他氣憤反映了異國城市的負面形象，也凸顯當地華人的可憐處境。

方空氣法案」（Cubic Air Law），規定每間住屋，其成年房客每人應有500立方英尺新鮮空氣流通之空間，違者處予監禁或罰款，這法案明顯專門對付地狹人稠的華埠華人而設。1878年並以公共衛生為由，禁止當地華人運送遺體回中國安葬，「割辮」指舊金山行政局1873年通過「辮子法」（the Queue Ordinance），規定凡入獄的華人罪犯都必須剪去辮子，只能留下1英吋長度的頭髮。「罰保」則是當時1878-1879年加州第二屆立憲大會上，工黨代表團提出的排華提案，不准華人在涉及白人的案件中到法庭作證。另外尚有1873年舊金山行政局制訂「洗衣法」（the Laundry Ordinance），以衛生為由，禁止華人從口中含水噴在衣服上熨燙。諸多充滿歧視法案皆是針對華人而訂。參見 Chinn, Thomas W. *A History of the Chinese in California: a syllabus* (San Francisco, CA: Chinese Historical Society of America, 1969), pp.22-24、陳靜瑜：〈美國人眼中的華人形象〉，《臺灣師大歷史學報》第48期（2012年12月），頁390-393、顏清湟著，粟明鮮、賀躍夫譯：《出國華工與清朝官員》，頁227-229。

69　〔清〕張蔭桓：《三洲日記（上）》，頁21-22。

　　晚清駐美公使日記中的舊金山描述宛若一部不斷重述的華工受虐史，陳蘭彬、張蔭桓所見如此，1889年繼任的崔國因亦如是，當他於1990年至西班牙呈遞國書之際，收到舊金山20餘華人被地方官拘禁的消息，急著回美設法辦理，不禁感嘆：「華人居美，誠遍地荊棘矣。難矣哉」[70]，新興大國非但不是安居樂土，還是佈滿荊棘、難以生存的殘酷之地。

　　對比曾於1880-1882年出任舊金山第二任總領事的黃遵憲詩作，城市的殘忍形象更為鮮明。黃遵憲在赴美前對美國仍有著文明大國的美好想像：「美為文明大國，向所歆羨」[71]，在美期間，卻看見華人遭遇搶劫、虐殺、放火……等暴行，返國後他於1905年作長詩〈逐客篇〉憤慨抨擊美國：「鬼域實難測，魑魅乃不若，豈謂人非人，竟作異類虐」，華人對舊金山有著「藍縷啟山林，邱墟變城郭」的偉大功績，美國制訂的排華政策卻極力驅趕，此種行徑更是有違開國總統華盛頓強調的平等自由精神：「慨想華盛頓，頗具霸王略，檄告美利堅，廣土在西漠。九夷及八蠻，一任通鄧作。黃白紅黑種，一律等上著。逮今不百年，食言會不作」[72]，文明大國的美好想像頓時瓦解，取而代之的是一個背信忘義、蠻橫霸道的種族主義國家。

　　飽受凌虐的華人固然可憫，晚清旅人在遊記中也以大篇幅描述了舊金山華人的負面形象，其中以1903年訪美的梁啟超最具代表性。梁啟超抵達舊金山之際，受到當地華人「以軍樂歡迎，盛

70　〔清〕崔國因：《出使美日秘國日記（上）》，頁134。

71　〔清〕黃遵憲著，陳錚編：《黃遵憲全集（上）》（北京：中華書局，2005年），
　　頁338。

72　〔清〕黃遵憲著，陳錚編：《黃遵憲全集（上）》，頁107-108。

況更過紐約」，當地華人眾多，「約二萬七、八千之間」[73]。然而，他卻在當地華人身上看到中國人的許多缺點，例如以賭為業者居一大部分，且「幾無復以業賭為恥者」、小團體彼此之間「殆如敵國，往往殺人流血，不可勝計」[74]，梁啟超最後以舊金山華人為借鏡，做出中國人「只能受專制不能享自由」之結論：

> 吾觀全地球之社會，未有凌亂於舊金山之華人者。此何以故？曰自由也。……吾未見內地人之性質，有以優於舊金山之華人者，吾反見其文明程度有優於舊金山人也。吾反見其文明程度，尚遠出舊金山人下也……以舊金山猶如此，內地更可知矣……自由云，立憲云，共和云，如冬之葛、如夏之裘、美非不美，其如於我不適何。吾今其毋眩空華，吾今其毋圓好夢，一言以蔽之，則今日中國國民，只可以受專制，不可以享自由。[75]

實地考察之後，舊金山華人的負面形象，反映的卻是中國人國民性之不足，尤其在見到舊金山華人雖享有西方自由形式，卻不能遵守議事規則，開會「到者不及十分之一」，中華會館開會「名為會議，實則布告也，命令也」，仍由少數人獨裁決定。舊金山華人社會的諸多亂象，使得他逐漸由激進的革命破壞主義趨向於保守的君主立憲主張。[76]

---

73 〔清〕梁啟超：《新大陸遊記及其他》，頁539。
74 〔清〕梁啟超：《新大陸遊記及其他》，頁545、548。
75 〔清〕梁啟超：《新大陸遊記及其他》，頁557-559。
76 梁啟超結束1903年的新大陸之行後言論大變，他發現革命所欲企求的民主自由，在舊金山華人社會裡並無法發揮預期作用，丁文江推論此趟新大陸之

　　舊金山華人的負面形象，讓梁啟超以不同角度反思美方的排華原因，華人無業好賭，「以此等文明播諸國，亦無怪人之相惡焉矣」、衛生習慣欠佳：「而華人以如彼凌亂穢濁之國民，毋怪為彼等所厭」，[77]確實有諸多須檢討之處。沒有官方人員護僑任務的限制，也毋須為處理華人受欺壓任務疲於奔命，《新大陸遊記》提供了不同於官方遊記的觀看視角，在私人旅行的敏銳觀察中，從多重角度描述了舊金山的華人形象，也呈現出對國民性的深度反思，舊金山的負面形象不只是異國他者的蠻橫霸道，更是自我形象的缺失反射。

　　梁啟超之後仍有其他旅人提及舊金山華人髒亂失序的負面形象，如1904年赴美承辦博覽會業務的陳琪，遊記中提到舊金山唐人街多數店家從事洗衣業，「夜間從事於鴉片賭博者眾」、「華人素乏教育，不愛潔淨，唐人街為該埠著名不潔之地。清道局出資四五萬借資灑掃，仍然如故」[78]，批判華人髒亂好賭，破壞市容整潔。1905年前往西方展開政治考察的戴鴻慈，在遊記中直接稱舊金山為「藏垢納污之藪」的萬惡城市，居住於此的華人近三萬人，「大都皆下流社會也」，他對舊金山華人的描述與梁啟超頗為相近：

行，為梁啟超思想轉折的最重要因素：「先生從美洲歸來，言論大變，從前所深信的破壞主義，和革命排滿的主張，至是完全放棄，這是先生政治思想的一大轉變，以後幾年內的言論和主張，完全站在這個基礎上立論。這便是先生考察日多，見聞益廣，歷練愈深的結果」。丁文江編：《梁任公先生年譜長編初稿》（臺北：世界書局，1958年），頁191。

77　〔清〕梁啟超：《新大陸遊記及其他》，頁545、562。

78　〔清〕陳琪：《環遊日記》，頁10。

> 無賴之徒，恆以賭為業甚或潛聚賭而科斂其頭錢，與衙役
> 朋比為左右手，言之可歎也。以忍受魚肉最酷，故組織團
> 體亦最多。自中華會館而外，有八大會館，以地而分者、
> 以商業而分、族姓聯合、秘密結社，各立堂號，不相上
> 下，往往睚眥相殺，互為仇讐，爭競無已時。[79]

指出華人好賭結黨、會館互鬥的弊病，針對當地華人團體鬥爭不
斷、商人要求廢除堂號一事，他從國民性角度展開思考：「夫吾
國內地人民，素無合群之能力，世以團沙相謂久矣」，海外華人
籌組團體，原可破除過去一盤散沙的窘況，但卻彼此相互攻擊，
戴鴻慈對此痛心批判：「是人搣吾胸而又自剚也」。但強力廢止堂
號並非解決方法，「惟有因其勢而利用之，抉去宿蠹，扶持善
群」，根據現況因勢利導，才是根本之道。戴鴻慈在遊記中顯現
的思考雖未如梁啟超深刻，但在批判之餘，仍站在同胞立場，以
「吾國內地人民」視之，提出相對合理的解決建議，筆下的負面
形象依然隱藏著部分民族情感。

晚清旅美遊記中有關舊金山負面形象，多數與當地華人相
關，旅人細數排華慘況，凸顯的是野蠻城市的殘酷暴虐，在批判
當地華人好賭好鬥、髒亂無知的缺失時，又映照出熟悉的民族
性，舊金山的負面形象同時由異國他者與故國同胞交疊組成，呈
現出殘忍且複雜的矛盾。

（二）紐約：繁盛的陰影

相較於舊金山紛亂龐雜的負面形象，晚清旅人對於紐約的負

---

79 〔清〕戴鴻慈：《出使九國日記》，頁341。

面描述甚少，旅人們多半強調紐約令人驚嘆的城市文明，少數旅人如1887年王咏霓於紐約上岸時，曾被查驗行李的海關人員收取美銀二圓，質疑「豈西人巡役亦有此陋規歟」[80]，批評當地官員收賄惡例，其他遊記對於紐約的敘述仍以正面居多。

1903年赴美的梁啟超則是其中例外，儘管他在《新大陸遊記》中以大量篇幅盛讚紐約為世界大都會，從物質科技到文明制度均令人讚賞，但除此之外，他還是看到了繁盛表象背後的諸多陰影，點出「天下最繁盛者宜莫如紐約，天下最黑暗者殆亦莫如紐約」[81]，直接稱呼紐約為「黑暗之都」。

梁啟超以紐約貧民窟為例，具體描述城市的黑暗面：

> 其地電車不通，馬車亦罕至也。顧遊客恒一到以觀其風。以外觀論，其所居固重疊閣也。然一座樓中，僦居者數十家。其不透光不透空氣者過半，然貧民窟煤燈晝夜不息，入其門穢臭氣撲鼻。大抵紐約全市，作此等生活者，殆二三十萬人。[82]

他關注到其他旅美遊記中甚少被提及的貧窮角落，仔細以感官經驗呈現貧民窟陰暗惡臭的居住環境。

19世紀有大量移民湧入紐約，使得住房供不應求，導致嚴重的貧民窟問題，根據統計資料，1879年紐約的貧民窟住宅共21000個，1900年，也正是梁啟超到訪的前三年，貧民窟數量暴增至

80　〔清〕王咏霓：《道西齋日記》，頁30。
81　〔清〕梁啟超：《新大陸遊記及其他》，頁461。
82　〔清〕梁啟超：《新大陸遊記及其他》，頁462。

43000個，容納了400萬紐約市民中的150萬人，[83]情況更為加劇。

通過考察，梁啟超以大量科學數據羅列紐約貧民窟的諸多問題，例如貧民窟人口死亡率與五歲幼兒以下死亡率遠超過紐約全市平均數字，他推論「此等率皆由住宅缺空氣缺光線所致云」、貧民窟犯罪率奇高，特定大樓住戶483人，一年之間竟有120人犯罪，貧民窟的居住環境「非特有防於衛生也，且有害於道德」[84]，這些都是隱藏在城市光鮮亮麗表象之下的社會問題

紐約之繁盛與黑暗的對比，讓梁啟超深刻體認到嚴重的貧富差距，他深切感慨：「杜詩云：『朱門酒肉臭，路有凍死骨，榮枯咫尺異，惆悵難再述』，吾於紐約親見之矣」[85]。除此之外，他還注意到紐約市尚有「於前世紀與今世紀之交產一怪物」，此「托辣斯（Trust）」特色如下：

> 此怪物者，產於紐約，而其勢力及於全美國，且駸駸乎及於全世界。質而言之，則此怪物者，其勢力遠駕亞歷山大大帝、拿破崙第一而上之者也，二十世紀全世界唯一之主權也。[86]

梁啟超在遊記中鉅細靡遺列出「1899年一月以後設立之托辣斯資本表」，也指出此怪物不僅擁有巨大的財富和勢力，支配美國資本的十分之八，而且勢力範圍遍佈美國，甚至擴展到全世界。然

---

83 王旭：《美國城市發展模式：從城市化到大都市區化》，頁128。
84 〔清〕梁啟超：《新大陸遊記及其他》，頁462。
85 〔清〕梁啟超：《新大陸遊記及其他》，頁462。
86 〔清〕梁啟超：《新大陸遊記及其他》，頁439。

而任憑其無限度擴張，卻可能產生資源壟斷、利益獨佔的問題，遊記中他細數托辣斯之巨大效益，卻也不忘羅列其中弊端，點出美好願景背後的可能隱憂。

　　梁啟超以多種角度揭示紐約貧富懸殊的問題，他描述參觀紐約工廠，見到「以人為機器，且以人為機器之奴隸」，因分工精細，工人只熟悉自己操作的寸金寸木，其他事物則一無所知，如此狀況持續發展，「非徒富者愈富，貧者愈貧而已，抑且智者愈智，愚者愈愚」[87]，問題將由經濟延伸至知識層面，只會使社會產生更嚴重的落差。

　　梁啟超對紐約貧富差距的仔細觀察與精準分析，是晚清旅美遊記中少數有關紐約的負面論述，《新大陸遊記》所再現的紐約美好形象是晚清旅美遊記中最為清晰具體的，而城市的黑暗形象亦如是，透過與城市繁盛形象的對比，這些隱藏的黑暗陰影更顯鮮明。

五　結語

　　鴉片戰爭以前，中國對美國的認識多半來自西方商人與傳教士，對美國的想像偏向和善良夷與新興大國。鴉片戰爭以後，晚清赴美旅人留下直接的觀察記錄，遊記中的美國形象開始產生變化。紐約與舊金山為美國東西兩岸重要港口，晚清赴美旅人多由此進出，在抵達與離開的過程中，對兩座城市的描述，也反映了對異國文化的不同態度。

87　〔清〕梁啟超：《新大陸遊記及其他》，頁463-464。

　　晚清旅美遊記作者以官方旅人居多，1878年中國設立駐美使館，常駐人員多半由舊金山登岸，再赴華盛頓就任，駐美期間多數曾至紐約遊歷，任期結束再從舊金山返回中國。遊歷多國的公務考察人員則大半由舊金山登岸、再由紐約離美赴歐，私人旅行路線較為多元。但不論是官方或私人旅行，兩座城市皆是旅人進入與離開美國的重要關鍵點，也是遊記書寫重點。

　　初次由舊金山登岸的旅人多半對城市有著熟悉的既視感，舊金山華人眾多，19世紀50年代以後雖已發展為美國西岸重要大城，但旅美遊記中頻繁出現的故國景象與文化典故，卻削弱了城市的現代性。紐約的文明進步則帶給旅人極大震撼，遊記中的城市由炫麗新奇到具體清晰，彰顯其世界大都會與商業中心的壯盛形象。

　　晚清旅美遊記中有關舊金山負面敘述多與華人相關，地方排華行徑凸顯了城市的殘酷暴虐，當地華人好賭好鬥、髒亂無知的缺點又反映出熟悉的民族性，旅人筆下的舊金山負面形象呈現出殘忍且複雜的矛盾。晚清旅人對紐約的負面描述甚少，體認最深刻者為梁啟超，他點出隱藏於紐約繁盛表象背後貧富懸殊的社會問題，清楚揭示了城市的黑暗面。

　　在摻雜了華人文化情感連結的前提下，晚清旅美遊記中的舊金山，不只是對異國他者的觀看，也是旅人熟悉故國的重新映照。紐約則是全新的西方初體驗，城市的強大文明與潛藏隱憂都是超出旅人既往經驗的陌生風景。在進入與離開之間，晚清旅人的美國雙城記不只是地理空間的移動，更是對異國文化與自我文化的反覆辯證，兩座城市的豐富形象改寫了晚清以前對美國全然美好的想望，也反映了新大陸（美國）與舊大陸（中國）繁複難

解的關係。

　　本文為國科會111年度研究計畫「近現代中國海外遊記的美國形象（1840-1949）」（編號：111-2410-H-003 -159 -）研究成果。

　　原文初稿曾宣讀於「第七屆世界漢學論壇」（7th World Conference of Chinese Studies & 19th International Symposium on the Chinese ancientnovel and drama literature, incl. digitalization）（2023年8月25-27日），世界漢學研究會、波茲南密茨凱維奇大學（Adam Mickiewicz University in Poznan）主辦（2023年8月26日線上發表），並獲選為比較文學類優秀論文二等獎（Excellent Scholar Award 2023 Comparative Literature 2nd prize）。

第五章

黃遵憲漢詩中的新加坡形象

——兼與晚清遊記的雙重對照

一　前言

地處要衝，為東西商舶必經之地的新加坡，在晚清已發展為
「南洋第一埠」[1]，是中國第一個在海外設置領事的地方。1877
年在首任駐英公使郭嵩燾與英國外交部交涉談判後，先由當地華
商胡璇澤（又名胡亞基）出任新加坡首任領事，1881年始由北京
直接派駐中國官員左秉隆接任新加坡領事，任期達十年之久。
1891年在駐英公使薛福成的努力爭取下，中國駐新加坡領事館正
式被升格為總領事館，薛福成並推薦當時任駐英二等參贊的黃遵
憲為首任總領事，[2]將左秉隆調任香港領事，當年11月9日黃遵憲
抵達新加坡始任總領事，兼轄檳榔嶼與馬來西亞北部島嶼馬六

1　新加坡的發展盛況，在晚清文本中多有相關記載。例如南洋清政府考察商務
　　大臣楊士琦奏考察南洋華僑商業情形折中即云：「地股之極南，有島曰新加
　　坡。幅員甚小，農產亦低。自應開掉後免稅以廣招徠。由此商舶雲集，百貨
　　匯輸，遂為海南第一巨埠」、徐繼畬《瀛寰志略》亦記載其「帆檣林立，東
　　西之貨畢萃，為南洋西畔第一埠頭」。參見王彥威：《清季外交史料》（北
　　京：書目文獻出版社，1987年），卷210，頁10、〔清〕徐繼畬《瀛寰志略》
　　（上海：上海書店出版社，2001年），卷2，頁25-26。
2　中國第一歷史檔案館：《清代中國與東南亞各國關係檔案史料彙編》（香港：
　　國際文化出版社，1998年），頁67-68。

甲、海門等處。

黃遵憲外交經驗極為豐富，1877年隨何如璋出使日本，任駐日參贊5年，1882年調任駐舊金山總領事，1890年隨薛福成出使英國任駐英參贊，在擔任新加坡總領事之前已有長達14年的外交生活。自1891至1894年駐新期間，黃遵憲通過開海禁、增設副領事、頒佈法律條文等手段保護華僑權益，同時延續左秉隆推動文教之風，創辦圖南社，提倡華文教育與文化風氣。[3]

黃遵憲的新加坡詩作主要收錄在《人境廬詩草》卷七，如〈夜登近海樓〉、〈新嘉坡雜詩十二首〉、〈以蓮菊桃雜供一瓶作歌〉、〈寓章園養疴〉、〈養疴雜詩〉，以及2000多字的〈番客篇〉，返國後的作品如〈己亥雜詩〉中亦有記載關於新加坡的回憶。這些作品，使得他被譽為「第一個能以詩歌形式，全面地反映華僑生活的詩人」[4]。黃遵憲之前的駐新領事左秉隆雖留下更大量詩作、駐新時間長達十餘年，但其南洋詩作卻以當地文人酬唱往來與詠詩自娛作品居多，[5]黃遵憲當時已是頗具盛名詩人，在1891

---

3 黃遵憲駐新期間政績可參見吳天任：《黃公度先生傳稿》（香港：香港中文大學出版社，1972年）、高維廉：〈黃公度先生就任新嘉坡總領事考〉，《南洋學報》第11卷第2期（1955年12月），頁1-14。

4 柯木林：〈黃遵憲領事筆下的新加坡〉，《石叻史記》（新加坡：青年書局，2007年），頁92。

5 左秉隆詩作主要收錄於《勤勉堂詩鈔》，共計766首，根據何奕愷的考訂，詩鈔中完成於南洋者約291首，約佔四成左右，數量遠超過黃遵憲的南洋詩作。參見何奕愷：〈左秉隆《勤勉堂詩鈔》中南洋之作考——與李慶年先生商権〉，《南洋學報》第63卷（2009年12月），頁131-146。林立整理《勤勉堂詩鈔》1959年版本，加以編注校定，出版《勤勉堂詩鈔：清朝駐新加坡首任領事官左秉隆詩全編》（臺北：時報文化出版公司，2021年）為目前所見較為完整版本。

年完成的〈人境廬詩草自序〉中已提到「以及古人未有之物，未闢之境，耳目所歷，皆筆而書之」[6]，海外經驗的鎔鑄，有意識地以新意境、新風格表現新事物的寫作手法，皆使得他筆下的新加坡呈現出不同的新氣象。

在黃遵憲之前，晚清有關新加坡的描述主要出現於海外旅人的筆記中，清廷曾於1866年與1868年分別由兩位外國人赫德與蒲安臣率領中國官員組成海外遊歷使團赴歐洲與美洲訪問，再加上1876年首任駐英公使郭嵩燾派駐上任後，赴歐人數漸多，新加坡位於歐亞航道上，成為赴歐旅人的必經之地，在這些短暫停留的旅人記錄中，新加坡又是以何種形象出現？

從形象學（imagology）的角度來看，「形象」是對一種文化現實的描述，融會了客觀和主體的因素，是情感與思想的混合物。[7]一切形象都是個人和集體通過言說、書寫而創建出來的。建構異國形象的個人或群體對異國的描述，實際上創造出虛構的異國空間。在這個空間裡，他們用形象化的方式，表達了與自我相對的各種社會、文化、意識形態的範式。異國形象是「社會集體想像物」（imaginaire-social），就是對他者的描述（représent-ation），就是全社會對一個異國或社會文化整體所作的闡釋。簡言之，就是全社會對異國的集體想像。[8]

6　〔清〕黃遵憲：〈人境廬詩草自序〉，〔清〕黃遵憲、錢仲聯箋注：《人境廬詩草箋注》（上海：上海古籍出版社，1981年），頁3。

7　〔法〕布呂奈爾（P.Brunel）、比叔瓦（Cl.Pichois）、盧梭（A.M.Rousseau）著，葛雷、張連奎譯：《什麼是比較文學？》（Qu'est-ce que la littérature comparée?）（北京：北京大學出版社，1989年），頁89。

8　〔法〕達尼埃爾-亨利·巴柔（Daniel-Henri Pageaux）著，孟華譯：〈從文化形象到集體想像物〉，收錄於孟華主編：《比較文學形象學》（北京：北京大學出版社，2001年），頁118。

　　黃遵憲的長期居留不同於海外旅人的短暫停留，在生活經驗
與觀看角度上，必然有極大差異，他們作品中的新加坡形象，除
了是異域風光的再現外，同時也是旅人自身文化與民族身分共同
作用的結果。同樣親履其地，具備官方身分、駐守當地的黃遵憲
必須面對海外華人與西方勢力的糾結，在不斷調整的過程中，自
我文化與異地形象的彼此互涉必然更為複雜，迥異於匆匆造訪
旋即離開的過客。對比他們作品中的新加坡形象，除了可瞭解19
世紀新加坡風光外，更可清楚看見晚清旅人對自我文化的多重
詮釋。

　　目前針對黃遵憲的南洋詩作已有許多相關研究，多半集中於
分析作品主題、新語詞的運用、情感意境……等，[9]抑或雖有比
較之作，但比較對象以身分背景同質性相近的左秉隆為主，[10]較
少擴及其他作者。本章擬由形象學的研究角度切入，加入其他晚
清旅人的作品對照，對於黃遵憲的南洋詩作進行比較分析，一窺
在晚清的新加坡書寫中，旅人所塑造的他者形象與自我形象歷經
哪些變化？[11]他們又如何在傳統知識框架與文體限制內收編陌生

9　如鄭子瑜：〈談黃公度的南遊詩〉，收錄於鄭子瑜：《人境廬叢考》（新加坡：
　　商務印書館，1959年），頁79-88、王力堅：〈馳域外之觀、寫心上之語：論黃
　　遵憲的南洋詩〉，《廣東社會科學》1997年第4期（1997年8月），頁115-120、
　　李慶年：《馬來亞華人舊體詩演進史》（上海：上海古籍出版社，1998年），
　　頁103-116。

10　如黃文車：〈南去亞洲盡，化外成都會──清末駐新領事的新加坡書寫與想
　　像〉，《國文學報》第14期（2011年6月），頁131-160，該文即分別介紹左秉隆
　　與黃遵憲的駐新工作與新加坡書寫、高嘉謙：〈帝國、斯文、風土：論駐新
　　使節左秉隆、黃遵憲與馬華文學〉，《臺大中文學報》第32期（2010年6月），
　　頁359-397，該文不僅涉及二者詩作，還進一步探討二者對馬華文學造成的影
　　響與意義。

11　此處所指的自我形象與他者形象主要著眼於文化層面，亦即旅人（中國文

異域？黃遵憲難得的旅居體驗與自覺的創新手法，又使得作品呈現出哪些特殊性？本章擬藉由進一步的比較分析，探究文本形象背後的豐富意涵。

二　過客與旅居者的南洋風光

由於新加坡位於歐亞航道上，由中國出發訪歐的旅人多半於當地停留，短居數日，1866年清廷首批外交使節團訪歐、1876年首任駐英公使上任……等外交活動頻頻開展，黃遵憲以前的海外旅人留下不少相關記錄，但由於停留時間短暫，所呈現的異國形象多半也僅止於片面的初步觀察。

（一）黑膚紅唇與珍禽異獸

1866年率團出訪的斌椿僅於新加坡停留兩日，登岸後「作竟日遊」，參觀英國砲台，匆匆遊覽便回船休息，於船上與當地華僑陳鴻勛對談後，翌日隨即搭船離開。斌椿對新加坡的印象如下：

> 英國炮台在其麓，周歷一過，形勢雄壯，午間，坐客舍洋樓，頗閎整……車制與安南小異，御者皆麻六甲人，肌黑如漆，唇紅如血，首纏紅花布則皆同。十餘里至市廛，屋宇稠密，仿洋制，極高敞壯麗，市肆百貨皆集，咸中華閩南人也。[12]

化）與異地（新加坡文化）的對照，旅人所呈現的自我形象則以晚清中國旅人於異地所呈現的自我文化觀照為主。

12 〔清〕斌椿：《乘槎筆記》，收錄於鍾叔河主編：《走向世界叢書・修訂版（一）》（長沙：岳麓書社，2008年），頁98。

斌椿用以比較的對象為昔日中國藩屬安南（越南），他注意到新
加坡當地交織的三種不同文化，但描述重點卻各有差異：西方殖
民勢力的雄壯先進（炮台、洋房）、當地居民奇異的外表特徵
（黑膚紅唇）、閩南僑民勢力龐大且富裕。透過當晚與華僑的對
談，斌椿再次呈現了奇特的異域景象：

> 云此間較本鄉易於謀生，故近年中土人有七八萬之多，不
> 憚險遠也。山多虎，每出覓人食，且有渡水者。猿猴小者
> 不盈尺。珍禽尤夥，五色俱備，舟人購畜者，以數百計，
> 大可悅目。[13]

山虎食人、五色珍禽、袖珍猿猴，數量龐大且交雜著恐怖、奇
詭、炫目的動物形象，呼應前段對當地居民的奇特描述，構築成
斌椿所再現的新加坡主要形象，且透過當地具名華僑的轉述，更
加強其真實性與在地性。

對照同行擔任翻譯人員的張德彝筆記：

> 天氣酷熱，地多山崗，又有洋人建造樓房。本地屋宇極
> 陋，土人面極黑，深目而高鼻，妝飾服色不一，有剃禿
> 者、纏頭者。男子以藍白紅黃四色塗面，有自額前畫至準
> 頭一線者，有塗在眉間者，人之貴賤即以此分。耳墜雙
> 環，女子七孔。飾以白點，手十指戴環，足大指戴一金
> 環。男女皆赤身跣足，腰圍紅白洋布一幅，一頭搭於肩

---

13 〔清〕斌椿：《乘槎筆記》，頁98-99。

上。珍禽異獸，為中土所罕有。[14]

二者所述並無太大差異，同樣強調當地居民的奇異外觀與中土
罕見的珍禽異獸，只是張德彝對外表細節的描述更為具體，且稍
提及當地風俗（塗面顏色取決於身分貴賤），但與斌椿所營造的
奇特形象極為相近。

　　在兩位親履當地的中國外交人員筆下，從當地居民外貌到自
然物產，新加坡皆維持著陌生奇特的異域形象，唯一先進的文明
產物全來自於外來者——西方殖民勢力與中國移居僑民，屬於當
地原有的相關元素則被強化了怪奇蠻荒的相反特質，這也是日後
多數海外旅人匆匆過訪新加坡之際，所記錄的主要基調，例如1867
年受英華書院院長理雅各之邀，由香港前往蘇格蘭協助譯書的文
人王韜，行經新加坡時，留下附加了更多詭譎想像的奇幻書寫：

　　　　新埠疆域廣袤，華人多居平地，深山邃谷，多為足跡之所
　　　　未到。層巒疊嶂之間，樹木叢茂，林箐深密，皆土番所
　　　　處，結廬種地，自樂其天。即其地之古民焉，善符咒，咒
　　　　物能生致之，咒林中飛鳥立噴，咒虎能使之馴，伏牽入市
　　　　中售之於人，初不虞其噬也，其擅異術如此。[15]

除了注意到當地居民的樂天習性外，對當地居民與動物的連結，

14　〔清〕張德彝：《航海述奇》，收錄於鍾叔河主編：《走向世界叢書·修訂版
　　（一）》（長沙：岳麓書社，2008年），頁463-464。
15　〔清〕王韜著，王稼句點校：《漫遊隨錄圖記》（濟南：山東畫報出版社，
　　2004年），頁43。

更加上符咒幻術的風俗想像，為蠻荒未開發的土地增添更多神秘
色彩。

　　黑膚紅唇、打扮奇特的居民，常是晚清旅人對新加坡的觀看
重點，早期對外表的概略印象，隨著探訪旅人數量增加，逐漸與
當地風物結合，不再只是停留於匆匆一瞥的簡單描述。例如1877
年率團赴美國費城參加萬國博覽會的工商代表李圭，在結束博覽
會行程後，繞道參訪歐洲、再由歐洲返回中國，行經新加坡時，
對當地居民的描述依然與斌、張兩人相近，但已注意到「土人色
黑，喜食檳榔，故齒牙甚紅」[16]，外表特徵原來與當地物產與飲
食習慣息息相關，而非僅止於表面的獵奇書寫，除了外表之外，
還提及當地居民的內在特質與種族衝突：「聞此等人服役甚勤，
西人眷屬喜雇用之」、「惟土人恆與華人冰炭，稍有睚眦，即思報
復，華人每為其殺害，幸英官尚能拘究嚴禁之」[17]。已由單純的
外表形象進入內在的民族性、複雜的種族糾紛與權力分配，所呈
現的新加坡形象不再限於只是擁有怪異外觀的神秘人種，而是更
貼近現實的觀察記錄。

　　從斌椿、張德彝到李圭，黑膚紅唇、奇特外貌成為晚清海外
旅人對新加坡所共同形塑的社會集體想像，作為一種知識與想像
體系，「新加坡形象」真正的意義並非再現新加坡的現實，而是

16　〔清〕李圭：《環遊地球新錄》，收錄於鍾叔河主編：《走向世界叢書·修訂
　　版（四）》（長沙：岳麓書社，2008年），頁349。對於當地居民的外表與打扮
　　亦有與斌、張類似的詳細描寫，並提及女子的開放行徑：「以花布纏首，衫
　　而不褲。女亦黑，挽髻，額貼花鈿，以銅環穿右鼻孔；兩耳輪各穿五六孔，
　　滿嵌銅花，富者或用金銀；手腕足脛戴銀釧；腰裏短幅，亦衫而不褲，赤足
　　奔走若男子，沿途嬉笑」。參見〔清〕李圭：《環遊地球新錄》，頁349。
17　〔清〕李圭：《環遊地球新錄》，頁350。

構築一種自身文化優勢的必要。儘管描述場景是旅人客觀所見，但記述方式依然有選擇性，透露中國文化居高臨下的審視，[18]刻意凸顯他者的原始特質，以李圭為例，雖已在遊記中交代當地居民「紅唇」的真正原因，但仍不忘強調其地位低下、兇惡善鬥的負面形象，對他者的負面評價，同時也反映了旅人對自身的文化身分的優越感。

　　李圭之後的鄒代鈞於1886年以隨員身分與駐英使臣劉瑞芬同行，行經新加坡之際，則轉由物產特性描述當地居民形象：「檳榔樹高五六丈，直幹無旁枝，葉附幹生，大如扇，其實作房，從心中出一房，數百，實如雞子，有殼，肉滿殼中，色正白，土人咀之，口流赤沫如血」[19]，詳細介紹檳榔特性，如實呈現新加坡的自然風物與人文風俗，先前旅人所著重的奇幻色彩已淡去許多。

　　從刻意強調的奇幻想像到客觀事實的延伸記錄，晚清旅人所累積的新加坡形象，在本質上已有一定程度的轉變。1877年當地華商胡璇澤被選為新加坡首任領事後，胡家花園幾乎成為往後每位中國官方旅人所必訪景點，園間充滿各種珍禽異獸、奇花異草，例如鄒代鈞即形容：「廣方數里，亭榭林木均精雅，奇禽異獸、瓊花瑤草，多生平未見」[20]、抑或如李圭所言：「花木甚

18　趙穎：《新加坡華文舊體詩研究》（西安：陝西師範大學博士學位論文，2012年），頁29-30。

19　〔清〕鄒代鈞：《西征紀程》，收錄於鍾叔河主編：《走向世界叢書續編》（長沙：岳麓書社，2016年），頁54。有趣的是，在遊記中描述新加坡產的檳榔樹與椰子樹後，鄒代鈞最後的結尾為「《吳都賦》謂：『檳榔無柯，椰葉無陰』」，以往在中國累積的閱讀經驗，最後反而是在異地旅行中見到文中所提及的物產後，方才得到印證。

20　〔清〕鄒代鈞：《西征紀程》，頁53。

繁，珍禽異獸亦頗具」[21]，皆強調其珍奇特點，[22]也正因為如此，對比後期的新加坡遊記，雖已明顯偏向客觀描述，但反覆出現的胡家花園形象，卻仍附加了濃厚的奇麗色彩。

（二）旅居者的凝視

黃遵憲赴新加坡上任以前，已有駐新十年的左秉隆留下大量詩作，但左氏之作以文人唱和與感懷自娛之作居多，雖亦有涉及當地風光或物產，如描述新加坡「夾道高椰張似蓋，沿溪短竹剪成牆」、「野竹冬仍翠，幽花夜更香」[23]，呈現當地景觀與四季如夏的氣候，但多半仍以抒發自我感懷為主。[24]黃遵憲駐新時間與

---

21 〔清〕李圭：《環遊地球新錄》，頁350。

22 關於胡家花園所藏之珍奇異獸，當以張德彝1876年隨首任駐英公使郭嵩燾赴英上任，行經新加坡的遊記最為詳盡：「所儲珍禽怪獸頗多，見玻璃匣函羚羊頭一，雙角並存，皆向下三盤乃伸而上。魚鬚一，長七尺許，色如象牙，盤結堅瘦。野牛角、犀角、鹿角各二，魚腮一，白蟻二，以玻璃瓶貯水養之，長約二寸，有兩石卵藏之，上鑿一孔通飲食，剖卵乃得之，謂之白蟻王也。蛇鳥卵十餘，大如斗。蛇卵如鵝卵者四……旁有鐵網小房，內養駝鳥、袋鼠、綵鸞各二。六腳龜一，長三尺餘。白殼龜二，紫花斑文，背中高如峰，頭足色俱白。又狗熊、豪狗各一」，鉅細靡遺地記載了胡家花園所藏的奇特動物品種與數量，大量堆疊的物種名稱，雖非全產自新加坡，但亦充分反映出其珍奇特性。參見〔清〕張德彝：《隨使英俄記》，收錄於鍾叔河主編：《走向世界叢書·修訂版（七）》（長沙：岳麓書社，2008年），頁286。

23 〔清〕左秉隆著，林立校注：《勤勉堂詩鈔：清朝駐新加坡首任領事官左秉隆詩全編》，頁164、141。

24 以詩作〈息力〉為例，儘管描寫主題為新加坡，但在說明新加坡的歷史與地理位置、氣候……等特色：「息力新開島，帆檣集四方。左襟中國海，西接九州鄉。野竹冬仍翠，幽花夜更香」後，最後詩人是以自我感傷情懷收尾：「誰憐雲水裡，孤鶴一身藏」，暗喻隻身宦遊的孤單。〔清〕左秉隆著，林立校注：《勤勉堂詩鈔：清朝駐新加坡首任領事官左秉隆詩全編》，頁141。關於左秉隆的南洋詩作，林立有更精確的評述：「左秉隆的作品，誠然將『南洋主

期間詩作數量雖皆遠不及左氏，但所留下的作品卻更直接地反映了新加坡的多重面向。

　　不同於前一小節所談論的遊記作品，黃遵憲對新加坡的書寫主要以漢詩為主，長期居留的旅居生活亦不同於過客僅是短暫數日停留，詩作多半以平實深刻的生活體驗為主，而非僅是走馬看花的表象記錄。

　　黃遵憲筆下的新加坡當地土著依然有著奇異的蠻荒形象：「吒吒通鳥語，裊裊學蟲書」、「飛蠱民頭落，迎貓鬼眼瞋」[25]，卻不像前期晚清旅人集中鋪寫外貌特徵，而是以大量傳統典故與意象，召喚既有知識中的蠻夷想像，如「鳥語蟲書」，「鳥語」即與《後漢書》記錄南蠻西南夷的特點相似：「獸居鳥語之類」[26]，「蟲書」為春秋戰國之際通行於南方字體，飛頭的奇風異俗則出自干寶《搜神記》所記載的秦時南方傳說，[27]由內在文化層面與民風習俗建構當地居民的奇詭形象。然而，在附加了古老傳說的

題』透過『炎荒』、『荒島』等辭帶入了中原視域，但實際上他在『南洋色彩』的營塑方面，既沒有下什麼功夫，亦沒有像後來新加坡本土的文人那樣有意識地去提倡，或許這是因為他對新加坡缺乏歸屬感，以及開創詩風的企圖心不大」。參見林立：〈使節、詩人、遷客——論左秉隆及其《勤勉堂詩鈔》〉，收錄於〔清〕左秉隆著，林立校注：《勤勉堂詩鈔：清朝駐新加坡首任領事官左秉隆詩全編》，頁67-68。

25　〔清〕黃遵憲：〈新嘉坡雜詩（五）、（六）〉，〔清〕黃遵憲、錢仲聯箋注：《人境廬詩草箋注》，頁591、593。

26　《後漢書・南蠻西南夷傳》：「及其化行，則緩耳雕腳之倫，獸居鳥語之類，莫不舉種盡落」。參見〔宋〕范曄：《後漢書》（北京：中華書局點校本，1997年），頁2844。

27　〔晉〕干寶《搜神記》：「秦時，南方有落頭民，其頭能飛。其種人部有祭祀，號曰『蟲落』，故因取名焉」。參見〔晉〕干寶撰，汪紹楹校注：《搜神記》（北京：中華書局，1979年），頁151。

奇幻色彩後，最後卻又以「一經簪筆問，語怪總非真」[28]作結，強調此類神怪傳說並非事實。

黃遵憲雖說明此類恐怖傳說為假，但仍以此連結當地人文想像，在虛實交錯之間，渲染其詭譎特徵，這與王韜在新加坡遊記中描述當地古民咒術的手法頗為相似，依然帶有部分獵奇色彩，刻意以想像與現實並置的處理手法，彰顯了自我與他者的文明／野蠻界線。

但紅唇黑膚的既定印象已非黃遵憲描寫重點，往來對象也比短暫過客更為多元，例如他筆下的新加坡馬來土著婦女形象：

> 不著紅蕖襪，先誇白足霜。平頭拖寶屧，約指眩金鋼。一扣能千萬，單衫但裲襠。未須醫帶下，藥在女兒箱。[29]

身穿沙龍、赤腳趿拖鞋的典型裝扮，身上卻配戴昂貴的鑽石戒指與扣子，可見其家境富裕，有別於多數旅人所見的基層人民印象。

除了對當地土著的描述外，黃遵憲還詳細記錄了新加坡的特殊物產與風光景色：

> 絕好留連地，留連味細嘗。側生饒荔子，偕老祝檳榔。紅熟桃花飯，黃封椰酒漿。都緱都典盡，三日口留香。

---

28 〔清〕黃遵憲：〈新嘉坡雜詩（六）〉，〔清〕黃遵憲、錢仲聯箋注：《人境廬詩草箋注》，頁593。

29 〔清〕黃遵憲：〈新嘉坡雜詩（八）〉，〔清〕黃遵憲、錢仲聯箋注：《人境廬詩草箋注》，頁595。

舍影搖紅豆，牆陰覆綠蕉。問山名漆樹，計斛蓄胡椒。黃
熟尋香木，青曾探錫苗。豪農衣短後，遍野築團焦。[30]

琳瑯滿目地呈現了新加坡當地特有的多樣物種：榴槤、荔枝、檳
榔、椰子、紅豆、綠蕉、漆樹（橡膠樹）、胡椒、香木（沉香
木）、錫礦、青曾，南洋風情躍然紙上；還介紹了當地特有的飲
食：椰酒漿、桃花飯，而「遍野築團焦」更生動再現了膠園工人
與採礦工人滿山遍野築茅舍居住勞動的情景，並非只是單純羅列
物產名稱。

　　儘管只是呈現新加坡自然物產，深入體察異地的黃遵憲仍反
映了當地特有的民俗文化，例如描述當地特有水果榴槤：「絕好
留連地，留連味細嘗」，連寫二次「留連」，雙關水果名稱與當地
令人留連不捨之意，「偕老祝檳榔」說明當地結婚以檳榔祝賀新
人白頭偕老的特有風俗，[31]最後以諺語「都緵都典盡，三日口留
香」極言當地人對水果榴槤的熱愛。

　　黃遵憲在其詩自注云：「留連，果最美者。諺云：『典都緵，

---

30 〔清〕黃遵憲：〈新嘉坡雜詩（九）、（十）〉，〔清〕黃遵憲、錢仲聯箋注：
　　《人境廬詩草箋注》，頁595-596。

31 關於南洋婚禮宴客飲食，黃遵憲在〈番客篇〉中有更詳細的記錄：「食物十
　　八品，強半和椒薑，引手各摶飯，有杭有黃粱……醉呼解醒酒，渴取冰齒
　　漿，飲酪揀灌頂，烹茶試頭綱。吹煙出菸葉，消食分檳榔，舊藏淡巴菰，其
　　味如詹唐。傾壺挑鼻煙，來自大西洋，一燈阿芙蓉，吹氣何芬芳」。此場婚
　　宴主人雖為華族富人，但已入境隨俗，安排眾多地方菜色，關於當地飲食習
　　慣如食物伴有生薑胡椒、以手摶飯、飲酒烹茶、婚禮分食檳榔……等細節均
　　如實呈現。參見〔清〕黃遵憲：〈新嘉坡雜詩（九）〉，〔清〕黃遵憲、錢仲聯
　　箋注：《人境廬詩草箋注》，頁614-615。

買留連，留連紅，衣箱空』」[32]，都緣即當地人穿著衣物，為了美味榴槤不惜典當身上衣物，以諺語諧趣襯托當地物產特性的方式，也反映了黃遵憲對當地文化的深入瞭解。水果之美味結合當地令人留連之美好特質，使得黃遵憲筆下的新加坡不再只是令人恐懼或未知的奇詭之地，反而有了更為具體的豐美形象。

值得注意的是，黃遵憲對於此一氣味強烈的當地物產不但給予「果最美」的極高評價，在詩中連用兩次「留連」的作法更是饒富趣味。黃遵憲之前的中國旅人描寫新加坡之際雖亦曾提及榴槤，但僅一筆帶過，並未有特殊意義。例如1877年李鐘鈺接受好友駐新加坡領事左秉隆邀請，赴新加坡遊玩匝月，並將此段期間見聞寫成《新加坡風土記》一書，遊記中僅將榴槤作為當地熱帶樹木之一：「叻地樹木繁盛，尤多椰林，其次檳榔、榴連、菩提等樹最多，然皆不甚高大」[33]，至於特殊外形、氣味、在地色彩……等，均未有進一步描述。而黃遵憲詩中與注中頻繁出現的「留連」一詞，卻賦予此一物產極為不同的文化意涵，詩中第一句的雙關用法使得「留連地」具有了引申義，用具有「停留、不肯離去」意義的動詞異化為名詞，使得第二句的名詞仍承接了第一句的意涵，此種特殊用法使得榴槤不再只是異地物產，而是「具備了某種指涉居住者心態的文化意義」[34]。實際上黃遵憲於1891年農曆8月被任命為新加坡總領事，但隨即因父喪返鄉百

---

32 〔清〕黃遵憲：〈新嘉坡雜詩（九）〉，〔清〕黃遵憲、錢仲聯箋注：《人境廬詩草箋注》，頁596。

33 〔清〕李鐘鈺：《新加坡風土記》，收錄於饒宗頤編：《新加坡古事記》（香港：中文大學出版社，1994年），頁169。

34 薛莉清：〈從「當歸」到「榴槤」：由區域文化符號看南洋華人本土化歷程〉，《臺灣東南亞學刊》第11卷第1期（2016年4月），頁77-78。

日，1892年農曆4月再次赴新加坡就職，到任不久便寫作〈新嘉坡雜詩〉，從「榴槤」／「留連」的用語與引申意涵看來，顯然不再只是匆匆來去的過客心態。

　　除了榴槤之外，再對比其他旅人在作品中提到的新加坡物產，多半只是簡單記錄：

> 叢樹雜花，風景清綺，晚餐肴饌精美，器具雅潔，丹荔黃蕉，盈盤璀璨，座客皆供以冰。時序正當嚴寒，而其地熱如盛夏，黃赤道氣候之異如此。[35]

> 遍地棕葵，道旁玉蘭樹猶多……客產之多，夏令所食之紅豆、茄蒲、王瓜諸蔬，雖在仲冬無不悉備。土產為佳紋席、粗藤、波羅密、蕉鸚鵡、芙蓉鳥，各種螺殼。[36]

前者為王韜於1867年赴英途中，在新加坡酒樓所享用的晚餐，後者為錢德培於1877年考取出洋人員後，赴德國就任之作。二者雖皆提及新加坡當地物產如「丹荔黃蕉」、「棕葵」、「玉蘭樹」、「紅豆」、「茄蒲」、「王瓜」、「佳紋席」、「粗藤」、「波羅密」、「蕉鸚鵡」、「芙蓉鳥」……等，羅列多樣物種名稱反映南洋特有風光，但僅述及外緣因素的熱帶氣候，無法像黃遵憲涉及物產背後更為複雜的社會文化。

35　〔清〕王韜著，王稼句點校：《漫遊隨錄圖記》，頁41。

36　〔清〕錢德培：《歐遊隨筆》，收錄於鍾叔河主編：《走向世界叢書續編》（長沙：岳麓書社，2016年），頁7。錢德培對新加坡的簡要記錄，同樣也提及了「土人膚黑唇紅，披紅花袈裟，耳鼻皆繫以環」，與多數晚清新加坡遊記相似的異地形象。

　　旅居新加坡期間，黃遵憲對於新加坡四季如夏的熱帶氣候亦
有深刻體驗：「單衣白袷帳烏紗，寒暖時時十度差。冬亦非冬夏
非夏，案頭常供四時花」[37]，冬夏不分，季節已無明顯差異，衣
物穿著已超出尋常經驗，[38]除此之外，竟然可見原應在不同季節
開放的花朵同時並存於一瓶內，此奇特自然景觀令他印象深刻。
在返國後所寫的〈己亥雜詩〉中，再次提到此項奇觀：

> 雲為四壁水為家，分付名山改姓佘。瘦菊清蓮豔桃李，一
> 瓶同供四時花。
> 自注云：潮州富豪佘家，於新加坡之潴水池邊，築一樓，
> 三面皆水。余借居養疴。主人索樓名，余因江南有佘山，
> 名之曰佘山樓。雜花滿樹，無冬無夏，余手摘蓮菊桃李同
> 供瓶中，亦奇觀也。[39]

多次提及季節不分、四花同開的自然奇景。除上列二詩外，黃遵
憲還以長詩〈以蓮菊桃雜供一瓶作歌〉延續此一奇觀的書寫，詩
中一開始便以地理空間帶出詩人的季節體驗：「南斗在北海西
流，春非我春秋非秋，人言今日是新歲，百花爛熳堆案頭」，由
於四季沒有明顯差異，詩人甚至得由他人口中方才察覺新年到

---

37 〔清〕黃遵憲：〈養疴雜詩（十二）〉，〔清〕黃遵憲、錢仲聯箋注：《人境廬
　　詩草箋注》，頁644。

38 在返國後所作〈己亥雜詩〉的自注中，黃遵憲提到旅居多國的穿衣經驗，憶
　　及新加坡即言「住新嘉坡三年，僅一單衣，正二月或用薄紗」。參見〔清〕
　　黃遵憲：〈己亥雜詩〉，〔清〕黃遵憲、錢仲聯箋注：《人境廬詩草箋注》，頁
　　834。

39 〔清〕黃遵憲：〈己亥雜詩（六十）〉，〔清〕黃遵憲、錢仲聯箋注：《人境廬
　　詩草箋注》，頁833。

來，接著描述三種花朵的姿態：「蓮花衣白菊花黃，夭桃側侍添
紅妝。雙花並頭一在手，葉葉相對花相當」，在渲染百花齊放的
濃香、燦爛、華彩、美麗之後，進而將此奇景比喻為各民族音樂
齊奏與各宗教、不同人種共存：

> 如競笳鼓調箏琶，蕃漢龜茲樂一律。如天雨花花滿身，合
> 仙佛魔同一室。如招海客通商船，黃白黑種同一國。[40]

以「蓮菊桃」對應「蕃、漢、龜茲」、「仙佛魔」、「黃白黑」三組
區別，接著以擬人手法寫各花相處情形與心境，黃遵憲發揮奇
想，認為在嫁接技術的發展下，不同花種可以互相移植：「安知
蓮不變桃桃不變為菊，回黃轉綠誰能窮」，最後甚至引入佛教輪
迴思想，消弭物我界線：「動物植物輪迴作生死，安知人不變花
花不變為人」。不同於李圭在遊記中直接揭露當地種族衝突現
況，黃遵憲以詩句處理此項議題的手法更為委婉細緻，全詩以當
地自然氣候與物產奇景為主，卻以眾多花種同供一瓶，隱喻新加
坡當地不同種族共處一地的現實，加上宗教哲思的想像，使得詩
人筆下的自然物產與氣候風光，不僅只是風土實況的再現，在和
平共處的未來想像中，還體現出一種浪漫、奇幻以及樂觀的氣氛
與色彩。[41]

---

40 〔清〕黃遵憲：〈以蓮菊桃雜供一瓶作歌〉，〔清〕黃遵憲、錢仲聯箋注：《人
　　境廬詩草箋注》，頁599。

41 參見王力堅：〈馳域之觀，寫心上之語──論黃遵憲的南洋詩〉，《廣東社會科
　　學》1997年第4期（1997年8月），頁119-120。梁啟超評價此詩「半取佛理，
　　又參以西人植物學、化學、生理學諸說，實足為詩界開一新壁壘」、錢仲聯
　　則以為此詩「寄託其種族團結思想，不僅以科學思想入詩也」。參見梁啟

相較於浮光掠影的旅人記憶，旅居者黃遵憲筆下的新加坡形象顯得格外豐富多元，不再只是陌生可怖的蠻夷之地，自然物產與氣候風光反映的是背後更加複雜的人文風俗與社會問題，溫度起伏不大的熱帶土地，不但孕育各種珍奇動植物，還是多種族群的共同生活地，在深刻觀察與體驗中，黃遵憲再現的南洋風光已跳脫單純的獵奇書寫，進入在地多元文化彼此融合的現實情境。

三　化外與正朔──異地裡的中國

對於晚清旅人而言，新加坡雖為海外異域，早期在多數過客眼中被視為未開化的蠻夷之地，但當地華人數量眾多，不同於其他全由異族所組成的陌生異地。斌椿等人出訪的1860年代，新加坡總人口數約為8萬人，其中華人約5萬，約佔總人口的62%，[42]超過西方殖民勢力與當地土著總和。黃遵憲駐新期間，根據1891年的人口調查，新加坡共約18萬7554人，其中華人有12萬1908人，約佔總人口的65%，[43]比例極高。

不論是1819年開埠之前來到新加坡的土生華人，抑或開埠以

超：《飲冰室詩話》（北京：人民文學出版社，1959年），頁30-31、〔清〕黃遵憲、錢仲聯箋注：《人境廬詩草箋注》，頁606。

42 宋旺相著，葉書德譯：《新加坡華人百年史》（新加坡：新加坡中華總商會，1993年），頁18-20。19世紀中期，中國因鴉片戰爭戰敗被迫開放五口通商之後，開啟了另一波中國人民大量移入新加坡、馬來地區的移民潮流。1860年《北京條約》的簽訂，西方各國強迫清政府允許契約勞工出國，再加上太平天國內亂等問題，造成流移海外者再度增加。參見崔貴強：《新加坡華人：開埠到建國》（新加坡：新加坡宗鄉聯合會館，1994年），頁31。

43 許雲樵：《新加坡一百五十年大事記》（新加坡：青年書局，2005年），頁100。

後移居新加坡的「新客」，這些海外華人在異地生活中仍保留既
有的傳統文化習俗，對遠離家門的旅人而言，在異文化體驗中與
熟悉的自我文化重逢，別具不同意義，海外華人也成為晚清旅人
映照自我文化的對象之一。

（一）欣喜與孤獨 —— 黃遵憲之前

　　1866年斌椿在遊記中所再現的新加坡形象著重於土著與動植
物的奇特外觀，在詩集《海國勝遊草》中，則以「自古南蠻稱鴃
舌，果然群作語啁啾」[44]形容舟上蕩槳兒童，以「南蠻」、「鴃
舌」傳統對蠻夷之族的既定印象加以概括。在他的另一本詩集
《天外歸帆草》中則記載了於異地欣逢中華文化的情形：

　　　　片帆天際認歸途，入峽旋收十幅蒲。異域也如回故里，中
　　　　華風景記桃符。

詩題有更仔細的說明：「新加坡多閩粵人，市廛門貼桃符，書漢
字，有中原風景；余歷十五國回至此，喜而有作」[45]，在新加坡
見當地華人仍保持傳統習俗，於門口張貼春聯，異域與故里的意
外組合，令斌椿不禁欣喜作詩記錄。

　　在海外欣見中華文化，斌椿所再現的新加坡形象，等於是另
一種對自我文化的認同與肯定，對因戰爭挫敗、奉命前往西方展
開交流與考察的斌椿而言，在異域見到母國文化的實踐，可想而

44　〔清〕斌椿：《海國勝遊草》，收錄於鍾叔河主編：《走向世界叢書‧修訂版
　　（一）》（長沙：岳麓書社，2008年），頁160。

45　〔清〕斌椿：《天外歸帆草》，收錄於鍾叔河主編：《走向世界叢書‧修訂版
　　（一）》（長沙：岳麓書社，2008年），頁198。

知是相當開心，即便在蠻夷之地依然可見中華文化的傳播，透過出使異域，斌椿在他者身上印證了自身文化的影響深遠。與多數旅人強調當地居民奇特外貌的用意相近，在斌椿的記錄中，新加坡形象作為一種知識與想像體系，真正的意義不是認識或再現新加坡的現實，而是構築一種自身文化優勢的必要。[46]

類似的情況，也出現在其他旅人作品中，1867年赴英協助譯書的王韜，雖然不具官方身分，對於新加坡華人保留中華文化的現象，卻有著更深刻的感觸：

> 新嘉坡古名息力，華人之貿易往來者不下十餘萬，多有自明代來此購田園、長子孫者，雖居處已二百餘年，而仍服我衣冠，守我正朔，歲時祭祀仍用漢臘，亦足見我中朝帝德之長涵、皇威之遠播矣。聞前時斌京卿椿持節過此，曾有頂帽補服前來謁見者，其念念不忘名器之尊、故土之樂，有可知已。使我朝能以一介之使式臨其地，宣揚恩惠，憑藉聲靈，俾其心悅誠服，歸而向我，樂為我用，豈非於海外樹一屏藩哉。[47]

針對新加坡華人依然「服衣冠、守正朔」的現象，不具官方身分的王韜比正式使節斌椿更為自豪，甚至直言此為中華帝德、帝威之具體展現，陌生異域反射出旅人對自我文化的高度認同與驕傲，除了親身見聞外，王韜接著還以華人親訪斌椿之事作為例證，再次強化中國文化的深遠影響與壯盛形象。

---

46 趙穎：《新加坡華文舊體詩研究》，頁42。
47 〔清〕王韜著，王稼句點校：《漫遊隨錄圖記》，頁43。

　　王韜最後建議中國應於當地設立外交代表，以文化服之，將新加坡視為海上屏藩與強調歸化的概念，仍不出天朝中心[48]的本位思想，海外行旅等於是自身勢力範圍的再次確認。相對於蠻夷異族的模糊概念，王韜筆下的新加坡形象，明顯映照出另一個符合旅人想像的鮮明文化母國。[49]

　　與斌椿、王韜相似的觀看角度在晚清新加坡遊記中時常出現，藉由當地華人文化反射出中國強大形象，成了諸多旅人共同建構的集體想像。例如曾任西班牙參贊的蔡鈞，1884年由歐洲返國，行經新加坡，見當地華人仍保留中式建築，亦發出相似感嘆：「雖遠隔數萬里之外，旅居百十年之遠，而仍復奉正朔、遵服制，不忘官閥之榮，皇靈之震疊不既遠矣哉」[50]，熟悉的故鄉

---

48 美國漢學大師費正清曾經針對鴉片戰爭以前中國人對世界的總體認識作了一番分析：「在對外關係方面，十九世紀初期的中國國家與社會仍然認為自己是東亞文明的中心。他和周圍非中國人關係設定是假定以中國為中心的優越感這一神話為前提的。中國這個國家已經逐漸形成了自己在世界秩序中的形象，即雄踞於中國舞台之巔的天子是光被四表的。早期的歷史學家就提出了同心圓式的等級理論，據認為，地理距離越大的外圍蠻夷與皇帝的關係也就越淡，但不管怎樣，他們仍得臣屬於皇帝。和中國皇帝只能保持藩屬關係這種觀念雖然不時受到重創，但一直延續了下來」。參見費正清編，中國社會科學院歷史研究所編譯室譯：《劍橋中國晚清史（上卷）》（北京：中國社會科學出版社，1993年），頁33-34。

49 初次出洋的王韜不僅視新加坡為中國既有藩屬，東南亞諸國亦等同視之：「按東南洋諸小國，列於職方，歲時朝貢，以備共球。自明中葉至今，盡為歐洲列國所分踞，視為東來之要道，蠶食鯨吞，幾無寸土，而海外之屏藩撤矣」，對於西方殖民勢力入侵的現象更是感嘆不已：「予偶與備德言之，亦為欷噓不置，為言此間如新嘉坡等處亦有藩王，即古之君於其國者，為英官所節制，僅擁虛位、食廩祿而已。嗚呼！盛衰無常，可勝嘆哉」。參見〔清〕王韜著，王稼句點校：《漫遊隨錄圖記》，頁49。

50 〔清〕蔡鈞：《出洋瑣記》，收錄於鍾叔河主編：《走向世界叢書續編》（長沙：岳麓書社，2016年），頁36。

記憶與陌生異地交疊，促使旅人重新觀看自我文化，在交互對照的過程中，異地只是強化美好家國的反襯，儘管出訪年代已不同，由歐洲返華的蔡鈞更是早已累積數年海外經驗，[51]不同於斌、王二人的初次出洋，其筆下的新加坡形象卻仍映照出同樣的家國想像與文化認知。

不同於過客的短暫停留，駐新十年的左秉隆在異地所召喚出的家國想像卻是極為沉重的鄉愁。初抵新加坡之際，左氏依然對中國具有相當信心，當他在新加坡見到中國購置歐洲的新船時，曾喜而賦詩：「喜見天家神武恢，新從海外接船回。龍旗四面搖雲日，魚艇中心伏水雷」，以軍艦上龍旗搖曳、配備先進武器的神武形象彰顯中國國威，欣喜之情溢於言表，並對中國未來外交充滿信心：「聖朝自備防邊策，分付鯨鯢莫妄猜」[52]。但駐新日久，外交衝突與爭端卻讓他感嘆「十載經營荒島間，不堪雙鬢已成斑。有心精衛思填海，無力蛌螽懼負山」[53]，自己雖欲有所作為，但最後卻僅能如蛌螽無力負山。他於駐新九年餘的感懷更為直接：

> 息力開新島，帆檣笑四方。左襟中國海，西接九州鄉。野竹冬仍翠，幽花夜更香。誰憐雲水裡，孤鶴一身藏。[54]

---

51 蔡鈞於1881年隨駐美日秘大臣鄭藻如出使美國，駐美三月後，經紐約、倫敦、巴黎，於1882年抵達日斯巴尼亞（西班牙），隨後任駐日斯巴尼亞參贊，直到1884年才由歐洲返國。

52 〔清〕左秉隆：〈中國新購鐵船抵坡喜而賦作〉，收錄於〔清〕左秉隆著，林立校注：《勤勉堂詩鈔：清朝駐新加坡首任領事官左秉隆詩全編》（臺北：時報文化出版公司，2021年），頁165。

53 〔清〕左秉隆：〈別新加坡〉，收錄於〔清〕左秉隆著，林立校注：《勤勉堂詩鈔：清朝駐新加坡首任領事官左秉隆詩全編》，頁129-130。

54 〔清〕左秉隆：〈息力〉，收錄於〔清〕左秉隆著，林立校注：《勤勉堂詩鈔：清朝駐新加坡首任領事官左秉隆詩全編》，頁141。

將新加坡的地理位置與中國連結（中國海、九州鄉），然而，在四季如夏的新開之島，詩人所召喚的中國想像不再只是傳統輝煌的天朝上國，而是宦遊的孤獨與深沉感慨，最後僅能以孤鶴自比，抒發隻身駐守海外的悲涼心情。

（二）轉換的觀看——黃遵憲的雙重視角

相較於先前造訪新加坡的中國旅人，黃遵憲的觀看視角顯然有所不同。初任新加坡總領事不久，黃遵憲已注意到當地華人「雖居外洋已百餘年，正朔服色，仍守華風，婚喪賓祭，亦沿舊俗」[55]並對於此種現象深感欣喜：「正朔服色仍守華風，婚喪賓祭各沿舊習，余私心竊喜」[56]。當他借居潮州富豪佘家養病時，亦以江南佘山為主人樓房命名，[57]藉由名稱複製熟悉的中國風景，讓自己與當地華人均能與故鄉產生進一步連結。

在長篇五言古詩〈番客篇〉[58]中，黃遵憲透過描述一場華人富豪的婚禮宴會，重現新加坡華人的生活概況，[59]重新詮釋了新

---

55 〔清〕黃遵憲：〈上薛公使書〉，收錄於鄭海麟、張偉雄編校：《黃遵憲文集》（京都：中文出版社，1991年），頁273。

56 〔清〕黃遵憲：〈皇清特授榮祿大夫鹽運使銜候選道章公墓誌銘〉，收錄於饒宗頤編：《新加坡古事記》（香港：中文大學出版社，1994年），頁275。

57 〔清〕黃遵憲：〈己亥雜詩（六十）〉，〔清〕黃遵憲、錢仲聯箋注：《人境廬詩草箋注》，頁833。

58 〔清〕黃遵憲：〈番客篇〉，〔清〕黃遵憲、錢仲聯箋注：《人境廬詩草箋注》，頁608-640。

59 根據詩中提到新人的家「上書大夫第，照耀門楣光」，「大夫第」的主人應為捐得清廷三品官銜，父親來自馬六甲的黃亞佛，黃亞佛家懸「大夫第」匾額，為當時新加坡名宅之一。1857年黃亞佛去世，其子黃金炎繼承父業，為政商界要人，依黃遵憲寫作時間判斷，〈番客篇〉新郎可能為黃金炎之子黃獻文，或是其弟。參見衣若芬：〈海洋城市的時代印記：黃遵憲在新加坡的楹聯試

加坡的華人形象。黃遵憲在新加坡所接觸的華人富商形象，可由
他為瓊州大廈天后宮（現今為海南會館，之前為19世紀華人宗鄉
團體聚會場所）所題的楹聯內容稍窺一二：「纏腰數豪富，有大
秦金縷，拂菻珠塵」[60]，「纏腰」即出自「腰纏十萬貫，騎鶴上
揚州」典故，「大秦」、「拂菻」皆指海外之國，「金縷」即為金
絲，「珠塵」為細小如塵青珠，與「金縷」同為稀有珍寶，[61]楹
聯中所呈現的新加坡華人富商財力雄厚，擁海外黃金珠寶。從前
任領事左秉隆到現任總領事黃遵憲，在西方殖民地欲推廣華人文
化教育，中國駐新官員皆須與富商維持一定關係，仰賴其協助。
同樣遵循中華文化習俗的新加坡華人，並非皆為經濟條件優渥的
富商，〈番客篇〉因一場婚禮匯集了來自不同階層的新加坡華
人，也藉此揭示了統攝於正朔華風底下的複雜層面。

　　〈番客篇〉中的婚禮處處可見中國傳統習俗的具體展現：會
場佈置「插門桃柳枝，葉葉何相當。垂紅結彩球，緋緋數尺
長」，枝繁葉茂以求子孫昌盛，結綵垂紅以顯喜氣吉祥；從廳堂
到新房擺設：「遍地紅藤簟，潑眠先生涼。地隔襯茂白，水紋鋪

　　析〉，收錄於衣若芬：《南洋風華：藝文、廣告、跨界新加坡》（新加坡：八
　　方文化創作室，2016年），頁26。

60　衣若芬：〈海洋城市的時代印記：黃遵憲在新加坡的楹聯試析〉，頁4。

61　「腰纏十萬貫，騎鶴上揚州」典故出自南朝梁殷芸《小說‧吳蜀人》：「有客相
　　從，各言所志。或願為揚州刺史，或願多資財，或願騎鶴上升。其一人曰：
　　『腰纏十萬貫，騎鶴上揚州』，欲兼三者」。參見〔南朝‧梁〕殷芸：《殷芸
　　小說》，收錄於王根林等校點：《漢魏六朝筆記小說大觀》（上海：上海古籍
　　出版社，1999年），頁1056。關於「大秦」、「拂菻」的具體地點目前尚無定
　　論，但皆指海外異地。「珠塵」見王粲〈珠塵賦〉所形容「海之濱，青珠似
　　塵。蓋輕細以無滯，遂飛揚而有因。或煦或吹，自得霏微之象；乍明乍滅，
　　誰分圓潔之真」。相關考證與說明可參見衣若芬：〈海洋城市的時代印記：黃
　　遵憲在新加坡的楹聯試析〉，頁9。

流黃。深深竹絲簾，內藏合歡床。局腳福壽字，點畫皆銀鑲」皆採中式吉祥象徵，「合歡」、「福壽」……等細節呼應了中國喜慶文化想像；婚禮儀式更是全照中國傳統古禮進行：「第一拜天地，第二禮尊嫜。後複交互拜，于飛燕頡頏。其他學斂衽，事事容儀莊。拍手齊歡呼，相送入洞房」[62]。從婚禮的儀式順序、新人舉止、賓客對新人的祝賀……等各式細節，黃遵憲鉅細靡遺地重現了一個喜氣洋洋的原鄉印象，比起前行旅人的簡單記錄，他顯然更深刻體驗了海外華人對中國文化的傳承與實踐。

　　然而，〈番客篇〉所再現的華人原鄉文化並非只是單純的複製，婚禮中以三種音樂迎接賓客：「庭下眾樂人，西樂尤鏗鏘。高張梵字譜，指揮抑複揚。弇口銅洞簫，蘆哨吹如簧。此乃故鄉音，過耳音難忘。蕃樂細腰鼓，手拍聲鎧鎧。喇叭與篳栗，驟聽似無腔」，分別為西樂、傳統中國音樂（故鄉音）、蕃樂，三種風格截然不同的音樂，同時出現於同一場合中。前來祝賀的賓客更是來自不同種族：「白人絜婦來，手攜花盈筐。鼻端撐眼鏡，碧眼深汪汪。裹頭波斯胡，貪飲如渴羌。蚩蚩巫來由，肉袒親牽羊。餘皆閩粵人，到此均同鄉」，包含洋人、阿拉伯人、當地土人、華人，賓客們膚色樣貌、穿著打扮各異，卻同為表達祝福共聚一堂，反映出新加坡當地多元薈萃的族群文化。[63]

　　藉由婚禮細節的描述，黃遵憲筆下的新加坡華人形象，在保

62　〔清〕黃遵憲：〈番客篇〉，〔清〕黃遵憲、錢仲聯箋注：《人境廬詩草箋注》，頁608-609、614-615。

63　此處也透露出黃遵憲對新加坡不同人種的尊卑之分，白人形象斯文整潔、俊秀有禮、阿拉伯人如動物般貪飲、當地土人參加婚禮場合卻裸露失禮，對後二者的描述顯然偏向負面。參見〔清〕黃遵憲：〈番客篇〉，〔清〕黃遵憲、錢仲聯箋注：《人境廬詩草箋注》，頁611-612。

留中國傳統文化之餘，也加入了在地與西方文化，多元族群融合
產生了新風貌，也使得旅人於異地所召喚出的中國想像不再扁平
單一，只停留在過往天朝上國的美好追憶，而呈現了特有的在地
化。〈番客篇〉前半段細密鋪敘了婚禮，反映了新加坡富有華人
的生活樣貌，後半段卻筆鋒一轉，透過一老翁蒜髮叟對在座賓客
的介紹——包含輪船公司經理、礦山老闆、進出口貿易商、熱帶
植物園主、鴉片商……等不同行業的賓客，帶出一系列的南洋華
人發跡歷程。

　　然而，不分職業類別，「凡我化外人，從來奉正朔」，黃遵憲
筆下的海外華人依然與原鄉文化有著緊密連結：

> 披衣襟在胸，剃髮辮垂索。是皆滿洲裝，何曾變服著。初
> 生設湯餅，及死備棺槨。祀神燭四照，宴賓酒三酌。凡百
> 喪祭禮，高曾傳矩約。風水講龍砂，卦卜用龜灼。相法學
> 麻衣，推命本硌碌。禮俗概從同，同述僅大略。[64]

從延續滿洲習俗的外表裝扮、到出生死亡等生命禮俗的相傳，以
及風俗信仰、生活習慣的相互呼應，在新加坡華人身上，黃遵憲
所再現的中國不再只限於外在器物，而是深入到內在精神層面，
真正與當地華人生命歷程緊密扣合的實質存在。

　　〈番客篇〉再現的中國想像並非只是天朝地位與自我文化優
勢的再確認，除了外來者的角度外，黃遵憲在詩中進而轉換視
角，揭示了當地華人眼中的中國想像：

64　〔清〕黃遵憲：〈番客篇〉，〔清〕黃遵憲、錢仲聯箋注：《人境廬詩草箋注》，
　　頁632。

富貴歸故鄉，比騎揚州鶴。豈不念家山，無奈鄉人薄。一
聞番客歸，探囊直啟鑰。西鄰方責言，東市又相斷。親戚
恣欺凌，鬼神助咀嚼。曾有和蘭客，攜歸百囊橐。眈眈虎
視者，伸手不能攫。誣以通番罪，公然論首惡。國初海禁
嚴，立意比驅鱷。藉端累無辜，此事實大錯。事隔百餘
年，聞之尚駭愕。誰肯跨海歸，走就烹人鑊？言者袂掩
面，淚點已雨落。[65]

道出南洋華人返國卻遭親友取財、或誣告通番，被陷入獄的慘
狀。儘管已事隔百年，但對多數當地華人而言，現實裡的中國已
成了無法歸返的家鄉。長期以來，清政府一直實行禁海政策，清
康熙年間即頒佈禁海令：「凡官員民兵私自出海貿易，又遷移海
島居住耕種者，但以通賊論斬」[66]，海禁政策使華僑們淪為棄民
罪民，在海外備受他族歧視虐待，所謂的祖國卻早已失落，黃遵
憲道出新加坡華人們共同面臨的困境：「譬彼猶太人，無國足安
托……同族敢異心，頗奈國勢弱。雖則有室家，一家付飄泊」，
以無家可歸、四處飄零的猶太人為喻，說明海外華人困境，無法

---

65 〔清〕黃遵憲：〈番客篇〉，〔清〕黃遵憲、錢仲聯箋注：《人境廬詩草箋注》，
　　頁632。
66 〔清〕姚雨薌原纂，胡仰山增輯：《大清律例會通新纂（三）・兵律》（臺北：
　　文海出版社，1964年），頁1706。1892年薛福成接受黃遵憲反映豁除華民海禁
　　之建議，向總理衙門呈遞〈論豁除海禁招徠華民疏〉，其中亦提到南洋華僑處
　　境：「凡挾資回國之人，有指為逋盜者，有斥為通番者；有謂為偷運軍火、接
　　濟海盜者，有謂其販賣豬仔、要結洋匪者；有強取其箱篋、肆行瓜分者，有
　　拆毀其屋宇、不許建造者，有偽造積年契券、藉索逋欠者。海外羈氓孤行子
　　立，一遭誣陷，控訴無門，因而不欲回國」。參見〔清〕薛福成著，丁鳳麟、
　　王欣之編：《薛福成選集》（上海：上海人民出版社，1987年），頁495。

歸返且提供保護的祖國令人失望，至此番客的客被發揮出一層更深的意涵：被雙重排擠而無根。[67]

　　從內在文化的連結到流離命運的同情，黃遵憲對新加坡華人的描述顯然迥異於對當地土著的野蠻想像，藉由文化根源與過往歷史的回溯，投射了更多關注情感。然而，對新加坡華人而言，文化認同的原鄉與現實世界的中國已有極大落差，透過當地華人的凝視，黃遵憲詩作中的中國形象顯得陌生冷酷，不識字的勞工階層無法透過文字言說：「一丁亦不識，況復操筆削」，受教育的中上階級也無法避免被祖國與西方勢力雙重排擠的命運：「識字亦安用？蕃漢兩棄卻」，從華人被背棄的觀點來看，中國（漢）與異地（蕃）劃上等號，同樣都無法從中尋得依歸。

　　藉由新加坡華人的角度，黃遵憲顛覆了晚清以來新加坡遊記所塑造的中國形象，異地再現的中國不再只是皇威浩蕩，以文化感召他者的強大祖國，反而有著另一種冷漠遙遠、無力作為的負面形象。然而，身為駐新總領事，黃遵憲的官方身分畢竟有其特殊性，〈番客篇〉最後仍將敘事角度轉回自身，從保僑護僑概念出發，提出清廷可從基本的教育著手：「周官說保富，番地應設學」，藉由學校教育加強與傳統文化的連結，並勾勒出美好的未來想像：「誰能招島民，回來就城郭？群攜妻子歸，共唱太平樂」，期待海外華人終有歸返的一日，共同營造和樂融融的太平氛圍。從具有文化優勢的文明大國到無法依歸的現實祖國，最後又統攝回大一統的天國想像，在不同視角的多次轉移中，黃遵憲於異地書寫再現的中國想像有著多層次的複合樣貌。從他的立場

---

67 黃錦樹：〈過客詩人的南洋色彩贅論──以康有為等為例〉，《海洋文化學刊》第4期（2008年6月），頁17。

來看，使節擔負的使命是文化傳播與宣教：「天道正氣，皆自北而南，而吾道亦隨之而南」[68]，強烈的使命感下，華人的歸鄉和忠清意識始終是使節南來的最終意義，[69]〈番客篇〉中多重複合的中國形象，在此前提之下，最後自然也必須拉回符合正朔的價值體系。

四　結語

駐新加坡三年多的時間內，黃遵憲意頗不適，到任不久便逢父喪，乞假百日還鄉奔喪，事畢回任，又因水土不服，疾病常作，在新加坡任內，有一半日子是在養病中度過，[70]再加上為保僑護僑，中國駐新總領事與英海峽殖民地華民護衛司在職權上的衝突已逐漸白熱化，在外交不順、健康欠佳的雙重壓力下，依然從多重角度切入，留下更貼近異地與自我的新加坡詩作。

黃遵憲以前的晚清旅人，造訪新加坡多半只是赴歐途中的短暫停留，在浮光掠影的記錄中，所塑造出的新加坡形象集中於當地土人紅唇黑膚、珍禽異獸的蠻荒與獵奇。黃遵憲則在長期停留的旅居生活中，關注到背後更複雜的人文風俗與社會問題，作品中雖亦有蠻荒神怪色彩，但已回歸真實生活體驗，點出另一種四季如夏、物產豐美、多元族群並存的異地風貌。

68　〔清〕黃遵憲：〈圖南社序〉，收錄於鄭海麟、張偉雄編校：《黃遵憲文集》（京都：中文出版社，1991年），頁129。

69　高嘉謙：〈帝國、斯文、風土：論駐新使節左秉隆、黃遵憲與馬華文學〉，頁382。

70　柯木林：〈黃遵憲總領事筆下的新加坡〉，頁92。

晚清旅人對新加坡的觀看與書寫，同時也反映出社會的集體想像。新加坡華人對中國傳統文化的保留，在晚清旅人眼中等同於自我文化優勢的確認，海外異地依然可見熟習的母國文化，反射出皇威遠播的天朝想像。黃遵憲則注意到當地華人文化的在地化，加入族群匯聚的多元特色，呈現出不再扁平單一的中國想像，並轉換視角，藉由當地華人角度帶出另一個陌生遙遠的中國，傳達獨特的間接批判，但最後仍收束於符合官方身分的未來和樂藍圖。

「化外成都會，遷流或百年」[71]，在〈新嘉坡雜詩〉中，黃遵憲已將新加坡由原始蠻荒的「化外」列入文明開化的「都會」，蠻荒的化外轉變為文明都會，需要百年時間積累，藉由海外華人所連結的文化根源，官方身分所揭示的異地文明依然必須符合正朔秩序。在「化外／都會」擺盪的異地形象，以及不同視角的家國觀照，皆使得黃遵憲的新加坡書寫呈現出更深刻的文化意涵，開拓了晚清海外華人世界的詮釋與想像。

本文為科技部106年度研究計畫「再現異國形象：晚清海外遊記與竹枝詞的雙重對照」（編號：MOST 106-2410-H-003-117-MY2）研究成果。

原文初稿曾刊於《彰化師大國文學誌》第37&38期（2019年6月），頁1-26。

---

71 〔清〕黃遵憲：〈新嘉坡雜詩（七）〉，〔清〕黃遵憲、錢仲聯箋注：《人境廬詩草箋注》，頁594。

第六章

晚清海外遊記的博物館形象

一　前言

　　博物館「Museum」一詞，取自古希臘的繆思（Muses），主要為西方文明的產物，博物館有系統的歷史產生於歐洲文藝復興時期，15世紀大航海時代開始，王室成員、達官顯貴乃至平民階層中都出現了一批收藏家，王公貴族與富商紛紛流行成立藝廊（Gallery）與珍物陳列室（Cabinet of Curiosities），17世紀博物館收藏內容已經逐步擺脫搜珍獵奇的狹小範圍，而擴展到各種歷史文物、藝術品以及動植物自然科學標本。18世紀歐洲各國逐漸集結富商、貴族的私人藏品，建立大型的國家博物館（National Museum）[1]以誇耀國勢，博物館頓時成為國家文化象徵，1683年於英國牛津創立的Ashmolean博物館更於1773年開放給一般大眾參觀，成為世界第一座公眾博物館（Public Museum），羅浮宮也於法國大革命結束後轉變為對人民開放之博物館，性質逐漸由私人典藏轉為公開展示，產生極大變化。[2]

1　如英國的大英博物館（1753年）、法國的羅浮宮博物館（1793年）、荷蘭的國立民族博物館（1837年）、德國的民族學博物館（1873年）。

2　法國羅浮宮館內原先收藏拿破崙橫掃歐洲所獲之重要文物，使得羅浮宮成為各國注目焦點，象徵國家權力與榮耀，拿破崙時期亦整修館內，透過刻意的展示方式，彰顯國家權威與統治者傳奇。法國大革命之後，法國國民議會決

　　直到19世紀初期，世界上設置博物館的國家仍集中於歐洲地區——如英、法、義、德……等國。[3]鴉片戰爭結束後，中國的閉關鎖國政策隨之瓦解，踏出國門的晚清旅人所見識到的西方博物館，已由私人財富跨入向公眾開放的現代化階段。在閱讀晚清歐美遊記之際，不難發現陳列眾多文物的博物館幾乎為多數旅人所必訪之處。例如1867年隨香港應華書院院長理雅各赴英翻譯的王韜，便曾7次遊歷英法兩地博物館，並於遊記《漫遊隨錄》中以專章〈博物大院〉、〈遊博物院〉……等細述博物館體驗、1889年任英法義比出使大臣的薛福成，亦於遊記中提到「余自香港以至倫敦，所觀博物院不下二十餘處」[4]，1898年因戊戌政變流亡海外的康有為，更以各國博物館作為考察、瞭解當地文化特色的重要依據，詳細記錄參觀見聞與比較心得。[5]

　　議將羅浮宮改為國立博物館，羅浮宮轉變為一個對人民開放的公共機構，並成為帝制消失與新秩序誕生的有力象徵。參見〔美〕Carol Duncan著，王雅各譯：《文明化的儀式：公共美術館之內》（臺北：遠流出版社，2002年），頁51、〔法〕Constance Dedieu Grasset著，陳慧玲譯：〈法國的博物館熱潮〉，《博物館學季刊》第12卷第3期（1998年7月），頁102-103。

3　西方博物館因應不同歷史階段而有不同的發展，如：崇拜神明（希臘）、尊敬知識（希臘化）、戰利品共享（羅馬）、刻苦鑽研（中古）、拓展世界（十字軍東征）、人文主義（文藝復興）、知識傳播（印刷術）、海外擴充（帝國主義）、科技進步（啟蒙與工業革命）、考古與民族學（社會學應用科學方法）、民族國家主義運動（法國大革命）……等。美國早期的博物館則因原屬歐洲國家地區殖民地，缺乏文化資源，發展較為緩慢，直到1861年南北戰爭後，工業化成功，社會民主意識提升，類似傳統歐洲博物館數量方才為之增加。參見徐純：《文化載具博物館的演進腳步》（臺北：中華民國博物館學會，2008年）。

4　〔清〕薛福成：《出使英法義比四國日記》，收錄於鍾叔河主編：《走向世界叢書‧修訂版（八）》（長沙：岳麓書社，2008年），頁164。

5　康有為於海外流亡16年期間遊走多國，除關心各國政治制度外，對於各國博

　　除了歐美先進國家的博物館外，19世紀60、70年代、明治維新後的日本開始大量成立符合西方近代型態、公開展示的博物館，[6]創辦博物館為開民智之重要措施，甲午戰敗後，20世紀初期，中國出現一波留日與赴日考察熱潮，其中位於東京上野的國立博物館為熱門參訪景點，頻繁出現於諸多旅日遊記中，以多元形式提供晚清赴日旅人不同的文化參照觀點。

　　儘管1841年林則徐所編譯的《四洲志》中已出現「博物館」[7]一詞，但多數中國人對博物館的實質意義仍十分陌生，在晚清遊記中，旅人用以描述旅途中所見博物館的詞彙可說五花八門，包含了「行館」、「公所」、「畫閣」、「軍器樓」、「積寶院」、「集奇館」、「積新宮」、「古器庫」、「積骨館」、「禽骨館」、「萬獸園」、「生靈苑」、「萬種園」……，雖然於王韜的遊記中已可見「博物院」一詞出現，但仍有許多旅人使用「謬翁」、「繆齊

　　物館更具備高度興趣，屢屢於遊記中詳細記載各國博物館，在義大利遊記部分，更以義大利善於保存文物之諸多博物館為參照對象，特別作〈中國之不保存古物不如羅馬〉一文宣傳文物保護意識，並提出一系列關於建立博物館之理論與建議。參見〔清〕康有為：《康南海先生遊記彙編》（臺北：文史哲出版社，1979年），頁181-187。

6　日本明治維新實現了國家的近代化，近代博物館也得到發展，明治年間（1868-1911）就建立了85座博物館。而中國維新失敗，引進西方博物館的高潮遲至20世紀2、30年代才到來。參見蘇東海：〈博物館演變史綱〉，《中國博物館》1988年第1期（1988年4月），頁16。

7　根據湖南省博物館陳建明的研究，漢語中「博物館」一詞最早出現於林則徐1841年主持編譯的《四洲志》中：「蘭頓建大書館一所，博物館一所」，此處所指的是1753年倫敦的大英博物館（The British Museum）。關於「博物館」一詞在中國的發展與流傳過程，可參陳建明：〈漢語「博物館」一詞的產生與流傳〉，收錄於中國博物館學會主編：《回顧與展望：中國博物館發展百年》（北京：紫禁城，2005年），頁211-218。

英」、「母席庵」、「妙西因」、「妙西阿姆」、「慕齊亞姆」……等音
譯稱呼博物館，根據謝先良的統計，大約自1870年之後，王韜的
「博物院」一詞方才固定下來，成為之後晚清旅人所普遍使用的
詞彙。[8]

　　晚清海外遊記中關於博物館名稱的轉換，正說明了旅人對於
他者物質文明認識過程的演變。初出國門的晚清旅人，如何於好
奇賞玩的驚艷中意識到物質展示背後的文明意義？進而在參訪、
觀看過程中，藉由空間的隱喻，建構出對自我與他人的文化觀
點？其次，對博物館而言，展示即是一種詮釋的過程，對參訪的
觀眾而言，博物館展示可視為一種儀式化的展演場域（perfor-
mance field），如同Carol Duncan所言：

> 博物館並非如過去所指稱的是中立、透明的空間場域，而
> 更接近於傳統儀式性的紀念物（博物館的建築通常是古典
> 的寺廟、中世紀的教堂、文藝復興時期宮殿的類型）。博
> 物館是一種複雜經驗（包含建築、藝術品的計畫性陳
> 列）、高度理性化實踐的場域。[9]

Carol Duncan探討18世紀以來西歐及美國美術館形成的過程，視
博物館整體為一個由特殊儀式情節組成的特殊場域。穿梭其中的
旅人藉由被設計過的敘述路線，並非只是單純地參觀展覽，反而

8　孔令偉：〈博物學與博物館在中國的源起〉，《新美術》2008年第1期（2008年
　　2月），頁66-67、謝先良：《晚清域外遊記中的博物館》（杭州：中國美術學院
　　碩士論文，2009年），頁16-17。

9　〔美〕Carol Duncan著，王雅各譯：《文明化的儀式：公共美術館之內》，頁
　　17-19。

涉入了一個權力與階級交互影響的複雜場域，歷經個人的儀式化參觀過程與經驗，他們如何於遊記中再現這些被密集壓縮過的時間與空間？當晚清旅人於異國博物館中與故國文物相遇時，又是如何透過被他者展示與傳譯的秩序中，體驗出背後所隱藏的權力關係？從比較文學形象學研究的角度來看，形象是一種跨文化語境中的表述，晚清海外遊記中，出現在國外的故國文物是一種重要的中國形象，是「他塑形象」和「自塑形象」的複合體，通過脫離了歷史進程的物品，中國形象化約為一種文化符號，故國文物與旅行時空的衝突，也促使遊記作者在被他者主導的異地博物館中重新思考自我家國定位，更新和重建自己的文化身分。[10]這些異國博物館中的故國文物反映了哪些自塑形象與他塑形象的複雜關係？這亦是晚清海外遊記中有關博物館形象值得探究的議題。

　　目前關於晚清海外遊記博物館的研究，主要以楊湯深〈文化符號與想像空間：晚清域外遊記中的西方博物館〉[11]與謝先良《晚清域外遊記中的博物館》[12]較為完備，前者將遊記中的西方

10　張萍：〈「他塑形象」與「自塑形象」：晚清域外遊記中的「華物」〉，《國際漢學》2019年第1期（2019年3月），頁156。「他塑形象」指由他者所塑造的形象，孟華以「自塑形象」指稱由中國作家自己塑造出的中國人形象，界定自塑形象的關鍵在於必須具有超越國家、文化的意義，處於異域的晚清旅人，透過他者視角觀看自我，重新形塑自我形象，也可被視為具有某些「異國因素」的形象，理應被納入形象學研究中的範疇來。參見孟華：〈比較文學形象學論文翻譯、研究札記（代序）〉，收錄於孟華主編：《比較文學形象學研究》（北京：北京大學出版社），頁15。作為他者文明所收納的展品，這些異國博物館中的故國文物，代表了他者眼中的中國形象，是他塑形象；晚清海外旅人對它們的描述，又代表了中國人眼中的中國形象，是自塑形象。

11　楊湯深：〈文化符號與想像空間：晚清域外遊記中的西方博物館〉，《江西社會科學》2012年第3期（2012年3月），頁109-113。

12　謝先良：《晚清域外遊記中的博物館》（杭州：中國美術學院碩士論文，2009年）。

博物館視為一承載多重文化意味的想像空間與文化符號，歸結出「現代世界的認識空間」、「西方與東方形塑空間」、「啟迪民智的變革空間」三大特點，對於遊記中的博物館進行了多方面的耙梳與觀照，但未注意到旅人解讀方式的不同與知識背景差異，且探討區域以歐美博物館為主，同質性較高；後者透過文獻的簡要梳理，勾勒出晚清中國接受開放博物館的觀念與中國本身博物館思想的醞釀過程，對於遊記中的博物館資料有基本的統計分析，歸結出「辦實業」、「改良」、「辦教育」三種博物館思路，但較偏向概論性質，對於旅人觀看與再現的背後意義則缺少較為深入的分析。

　　本章即欲在前行研究的基礎上，結合現今博物館學研究，進一步分析晚清海外遊記博物館所呈現的多元樣貌。首先探討晚清旅人如何藉由博物館認知西方知識體系與文明秩序，在多種異文化的緊密衝擊下，不同旅人的再現與詮釋方式，反映出哪些參照標準與知識框架？接著再進一步分析旅人如何由他者所刻意構築的中國物質文化中，意識到自我文化的相對位置，重新認識自我、反思自我真正形象。最後擬分析遊記中的日本博物館形象，由於中日兩國在文化傳承與地理位置上，比起西方又有著更複雜的糾結，旅人所再現的博物館形象呈現了更為複雜的省思，亦可作為與西方博物館的參照。希望透過多重觀點的對照與分析，兼顧旅人背景差異與不同區域博物館發展的特殊性，藉此對晚清海外遊記的博物館形象有更完整的瞭解。

二　再現西方：博物館形象的轉變

　　晚清出洋的官方旅人中，於海外旅行有較長時間的停留、並對於博物館有較仔細的觀察記錄，可說自郭嵩燾1876年赴英擔任首任駐外使節開始，自1876年以來，駐外使館紛紛設立、長時間的出遊考察提供駐外人員更多機會參訪博物館。1876年以前雖有兩次大規模的官方出遊——1866年斌椿率團赴歐考察與1868年志剛率團前往歐美交約各國，皆於數月以內行走多國，所見博物館數量雖多，但多半以走馬看花式的匆匆一瞥居多。

　　以私人身分出遊者，最早有1847年赴美擔任外商翻譯的林鍼，1859年則有天主教徒郭連城前往義大利進行宗教之旅，但兩人停留時間均不長，對博物館的記錄也僅止於概略的初步印象，真正對博物館有較為仔細的觀察記錄，應屬1867年赴英譯書的王韜與1898年開始流亡海外的康有為。

　　停留時間的長短固然牽涉了旅行經驗的積累，但旅人本身的知識背景與看待異文化的姿態，對於遊記中所呈現的博物館形象卻有著更關鍵性的影響。

（一）博與奇

　　西方近代博物館的核心主要是環繞著「物件」，或者更精確的說：「人類文化的物質證據」，進行包括：蒐藏、保管、研究、詮釋等工作，同時，並將成果對社會大眾開放；而對於物件的觀照，也提供了博物館與其他公益教育機構之間，最主要的區別要件。所謂「物件」，傳統分為三類，一是標本，即自然物，二是

器物，指的是人類文化意識製造的物件，三是藝術品。[13]中國文化中雖有蒐藏、鑑賞古玩的傳統，但與西方近代博物館仍有本質上的差異。

晚清遊記中關於博物館的最早記錄，應屬1847年赴美的林鍼所見的美國博物館：「博古院明燈幻影、彩煥雲霄」，底下並加註說明「有一院集天下珍奇，任人遊玩，樓上懸燈，運用機括，變幻可觀」[14]。文中的「博古院」即博物館，林鍼的博物館印象顯然極為模糊，僅停留於館內燈光變幻的炫目表象與新奇刺激，雖已認識博物館「集天下珍奇」的蒐藏功能與「任人遊玩」的公共開放性質，確認了近代博物館的基本形制，但館內究竟蒐藏何種珍奇物件、如何陳列展示？對於物質本身的具體描述卻付之闕如。直到郭連城於1859年赴歐旅遊的遊歷筆記《西遊筆略》中，方才揭示了較為清晰的西方博物館樣貌：

> 初九　天雨。遊本城博覽院。博覽院乃本國國王所建，寬大不知幾何。院內滿列古奇之物。下有玻璃屋數十間，將古時各國所供之偽神像收列於此，身體高大，形容古怪。外有古帝王、名人、功臣之像，俱以白石、古銅匠成，高一二丈。上至第二層樓，則有各項物類，鳥獸之群龍盛，大而犀、象、蛟龍，小而虱、蟻、蟲蚊，無不全備。此外珊瑚、珠玉、珍奇、寶貝，燦呈於几案之上，尤為稀世之玩。又上一層，有古人各樣用器，如衣冠、文物、琴瑟、

---

13 呂理政：《博物館展示的傳統與展望》（臺北：南天書局，1999年），頁14。
14 〔清〕林鍼：《西海紀遊草》，收錄於鍾叔河主編：《走向世界叢書・修訂版（一）》（長沙：岳麓書社，2008年），頁36。

　　杖履等類是也。人曰：此處乃一部百讀不厭之格致經，則
　　非居院中一二旬，難遍閱其所積蓄也。[15]

郭連城於義大利共參觀了三處博物館，並分別以「博覽院」、「方
物院」、「博古院」稱呼三處博物館，上述引文為十月初九參觀大
五里諾博覽院記錄，也是三者之中最為詳細者。相較於林鍼的短
短數語，郭連城的描述顯然詳盡許多，注意到博物館分層陳列、
系統化的展示方式，且由自然物產至人為器物的細目羅列中，以
具體內容呈現博物館之「博」與「奇」。

　　在有限的知識背景底下，郭連城並未能解讀這些瑣碎物質背
後的意涵，缺少對異文化的認識，以蒐藏、展示奇珍聞名的博物
館並未引起旅人太多共鳴，在書寫完物件名稱後並無其他心得呈
現。[16]儘管如此，郭連城的記錄卻還是比林鍼更進一步體驗到近
代博物館的教育功能，引述旁人之言，他將博物館視為「百讀不
厭之格致經」，必須累積一定時間方能遍閱。從變幻多端的珍奇
場所晉升至具備教育功能的特殊機構，博物館的知識性也隨之更
為彰顯。

　　繼郭連城之後，斌椿與志剛分別於1866年、1868年率團前往
西方進行考察交遊。相較於出身市井的林、郭二人，此類官方旅
行團多以知識分子為主，對於博物館的描述篇幅雖不少，卻多半

---

15 〔清〕郭連城：《西遊筆略》（上海：上海書店，2003年），頁68-69。
16 郭連城另二則對博物館的描述十分簡略：「初十　天晴，午前遊五洲方物
　院，此院乃本國傳教會所建，院內設各國異物以供玩覽，亦有中國方物」、
　「初六　天晴，午前遊天臺院側之博古院，院中多有奇怪邪神像之上古名人
　之寶石像」。即使於異域重建故鄉之物，卻未於遊記中抒發個人感觸。參見
　〔清〕郭連城：《西遊筆略》，頁69、92。

停留在博物館內部器物、建築外觀的客觀記錄與簡單稱讚。例如斌椿筆下的「文思爾喀什爾」：

> 殿宇高廣，四周房三千六百間，凡三層……內貯珍寶甚夥，有碧玉瓶，高六七尺，遍作孔雀花紋，光豔不可逼視，云俄羅斯國主所贈。又列國寶器各藏一間，內有輝壽平花卉冊一本；又一扇，書《留香集》古意七律三首，皆中國物也。壁皆懸名筆畫像，陳設之富麗，甲泰西矣。[17]

「文思爾喀什爾」即英國的溫莎古堡（Windsor Castle），為當時君王行宮，內部蒐藏極多藝術品，且對外開放參觀。斌椿直接以音譯方式描述該處，並未說明其性質，但相較於郭連城的概略描述，斌椿所呈現的物質資訊更為明確，陳列的空間為「三千六百間」、「三層」，物件涵蓋空間除旅人熟悉的中國之外，更拓展至俄羅斯。斌椿所開啟的博物館空間，已由浮泛的「各國」、「各類」……等概述，拓展至確切的世界座標。

　　再看志剛的博物館遊記，可發現一則十分有趣的記錄，志剛於俄國參觀博物館時，先說明「博物館中物類甚多，未能悉數」，緊接著卻擇取館內所展示的埃及木乃伊與嬰兒畸胎標本進行細寫，並抒發異想天開的心得，例如感嘆「若使死而速朽，何致為人發出暴露，供人玩賞哉」，顯然對木乃伊屍首於死後公開展示的下場頗為同情；對畸胎標本的展示目的推論則更為奇特，認為「蓋由厥初不謹其容止，受胎未得其正，因鄰剔而出之，以

---

17 〔清〕斌椿：《乘槎筆記》，收錄於鍾叔河主編：《走向世界叢書·修訂版（一）》（長沙：岳麓書社，2008年），頁115。

示戒歟」[18]，畸胎的展示具有實質作用，為警戒世人謹其容止，
方能受胎得正。

　　志剛對木乃伊的感觸反映了不同文化的生死觀，對畸胎的警
戒解讀如今看來雖然荒謬，卻也反映了當時傳統士人根深蒂固的
禮教觀。罕見的木乃伊與畸胎標本比起其他珍寶藝術品更吸引志
剛的注意力，博物館之旅儼然讓他經歷了一場跨越國界的驚奇體
驗。對於不瞭解異族文化的志剛而言，博物館的蒐奇作用顯然遠
勝於公共教育。

　　Falk曾提出有關博物館的「互動經驗模式（the Contextual
Model of Learning）」，該模式認為觀眾的博物館經驗是個人
（personal context）、社會（social context）、環境（physical
context）三個脈絡交互作用的結果，所有的博物館經驗都牽涉到
此三脈絡，它們就像窗戶一般，讓我們可以檢視參觀者角度之所
在，每一個脈絡都持續受到參觀者所架構，其間的互動創造出觀
眾經驗。此一架構出的事實具有個體之獨特性；沒有任何兩個人
是以完全相同的角度來看待這個世界。[19]倘若以Falk的理論來檢
視晚清初期旅人的博物館經驗，可以發現，市井小民與政府官員

18　志剛對木乃伊與畸胎標本的細節描述甚多：「見有二千年前乾癟殭屍，櫃如
　　圭形，詢為埃及回國人，灌油柩中而封之，則久而不化」、「又有各形異胎，
　　皆油浸於玻璃瓶。有孿生未判，一身兩首，兩身一首，一首而耳目口鼻兩
　　面，又皆模糊不清，或兩身相向而腹臍連，或兩身相背而脊骨通，有頭如瓜
　　而身僅布指」，不但主動詢問木乃伊製作過程，更詳述各式畸胎樣貌。參見
　　〔清〕志剛：《初使泰西記》，收錄於鍾叔河主編：《走向世界叢書・修訂版
　　（一）》（長沙：岳麓書社，2008年），頁115。

19　此處的環境脈絡（physical context）所指為博物館實質環境，例如展示與說
　　明牌、建築物、參觀動線……等實質環境。參見〔美〕Falk, J. & Dierking, L.
　　著，林潔盈等譯：《博物館經驗》（臺北：五觀藝術出版社，1992年），頁19。

的個人脈絡差異雖大,在相似的社會文化脈絡下,對於博物館的客觀認知雖有程度上的差異,但整體而言,卻仍處於懵懂未明的狀態。林鍼筆下「明燈幻影、彩煥雲霄」的博物院與志剛描述的埃及木乃伊、畸胎標本,由大範圍的整體印象到近距離的特寫,營造了一種極為奇詭的開放空間,呈現了晚清初期旅人對西方博物館書寫的述奇特色。斌椿雖揭示了博物館內在的細部樣貌,但是對物質呈現的資訊並無太多解讀能力,儘管他們或多或少意識到博物館的知識性與開放性,卻只是輕描淡寫一筆帶過。由他們對博物館的記錄來看,選擇視野與詮釋能力的侷限,正清楚說明了晚清旅人對異國事物的陌生與隔閡。

(二)秩序的建構

真正對博物館有較為理性且客觀的認知,應始於1867年赴歐譯書的王韜。王韜於1862年因太平天國事件流亡海外22年,流亡之前,已於上海墨海書館工作十餘年,協助西人翻譯中國典籍,長期處於中西交流的文化環境中,對西方事物的認識自然不同於上述幾位旅人。王韜於此次旅行中參觀了大英博物館、羅浮宮、愛丁堡博物館……等諸多博物館,且不只一次重遊、再遊,拓展眼界,此種機會實屬難得,也難怪王韜會在遊記中感嘆「予以海角羈人而得睹其盛,不可謂非幸也」[20]。

---

20 〔清〕王韜著,王稼句點校:《漫遊隨錄圖記》(濟南:山東畫報出版社,2004年),頁72。關於王韜的博物館與博覽會經驗,筆者於〈王韜《漫遊隨錄》的物質文化〉、〈晚清域外遊記中的博覽會書寫〉二文中亦有相關論述與說明,參見陳室如:〈王韜《漫遊隨錄》的物質文化〉,《東吳中文學報》第25期(2013年5月),頁239-260、陳室如:〈晚清域外遊記中的博覽會書寫〉,《輔仁國文學報》第38期(2014年4月),頁125-148。

　　走訪英法多處重要博物館，王韜對其系統性的展示秩序已有
一定認知，例如他筆下的巴黎羅浮宮「無物不備，分門種類，各
以類從，匯置一屋，不相淆雜」、「每器悉編列時代、名字及作者
姓氏，俾入觀者一覽了然」，大英博物館藏書「各國皆按隔架分
列，不紊分毫」[21]，所見展覽品項雖多，但對於館藏展示的系統
性與物件本身傳遞的知識性，王韜的認知明顯比先前的郭連城更
為清晰。

　　儘管王韜在面對琳瑯滿目的館藏物件時，仍有一定的敘述困
境，例如僅能以「珍奇瑰異，殆難悉數，火齊木難，未足方喻
也」、「博物志所不及載、珍玩考所不及辨、格古論所不及詳」
[22]……模糊言語反映認知窘境，但王韜還是從華麗的視覺體驗中
意識到近代博物館極為重要的文明特質：

　　　此院各國皆有，英之為此，非徒令人炫奇好異，悅目怡情
　　　也。蓋人限於方域，阻於時代，足跡不能遍歷五洲，見聞
　　　不能追及千古，雖讀書知有是物，究未得一睹形象，故有
　　　遇之於目而仍不知為何名者。今博采旁搜，綜括萬匯，悉
　　　備一廬，於禮拜一、三、五日啟門，縱令士庶往觀，所以
　　　佐讀書之不逮而廣其識也，用意不亦深哉！[23]

王韜的此番敘述，顯然已跳脫「炫奇好異」的表象與「悅目怡
情」的娛樂性，藉由分門別類的秩序建構，他關注到博物館於物

21　〔清〕王韜著，王稼句點校：《漫遊隨錄圖記》，頁70、87。
22　〔清〕王韜著，王稼句點校：《漫遊隨錄圖記》，頁70、87。
23　〔清〕王韜著，王稼句點校：《漫遊隨錄圖記》，頁87。

件展示中壓縮時間與空間的特殊性，以及印證書本知識的重要
性，甚至連定期對社會大眾開放的時間細節亦清楚記錄，對比王
韜與先前旅人的遊記，西方博物館儼然從一奇詭場所化身為具體
存在的公共文明機構。

除此之外，王韜對展示物件的記錄已反映出一定程度的科學
性，例如他描述愛丁堡博物館中的海上燈塔「四面皆用玻璃，一
面則令發光至遠，一面則令收光返照」、大砲「砲膛內多用螺絲
槽紋，使彈之去路徑直不斜，能破空氣阻力」，細究物件背後的
光學原理與力學運作模式，對於科學知識的瞭解，已非一般尋常
旅人所能及。[24]在羅浮宮內的諸多新奇器物上，王韜所著眼的卻
是「標其姓字，以旌其功」、尊重發明者的展示方式以及西方
「獨專其利，他人不得仿造」[25]的專利制度。以物質本身為引，
王韜在博物館內看到的是物質背後更為抽象的文化、制度、思
想、教育……層面，在開拓眼界、增廣見聞之餘，對王韜而言，
博物館亦等同於西方現代文明的複合呈現。

繼王韜揭示了西方博物館的理性秩序與文明特質後，首任駐
英公使郭嵩燾於1876年赴歐，1877年參觀大英博物館，郭嵩燾以
極長篇幅細寫館內所藏圖書、古器、化石……等物。郭嵩燾十分
清楚博物館的知識性與開放性：

> 其地禮拜二、禮拜四兩日禁止遊人，餘日縱民人入觀，以
> 資考覽，博文稽古之士，亦可於所藏各古器，考知其年代

---

24 〔清〕王韜著，王稼句點校：《漫遊隨錄圖記》，頁119。
25 〔清〕王韜著，王稼句點校：《漫遊隨錄圖記》，頁72。

遠近，與其物流傳本末，以知其所出之地。[26]

明白記錄博物館設立的教育意義與開放制度，並盛讚大英博物館
「所藏遍及四大部洲，巨石古銅，不憚數萬里致之。魄力之大，
亦實他國所不能及也」[27]，肯定其於有限空間內所涵蓋的地理幅
度。面對如此龐大的知識體系，郭嵩燾所採取的對照策略卻十分
有趣，對於樣貌奇特的動物化石，他不僅一次懷疑此物為「盤古
未開闢時所有」[28]，援引熟悉的神話典故，將對照的時間軸遠推
至不可考的上古時代，從既有知識背景中所對照出的古老年代，
消弭國界差異，上古神話與西方異世界的並置，以模糊已知容納
新鮮未知，成為郭嵩燾解讀異文化新奇事物的特殊方式。

　　郭嵩燾的博物館記錄十分詳盡，以館內金石器物為例，他不
僅詳述物件來源地不同：「皆來自麥西，羅馬、希臘次之」，更注
意石像石碑文字與刻像「與漢石闕刻像正同，其文亦與挨及石柱
文同」、「古碑有作拉丁文者，有作希臘文者」，從地域觀念到不
同國家的文化比較，郭嵩燾的博物館經驗展現了清楚的秩序概
念。然而，面對館內各式奇特館藏，郭嵩燾依然有其詮釋上的侷
限，例如面對許多「生平所未見」的木材標本，他除了詳述各物

26　〔清〕郭嵩燾：《倫敦與巴黎日記》，收錄於鍾叔河主編：《走向世界叢書·
　　修訂版（四）》（長沙：岳麓書社，2008年），頁140。

27　〔清〕郭嵩燾：《倫敦與巴黎日記》，頁140。

28　郭嵩燾記載館內「一獸骨高逾尺，嘴尖若橐駝，四蹄有爪，長七八寸，身旁
　　巨骨，與石無異，云地中掘得之，不辨為何物。疑盤古未開闢時所有，陷入
　　地中近萬年，骨皆化石」、「穿山甲一具，狀如石缸，尾長二尺許，鱗甲皆已
　　化石，則竟疑為盤古以前物矣」。參見〔清〕郭嵩燾：《倫敦與巴黎日記》，
　　頁138-139。

之外觀、顏色、形狀⋯⋯等外在特徵外，最後的結論為「此皆
《爾雅》所不載，西洋自為之名，無能得其義，未暇譯也」[29]，
即便希望透過翻譯將西方未知事物明朗化，礙於所知有限仍無法
達成。值得注意的是，郭嵩燾用以參照的對象為中國傳統典籍
《爾雅》，《爾雅》對《詩經》中與其他先秦古籍中500多種生物
加以註解，共分草、木、蟲、魚、鳥、獸、畜，七項，具備「博
物不惑，多識鳥獸草木之名」[30]的實用功能，郭嵩燾以此作為中
西博物的連結並不意外，綱目清晰的《爾雅》比起模糊不清的
「盤古未開闢時」顯然更具系統性，但同樣也無法將全然陌生的
異國物質納入既有的認知體系中。[31]

　　對於陌生的異國物件，郭嵩燾有其詮釋侷限，然而，他的參
訪並非只是觀光性質的走馬看花，以英國肯辛頓博物館參觀記錄
為例，他於館中見一座購價昂貴、被當地博古者判定為「千餘年
物」的印度瓷塔時，隨即提出質疑：

　　　按中國磁器始自南唐，不及千年。佛塔緣自唐時，印度諸

29　〔清〕郭嵩燾：《倫敦與巴黎日記》，頁138-139。

30　東晉郭璞於〈爾雅序〉中明言《爾雅》之特色：「若乃可以博物不惑，多識
　　於鳥獸草木之名者，莫近於爾雅。爾雅者，蓋興於中古，隆於漢氏，豹鼠既
　　辨，其業亦顯」。〔晉〕郭璞：《爾雅疏》（臺北：藝文印書館，1965年），《十
　　三經注疏》本，卷1，頁4。

31　相似的感慨亦出現於薛福成的遊記中：「所觀博物院不下二十餘處，常有
　　《詩經》所詠、《爾雅》所釋、《山經》所志鳥獸草木之名，為近在中國所未
　　見，及至外洋始見之者」。薛福成於1889年任出使英、法、義、比四國大
　　臣，晚於郭嵩燾20多年，在觀看博物館之際，與郭嵩燾採取的參照方式並沒
　　有太大差異。參見〔清〕薛福成：《出使英法義比四國日記》，頁164-165。

國已前有之，西洋無有也，印度磁器必不先於中國，此可
疑。[32]

未炫於琳瑯滿目的展示與既定說明，郭嵩燾的質疑來自於客觀的
歷史知識，從文物發展的軌跡提出理性推斷，郭嵩燾的此番解讀
不但反映出自身文化素養，同時也解構了展示者原先所安排的理
想秩序。

　　上述的兩種參照方式凸顯了不同形式的文化碰撞，同樣是經
過知識框架的比照對應，參觀者的比附方式可能使得原先清楚羅
列的展示秩序隨之模糊，也可能以客觀知識的考證加以顛覆，不
論是前者或後者，對參觀者而言，都顯示了博物館所建構的規則
與秩序並非如表象所呈現的鮮明清晰。

　　戊戌變法失敗後流亡海外16年的康有為則有著十分特別的博
物館經驗，流亡期間，康有為足跡遍及世界各地，對各國博物館
更有濃厚興趣，於遊記中屢屢細述各國博物館之建築特點、結
構、歷史、展品細節、來歷、陳列方式……等，由於旅行經驗豐
富，他更習慣以比較方式凸顯各國博物館特點，以法國羅浮宮為
例，康有為由外在建築、地理位置著眼，進而總括整體評價，接
著擇取印象深刻之展品加以介紹。康有為對羅浮宮的評價極高：

　　　萬國之博物院，以法國為最，法國七博物院，以此宮為
　　　最。夫天下之好奇異者，法國為最，法既久為霸國，文學
　　　既極盛，而又有拿破崙四征不庭，斂各國之瓌寶異物，而

---

32 〔清〕郭嵩燾：《倫敦與巴黎日記》，頁187。「磁器」即為「瓷器」。

> 實之于此院，歐洲既無第二拿破崙，則自無第二博物院矣，
> 故此院在今世界上，無與爭鋒……故欲觀博物院者，不可
> 不遊巴黎，亦不可不遊攄華故宮之天下第一博物院。[33]

憑藉個人旅行閱歷，康有為以「萬國博物院」作為參照對象，比
較範圍拓展至全世界，將羅浮宮推崇至「世界第一」的尊位，讚
賞其文化定位的同時，也點出高度成就背後的複雜因素，將博物
館與法國的歷史、國力、文化特色……等各方面加以結合，成為
國家文化的象徵。

再看他對羅馬博物院的描述：

> 自法國博物院稍得其一二外，餘國無有稍比之者。蓋二千
> 年古大國之遺都，誠非新造之邦所可望也……欲觀大地雕
> 刻古器古像者，舍羅馬無覩矣。今丹墨挪威之博物院，皆
> 以灰摹刻羅馬古物之一二，滋為可笑。遍遊大地而未至羅
> 馬者，其尤未見古物之精美者乎？[34]

盛讚羅馬博物館館藏石刻為世界第一，此處的參照標準更為具
體，為丹麥、挪威、法國三個歐洲國家，且直接評斷其優劣等
級，以同樣展品作為不同文化的比較重點，康有為的博物館敘述
已呈現清楚的國家概念。由於參訪經驗的豐富，康有為甚至還歸
納出「欲觀博物院者，必於歐洲之大都，其偏方下邑，不足觀

---

33 〔清〕康有為：《康南海先生遊記彙編》，頁292。
34 〔清〕康有為：《康南海先生遊記彙編》，頁195。

也。又必於歐洲之古都，其新國近立者，不足觀也」[35]的參觀原
則，直接以國家文化作為參觀與否的評斷標準，對他而言，博物
館不單純只是奇珍異寶的展覽空間，甚至已成為各國文化的具體
象徵。

相較於動植物標本化石與科技器物……等陌生領域，康有為
的參觀興趣明顯集中於藝術與人文歷史層面。熟悉西方歷史典故
的康有為，在參觀過程中多次以物質為引跨越時空，召喚當時情
境。以1906年的西班牙博物院遊記為例，他在介紹館內所藏有關
哥倫布之船型、畫像、地圖後，見哥倫布初登美洲時所飲之酒杯
如今藏於館內木匣，裏以女王所織冕錦，康有為當下反應為「吾
撫摩之，想見其苦心毅力卒慶成功之時，其歡慰如何也」[36]，藉
由物的連結與歷史人物情緒共鳴，營造出超乎現實的時空情境。
Duncan論及博覽會、博物館和美術館等展示機構具有所謂「識
閾性」（liminality），使人從「日常生活中撤出的狀態，進入了抽
離生命的瑣碎和重複性的時間或空間的通道」，藉此使人體悟日
常生活中所無法碰觸的美感經驗，因此博覽會等裝置可視為一種
「文明化的儀式」。[37]對西方歷史典故的熟悉，使得康有為在參

35　〔清〕康有為：《康南海先生遊記彙編》，頁196。

36　〔清〕康有為：《康有為遺稿：列國遊記》（上海：上海人民出版社，1995年），
　　頁458。

37　「識閾性」（liminality）是一個和儀式相關的術語，它可以被應用在我們所
　　關注的美術館討論上。由比利時的民俗學家阿諾・范・季內（Arnold van
　　Gennep）所提出，而由透納（Victor Turner）在他的文化人類學著述中發展
　　的此一概念，指出一種外在或「穿透或介於正規、日常生活中的取、予過程
　　中的文化和社會狀態」。Duncan以其作為一個有深度的攸關儀式的一般性觀
　　念，藉此透過一個新鮮的視角深入地思考博物館和其中的事物。參見〔美〕
　　Carol Duncan著，王雅各譯：《文明化的儀式：公共美術館之內》，頁22-23。

觀博物館時，得以進入與現實生活抽離的特定時空，體驗其識閾性，參與一場文明化的儀式，參訪博物館的意義亦隨之深化。類似體驗在康有為的博物館遊記中十分常見，例如在米蘭博物院見義大利創國三傑之一的加里波的將軍像時，即回到當初創國功成之際，由其功成身退之選擇評斷其「真人傑矣哉」[38]、參觀荷蘭博物院見館藏船型即作〈睹荷蘭博物院制船型長歌〉[39]細述世界航海霸權發展，豐富的歷史地理知識與人文素養，在他之前的其他旅人博物館遊記中幾乎未見。也正因為有此知識背景，零散的物件方能對應出具體的人物與時空情境，彰顯出展示的系統性。

　　從熟稔西學的王韜、觀察細微的郭嵩燾到遊歷經驗豐富的康有為，西方博物館的樣貌在不同旅人的觀照下漸顯清晰，相較於前期的旅人，三人出洋前對西學的接觸與開放態度，西方世界已非全然未知，個人脈絡自然不同於早期旅人，背後的社會脈絡亦隨著晚清局勢的劇烈變動而漸趨複雜，儘管出身背景差異甚大、亦各有認知侷限，[40]三者的博物館經驗卻以多重方式建構了與西方文明特質相互呼應的展示秩序。

---

38 〔清〕康有為：《康南海先生遊記彙編》，頁196。

39 〔清〕康有為：《康有為遺稿：列國遊記》，頁290-291。

40 王、郭二人侷限前文已有提及，康有為的博物館遊記則明顯過於偏重外在建築，例如館藏豐富的大英博物館卻因建築太過簡約而獲極低評價：「遍遊歐土各國博物院，無論奧、德、法、意之精麗，即小國若比、荷、瑞典尚華飾，無英之粗略簡質者，在歐土為最下矣。即藏物品，亦復尋常」、瑞典博物館「勝英國博物院之簡約多矣」、西班牙博物館也因建築簡陋而被批評：「不意以班國之有名，而博物院之寡小如此，不如荷蘭、瑞典萬千焉」。參見〔清〕康有為：《康有為遺稿：列國遊記》，頁200、458。

三　回首東方：被展示與召喚的中國

　　出現於西方博物館內的中國器物，有許多是早期西方國家因商業、宗教、文化……等不同交流機會所攜回，在西方殖民霸權極度擴張的年代，也有不少是來自於戰爭的戰利品。對西人而言，館內充滿異域風情的中國物件不過是眾多異國文化代表之一，一方面滿足其東方想像，一方面也顯露其蒐藏與展示的權力。然而，對參訪博物館的晚清旅人而言，在異國遇見熟悉的故國文物，非但沒有他鄉遇故知的驚喜，這些被他者刻意安排的中國形象，卻更加鮮明且犀利地提醒旅人面對極為殘酷的事實真相。

　　早在郭連城1847年的義大利遊記中即已敘述於五洲方物院內見到中國展品：「院內設各國異物以供玩覽，亦有中國方物」[41]，展示的中國物件究竟為何？郭連城並未加以說明，但向來以天朝自居的中國，在博物館的世界秩序中，顯然只是被劃歸為眾多「各國」之一，並無過多的特殊性。

　　匯集多國文化的博物館提供旅人參照中國存在於世界的相對位置，跨越國門、出洋行走的機會使其明白自己國家並非位於世界中心，博物館並列紛陳、井然有序的文物展覽，則讓旅人得以參見並思考自我國家於世界文化上的定位。郭嵩燾於英國鏗新登博物院[42]見仿製的世界各地建築，開始比較起中國傳統知名建築，而有了不同感觸：

41　〔清〕郭連城：《西遊筆略》，頁69。

42　鍾叔河註解為「肯辛頓博物館」，參見〔清〕郭嵩燾：《倫敦與巴黎日記》，頁186。但正確全名應為「南肯辛頓博物館」（South Kensington Museum）。

> 其前數院，凡各國所建之坊，若石幢，若門樓，若亭，若
> 石樓，奇麗宏壯者，皆仿為之。……巨壁張畫一幅，極四
> 大部洲最高房屋羅繪其中，以禮拜堂為最，倫敦已有高至
> 五十丈者。南京琉璃報恩塔，其高得半而已。[43]

鏗新登博物院展示了義大利王宮、麥西古王冢、非洲國王聽政
所……等知名建築仿品，「奇麗宏壯」，皆有一定藝術水準，中國
建築雖未立體呈現，但院內所懸掛的世界建築圖，卻以並列方式
展現了中國建築物的相對位置，作為代表的南京琉璃報恩塔高度
不過倫敦建築物的一半。陳列世界文物的博物館形成了一個可以
直觀理解和傳遞現代世界意識的認識空間，[44]改變了旅人原有的自
我認知，「其高得半而已」，觀看角度的轉換，不但讓郭嵩燾看見
中國建築的相對高度，也重新認知中國文化在世界的相對位置。

　　相較於郭嵩燾的建築體驗，康有為於1904年參訪德國的屬國
博物院時發現了更令人震驚的現象：

> 維吾膠州亦置在黑人之列焉，築一亭，置一枷人首，海關
> 道旗仗在焉。辱吾國體極矣。[45]

德國的屬國博物院主要展示其殖民帝國勢力，康有為在參觀之際

---

43 〔清〕郭嵩燾：《倫敦與巴黎日記》，頁186-187。
44 博物館之博首先擊碎了晚清遊者的天下意識，展示了一個平行的廣大世界，
　　這是一種擴散的空間開拓，博物館中關於世界各地的器物陳列、建築展覽，
　　形成了一個可以直觀理解和傳遞現代世界意識的「認識空間」。參見楊湯
　　深：〈文化符號與想像空間：晚清域外遊記中的西方博物館〉，頁111。
45 〔清〕康有為：《列國遊記》，頁122。

先見到被劃歸為德國殖民地的非洲黑人簡陋建築，接著卻赫然發現山東膠州[46]物件竟也同列其中，中國等於被視為該國殖民地之一，令他憤怒不已：

> 彼奪之奧斯陸林而不敢辱法，而輕賤我同於非洲之黑人，假我國而見分滅，豈可言哉？志士不可不憤興矣！[47]

此種被刻意扭曲的展示方式，使得康有為在憤怒之餘，不得不重新審視自己的國家定位，對比同樣因武力戰敗而失地、卻未被羞辱的法國，中國在西方列強眼中的處境更為難堪。透過不同對象的並列比較，康有為在博物館的展示秩序中更清楚窺見中國的真正形象，轉以捍衛民族自尊為出發點，呼籲國人奮發振興。

　　博物館蒐集物件、篩選題材、將不可見的論述化為可見的展示，在過程中掌握了篩選與決定的權力。在建築、規則、贊助者、收藏與展示的背後，博物館實是複雜的政治權力、階級利益、種族性別等因素交錯運作的場所，觀眾於參觀時，亦非單純地觀覽，而是參與了一個價值再確認的演出。[48]康有為深諳德國屬國博物院的成立目的：「英屬地遍全球乃無屬國院，德僅寥寥數地乃為此院，足以見德人之驕誇矣」[49]，為誇耀帝國武力，掌握展示權力的館方自然必須建構一套符合標準的論述以達成目

---

46 1897年德國軍艦以曹州教案為藉口，出兵強佔山東膠州灣，迫使清政府簽署租借條約，取得膠州灣租借權與山東半島開礦權、鐵路鋪設權。

47 〔清〕康有為：《列國遊記》，頁122。

48 〔美〕Carol Duncan著，王雅各譯：《文明化的儀式：公共美術館之內》，頁6。

49 〔清〕康有為：《列國遊記》，頁122。

的，在參與確認對方價值的過程中，藉由他者的詮釋，康有為看見自己國家的另一種樣貌，展覽位置的擺設與陳列，正清楚說明了他者眼中所認知的中國形象。

　　康有為由展示位置的差異體認到中國的相對位置，1906年為考察西方政治出國的清廷代表載澤則是在美國安亞巴（Ann Arbor）博物館見識到被刻意醜化、象徵中國的粗裂器物：

> 內有一室列中國物，大半華商賽會時所遺。陳列無次，且多粵中竊劣之物，徒貽訕笑於外，深為愧疚。[50]

載澤於博物館中所見的「粵中竊劣之物」詳細內容為何？遊記中並未進一步陳述，只知為之前華商參與聖路易博覽會所遺留之物，至於1904年參與展覽物件究竟為何？為何會令載澤深為愧疚、且成為外人笑柄？翻閱當年博覽會遊記可有進一步發現：

> 上海裝小腳婦人一、寧波裝小腳病婦一、北京裝小腳婦人一、廣東裝小腳婦人一、和尚一、老爺一（面墨黃，有問者，巴士伯則以吸鴉片煙答之，並云中國官大半吸鴉片煙）、兵丁一（綠營式）、苗蠻七、小城隍廟一座（內貯城隍十殿鬼判）、小縣衙門一座（內具各種酷刑為文明國人所未見者）、小木人數百個（皆泥工、苦作、肩挑、貿易、娼妓、囚犯、乞丐、洋煙鬼等類）、小草舍十餘間（皆民間旱潦疫病、困苦顛連之現象）、枷號一方（會場

---

50 〔清〕載澤：《考察政治日記》，收錄於鍾叔河主編：《走向世界叢書·修訂版（九）》（長沙：岳麓書社，2008年），頁593。

　　初置於中國地段門外，倫貝子言於巴士伯，始收檢），殺
　　人刀數柄、洋煙槍十餘支、洋煙燈數具、殺人小照數方。
　　以上列中國段內（泥人皆過四尺高）。[51]

小腳婦人、娼妓、苦役、乞丐、吸食鴉片者、刑具……等泥人雕
塑，無一不標示封建中國的野蠻與醜陋，晚清社會的保守落後，
反而成為外國顧問巴士伯與阿樂爾刻意保存與彰顯的國家特色，[52]
成為西方想像的中國標籤，此類物件非但沒有隨博覽會結束而消
失，甚至還移至博物館持續展示，透過博物館的展示與陳列，載
澤所觀看的是西方形塑下的中國形象，破敗落後的負面形象不斷
被強化，無怪乎他的感受如此難堪。

---

51 〔清〕張繼業：〈記散魯伊斯博覽會中國入賽情形〉，陳占彪編：《清末民初
　　萬國博覽會親歷記》（北京：商務印書館，2010年），頁124。
52 關於聖路易博覽會的失敗經驗，除了國外顧問的刻意操作，以弓鞋、煙具、
　　小腳婦人、城隍廟……等模型醜化中國形象外，晚清政府對博覽會展示形式
　　的無感亦是主因之一。中國當時「文化傳統論述」並不彰顯，與之相連的
　　「國族論述」尚未在文物範疇中發展，以會場之中國館建築為例，清廷注意
　　之點在於是否美侖美奐符合皇室之尊，而非如何代表中國，展示形象，既無
　　反身觀照後對自己文化傳統的定義，又無學習西方後對於展演文化的熟練操
　　作。參見王正華：〈呈現「中國」：晚清參與1904年美國聖路易萬國博覽會之
　　研究〉，收錄於黃克武主編：《畫中有話──近代中國的視覺表述與文化構圖》
　　（臺北：中央研究院近代史研究所，2003年），頁471-475。關於此部分的論
　　述，筆者在〈晚清域外遊記中的博覽會書寫〉一文中亦有相關說明，參見陳
　　室如：〈晚清域外遊記中的博覽會書寫〉，頁142-143。然而，晚清政府在參加
　　國際博覽會的經驗並非一直都是如此消極，以1902年法國為展示權力、宣揚
　　治績，在殖民地越南舉辦的「河內博覽會」為例，中國以「前宗主國」地位
　　積極參展，於展場中以北京工藝局所製之景泰藍取勝，藉由振興自身產業，
　　並在參展作品得到優勝中強化民族自信心。相關討論，參見羅景文：〈誰的
　　富強之業──中、日、越三國參觀者對於1902年河內博覽會的觀察與書寫〉，
　　《新史學》第29卷第4期（2018年12月），頁125-178。

在西方博物館遇見的故國破舊器物令晚清旅人深感羞愧，館內展覽的精美中國文物也未能改變此種窘境。康有為遊覽法國歆規味博物館、乾那花利博物館[53]時，皆稱該處為「傷心處」、「傷心地」，原因為「中國內府圖器珍物，在此無數，而玉璽甚多，則庚子禍也」、「中國積年積世之精華，一旦流出，可痛甚哉」[54]。館藏中國文物雖美，卻是戰敗的恥辱印記，康有為於遊記中仔細記載各玉璽形狀與刻印字句，昔日僅出現於宮廷與公文上的重要印記，如今淪為異國博物館擺設，從時間與空間的對照，他頻頻於遊記中召喚那個存在於過去的中國：

> 想下此印時，鞭笞一世，君權之尊，專制之威，於是為極，並世無同尊者，遂以結中國一統帝者之局。豈意不及百年，此璽流落於此。

> 此時中國閉關熙熙，自樂自大，豈知爾時法革命大起，華盛頓忽興，華忒之機器大行，大地大通，而大變在，日用此實時也。[55]

任何博物館藏品都有其原始脈絡，即該物件尚未成為收藏品前，

---

53 根據康有為的敘述，乾那花利博物院「此院一八七十九年開」，參見〔清〕康有為：《康南海先生遊記彙編》，頁299，根據開館年份與譯音推測，此館應為1879年由里昂工業家愛米爾‧吉美（Émile Guimet）所創辦的集美國立亞洲藝術博物館（Musée national des Arts asiatiques-Guimet），簡稱集美博物館（Musée Guimet），該館收藏大量亞洲藝術品。

54 〔清〕康有為：《康南海先生遊記彙編》，頁294、299。

55 〔清〕康有為：《康南海先生遊記彙編》，頁295。

於所屬時空中的社會、文化、歷史、科學等面向的意義與情境，一旦成為博物館藏品，意味著該物件與其原始脈絡切斷。[56]對展示該物的法國博物館館方而言，玉璽不過是宣揚國威的眾多戰利品之一，但對來自中國的康有為而言，在異地觀看故國文物的同時，自然會選擇重新恢復物件的原始脈絡，重新賦予意義與連結，藉由玉璽使用年代，他召喚出過往意氣風發的帝國餘威，[57]進而將視野挪移至世界歷史發展的時間軸，以法國大革命、美國獨立、英國工業革命……等西方世界平行時空的重大事件，對應出中國的閉關自守，來自故國的玉璽遂成為康有為對應不同空間的時間座標，開展出更為清晰的世界地圖與年表。

　　值得注意的是，在感嘆與傷痛之餘，康有為最後以「禍福無端，消息盈虛，與時偕行，豈可以目前定之哉」[58]作結，似乎暗示了未來局勢翻轉的可能性，儘管博物館內展示的故國文物清楚說明了國家的窘迫現況，康有為卻還是樂觀期許中國未來可能的發展前景。

　　西方博物館的中國文物為康有為揭示了中國的真正處境，也為他連結起帝國昔日光輝與未來遠景，至於西方博物館本身現代化的文明特質，則倒映出中國保存古物的缺失：「我國之大，以

---

56 呂理政：《博物館展示的傳統與展望》，頁65。

57 康有為在結束敔規味博物館之遊後，作〈巴黎睹圓明園春山玉璽思舊遊感賦〉，從今昔對比的感嘆中，明顯可看出對帝國昔日美好的眷戀：「憶昔霓旌幸苑時，疇人南湯來侍值；壽山春日饒物華，輦路繁華好顏色；羅剎遠遣圖理琛，荷蘭貢入量天尺。當時威廉始入英，人民不及五十億；歐土文明未開化，惟我威靈照八極」，昔日眾國朝貢的盛世時代，歐洲不過處於未開化的原始狀態。參見〔清〕康有為：《康南海先生遊記彙編》，頁297-298。

58 〔清〕康有為：《康南海先生遊記彙編》，頁295。

文明自號數千年，而無一博物院以開民智，歐美人每問吾國博物院，吾為赧然面赤，奇恥大辱未有甚於此者」[59]，對比西方制度完善的各大博物館，以文化古國自居的中國在此方面卻付之闕如，實為極大恥辱。1904年康有為在造訪義大利羅馬各大博物館後，即作〈中國之不保存古物不如羅馬〉一文，主動向西方博物館取經，為中國文物保存制度提出更為積極具體的改善策略：

> 今吾為國人文明計，蓋有二者：一曰保存古物。……凡一國之物，大之土木，小之什器，皆有司存。部錄之，監視之，以時示人而啟閉之。郡縣皆有博物院，小物可移者，則移而陳之於院中。巨石豐屋不可移者則守護之，過壞者則扶持之，畏風雨之剝蝕者則屋蓋之，潔掃而慎保之。其地皆有影像與傳記以發明之。有遊觀者，則引視指告其原委，莫不詳盡周悉焉，而薄收其費用。[60]

從館藏文物的分門別類、地方制度的配合、定時開放的公共教育特色、符合經濟效益的收費制度、導覽人員的設置……等各具體細節著手，考慮層面極為完備，企圖替未來中國建構出一個「郡縣皆有博物院」的美麗藍圖。

在國勢積弱的頹勢下，晚清旅人在西方博物館所引發的故國感觸多半是以負面感受居多，在眾多文化的排列中參見自己國家被他人刻意安排的落後位置，這對向來以天朝子民自居的晚清旅人而言，無疑是一大衝擊，西方博物館的完善管理對映出的是中

---

59 〔清〕康有為：《列國遊記》，頁224。
60 〔清〕康有為：《康南海先生遊記彙編》，頁184。

國文化保存概念薄弱的現況，康有為在哀痛與憤怒的個人情緒外，轉而召喚出另一個值得期待、概念完善的中國博物院前景，在理性分析與建設性的條件勾勒下，不但凸顯他對西方博物館的深刻認識，也同時反映了他對國家未來的樂觀姿態。

四　隔水倒影：翻轉國力的日本博物館

　　就文化、文字、地理……多方面的關連性而言，相較於其他國家，日本與中國之間有著更深厚的淵源，晚清旅人眼中的日本博物館也有著更為複雜的糾結。日本於19世紀60、70年代引進西方近代博物館，主要與明治維新所推行的西化政策相關。引進西方博物館原為推廣西方學術，提振經濟，符合明治維新「富國強兵」的發展前提，但由於過分西化，引起傳統人士抨擊，保存固有文化的要求隨之而來，如何以符合分類標準的西方形式展示自我文化？這正是日本博物館在固有傳統與新文化價值之間所面對的挑戰。在振興經濟與維護傳統的雙重要求下，明治維新後的日本博物館遂兼具了啟蒙新知與保存文化、宣揚國威的多重功能。[61]

　　甲午戰爭以前提及日本博物館的遊記數量並不多，1876年以工商代表身分前往美國費城參觀博覽會的李圭曾於日本短暫停留，期間曾參訪大阪博物院。他對大阪博物院的概括介紹為「亦仿西法開設，廣人見識者」，注意其效法西方與廣開民智的特點，但對於院內陳列各國貨物機器多半簡略帶過，具體列出館藏項目者僅有「中華之金石碑帖書畫」，提及內容為「宋徽宗白

61　日本博物館的發展歷史詳見〔日〕椎名仙卓：《日本博物館發達史》（東京：雄山閣株式會社，1988年）。

鷹、朱文公墨跡、宋元板書籍,皆世所寶貴者」[62],對於博物院內容與特點則無其他相關感觸或評論。

博物院於李圭眼中為日本學習西方的產物,但至於如何學習?日本與西方文化如何交融?呈現出象徵文明進步的成果?館中各國物質陳列開啟什麼樣的空間與秩序觀?顯然並非他所關注焦點。

1877年中國首任駐日公使派駐,隨行出任參贊的黃遵憲於記錄駐日生活的詩作中,對於博物館有較為明確的描述:

> 博物千間廣廈開,綜觀如到寶山回。
> 磨娑銅狄驚奇事,親見委奴漢印來。
>
> 博物館,凡可以陳列之物,無不羅而致之者,廣見聞,增智慧,甚於是乎賴。有金印一,蛇紐方寸,文曰漢委奴國王。云筑前人掘土得之。考《後漢書》,建武中元,委奴國奉貢朝賀,光武賜以印綬。蓋即此物也。[63]

黃遵憲先以「寶山」形容博物館藏物之豐,接著描述親見館藏漢光武帝賜予倭奴國印章之事。他於詩後的說明以「廣見聞,增智慧」肯定博物館公共教育之用,註解中更引《日本國志·職官志》內容補充說明其特點:「皆部分區別,舉其名,陳其類,肖

---

62 〔清〕李圭:《環遊地球新錄》,收錄於鍾叔河主編:《走向世界叢書·修訂版(六)》(長沙:岳麓書社,2008年),頁321。

63 〔清〕黃遵憲:《日本雜事詩(廣注)》,收錄於鍾叔河主編:《走向世界叢書·修訂版(三)》(長沙:岳麓書社,2008年),頁639。

其形，詳其法，臚陳於館，以縱人觀覽」[64]，強調分門別類的秩序、知識性與開放性。在駐日期間見證維新成果的黃遵憲關注的是博物館的文明性，在清末中日局勢即將急速翻轉的前夕，黃遵憲以漢賜金印作為古老中國與日本的連結，將時間拉回日本仍須向中國朝貢的古老漢代，不免與當今國家定位成一鮮明對照。再者，參觀之際，他所徵引考證的是中國古籍《後漢書》，[65]以經典史料證實館藏文物的真實性，不但彰顯參觀者本身的文化素養，亦增添博物館的可信度。

黃遵憲筆下廣廈千間、如同寶山的日本博物館，已是清楚具備知識性與開放性的文明機構。1879年由朝廷派遣至日本遊歷考察的王之春，在參觀完東京博物院（即今之東京國立博物館）後，感嘆此行大開眼界，館藏動物「不惟其狀為生平未見，即其名亦生平所未聞」，在遊記中除描述展示物件外，更盛讚其說明告示之詳盡：「考工記無此眩博也」，且著詩讚美日本博物館的蒐藏制度與開放態度：「東人立法亦孔嘉，民有異物獻公家。一室羅列相參伍，婦豎亦得爭先睹」，最後更大力主張中國應把握自身條件，主動向日本學習：

中國本為天地樞，菁華獨萃之膏腴。

---

64 〔清〕黃遵憲：《日本雜事詩（廣注）》，頁639。

65 關於此事，黃遵憲於記錄日本風土人情與民風習俗的著作《日本國志》中亦有相關記載：「後委奴國王遣使奉貢朝賀於漢，使人自稱大夫。光武帝賜以印綬。日本天明四年，築前那珂郡人掘地得一石室，上覆巨石，下以小石為柱，中有金印，蛇紐方寸，文曰漢委奴國王，餘嘗於博覽會中親見之」。參見〔清〕黃遵憲：《日本國志‧鄰郊志》，陳錚編：《黃遵憲全集（下）》（北京：中華書局，2005年），頁932。

地道由來不愛寶，散而不見聚若無。

《博物志》、《山海經》，獨留虛名與人聽。

吁嗟乎！

何不略亦如東人，書其名而存其形。[66]

比起康有為在親履西方博物館後所提出的學習觀念，王之春的親炙體驗與取法日本的博物館觀念在時間上更早。他具體說明日本博物館官民合作、彼此互惠的措施，點出博物館的公共意識，肯定日本博物館書名存形、以真實物質與客觀知識為主的價值。

李圭與黃遵憲雖皆視日本博物館為知識文明機構，但尚未針對中國狀況提出進一步比較，王之春則以知識傳播與公共教育為考量，承認彼優我劣的狀況，日本博物館儼然已成為勝於中國的進步象徵之一。然而在面對綱舉目張、分類清楚的眾多展示物質，王之春所用來參照的對象卻仍交錯了真實與虛幻——包含古老的科技古籍與神話傳說，儘管已認知了日本博物館的科學性與知識性，旅人所採取的詮釋方式卻仍有其偏限性。[67]

---

66 〔清〕王之春：《東遊日記》，收錄於〔清〕王錫祺主編：《小方壺齋輿地叢鈔（第10帙）》（臺北：廣文書局，1962年），頁337-338。該版本僅節錄遊記刪去詩作，詩句轉引楊志剛：〈博物館與中國近代以來公共意識的拓展〉，《復旦學報（社會科學版）》1999年第3期（1999年5月），頁59。

67 〔晉〕張華所著之《博物志》由於「博物」之名，經常被晚清旅人拿來作為與博物館比較的參照對象，如此處的王之春與上一小節參觀大英博物館的王韜，然而《博物志》、《山海經》雖有其書寫系統（如《博物志》前三卷記地理動植物，第四、五卷是方術家言，第六卷是雜考，第七至十卷是異聞、史補和雜說。《山海經》由山經與海經組成，敘述天下萬物情狀與傳聞），與近代博物館分門別類的秩序觀相關，但二書所記為異境奇物與古代瑣聞雜事，且未具備明確的類目區分，與近代博物館基於真實的科學知識基礎差異甚

　　甲午一役戰敗帶給清廷極大衝擊，向來位居弱勢的島國鄰居在西化成功後竟扭轉局勢，後來居上。在積極尋求自強之道的時代背景下，甲午戰後赴日考察與留學人數皆創下高峰，也留下數量不少的日本遊記。[68]位於東京上野的帝室博物館（即今之東京國立博物館）可說是其中被描寫次數最多的博物館。這段期間赴日的知識分子多半對博物館的文明特性已有較為清楚的概念，強調「大抵博物館之設，在攷古時物質、萬國風俗，以發明進化之理」[69]、「日人寓教育於遊覽之中多類是」[70]，以下則記述為例，更清楚勾勒出日本博物館的具體樣貌：

> 院內陳設各物，按部而分，如天文、地質、文學、武事、歷史、制服、美術、身理、動物、植物、礦物等，均各為一室，每室派監視一人，每物簽識名目，並載明此物何地所產、何人所選，又有各國風俗一部，特擇取各國日用服

大，雖同以「博物」為名，旅人以此作為參照基準，也對映出中西博物概念的差別。

68 甲午戰後至民國成立以前的中央與地方官員參訪人數分別為424人與958人，至於留學生部分，1903年留日學生為1000名，1905、1906年兩年間的留日學生人數更高達8000人，大量青年學子蜂擁赴日。參見〔日〕熊達雲：《近代中國官民の日本視察》（東京：成文堂，1998年），頁100、〔日〕實藤惠秀著，譚汝謙、林啟彥譯：《中國人留學日本史》（香港：中文大學出版社，1982年），頁24-25。

69 〔清〕蕭瑞麟：《日本留學參觀記》，頁48，收錄於王寶平主編：《晚清中國人日本考察記集成‧教育考察記（下）》（杭州：杭州大學出版社，1999年），頁717。

70 〔清〕林炳章：《癸卯東遊日記》，頁6，收錄於王寶平主編：《晚清中國人日本考察記集成‧教育考察記（下）》（杭州：杭州大學出版社，1999年），頁566。

　　食，一一品陳之，為閱者增擴眼識。[71]

從分類細目到陳設環境、管理制度、公共教育效用⋯⋯等各層
面，無一不具體陳述，透過有效的管理操作，文明知識得以藉由
物質展示進行傳遞，此時所呈現的博物館，已不再只是蒐藏豐富
的抽象寶山，而是條理分明、運作成熟的文明機構。

　　然而，戰敗恥辱仍是旅人難以擺脫的陰影，在多數訪日博物
館遊記中，引發眾旅人強烈感觸的仍是與中國相關的展示物件：

　　而最可傷人者，其人種風俗陳列所，以吾國儕高麗台灣蝦
　　夷，間有洋煙具水煙具弓鞋等物，見者無不恥也。[72]

　　其陳吾國烟鎗女烏，腐目令人作惡。圖像則自達官已至於
　　傭飯，維妙維肖，一若憫其腐敗而為大聲疾呼者。他山之
　　石，可以攻玉，亦志士所當拜賜也。又一所列古今金銀銅
　　三品泉幣及各國錢模鈔樣，其載於吾國金銀錠上，曰明治
　　二十七年日清之戰得來者，觸目警心矣！[73]

　　吾華風俗，乃列置鴉片煙具全套。及蠟製婦人尖足一、弓

71　〔清〕李文幹：《東航紀遊》，頁6-7，收錄於王寶平主編：《晚清中國人日本
　　考察記集成・教育考察記（下）》（杭州：杭州大學出版社，1999年），頁
　　802。

72　〔清〕蕭瑞麟：《日本留學參觀記》，頁48，收錄於王寶平主編：《晚清中國
　　人日本考察記集成・教育考察記（下）》，頁717。

73　〔清〕林炳章：《癸卯東遊日記》，頁6，收錄於王寶平主編：《晚清中國人日
　　本考察記集成・教育考察記（下）》，頁566。

鞋一，腐敗惡習，咄咄逼人。[74]

在西方博物館被視為中國落後象徵的鴉片與小腳女鞋，同樣出現在日本博物館中，成為中國形象的代表。距離遙遠的西方以片段印象想像中國、詮釋中國，一水之隔的日本亦以相同方式展示中國，完全抹去以往曾經密切交流的文化輸出國形象，甚至將其與位於邊陲地帶、已淪為日本殖民地的台灣以及過往藩屬國高麗並列，否定過往輝煌功績。

比起遠赴西方的旅人，赴日旅人所遭受的衝擊更為強烈，日本博物館以西方科學文明的分類秩序，光明正大地將鄰近文化帝國收編於落後隊伍之列，在他鄉相逢的故國文物已被歸入陌生的價值體系，成為怵目驚心的戰利品，對晚清旅人而言，在日本博物館內所遇見的中國物質，無一不是恥辱的印記。

這些訪日旅人並未像康有為一樣樂觀，在淪落異地的故國文物上召喚出過往的古老帝國餘威，甲午戰後的沉痛自省，讓旅人在面對這些刻意醜化中國的展示物件時，不得不開始正視現實，承認問題的存在：

> 噫，余目觀此，不覺顏赤汗流，竊思我國同胞之沾染嗜好者，溺焉不返，殆貽羞鄰邦，是誰之咎歟。[75]

74　〔清〕李文幹：《東航紀遊》，頁6-7，收錄於王寶平主編：《晚清中國人日本考察記集成・教育考察記（下）》，頁802。

75　〔清〕李文幹：《東航紀遊》，頁6-7，收錄於王寶平主編：《晚清中國人日本考察記集成・教育考察記（下）》，頁802。

羞赧之餘，從被他者展示的自我形象上，旅人反身自照，不再只是否認或辯駁，轉而更積極檢討國家問題所在，對旅人而言，此時的博物館之旅已非單純拓展視野、增廣見聞，而是更貼近現實需求的強烈刺激。

不論是收藏豐富、制度完善的文明建設，抑或是勝利戰果的陳列所，晚清旅人筆下的日本博物館，在追隨西方的腳步中，一方面展示他者，一方面也展示著翻轉成功的自我形象。在力求圖強的特殊背景下，這些文明與進步的表象，卻是在綱舉目張的分類秩序底下，為中國旅人更清楚且殘忍地映照出衰敗的真實面貌。

五　結語

在晚清旅人踏出國門、探索西方文明世界之際，西方博物館提供了一個有趣的隱喻場域，壓縮了時間與空間，讓旅人們得以從具有目的性的物質展示中窺看被他者刻意建構的多元文化。

旅人對博物館的觀看角度與敘述能力涉及其背景知識與面對異文化的態度，從博與奇的敘述到系統化的秩序建構，晚清海外旅人筆下的博物館形象，歷經了不同程度的轉換，旅人對於博物館的認知，也逐漸由奇珍異寶的匯聚地拓展至具備公共教育意義的知識性場所，隨著對物質排列順序背後的複雜性與國家文化象徵性的瞭解，西方博物館的具體形象亦隨其書寫角度的變化而漸形清晰。

西方博物館所展示的中國器物提供了旅人於異地重新觀看自我文化的機會。透過比較過程，在館內所提供的文化參照座標

中，旅人重新調整自己原先所認知的國家文化定位，被他者刻意醜化的扭曲形象與淪為列強戰利品的故國文物，皆召喚出一個積弱疲弊的古老帝國，提醒旅人正視國家的困窘處境。旅人對於未來中國博物館建設的期許，則走出沉痛哀鳴，以西方博物館文物保存完善制度為底，勾勒出想像中的美好前景。

日本博物館則提供了一個西化的典型案例，明治維新後的日本選擇向西方靠攏，博物館新的分類模式與秩序體系成為中國旅人眼中文明進步的象徵。甲午戰後的赴日旅人在日本博物館體驗到比泰西旅人更強烈的衝擊，旅人熟悉的故國文物被向來屈居弱勢的島國鄰居收編為落後代表，彼弱我強的展示方式強調展示者的盛壯，同時也點出中國不得不面對的社會問題。

不論是充滿新鮮的奇幻探險或哀傷沉痛的反省，在新奇與刺激、古老與現代、陌生與熟悉……等各式奇異的體驗組合中，晚清旅人筆下的博物館形象亦是不同形式的展覽與再現，為世人開啟了一個符合他者秩序的物質世界，在書寫與詮釋的同時，物質的意義也在不同的文化脈絡下持續被解構與重構。

本文為科技部103年度研究計畫「晚清博覽會的意象再現——從域外遊記到小說」（編號：MOST 103-2410-H-003-062-MY2）研究成果。

原文初稿曾宣讀於「物我相契——明清文學學術研討會」（2014年11月7-8日），中央大學文學院「明清研究中心」與「中文系：古典文學的物與我計畫」團隊主辦，2014年11月7日。

經匿名審查修訂後，刊於《成大中文學報》第54期（2016年9月），頁133-166。（THCI）

第七章
晚清小說的博覽會想像

一　前言

　　博覽會發源於維多利亞女王時代的英國，處於工業革命全盛時期的英國為向世界展示強大國力，1851年於倫敦舉辦規模空前的萬國工業品大博覽會（The Great Exhibition of the Works of Industry of All Nations），整個西方因工業革命以來而逐步形成的展覽會形式，也自此開始興盛。[1]透過國與國之間的物品展示，不但可刺激消費，同時也能藉彼此之間的技術競爭，達到觀摩、學習目的，對促進經濟發展、科技創新、文明交流……等均有重大影響，匯集多國物質文明的會場成為當時世界各國在產業、經濟、政治、文化、地域各方面彼此觀摩、較量的重要場域。

　　2010年中國於上海舉行世界博覽會，呼應世博熱潮，大量博覽會相關著作也於當年出版，三部想像未來中國舉辦博覽會的晚清小說——梁啟超《新中國未來記》、吳趼人《新石頭記》、陸士諤《新中國》頓時成為眾人關注焦點。[2]梁啟超《新中國未來

1　依據統計，從1851年到1940年二次世界大戰結束前將近一百年時間，可以說是博覽會舉辦的巔峰期，全世界至少舉辦了200次以上的大型博覽會，參見胡家瑜：〈博覽會與台灣原住民——殖民時期的展示政治與他者意象〉，《考古人類學刊》第62期（2004年6月），頁3-39。

2　除這三部作品外，晚清小說中雖亦有出現類似博覽會場景的作品，但直接以「博覽會」為名、且與博覽會形式相近者，以這三部小說為主。

記》發表於1902年，[3]記敘光緒28年（1902年）一甲子後中國政
治盛況，時為1962年，大中華民主國的國民正慶祝維新五十週年
紀念，南京舉辦萬國太平會議，上海則舉行大博覽會，並敦請全
國教育長曲阜先生孔弘道演講，講題為「中國近六十年史」。吳
趼人《新石頭記》發表於1905年，[4]該書一反此前各種《紅樓
夢》續書通例，跳脫寶黛愛情糾葛，描述賈寶玉出家後凡心再
動，重返人間，前21回周遊清末中國野蠻世界，第23回後轉向一
個想像烏托邦式的「文明境界」，最後於結尾夢境重返中國，發
現當時朝廷已實施立憲，國力興盛，並於上海舉辦萬國博覽會。
陸士諤《新中國》發表於1910年，[5]描述宣統43年（1951年）的中
國景象，主角陸雲翔一覺醒來，發現世界局勢已改變，小說以夢
境敘述方式展現作者理想中的新中國，主角藉由友人敘述得知過
往上海舉辦博覽會的盛況。

　　晚清結束前十年，三篇小說不約而同皆以博覽會作為中國富

3　1902年11月（光緒28年10月），《新小說》雜誌創刊於日本橫濱，梁啟超發表
　　著名〈論小說與群治之關係〉，提出「欲新民，必自新小說始」的主張。該
　　刊同期開始刊載梁氏自作的《新中國未來記》，以作示範。《新中國未來記》
　　第四回發表於《新小說》的第七號，時為光緒29年（1903年）7月，最後並
　　未終篇而中輟。《新中國未來記》雖為未完之作，卻掀起了晚清小說的烏托
　　邦敘事熱潮，如陳天華的《獅子吼》、蔡元培的《新年夢》，陸士諤《新中
　　國》……等作品，均受其影響。

4　吳趼人的《新石頭記》最早以「老少年」作為筆名，在1905年9月《南方報》
　　第28號附張「小說欄」中開始連載，刊出13回而輟。後於1908年11月由上海
　　改良小說出版社出版全本40回，題《繪圖新石頭記》，作者則改署「我佛山
　　人」。參見胡全章：《傳統與現實之間的探詢——吳趼人小說研究》（開封：河
　　南大學出版社，2006年），附錄一〈吳趼人小說創作系年〉，頁210-221。

5　該書又名《繪圖新中國》、《立憲四十年後之中國》，初版於1910年由上海改
　　良小說社印行。

強的象徵，小說中的中國不但已具備辦理盛會能力，更隨著小說家的不同想像，於政治體系、科學技術、社會制度……等各方面發生巨大變革，展現強盛國力，小說家共同營造出的美好面相，顯然與當時積弱衰敗的清廷形成強烈對比。[6]

中國參與世界博覽會始於晚清，根據統計，1866-1911年間晚清政府所接到來自各國的世界博覽會邀請便多達80次，[7] 1873年清政府派海關洋員代表中國前往參加奧地利舉辦的維也納世界博覽會，是為中國正式參與世界博覽會之始，此後中國官方和民間商人又以組團參展、寄物參展、派員參觀……等形式，先後參加了近20餘次國際性博覽會，迄至晚清結束，中國一向只以與會國的身分參加，尚未舉辦過國際博覽盛會。

這三篇提到博覽會的小說作者皆未曾參與國際博覽會，三人之中除梁啟超曾因戊戌政變流亡海外多年，擁有豐富異國經驗

6　在中國小說發展史上，晚清由於印刷事業發達，加上知識份子受西方文化影響，從社會意義上認識了小說的重要性，小說呈現空前繁榮的局面。由於清室屢挫於外敵，政治又極窳敗，有志者遂寫作小說，以事抨擊。梁啟超《新中國未來記》掀起一陣晚清小說烏托邦敘事熱潮，小說家紛紛於作品中寄託對未來新中國的理想，以政治體系為例，《新中國未來記》、《新石頭記》中的未來中國均已進入立憲體制，國勢強盛，對比晚清政局的腐敗不堪。博覽會意象與類博覽會場景的運用，也成為小說家想像未來新中國的手法之一。關於晚清小說發展脈絡之說明，參見阿英：《晚清小說史》（南京：江蘇文藝出版社，2009年）。

7　趙祐志根據中研院近代史所所藏外交檔中的各國賽會公會檔案的統計而得，但此項數字包括世界性和國際性博覽會之外，也有一些屬於邀請國的國內博覽會，如1903年日本大阪第五次勸業博覽會、1907年日本東京勸業博覽會。參見趙祐志：〈躍上國際舞臺：清季中國參加萬國博覽會之研究（1866-1911）〉，《臺灣師範大學歷史學報》第25期（1997年6月），頁288-289。

外，[8]吳僅於1903年赴日、[9]陸則未曾出洋，[10]三人對於博覽會的認識，多半來自於國內報刊或其他旅人的參訪記錄。早在1876年，中國工商代表李圭被派往美國考察費城博覽會後所寫的《環遊地球新錄》中已記錄了博覽會的基本性質與功能：「其志在聯交誼，獎人材，廣物產，並藉以通有無，是有益於國而不徒費」[11]，指出博覽會以物質為本、開啟國際交流的多處利益，並進一步希望中國積極參與，掌握博覽會擴充貿易之實用功能。甲午戰後，維新人士更大力宣導，鼓動舉辦萬國博覽會，以梁啟超主持的《時務報》、《清議報》等報刊為例，便曾刊登多起博覽會相關消息與文章，[12]民間對博覽會的認知與瞭解，亦有一定基礎，甚至力倡

8　梁啟超（1873-1929）於1898年戊戌政變後逃亡日本，流亡海外期間，為宣傳保皇運動與從事相關活動，曾遠赴夏威夷、澳洲、加拿大與美國等地，海外旅行閱歷豐富。參見丁文江、趙豐田：《梁啟超年譜長編》（上海：上海人民出版社，1983年）。

9　吳趼人（1866-1910）幼年喪父，十八歲即至上海謀生，曾任江南製造局書記，1897年開始於上海創辦小報，1903年開始於梁啟超所創辦之《新小說》雜誌發表小說作品，並於同年一度赴日。參見魏紹昌注：〈魯迅之吳沃堯傳略箋注〉，收錄於魏紹昌編：《吳趼人研究資料》（上海：上海古籍出版社，1980年），頁5-6。

10　陸士諤（1879-1944），江蘇青浦（今屬上海市）人，幼從清代名醫唐純齋學醫，父逝後至上海行醫謀生，因生意不佳轉作租書業，同時潛心鑽研小說並創作。1898年應友人孫玉聲之邀至上海圖書館一邊行醫一邊創作，著作豐富，共著有百餘部小說，生活領域以上海為主，並未出洋。參見田若虹：〈陸士諤年譜〉，收錄於田若虹：《陸士諤小說考論》（上海：上海三聯書店，2005年），頁285-290。

11　〔清〕李圭：《環遊地球新錄》，收錄於鍾叔河主編：《走向世界叢書‧修訂版（六）》（長沙：岳麓書社，2008年），頁203-204、207。

12　《時務報》1897年8月8日第35冊有〈意開萬國美術博覽會〉報導；《清議報》1900年4月29日第43冊、1900年7月7日第50冊、1900年8月25日第55冊連續報導了法國博覽會的開幕式、總統致辭以及詳細的會展情況。

中國應儘速舉辦博覽會：「吾願當局者遠法歐美，近師東瀛，勉力以成此舉，則中國富強之機，其發幾於此乎」[13]，聚集各國物產精華的博覽會儼然已轉化為拓展國際視野、精進國力的重要契機，承辦博覽會，更是國力富強的具體象徵。在如是背景下，博覽會頻頻出現於力求圖強的晚清小說中並不令人意外。

顏健富在〈廣覽地球，發現中國——從文學視角觀察晚清小說的「世界」想像〉一文中指出在晚清小說的未來想像中，博覽會常被用來作為與各式慶典具有相同意義的場景，用以襯托未來新中國作為世界中心的富強象徵。[14]倘若僅聚焦於博覽會意象上，仔細對比《新中國未來記》、《新石頭記》、《新中國》三篇小說對博覽會的相關書寫，可以發現有趣的相似點，例如三人幾乎如預言般地皆選擇以上海作為博覽會舉行地點，身分背景差異甚鉅的三人，主導了三場本質看似相近、形式與理念卻截然不同的博覽會。晚清小說中的博覽會意象雖非以真實細節呈現，卻以象徵或引子方式，牽引出小說家對未來新中國的共同期許。至於其他非以「博覽會」為名，出現在晚清小說中的類似場景，又隱含了哪些與博覽會相關的豐富意涵？以下首先探究三部作品中所呈現的博覽會空間與形式，接著分析其預設的時間與敘事手法，透過空間與時間的雙重參照，解讀博覽會的多元寓意，最後再對照

---

13 〈匯論：論中國宜開博覽會（錄商務日報）〉，《南洋七日報》第15期，頁90-91，1901年12月22日。

14 參見顏健富：《從「身體」到「世界」：晚清小說的新概念地圖》（臺北：臺大出版中心，2015年），頁53-56。除此之外，其學位論文《編譯／變異：晚清新小說的「烏托邦」視野》第六章〈數千年（烏托邦）未有變局：百科全書式的視野〉亦針對出現在晚清小說中的展示場景如博覽會、慶典、圖書館……多所分析，參見顏健富：《編譯／變異：晚清新小說的「烏托邦」視野》（臺北：政治大學中文系博士論文，2008年），頁285-293。

其他晚清小說中所出現的類博覽會場景，[15]藉此瞭解此一集體想像的多重意涵。

二　物質性的消解：展覽形式與空間

「展示」（Exhibition）為19世紀末期隨著歐洲萬國博覽會的興起而產生的表現手法，其原義為「收集各類物品以公開展示，為了促銷而陳列商工貨品、以公開展示動植物及花卉之優劣的各種農畜產競賽等」，主要強調「展覽－銷售」的商業行為為目的。[16]除此之外，依照吉見俊哉《博覽會的政治學》一書的看法，萬國博覽會的運作邏輯在於對人或物的蒐集、分類到展示，此歷史緣起可追溯至大航海時代西方探險家對「野蠻異國」的人乃至動植物的發現開始，探險家不但發現且將其移植回國，「博物學」的出現就在於對這些異國事物進行蒐集並建立概念加以分類與展覽。17、18世紀源起的博物館、動物園乃至植物園便因應而生，此類空間原專屬帝王或貴族所有，用以彰顯自我財富與權勢成果，18世紀始開放給一般民眾參觀，從蒐集到分類進而展示的發展歷程，正是世界博覽會的運作邏輯。[17]

15　主要以〔清〕高陽氏不才子《電世界》與〔清〕陳天華《獅子吼》為例，兩部小說所出現的場景雖未直接以「博覽會」為名，性質與特點卻頗為相似，故以此作為對照。

16　呂紹理：《展示臺灣——權力、空間與殖民統治的形象表述》（臺北：麥田出版社，2005年），頁27-28。

17　除此之外，世界博覽會的出現與西方知識體系的運作、工業革命的成果、西方各國之間競爭也有著密切的關係。參見〔日〕吉見俊哉著，蘇碩斌等譯：《博覽會的政治學》（臺北：群學出版社，2010年），頁7-15、19。

　　高度物質文明的展示除促進商業交流的實用目的外，同時也是國力與權勢的具體象徵，博覽會「蒐集／分類／展示」的運作邏輯與權力密切相關，原先展現帝國主義與殖民主義征服成果的場域，在演變為不同國家交流文明成果的競技場後，主辦國與參展國如何透過被組織化的有限空間呈現國家形象、吸引眾人目光？甚至從中獲取實質利益？更是所有參與國家共同關心之處。

　　在這三部與博覽會相關的晚清小說中，博覽會的展示形式卻有極大差異。吳趼人《新石頭記》描述賈寶玉再度入世，巡覽近代中國，尋求救亡圖存之良方，數十年後的中國已進入文明境界，小說結尾藉著寶玉夢境帶出博覽會之想像。夢境中的寶玉應上海友人吳伯惠之邀約，由文明境界重返上海，當時的中國不但已實行憲政，更將於上海舉辦博覽會：

> 不到幾時，中國就全國改觀了。此刻的上海，你道還是從前的上海麼？大不相同了。治外法權也收回來了，上海城也拆了，城裡及南市都開了商場，一直通到製造局旁邊。吳淞的商場也熱鬧起來了，浦東開了會場，此刻正在那裡開萬國博覽大會。[18]

萬國博覽會結束之後，尚有中國皇帝作為會長的萬國和平會即將召開，小說家藉吳伯惠之言向寶玉道出了一個以中國作為核心、四方來歸的新版圖，夢境中的寶玉於「中國也有今日麼」的恍惚疑惑中來到博覽會會場，只見博覽會所開展的全貌為：

18　〔清〕吳趼人：《新石頭記》，收錄於王繼權等編：《中國近代小說大系》（南昌：江西人民出版社，1988年），頁404。

> 各國分了地址，蓋了房屋，陳列各種貨物。中國自己各省
> 也分別蓋了會場，十分熱鬧，稀奇古怪的製造品，也說不
> 盡多少。[19]

小說中的博覽會顯然只是盛世之點綴，博覽會的詳細舉辦日期、展覽形式、會館安排……等具體細節並未言及，「萬國」所指涉範圍為何？讀者無法從吳趼人所透露出的訊息中得知，「十分熱鬧」、「稀奇古怪」、「說不盡多少」……模糊字眼一筆帶過，與博覽會並置的萬國和平會亦是如此，大會場內「中國、外國的人坐滿場上，也不知有多少人」[20]。

《新石頭記》所設置的兩大盛會雖以「萬國」為號名，實質內容卻僅區分為「中國／各國」、「中國／外國」，吳趼人所展示的博覽會空間，顯然只是另一種強調以中國作為核心、各國／外國作為陪襯的宣言，透過中心位置的調整，翻轉晚清中國於國際局勢中的邊緣弱勢。其次，博覽會特有的物質性一如寶玉夢境般恍惚未明，參展物品不分國內外，皆未能得見，籠罩於「稀奇古怪」、「說不盡多少」的概略印象中，對比小說前半段對科技文明與世界版圖的詳細描述，結尾對博覽會的匱乏敘述更為明顯。

相較於博覽會的空白描述，吳趼人在《新石頭記》全書鋪陳了大量物質細節，寶玉不但參觀各種製藝工廠，進入文明境界後，與老少年一同展開環球獵奇，由非洲、南極、經澳洲、網羅世界各地珍寶，文明境界的博物院更是擺滿來自世界的奇珍異寶，寶玉等人的旅行是為了擴充館藏，蒐羅尚未得到的珍寶，這

---

19 〔清〕吳趼人：《新石頭記》，頁404。
20 〔清〕吳趼人：《新石頭記》，頁405。

些蒐集／分類／展示的過程無一不與博覽會的具體運作密切相關。[21]擅長堆砌物質細節的吳趼人，對於與博物院有著相似性質、且彰顯未來強盛中國形象的萬國博覽會，卻明顯選擇了不同的書寫策略，安排於夢境的抽象性與具體細節的缺乏，皆使得以展示物品為基本形式的博覽會形象更為虛幻，作為盛世象徵的萬國博覽會非但未能凸顯強盛國力，反而與新中國無法確定的未來同樣難以辨識。

繼吳趼人之後，陸士諤的《新中國》同樣將博覽會安排於夢境，不同於《新石頭記》的結局之夢，《新中國》一開始即以夢為載體，主角陸雲翔於閱讀〈項羽本紀〉時飲酒入夢，夢中應摯友李友琴女士之邀出遊，始發現社會大變，所見已是立憲40年後的美好新中國。主角陸雲翔並未如《新石頭記》的寶玉有機會親臨博覽會現場，僅由過往遺跡與友人之口得知博覽會相關資訊：

> 見一座很大的鐵橋，跨著黃浦江，直築到對岸浦東……足有二十年光景了。宣統十二年，開辦內國博覽會，為了上海沒處可以建築會場，特在浦東闢地造屋。[22]

---

21 寶玉與老少年的探險之旅，與早期歐洲殖民與探險的旅行記錄相似，那種異域、窺視、佔有的主題是共通的，網羅四方寶物於己囊，潛意識裡是對廣闊空間的佔有，博物館在一個封閉的室內包含了最廣闊的空間意象，它通過收集萬物於己囊，而表明自身對於世界的瞭解與掌握。晚清小說對於物質累積的追求，對於空間擴張的追求，乃至於博物館的概念，都有一種殖民主義的色彩與欲望。參見唐宏律：《旅行的現代性──晚清小說旅行敘事研究》（北京：北京師範大學出版社，2011年），頁69-71。

22 〔清〕陸士諤：《新中國》，收錄於王繼權等編：《中國近代小說大系》（南昌：百花洲文藝出版社，1996年），頁473。

陸雲翔所見為中國獨自舉辦、規模較小的國內博覽會，並非《新石頭記》中匯聚各國之國際博覽會，陸士諤之原文為「內國博覽會」，屬單一國家主辦參與之博覽會，而非國際性的「萬國博覽會」。[23]

《新中國》發表的1910年，中國確實於6月至11月在江寧舉行了第一次全國性博覽會——南洋勸業會，展品主要來自全國22個行省，歷時近半年的博覽會總參觀人次達30多萬，亦吸引美日等國派出實業代表團與會考察。[24]《新中國》的陸雲翔未能與會，僅由20年後所見的相關建設，勾勒博覽會一二側面形象。除橫跨黃浦江的大鐵橋外，舉辦過博覽會的浦東已「興旺的與上海差不多了。中國國家銀行分行，就開在浦東呢！浦東到上海，電車也是通行的」，更令主角驚奇的，還有科技先進的江底地鐵：

> 我道：「不錯，方才電車果在隧道中行走的。但是上海到浦東，隔著這麼大一個黃浦，難道黃浦底下也好築造隧道麼？」女士道：「怎麼不能？你沒有聽見過，歐洲各國在海底裡開築市場麼？築條巴電車路，希甚麼罕？」[25]

---

23 參見陳占彪編：《清末民初萬國博覽會親歷記》（北京：商務印書館，2010年），頁347-348。吳海勇亦指出此一謬誤，參見吳海勇、田佳佳：〈上海世博會的近代創意與文學構思〉，《渤海大學學報》2009年第5期（2009年10月），頁158。

24 此次參展物品以手工業、傳統農業產品為主，評價並不高，《申報》評論其「僅能耗財而不能生利」、「就其陳列之物品一望而知我國尚未脫昔日閉關之習，故亦未受世界大通之益處也」。參見〈對於南洋勸業會之評論〉，《申報》1910年11月7-8日、上海圖書館編：《中國與世博：歷史記錄（1851-1940）》（上海：上海科學技術文獻出版社，2002年），頁98-106。

25 〔清〕陸士諤：《新中國》，頁473。

舉辦過博覽會的浦東蒙受其利，經濟高度發展，江底隧道比較的
對象是強盛的歐洲經濟，雖與《新石頭記》中的博覽會同樣出現
於夢境，《新中國》的博覽會想像，顯然已由更為具體多元的角
度，逐步建構了未來富強中國的美麗夢境。

　　梁啟超發表於1902年的《新中國未來記》比《新石頭記》與
《新中國》更早提及博覽會，文中所呈現的會場，是一場顛覆既
往印象、形式嶄新的廣大盛會：

> 那時我國民決議在上海地方開設大博覽會，這博覽會卻不
> 同尋常，不特陳設商務、工藝諸物品而已，乃至各種學問、
> 宗教皆以此時開聯合大會。是謂大同。各國專門名家、大
> 博士來集者不下數千人，各國大學學生來集者，不下數萬
> 人，處處有演說壇，日日開講論會，竟把偌大一個上海，
> 連江北，連吳淞口，連崇明縣，都變作博覽會場了。[26]

學問宗教與具象物品展示並列，成為這場國際博覽會的主要特
色，聲勢浩大的演說壇與講論會，更是作者主要描寫重點。

　　梁啟超的海外經歷比吳趼人、陸士諤豐富許多，戊戌政變流
亡期間，曾於1903年應美洲保皇會之邀遊歷北美新大陸，雖感慨
未能親逢盛會，但仍親訪預計於隔年舉辦的聖路易斯世博會場
地，他在遊記中讚嘆「會場外觀之宏麗不待言，但其材料皆用細
木片耳，丹漆而堊飾之，則瓊樓玉宇不如也」[27]。此段與博覽會

26　〔清〕梁啟超：《新中國未來記》，收錄於王繼權等編：《中國近代小說大系》
　　（南昌：百花洲文藝出版社，1996年），頁7。

27　〔清〕梁啟超：《新大陸遊記及其他》，收錄於鍾叔河主編：《走向世界叢
　　書・修訂版（十）》（長沙：岳麓書社，2008年），頁520。

相關的遊歷並未出現在小說中。《新中國未來記》的博覽會會場
安排於上海，具體標示出地名場域，會場中最受關注者，為京師
大學校文學科史學部所主導的演講：

> 在博覽會場中央佔了一個大大講座，公舉博士三十餘人分
> 類講演。也有講中國政治史的，也有講中國哲學史、宗教
> 史、生計史、財政史、風俗史、文學史的，亦不能盡表。[28]

一系列活動中最受矚目者，是由全國教育會會長孔覺民老先生所
主講的《中國近六十年史》，孔老先生「遊學日本、美、英、
德、法諸國」，第一次主講所吸引的二萬聽眾中，即有「一千多
係外國人，英、美、德、法、俄、日、菲律賓、印度各國人都
有」[29]，維新成功後的中國學術進步甚速，吸引歐美各國學生前
來遊學，中文流通已廣，因此博覽會演講以中文進行。

　　孔覺民老先生所主講的《中國近六十年史》內容為新中國過
去六十年所歷經的六個現代化階段。博覽會強調參展物品的重新
編碼，在有限空間中將不同性質的物品分門別類，安排展示與參
觀動線，《新中國未來記》所安排的展示系統卻非實質物品，而
是不同層面的「各種學問、宗教」，思想體系的充實豐富超越物
質，吸引萬國前來朝聖。仔細看博覽會的架構體系，以京師大學
校文學科史學部的主題分類為例：中國政治史、中國哲學史、宗
教史、生計史、財政史、風俗史、文學史，雖為史學內部分支，

28　〔清〕梁啟超：《新中國未來記》，頁8。
29　〔清〕梁啟超：《新中國未來記》，頁9。

卻儼然已是新學術分科的概念，反映人文社會科學領域的新知識
分類體系。

　　再看博覽會的演講形式，主講者孔覺民年輕時遊學各國，老
年時的演講反吸引眾多傾慕強盛新中國的國外聽眾前來聆聽，中
西文化主客易位與話語霸權的掌握，無一不是強化未來美好新中
國形象的強力佐證，不同於《新石頭記》中的「中國／國外」二
元化區分，梁啟超一一列出國名，涵蓋象徵先進的歐美國家（英
美德法）、與中國同處東亞卻積極西化的日本、落後於中國的菲
律賓與印度，不分先進落後，一律前來聽講。此種以中國為核
心、四方來歸的模式，向來是既往中國所熟悉的天下觀，鴉片戰
爭以後卻被西方列強打破，在西方文化與軍事武力的強勢入侵
下，傳統文人與知識分子被迫重新調整認知——中國僅為天下眾
國之一，而非不可更動的絕對核心。小說中想像博覽會萬國來歸
的盛大場面，等於顛覆了現實中的劣勢，中國重新翻轉，再度居
於萬國之上與天下之中，博覽會舉辦的同時，《新中國未來記》
還安排了一場在南京舉行的「中國全國人民舉行維新五十年大祝
典之日」，同樣安排了世界各國領袖與代表前來慶賀，豎立起一
個被圍觀的「中國中心」的想像。[30]博覽會與維新慶典並置，多
次重複的定位宣言，在在強化了作者對強盛中國的迫切渴望。

　　這場博覽會的演講形式還有著更複雜意義，孔老先生一旦登
壇開講，一旁便有史學會幹事員派速記生從旁執筆記錄，將演講

---

30 顏健富指出晚清小說中此種「未來記」書寫，作者有更強烈企圖，以各種君
　臨天下／鳥瞰式的景觀，描寫立憲大祝典、維新大祝典、光復紀念會等，塑
　造萬國簇擁中國的宏偉局面，表現「天下盡是吾土」的視野，博覽會亦是常
　見場景之一。參見顏健富：《從「身體」到「世界」：晚清小說的新概念地
　圖》，頁53-56。

內容《中國近六十年史》完整錄出，多場演講累積為整部小說的
主要內容，博覽會間接成為梁啟超為讀者進行思想啟蒙、宣揚政
治主張的一次演講，[31]口語演說化為文字著述、小說被拆解為多
場演講，《新中國未來記》結合小說的虛構特徵與演說的紀實
性，展現了多重複合的文體形式。[32]

　　三部小說所描述的博覽會形式雖各有差異，卻不約而同以上
海為舉辦地點，作為未來強國想像的實踐場域，城市本身自有其
特殊性存在。隨著鴉片戰爭失利而成為通商口的上海，不僅是中
國報刊的源起之地，也是西學導入之地，租界設立後，西方列強
的相繼移入帶來多樣物質文明，生活方式、文化性質……深受外
來居民影響，成為與中國截然不同的異質存在。[33]三位作者與上

---

31 在《新中國未來記》的影響下，演說在晚清的小說中成為一種普遍因素。喜
　歡談論「演說」，將其作為「新學」的象徵，這在晚清小說中比比皆是。參
　見陳平原：〈有聲的中國──「演說」與近現代中國文章變革〉，《文學評論》
　2007年第3期（2007年6月），頁5。梁啟超對演說的看重可溯及1899年援引日
　本犬養木堂之言，論及「日本維新以來，文明普及之法有三：一曰學校，二
　曰報紙，三曰演說」，認為欲啟發晚清人民民智，演說之必要性自然不可忽
　略。參見〔清〕梁啟超：《飲冰室自由書・傳播文明三利器》，收錄於《飲冰室
　合集・專集（第一冊）》（上海：中華書局，1989年），頁41。
32 梁啟超在〈緒言〉中早已坦言該書特殊的文體特色：「似說部非說部，似稗
　史非稗史，似論著非論著，不知成何種文體，自顧良自失笑。雖然，既欲發
　表政見，商榷國計，則其體自不能不與尋常說部稍殊。編中往往多載法律、
　章程、演說、論文等，連編累牘，毫無趣味，知無以餮讀者之望矣，……其
　不喜政談者乎，則以茲覆瓶焉可也」。參見〔清〕梁啟超：《新中國未來
　記》，頁6。
33 近代上海是一個具有顯著的跨文化特徵的超大城市空間。無論是建築，還是
　文化，上海都呈現出了一種奇異的世界主義的城市景觀。宋莉華借用傅柯
　（Michel Foucault）的「異托邦」（heterotopia）概念詮釋上海的特殊性，結合
　了異質性（hetero-）以及空間（-topia），異質空間（異托邦）為真實存在，不
　同於不存在的烏托邦（utopia），雖然上海複製了西方的建築乃至城市景觀，

海皆有地理上的淵源，梁啟超原本志在科舉，會試落第後返粵行
經上海，購得《瀛寰志略》[34]，始知世界有五大洲各國，並接觸
上海製造局翻譯西書，開拓眼界；年幼喪父的吳趼人17歲即至上
海發展，經常於報刊發表作品；陸士諤為江蘇青浦人（青浦如今
屬上海市），27歲至上海行醫謀生，實際的生活經驗讓三人對上
海皆有一定程度的認識。現實生活中的上海為想像的博覽會會場
投射了西方近代城市影像——交通建設發達、文化思想交流核
心、經濟金融重鎮……，戊戌政變後遊歷西方世界的梁啟超即將
上海與香港並置，作為與中國其他地方的區別：

> 從內地來者，至香港、上海，眼界輒一變，內地陋矣，不
> 足道矣。[35]

令其眼界大開的城市，在文本中成為召喚各國前來參觀盛會的主
要場景，吳、陸二人亦將象徵國家富強形象的博覽會設置於西方
色彩濃厚、連結對外通道的港口城市上海。早於三人之前，改良

西方文化不斷向上海滲透，隨著西方的商品、語言、宗教、人口、習俗的遷移，
上海呈現出愈來愈濃郁的異國情調，它的城市身份出現了模糊，但上海並不
是真正的西方城市，它只是一個「異托邦」，是在中國被創造出來的另一個西
方空間，但同時又是一個絕對真實的空間。參見宋莉華：〈晚清小說中的旅行
者及其文化觀照〉，《社會科學》2011年第12期（2011年12月），頁169-170。

34 《瀛寰志略》為中國最早介紹西方地理知識的著作之一，成書於1848年，作
者徐繼畬參考西人提供之地圖與資料改寫而成。梁啟超於1890年入京會試，
在〈三十自述〉中提及：「下第歸，道上海，從坊間購得《瀛寰志略》讀
之，始知有五大洲各國」。參見〔清〕梁啟超：〈三十自述〉，收錄於《飲冰
室合集・文集之十一》（北京：中華書局，1989年），頁16。

35 〔清〕梁啟超：《新大陸遊記及其他》，頁459。

主義思想家鄭觀應已於1894年提出「故欲富華民，必興商務，欲興商務，必開會場。欲籌賽會之區，必自上海始」[36]，文中賽會即博覽會，鄭觀應強調博覽會的實用商業目的，點出上海為當時最適合之城市，甲午戰敗後，主張中國應儘速舉辦博覽會的公共輿論也強調「今莫如於上海擇地建屋，定期開會」[37]。然而對當時國力衰弱的中國而言，自是無力承辦，眾人殷殷期盼的上海博覽會未能成真，三位小說家所想像的博覽會更非以商業目的為主，三人各自以不同形式編織了未來新中國的美好藍圖，在想像與國際接軌、展現強大國力的過程中，最接近西方文明、繁華興盛的上海，自然是三人有志一同的唯一選擇。

三　新敘事技法：時間與夢境

雖然早在1851年於倫敦舉辦的第一屆世界博覽會中便可見中國的參與記錄，但與會者以私人身份參展，未見國家代表身影，1873年清政府派海關洋員代表中國前往參加奧地利舉辦的維也納世界博覽會，是為中國正式參與世界博覽會之始。[38]中國真正主辦博覽會則是於1910年的第一次全國性博覽會——南洋勸業會。

36　〔清〕鄭觀應：《盛世危言·賽會》（臺北：學術出版社，1965年），頁29。

37　〈匯論：論中國宜開博覽會（錄商務日報）〉，《南洋七日報》第15期，頁90-91，1901年12月22日。

38　1851年倫敦世界博覽會的中國參展者為上海商人徐榮村，送展的「榮記湖絲」於眾多絲製品中脫穎而出，獲金銀大獎，但並未引起清廷重視。1873年的維也納世界博覽會雖已由清政府派員參加，但由於缺乏對博覽會事務的認識，主要籌辦事宜委由當時的海關稅務司英國人赫德負責。參見羅靖：《中國的世博會歷程》（長沙：湖南師範大學出版社，2009年），頁55。

同樣投射了未來強國的想像，三部小說預設中國舉辦博覽會
時間卻各有不同。《新中國未來記》發表於維新運動失敗後的第
四年（1902年），〈第一回——楔子〉中直接點明拉開序幕的博覽
會時間座標：

> 話表孔子降生後二千五百一十三年，即西曆二千零六十二
> 年，歲次壬寅，正月初一，正係我中國全國人民舉行維新
> 五十年大祝典之日。其時正值萬太平會議新成，……我國
> 民決議在上海地方開設大博覽會，……[39]

孔子誕生於西元前551年，降生後2513年應為1962年，小說中預
言1902年後的60年中國強大盛壯，符合孔子降生後2513年的時
間，文中「西曆二千零六十二年」所指應為1962年。

　　除了中國傳統的干支紀時法之外，梁啟超同時使用了孔子紀
年與西曆紀年兩種不同體系。「孔子紀年」為康有為於1896年首倡
的新紀年法，〈孔子紀年說〉中他公開以「孔子卒後二千三百七十
三年」與「光緒二十一年」並列署日期，此後即多次使用孔子紀
年。[40]然而康有為的孔子紀年與孔教主張是相互配合的，與其君主
立憲、保皇思想相互呼應，西方以基督統攝社會，孔教為「中國
之國魂」，借鑒西方基督教的耶穌主紀年，以外來形式套用於中
國固有文化，孔子類比於耶穌，希望對中國社會起統攝作用。[41]

39　〔清〕梁啟超：《新中國未來記》，頁7。

40　〔清〕康有為：〈孔子紀年說〉，收錄於湯志鈞主編：《康有為政論集》（北
　　京：中華書局，1981年），頁200。

41　喻大華、姜虹：〈論晚清「孔子紀年」與「黃帝紀年」〉，《遼寧師範大學學報
　　（社會科學版）》2009年第2期（2009年3月），頁120-121。

　　《新中國未來記》在指向未來的同時，也捨棄了中國傳統帝王紀年，傳統根據皇帝登基退位為主的年號紀年法具有從頭來過的起始意義，更換新年號，時間便可從元年重新開始計算，這種循環的、可以不斷從頭開始的紀時方式與西曆有極大差異，它體現著一種時間觀念上的差異。西曆自耶穌基督誕生那一年作為西元元年，逐年累積，不可能從元年開始重新記數，這種不可重複的記錄方式形成了西方直線前進的時間觀念。梁啟超在此以孔子紀年取代中國傳統帝王紀年，並對應著西曆耶穌紀年，既隱喻了民族歷史時間超越王朝歷史時間，也表明民族歷史時間進入世界歷史時間，因為耶穌紀年乃「世界通行之符號」[42]，在眾國來歸的大博覽會中，採世界通行的計時符號，自然是合理設定。

　　在小說的時間順序中，梁啟超以倒敘手法顛覆線性時間，開始的博覽盛會實為敘事時間之結尾，倒敘的技巧與未來完成式（Future Perfect）的修辭語法相互配合，不僅形成了一種對晚清作家和讀者來說尚顯陌生的敘事技法，也為敘述時間與歷史的方式提供了一條嶄新的路徑。未來完成式（Future Perfect）的敘述把讀者的目光引向未來，歷史不再是治亂循環的時間觀的證據，而是在指向未來的線性時間軸上展開的進化過程。[43]《新中國未

---

[42] 〔清〕梁啟超：〈中國史緒論〉，收錄於《飲冰室合集（三）》（北京：中華書局，1936年），頁8。

[43] 參見王德威：《被壓抑的現代性——晚清小說新論》（北京：北京大學出版社，2005年），頁344、〈小說作為「革命」——重讀梁啟超《新中國未來記》〉，《中國現代文學》第26期（2014年12月），頁10。梁啟超這種站在未來時間點上回溯過往的敘事方式主要是受到日本政治小說《雪中梅》（1886）與19世紀末美國翻譯小說《百年一覺》的影響，前者描寫明治173年（西元2040年）10月3日東京慶祝國會154週年的場面；後者暢想百年後的敘事模式，對於未來大同的前景想像，主人公偉斯德於1887年5月30日入睡，一覺

來記》揭示了新中國未來美好前景，但如何從現在過渡到未來？博覽會中孔老先生的演說看似可交代60年的時間差距，直線前進的時間軸意味著不斷朝向未來延伸，但以「回顧」的姿態講史，本身已是對現代性前瞻動向的背離，博覽會講座之設立為「欲將我中國歷史的特質發揮出來」，主講者為孔子後裔的設定，無一不將既往傳統延續至未來。演講一開始，梁啟超即已明言演講內容《中國近六十年史》的時間性：

> 就從光緒二十八年壬寅講起，講到今年壬寅，可不是剛足六十年嗎？原來如此。這六十年中，算是中國存亡絕續的關頭。[44]

六十年一甲子的反覆循環，終點（壬寅）也是起點（壬寅），無疑又將直線前進的時間重新推回循環而且封閉的系統中，孔子後裔演講中國歷史的安排，等於將時間軸之「過去」挪移至「未來」，更像是過去「循環式」時間觀的復辟。[45]然而不論是線性發展或循環輪迴，《新未來中國記》僅刊載五回便中斷，博覽會接下來的狀況如何發展，終究無法得知。

　　不同於《新中國未來記》採取的未來完成式，《新石頭記》雖同樣於上海舉辦了萬國博覽會，但博覽會時間卻是極度模糊，沒有明確日期標示。《新石頭記》的整個時間流程表現出相對靜

醒來後，已是2000年9月10日。此種手法也提供了中國小說前所未有的敘事模式，是另一種創新的嘗試。

44 〔清〕梁啟超：《新中國未來記》，頁8。

45 梅家玲：〈發現少年，想像中國——梁啟超「少年中國說」的現代性、啟蒙論述與國族想像〉，《漢學研究》第19卷第1期（2001年6月），頁271。

止狀態，來自過去的賈寶玉穿越時間隧道，降臨晚清社會，也就是作者吳趼人所處的正在進行的「現在」，在寶玉眼裡卻已是「完成了的將來」，批判現世社會後寶玉隨即又進入一個沒有時間座標的「文明境界」，原本直線進行的時間至此突然延宕，被寶玉闖入的文明境界民風淳樸，科技發達，政治、文化、教育諸方面盡善盡美，宛若一現代桃花源，此時小說時間進入「無論魏晉」的靜止狀態，時間似已停止或完成，只作為一個語符懸掛在那裡，它唯一的作用就是用來暗示與外界的差別。[46]

《新石頭記》的萬國博覽會被安排於小說結尾，賈寶玉在東方寓所做的一個夢中重返上海，此時的中國早已大不相同，在實行憲政改革後進步神速，主辦萬國博覽會與萬國和平會，但究竟經過多久時間方才臻至此境？從吳趼人的敘述中無從得知，從過去、現代、過渡到未來，新舊之間轉換極為迅速，卻無法合理填補中間縫隙。現實生活中有截止期限的博覽會在夢中無開始與終止的時間限制，只知是極難遇著的盛會，在曖昧不明的時態下，由博覽會延伸而出的新中國盛世隨著寶玉的夢醒而結束，在夢境中賈寶玉由從時間靜止狀態進入混沌不明的未來，編織強盛新中國的想像，陡然夢醒的失落，卻巧妙暗示了與強盛新中國同為理想新世界的「文明境界」時間進程：它不是存在於未來的某個時間座標裡，而是已然存在的一個虛幻的國度。

《新中國》的博覽會同樣於夢境中開展，有別於《新石頭

---

46 參見潘豔慧：〈「向後看的烏托邦」——論晚清作家的時間想像〉，《貴州師範大學學報（社會科學版）》2004年第6期（2004年12月），頁80-81。該文將《新石頭記》的時間稱為「將來完成時」，小說所設定的時間雖是將來，但時間的流逝在將來卻沒有顯著痕跡，而在將來發生的事情因為失去時間的線性安排而呈一種完成狀態。

記》的模糊時態，《新中國》第一回已標示出作品時間為宣統二年正月初一，主角醉然和衣睡去，竟已是宣統四十三年正月十五日，恰是立憲四十年後之新中國了。梁啟超的《新中國未來記》為「新中國」的發展預留了六十年的時間，陸士諤的《新中國》預留了四十年的發展時間，時間單位則是延續傳統使用的帝王年號，「立憲四十年大祝典」與象徵眾國領袖地位的弭兵會、萬國裁判衙門的成立一同舉辦，顯然將中國得以居世界之首歸功於君主立憲，實際上早在《新中國》第二回中，陸士諤就已藉著新上海舞臺所搬演的十本故事新劇帶出甲午以後的中國發展史，十齣劇目分別為《甲午戰爭》、《戊戌政變》、《庚子拳禍》、《預備立憲》、《請開國會》、《籌還國債》、《振興實業》、《創立海軍》、《召集國會》、《改訂條約》，清楚勾勒了新中國君主立憲的必然之道，如是強盛中國夢雖以新為名，但思想基調卻仍是守舊的傳統路線。

　　出現於《新中國未來記》篇首與《新石頭記》結尾的博覽會皆是新中國的強盛頂峰，均屬於已完成的未來，也正是敘事時間軸的最末，《新中國》的內國博覽會僅為中國境內所舉辦的國內博覽會，屬單一國家活動，自然無法與結局弭兵會、萬國裁判衙門……所代表的國際地位相提並論。博覽會的舉辦時間被陸士諤安排於「宣統二十年」，約略為改革時間四十年的一半，國內建設的完成與展示僅為發展過程的中途成果，對來自過去的陸雲翔而言雖仍是未來，但就全書時態來看，顯然已是已成定局的過往回顧。結尾陸雲翔所讚嘆的「盛極了」以及同遊友人李友琴所明言的國際地位翻轉：「前四十年，我國比了他國，他國是何等文明，我國那一樣及得上人家！誰料才過得四十年，已經跑過人家

前頭了」[47]，方為更遠大的理想目標。

然而《新中國》美輪美奐的藍圖仍是建構於夢境之中，儘管有著明確的時間刻度，夢境畢竟是虛幻，而非現實，再精準的時間刻度意義必然也隨夢醒而為之消解。但陸士諤所描述的夢境刻意與現實交雜，真假難辨，例如當陸雲翔初入夢境，見到諸多無法理解的新事物，在友人李友琴的解說下，卻「越發糊塗」，從新聞報紙上方知時間已過三十多年，「不覺目定口呆，半晌說不出話來」。接下來兩人的對話更為有趣：

> 女士道：「雲翔，這會子可信了？」我道：「我與你不是都在夢裡麼？」女士道：「明明白白的事，怎麼說起夢裡來？你疑是夢，你才在夢裡呀！」我訝道：「奇哉，奇哉！我明明記著，今天是宣統二年正月初一日。我記得居停主人還給我拜年，我還到馬路上去逛過。怎麼一霎間，變遷得這麼的快！」女士道：「這是夢話了！你莫非方才做了個大夢，夢見了四十年前舊事，所以，這會子還在說夢話？」看官，我此時真教有口難分。[48]

陸士諤刻意安排了一個清醒的敘述者與一個糊塗的遊歷者，兩相對比，夢中之夢的存在，使得夢與現實的界線越發模糊，甚至還有具體事物佐證，夢境似真似假，真偽難辨，現實卻被質疑為

---

47 〔清〕陸士諤：《新中國》，頁534-535。然而弭兵會與萬國裁判衙門的成立亦非最終目的，儘管陸雲翔讚嘆「文明到這般地步，再要進化，恐怕也不能夠了」，李友琴卻回應：「作興再過幾年後，還有的法子想出來，你我如何料得定？」暗示了未來尚有更多發展的可能性。

48 〔清〕陸士諤：《新中國》，頁458-459。

夢，在清醒／糊塗的對照下，夢境的真實性與可信度反而更為強化。當陸雲翔夢醒之後，雖已知是夢卻仍堅持「休說是夢，到那時，真有這景象，也未可知」、「我把這夢記載出來，以為異日之憑證」[49]，以文字為憑證，透過書寫落實虛幻夢境。正如同夢中所見的博覽會遺跡，盛會雖已成過往，卻仍有足夠景物證明確實曾經發生，夢境雖終須結束，但對於未來希冀成真的期許，也反映著陸士諤對國家現實困境的焦慮，《新中國》的時間並非如表象般清晰明朗，而是始終在真實／虛幻、現實／夢境之間不斷游移。

四　類博覽會場景的對照

除了上述三部作品外，刊載於《小說時報》1909年第1期的《電世界》描述了一場未以「博覽會」為名，性質卻頗為類似、強調展示盛況的「電學展覽會」。《電世界》署名「高陽氏不才子」，為清末民初小說名家許指嚴的作品。小說以說書人的口吻開篇，傳聞「亞細亞洲中央昆侖山脈結集地方，有名烏托邦者，新出一位電學大家，自從環遊地球回國，便倡議要把電力改變世界，成一個大大的電帝國」。小說第一回中，敘事者從「華胥國」遊歷返回，途經上海，「剛巧舉行上海新都百年紀念，熱鬧得人山人海，徹夜笙歌，真正是黃金世界」，電學展覽會正式開場前一日為帝國大電廠、帝國電學大學堂開幕典禮，廠主兼校長電學大王的電學大家黃震球於典禮上發表演說，強調「欲借電力

49　〔清〕陸士諤：《新中國》，頁536。

一雪此恥，掃蕩舊習，別開生面，造成一個嶄新絕對的電世界」、只要在電力上下功夫，「不消五十年，中國穩穩的做世界主人翁」[50]，為取信於眾，預告將於次日舉辦一場電學展覽會：

> 諸位不信，鄙人將於明天設一新電學展覽會，把新發明的一種磁電原質當面試驗，並且說明理由用法。[51]

「展覽會」此一名稱正式出現。不同於前三部博覽會小說中的模糊樣貌，《電世界》中的新電學展覽會不但在開始前已有明確預告，動機還是為了印證科學新發明的確實存在。乍看之下，集中以電學為主題、附加科學實驗及原理說明的展覽會顯然頗為客觀真實，然而，小說一開始即結合中西文化中的多元意象，例如中國傳統神話中的昆侖、古籍中的華胥國、西方小說烏托邦……等，或虛實參半、或純然虛構，[52]皆強化了整個故事的虛幻特

---

50 〔清〕高陽氏不才子：《電世界》，收錄於《小說時報》（上海：小說時報社，1909年）第一期第一回，頁1-2。

51 〔清〕高陽氏不才子：《電世界》，頁3。

52 學界大多認為，古代文獻中「昆侖」有兩種涵義：一為地理的昆侖，一為神話的昆侖。對於地理昆侖的具體地望，至今仍聚訟紛紜，神話中的昆侖為古代諸神聚集之山，與西王母有著不解之緣，象徵世界軸心和世外仙鄉的處所，昆侖意象被蘇雪林形容為「真中有幻，幻中有真，甲乙互纏，中外交混，如空谷之傳聲，如明鏡之互射，使人眩亂迷惑，莫知適從」，參見蘇雪林：《崑崙之謎》（臺北：中央文物供應社，1956年），頁1。
「烏托邦」一詞創自摩爾於1516年發表的專書《烏托邦》（Utopia），希臘原文的兩個字根有互相矛盾的雙重涵義：一為「樂土美地」（eu-topia），一為「烏有之邦」（ou-topia）。摩爾的用意在呈現烏托邦的辯證本質：這是一個無法實現的理想國度。「烏托邦」概念於晚清傳入中國後，逐漸由一開始的蓬萊、安樂國等傳統比附，轉為具有對政治、社會強烈關懷的理想投射，參見宋美璍：

質，原先因科學原理實證而開展的新電學展覽會，卻在開展之前即已預告了與現實悖離的整體基調。

小說第二回〈新原質大鬧工場，舊電機宮陳骨董〉中，新電學展覽會正式登場：

> 話說宣統一百零二年正月初二日，中昆侖省大帝國電廠主電學大王黃震球開設新電學展覽會……會堂閎壯，足可容一萬多人，來賓除亞洲各官紳商學軍界外，歐美各國體面人都來瞻仰。[53]

電學展覽會的時間設定在宣統一百零二年，容納萬人的場地規模盛大，來賓範圍涵蓋世界各地，與《新中國未來記》、《新石頭記》的企圖相似，皆欲以此作為未來強盛新中國對全世界的宣告。

相較於前三部小說博覽會的模糊描述，《電世界》更著力於鋪陳展覽會細節，電王於展覽中宣佈自外星隕石中提煉一新元素「鎯」，吸鐵能力強於一般磁精的五千倍，韌性、展拓性也無可比擬，能聚集天然電氣，自成一小型電機，電王於演說中示範完鎯質功用後，眾人不須移動，只須坐在電椅上便可依序旋轉進出

〈湯馬斯・摩爾的世界與視界〉，〔英〕湯馬斯・摩爾（Thomas More）著，宋美璍譯：《烏托邦》（臺北：聯經出版公司，2003年），頁iii、顏健富：〈「小說」晚清「烏托邦」：概念旅行、敘事展演、文類劃分與文學史〉，《從「身體」到「世界」：晚清小說的新概念地圖》，頁140-147。

「華胥國」典故出自《列子・黃帝》，黃帝晝寢夢遊之華胥國為一無為而治的理想國家：「其間無師長，自然而已。其民無嗜欲，自然而已」，參見楊伯峻：《列子集釋》（北京：中華書局，1997年），頁41。

53 〔清〕高陽氏不才子：《電世界》，頁4。

一千零九個廠室,一覽會場眾多奇妙展品。觀眾不僅被強迫置入
主辦單位所安排的展示脈絡中,甚至連自由參觀的權力也沒有,
處於完全單方面的被動接收,規模龐大的展覽會卻能將「一萬餘
人分的有條有理,一些不覺得人多擁擠」,關鍵正在於作者所強
調的:

> 凡事只要有秩序,有了秩序,無論什麼頭緒紛繁的事情,
> 也自然絲絲入扣了。[54]

小說中僅強調須按照秩序進行的原則,至於原則細目、展覽順
序、分配標準為何?這些與秩序相關的細節皆未有更具體的說
明。此場展覽會所在意的秩序非關展品本身,反而更直接彰顯了
支配群眾的權力,一般博覽會藉由物品陳列與參觀路線的安排,
將觀眾置於被重新編排的脈絡系統中,《電世界》卻直接取消觀
眾於場中自主移動的可能性,不僅展示物品須合乎「秩序」,來
自世界各國的觀眾也必須符合電學大王預設的「秩序」,原先紛
亂局勢自可掌控得宜,背後所蘊藏的權力慾望不言而喻。

　　由於知識的懸殊落差,參觀完展覽會的群眾依然面臨著修辭
匱乏的窘境:「識不得新電器,就是有些問了名目也記不清楚」,
透過觀眾轉述,強化了一個聲勢浩大、卻難以納入眾人認知框架
的壯盛形象:

> 只覺什麼電車有一千多種、電鑽款式有幾百種、電扇、電攝
> 影片、電作樂、無線電報、各種新式,都是二十世紀裡沒

---

54 〔清〕高陽氏不才子:《電世界》,頁7。

見過的，不知有幾千萬種，真是五花八門、目眩神迷了。[55]

除了「目眩神迷、五花八門」的模糊印象外，藉由參觀者之口，小說再現了一個嶄新進步的神秘空間，電鑽、電扇、電攝影片、電作樂、無線電報……等科技物品名稱雖仍可具體說明，但數千、百、幾千萬，難以統計的數字不斷增加，加強渲染效果，「沒見過」、「不知」、「記不清楚」……等字眼強調群眾與未來新科技的落差。

相較於前三部作品中僅匆匆帶過的博覽會，《電世界》裡仔細交代新原質來龍去脈以及群眾無法解釋、卻仍能一一轉述的電器用品名稱，還是建構起一個相對明確的新電學世界與樂觀未來。

《電世界》中第一次出現「博覽會」三字，是用來形容第十二回〈北極北公園出現，奇中奇電椅賽跑〉中電學大王召集百萬歐工，乘電車到北極白令海地方所新建的大公園。公園落成當天為宣統一百八十一年正月初一日，電學大王吩咐「添開一萬輛公共電車，以備國民遊覽」[56]，公園內設有植物區、動物區、礦物區、商品陳列室等，「有代表世界的性質，所以東西南北四區按照各地方物產陳列起來」，「博覽會」一詞正被用來形容民眾的觀賞體驗：

　　進了公園，正如到了世界的大博覽會場，一個世界的小影。盡行包括其中，五花八門、千奇百怪，若把山陰道上

---

55 〔清〕高陽氏不才子：《電世界》，頁7。
56 〔清〕高陽氏不才子：《電世界》，頁42。

比較，還是儗不於倫呢！[57]

博覽會與陳列世界各地怪奇器物的公園劃上等號，不同於之前的電學博覽會，此時的公園遊客已可隨意乘坐園內電車（雖名為車，但車卻如同交椅）自由移動，不再全然受限於主辦單位。

沒有時間限制的常設公園在作者心目中等同於博覽會，電學展覽會中被高度強調的秩序，在此處以不同形式呈現，公園物品依據世界各地方位陳列，作者細寫園區中央的最高建築春明塔：「塔的底下五層，都是陳設中國的物產工藝，再上便是酒館餐室，再上便是美術百戲場，再上便是歌舞場，再上又是博物館，頂上三層卻是中國藏書樓」，藏書樓館藏順序為「大約下層是非、澳的書，中層是歐、美的書，最上一層是中國的書」[58]，中國作為世界中心與頂端的天朝想像又被再次彰顯。與博覽會相等的公園已跨出中國境內，挪移至首度開發的陌生極地，重新建構的常設公園不再有時間限制，但展示的功用與企圖更為強烈，透過建築物位置安排與世界地圖的對應，以中國為核心、居高臨下俯視全世界的新秩序在此成為恆常存在，印證作者心目中的強盛帝國。不似博覽會僅為有限期的展覽，時間一到便須結束撤展，《電世界》中混淆使用了「博覽會」一詞，不再有明確精準的測量單位，重新建造的世界性公園，亦非一般公共休閒娛樂場所，而是刻意召喚觀眾前來參與成果展示的權力場域。

《電世界》中的北極公園與《新中國未來記》的「中國全國人民舉行維新五十年大祝典之日」、《新石頭記》的萬國和平會在

---

57 〔清〕高陽氏不才子：《電世界》，頁43。
58 〔清〕高陽氏不才子：《電世界》，頁43。

本質上並沒有太大差異，同是用來宣告「中國／世界中心」的企盼，只是前者以場地安排、後二者透過慶典方式呈現四方來歸的盛況，藉由展示位置的確立，未來新中國的想像不斷在晚清小說中透過類似場景反覆出現，例如1905年革命份子陳天華所發表的《獅子吼》，以〈楔子〉托言夢境，敘者夢見自己來到一個極大的華美都會，「街上的電車汽車，往來如織。半空中修著鐵橋，人在上面行走，火車底下又穿著地洞，也有火車行走」，交通發達儼然可比《新中國》的未來上海，在此一「講不盡富貴繁華，說不盡奇麗巧妙」、「恐怕倫敦、巴黎也沒有這樣」的繁華都市中，正值「光復五十週年紀念會」舉辦之際，用來彰顯國威的會場佈置同樣充滿暗示：

> 那會場足足有了七八里，一個大門，高聳雲表，匾額上寫「日月光華」四字，用珍珠嵌就，又有一副對聯：「相待何年修種族戰史，不圖今日見漢官威儀」，門前兩根鐵旗桿，扯兩面大國旗，黃緞為地，中繡一隻大獅，足有二丈長，一丈六尺寬。其餘各國的國旗，懸掛四面。[59]

小說中沉睡多年突然醒來的大獅即指中國，在會場中大獅國旗正居中央，四周懸掛的世界各國國旗，正凸顯中國的中心位置，也呼應了接下來由新中國少年所演唱的單折雜劇《黃帝魂》內容：

---

[59] 〔清〕過庭：《獅子吼》，《民報》第2號，1905年11月，第1回〈楔子〉，頁5。《獅子吼》連載於《民報》時，出現兩次「第一回」，第二號刊出時，陳署名「過庭」，標目為「第一回：楔子」；第三號刊出時，小說回目仍是「第一回」，標題已從「楔子」變成「數種禍驚心慘目，述陰謀暮鼓晨鐘」。

「三色國旗，雄飛海外」、「現萬丈光芒於世界」，中國重新回歸
一統天下的領導地位。

　　「光復五十週年紀念會」的會場描述，最後收束於右廂「書
冊不知有幾十萬冊」的「共和國圖書館」，藉由其中一巨冊金字
標題「共和國年鑑」，再次呈現了博覽會的展示模式：

> 全國大小學堂三十餘萬所，男女學生六千餘萬。陸軍常備
> 軍二百萬，預備兵及後備兵八百萬。海軍將校士卒，共一
> 十二萬，軍艦總共七百餘只，又有水中潛航艇及空中戰艇
> 數十隻。鐵路三十萬里，電車鐵路十萬里。郵政局四萬餘
> 所。輪船帆船二千萬噸。項稅銀每年二十八萬萬圓，歲出
> 亦相等。[60]

不厭其煩地就教育、軍事、經濟、交通、通訊……等各層面，逐
一列出具體數字，建構起一個輪廓鮮明的強大形象。[61]《獅子
吼》的光復五十週年紀念會與共和國圖書館，儘管與博覽會的時

60　〔清〕過庭：《獅子吼》，第1回〈楔子〉，頁9-10。

61　此段文字所列出的具體數據，與清朝現實狀況相去甚遠。以鐵道為例，由鴉
　　片戰爭至清朝結束，中國所修築鐵道長度為9618.1公里，《獅子吼》中的共和
　　國卻已修築鐵道三十萬里，超過17萬公里。再以海軍艦艇為例，甲午一役令
　　中國海軍深受重創，殘存艦艇亦不敷戰爭所用。戰敗後海軍力圖振作，由甲
　　午至晚清結束這17年間，清廷由外購入軍艦39艘與國產軍艦24艘，合計63
　　艘，與小說中的「七百餘只」數量相去甚遠。作者藉由與現實差距極大的具
　　體數據，凸顯想像中的強國形象。參見嚴中平等編：《中國近代經濟史統計
　　資料選輯》（北京：中國科學出版社，1955年），頁190、馬幼垣：〈甲午戰爭
　　以後清廷革新海軍的嘗試——以向外購艦和國內造艦為說明之例〉，《嶺南學
　　報》新第1期（1999年10月），頁533。

間空間限制有所差異，但中心位置的強調與系統性展示的形式、與上海極為相似的都會氣象，仍與博覽會場景十分相似。

　　《獅子吼》一開始所展示的世界中心理想，最後卻像梁啟超《新中國未來記》的未竟之路，無法順利連結現在與未來。敘述者在夢境中攜回一《光復紀事本末》「共分前後兩編，總計約有三十萬言。前編是言光復的事，後編是言收復國權完全獨立的事」，驚醒後發現「原來是南柯一夢」，但「急向袖中去摸，那書依然尚在」[62]，便據此演為章回體白話小說。作者藉此說明全書的篇幅、體製、書名，一開始揭示的強國想像看似虛假夢境，但清醒後卻仍有實體書在旁，與《新中國》虛實交錯、真假難辨的效果類似。但作者陳天華最後壯烈犧牲，[63]小說僅完成前八回，未能終篇，如何由現在過渡到展示未來中國世界位置的「光復五十週年紀念會」？已無法得知，博覽會意象延伸而出的強國想像也再次落空。

五　結語

　　於有限時空內系統化展示具象物品的博覽會，在晚清小說中

62　〔清〕過庭：《獅子吼》，第1回〈楔子〉，頁10。

63　《獅子吼》的作者陳天華（1875-1905）出生於湖南新化，1903年公費留學日本，開始走上民主革命道路，1904年與黃興等人在長沙組成「華興會」，計畫發動起義，1905年8月，中國同盟會於東京成立，陳即為發起人之一，並於《民報》創刊後擔任撰述員。1905年12月因憤於日本政府頒佈「取締清留學生規則」，於東京大森海灣蹈海殉國。《獅子吼》第一回署名作者為「過庭」，第三回於1906年《民報》第三號刊出時，作者欄已註明「星台先生遺稿」。關於陳天華生平與筆名可參見馮祖貽：《鄒容陳天華評傳》（鄭州：河南教育出版社，1990年）。

被想像為未來新中國的富強象徵，主辦國家必須具備相當國力，方能順利承辦。承辦博覽會對主辦國而言，除實質商業交流目的外，更有著向他者宣揚自身文明成果的政治意涵，以博覽會作為強國象徵，自然別具說服力。

博覽會的具象性質在晚清小說家的想像中被淡化消解，《新中國未來記》中的萬國博覽會由一場場宣揚抽象理念的演講所構成、《新石頭記》中萬國博覽會雖提及稀奇古怪的展品，對展覽內容的描述卻極度模糊，梁啟超與吳趼人藉博覽會形式號召天下眾國來歸、見證強盛新中國的企圖顯而易見。《新中國》的內國博覽會為境內博覽會，無法親臨現場的主角僅能藉由既往遺跡的憑弔，見證新中國的繁榮興盛。三人皆與上海有所淵源，晚清租界城市獨具的異質性與國際性，使得三人皆選擇以此作為博覽會會場的主要場地，在同一地理空間中開啟不同的強國想像。

三部小說的博覽會皆發生於未來，《新中國未來記》的博覽會於想像中的1962年舉行、《新中國》於夢境中的1928年、《新石頭記》則是於時態不明的未來夢境。在未來完成式的小說時間軸中，前二者的時間單位看似清楚，強調直線前進的未來，但《新中國未來記》強調傳統的孔子紀年、以一甲子為循環的演講，再度將時間回歸保守封閉系統；《新中國》遊走於虛實之間的夢境安排，也顛覆了時間單位的準確性，二者的時間座標與《新石頭記》中的夢境一樣飄忽不定。

強調展示與世界中心位置的博覽會意象，在晚清小說中尚有其他不同的變化。例如《電世界》中在上海舉辦的電學展覽會與新建的北極公園春明塔，全書雖鎖定以科學性質為主題，但博覽會相關意象隱含了更明確的權力秩序。《獅子吼》中的「光復五

十週年紀念會」透過會場佈置再現未來新中國的世界位置，結合
共和國圖書館、共和國年鑒的展示再現新中國的強盛形象，最後
仍因夢境的安排與小說的未完結，落入與《新中國未來記》相似
的窘境。晚清小說中的各式類博覽會場景，與其他規模盛大的國
際性／全國慶典、會議並無太大區別，終究只是用來凸顯強國形
象的類似元素。

　　本文為科技部103年度研究計畫「晚清博覽會的意象再現——
從域外遊記到小說」（編號：MOST 103-2410-H-003-062-MY2）
部分研究成果。
　　原文初稿曾宣讀於「古典文學新視境學術研討會」（2016年4
月23日），東海大學中文系主辦，2016年4月23日，經匿名審查修
訂後，刊於《臺北教育大學語文集刊》第39期（2021年6月），頁
105-141。

結　論

　　從封閉的家國出走，晚清旅人跨出國門，走向世界之際，面對應接不暇的異文化衝擊，如何在驚訝、抗拒、沉痛、羨慕、欣賞……等複雜情緒中，重新調整觀看角度，連結既有的知識框架，以文字建構出多元紛呈的異國形象，中間的轉折過程，不但牽涉到旅人對新事物的接受程度，也與己身的文化涵養密切相關，同一個國家或城市，可能在不同旅人筆下被轉化為迥異風景，差異甚大的不同國家，也可能囿於觀看旅人的保守姿態或所知有限，被簡化為幾近相同的模糊印象。

　　本書以比較文學形象學的研究方法切入，探討晚清海外遊記與旅行詩所呈現的異國形象。旅行地點涵蓋歐美、南洋、日本……等地，藉由同一國度不同旅人、同一旅人不同文體的作品參照，從城市特色、地景意涵、文化風俗、博物館與博覽會……等多重層面，分析晚清旅行書寫中豐富多元的異國形象。從單一城市、國度，到特定區域與場所的形象分析，主要有下列兩點發現：

一　真實與想像：異國形象的多重詮釋

　　英國以第一次鴉片戰爭打破中國「天朝上國」的幻想，晚清正是英國國力鼎盛時期，首都倫敦對多數中國旅人而言，等同於是西方現代文明的代名詞。從斌椿、張德彝、王韜到郭嵩燾，張

祖翼以前的中國旅人多半於遊記中強調倫敦的正面形象，倫敦被
塑造為內外兼美的理想城市。張祖翼〈倫敦竹枝詞〉以近百首詩
的篇幅，透過竹枝詞詩句短小、並列長注的方式描寫倫敦，然而
詩句與注文矛盾斷裂，顛覆既往旅人所營造的倫敦美好形象，並
利用大量的音譯詞強化異國情調。張祖翼筆下的倫敦印象，外在
表象文明進步，內在本質卻無比低落，藉由強化倫敦女子的裸露
特質，他將倫敦形塑成春色滿城的慾望空間，卻也更加彰顯了自
己的侷限與不安。

　　晚清海外旅人造訪巴黎之際，巴黎已歷經奧斯曼的大幅改
造，轉型為一座現代化城市，並舉辦了五次世界博覽會，展現強
盛國力與高度文明。晚清旅人描述巴黎的地景詩作以巴黎鐵塔數
量最多，隨著參訪旅人的見識漸增，詩中的鐵塔樣貌也隨之清
晰，但登塔所引發的個人遙想，又消解了地景的真實性。與拿破
崙相關的地景描述中，常見詩人受先前地理著作如《海國圖
志》、《瀛寰志略》的影響，批判其好戰形象。詩中有關展示場所
如博物館、動物園的形象模糊，但與故國文物的相遇，又召喚出
鮮明的古老中國身影。多數詩人盛讚巴黎市容與街道的光明整
潔，並注意到公園的公共休閒功能，亦有少數詩作將巴黎詮釋為
開放的情慾空間。晚清巴黎紀遊詩具體再現了現代化都市的文明
形象，但來自衰頹帝國的窘境，以及受傳統認知的影響，也使得
旅人筆下的巴黎地景呈現出異於現實的反差。

　　在不同性別角色的凝視下，晚清海外旅行文本書寫異國形象
也有著不同的詮釋方式。單士釐於1907-1909年隨擔任駐歐公使
的丈夫錢恂同行，為晚清少數具有出洋經驗的女性旅人，著有歐
洲遊歷見聞《歸潛記》。對比1920年代展開歐洲之行的呂碧城遊

記，可更清楚認識清末民初的女遊書寫特色。單士釐隨夫同行，遊記雖統攝於男性話語下，但仍有其文明開化的一面。呂碧城終身未婚，隻身獨遊，看似極為先進，女性身分仍使她面臨性別的書寫困境。兩人歐洲遊記的異國形象均投射了中國身影，單士釐於文藝論述中插入義大利猶太人慘況的描寫，委婉提醒國人記取教訓；呂碧城以中國地景對比國外景象，藉熟悉典故再現異域。兩人均高度肯定歐洲藝術，單士釐結合神話、繪畫與文學多重角度分析，呂碧城以東西方文化比較，情感認同對象仍為古老東方，歐遊美好藝術形象的再現，反映出兩人獨特的審美觀照。

晚清以前中國對美國的想像偏向和善良夷與新興大國，在鴉片戰爭後赴美旅人的遊記中，此一美好形象開始產生變化。紐約與舊金山為美國東西兩岸重要港口，晚清赴美旅人多由此進出，兩座城市皆是旅人進入與離開美國的重要關鍵點，也是遊記書寫重點。舊金山自1950年代後為華人群居城市，旅人筆下熟悉的故國文化意象削弱了城市的現代性，當地排華行徑的描述凸顯了城市的蠻橫暴虐，華人好賭好鬥的負面形象又反映出熟悉的民族性。紐約的文明進步則帶給旅人極大震撼，遊記中的城市由炫麗新奇到具體清晰，彰顯其世界大都會與商業中心的壯盛形象，卻也隱藏貧富懸殊的社會問題。兩座城市的豐富形象改寫了晚清以前對美國全然美好的想望，也反映了新大陸（美國）與舊大陸（中國）繁複難解的關係。

再將視野轉移至南洋，晚清旅人筆下的新加坡形象極為豐富。黃遵憲自1891至1894年擔任中國首任駐新加坡總領事，在新期間積極保僑護僑，提倡華文教育。對比其他晚清旅人的新加坡書寫，黃遵憲的漢詩別具特色，一改前期遊記集中於土人黑膚紅

唇、珍禽異獸的奇幻記錄,回歸現實與當地文化,反映出另一種四季如夏、物產豐美、多元族群並存的異地風貌。新加坡華人保存中國傳統文化,被多數中國旅人視為天威遠播的具體展現,並挪移為自身文化優勢的再確認。黃遵憲則在〈番客篇〉中變換不同視角,在多族文化並存與無法回歸的現實困境中,再現了一個多重轉折的中國形象。

最後將焦點轉移至匯聚多種物質文明,密集呈現多國形象的博物館與博覽會。博物館壓縮時間與空間,為晚清旅人提供了一個有趣的隱喻場域,讓旅人們得以從物質展示中窺看被他者建構的多元文化。從博與奇的敘述到系統化的秩序建構,晚清海外遊記中的歐美博物館形象,由蒐奇之處拓展至具備公共教育意義的知識性場所。館中的中國器物提供旅人於異地重新觀看自我的機會,被刻意醜化的扭曲形象、淪為列強戰利品的故國文物皆召喚出一個古老衰敗帝國,博物館的完善制度同時也帶給旅人對未來中國的美好想像。日本博物館以符合西方的秩序體系成為旅人眼中的文明象徵,甲午戰後的赴日旅人在其中經歷更強烈的衝擊,家國物件被島國鄰居以新模式收編為落後代表,重新翻轉兩國定位。

於有限時空內系統化展示物品、宣揚文明成果的博覽會,被晚清小說家想像為未來新中國的富強象徵。梁啟超《新中國未來記》(1902)、吳趼人《新石頭記》(1905)、陸士諤《新中國》(1910)皆於小說中描述不同形式的博覽會,空間移動涵蓋真實異國與作者想像的虛擬場景,諸多異國(異世界)形象的並列,主要為了凸顯未來新中國的強盛壯大。三部小說的博覽會場景皆安排於租界城市上海,博覽會的具象性質在小說中被淡化,會議

相關的異國形象模糊，萬國來歸的國際領袖地位與經濟繁榮之期待反而極為鮮明；三者皆採取未來完成式敘事，博覽會的時間看似清晰，卻在夢境手法與傳統比附中虛實難辨。此外，在《獅子吼》、《電世界》中雖開啟不同的旅行，以博覽會意象結合公園、博物館、紀念會、圖書館……等展示形式，產生不同變化，但皆只是凸顯強國形象的類似元素。

二　雙重言說：異國形象與自我形象

梳理晚清海外旅行書寫中的異國形象，可以發現，旅人筆下的異國形象交織著一路隨行的中國身影。尤其是傳統道德禮教如影隨形。歐洲的異國形象文明先進，倫敦的恢弘氣象與文明建設，映照出積弱中國的過往優勢早已不再，然而，以中國傳統禮教觀點出發，凸顯倫敦外在進步、內在道德低落的負面形象，雖是旅人守舊的反應，卻未嘗不是另一種為自身民族文化發聲的表現，藉此翻轉了彼強我弱的絕對劣勢，彰顯中國道德崇高的美好形象。巴黎繁華印象在作品中被旅人反覆言說，在積弱國勢下出遊，面對他者強勢文化，旅人雖肯定其物質文明，卻仍選擇以不同方式表現與自我家國的連結，或由傳統道德與禮教觀點出發，批判西方的道德缺失與好戰形象；或藉由傳統文化意象將陌生異國風景熟悉化，消解異域特色，詩中所用大量典故尤為明顯。

旅人在不同異國所遭遇的中國文物或文化習俗，皆頻頻召喚出遙遠的故國身影，或藉由故國文物感傷古老帝國榮耀不再，或透過回溯文物歷史及文化習俗，再次重回過往輝煌時空，或回歸至共同民族性的情感連結，反思未來走向。異國成為映照故國與

自我的借鏡，書寫異國形象之際，旅人所揭露的自我家國形象卻更為鮮明。

就文體形式而言，相較於遊記的完整性與紀實性，描述異國形象的紀遊詩為旅人提供了更直接的抒情空間，如康有為於登巴黎鐵塔之際另起個人遙想、黃遵憲〈番客篇〉由眼前的一場新加坡婚禮延伸至南洋華人發跡史，兩人均拓展了現實景物以外的想像空間，這些詮釋手法使得描述真實見聞的海外紀遊詩蒙上不同的虛幻色彩。張祖翼〈倫敦竹枝詞〉藉由詩句與注文的矛盾斷裂，顛覆既往旅人筆下的理想形象，並利用大量的音譯詞強化異國情調，投射個人偏頗主觀意識，扭曲城市真實樣貌。晚清小說則發揮了更寬廣的想像，真實異國與虛擬異文明的展示，都寄託了對未來富強中國的強烈渴望。

晚清海外旅行書寫中大量出現旅人熟悉的典故與傳統意象，這種表現手法雖消解了異國形象的特殊性，卻也反映晚清旅人對他者的集體想像與言說困境。另以音譯詞入詩的現象加強了異國的陌生感，強化異國情調，展現不同於傳統形象的新風貌。隨著旅人對海外知識的理解漸增、旅居時間的延長，晚清旅行書寫中的異國形象也逐漸由無法言說的奇特、奇幻轉為具體清晰，倫敦、巴黎、新加坡與多國博物館形象均是如此。

相同國家或地區以截然不同的異國形象出現於晚清旅行書寫中，這主要仍取決於旅人看待他者的角度與知識背景差異。旅人對於異國形象的詮釋固然受到出發前的社會集體認知影響，例如晚清巴黎旅人受地理書籍《海國圖志》、《瀛寰志略》的影響，並感受到中國備受列強侵略的危機感，對拿破崙相關地景的描述多半集中於批評其好戰印象，而非原本地景所標榜的戰功紀念性，

但對於城市現代性體驗的再現,卻因關注焦點差異而有了不同的呈現。梁啟超因個人智識與敏銳觀察力,能精準點出紐約繁盛特色與隱藏背後的陰影,這在其他赴美旅人的作品中極為少見;單士釐著重歐洲藝術美感的呈現,反映其美學素養;黃遵憲態度雖開明,但以官方身分所揭示的新加坡形象依然必須符合正朔秩序,眾多晚清旅人所再現的異國形象,實際上都是對自我形象的更深入刻畫。

　　藉由本書的耙梳與探討,晚清海外旅行書寫的異國形象有了更具系統性的統整,也反映了旅行文本更深刻的文化意涵,對於晚清海外旅行與國際文化交流研究,均具有一定貢獻。民國以後,跨越疆界的海外旅人數量更多,出走原因更為複雜,他們的探索方式與作品形式也更多樣化,在世代更迭與國際情勢轉變之際,旅人再現的異國形象如何受先前文本影響?產生什麼變化?仍有許多有趣議題等待發掘。在本書所提供的研究基礎下,期待晚清以後海外旅行文本的異國形象研究可以有更進一步的擴展延伸,開展更全面的近現代旅行文學研究。

徵引書目

一　原始文獻

〔南朝・梁〕蕭統編，〔唐〕李善等注：《六臣注文選》（北京：中華書局，2012年）。

〔南朝・梁〕殷芸：《殷芸小說》，收錄於王根林等校點：《漢魏六朝筆記小說大觀》（上海：上海古籍出版社，1999年）。

〔晉〕干寶撰，汪紹楹校注：《搜神記》（北京：中華書局，1979年）。

〔晉〕郭璞：《爾雅疏》（臺北：藝文印書館，1965年），《十三經注疏》本。

〔晉〕葛洪：《西京雜記》，收錄於〔宋〕李昉：《太平廣記》第9冊（北京：中華書局，1986年）。

〔唐〕房玄齡等：《晉書・索靖傳》（臺北：鼎文書局，1976年）。

〔宋〕范曄：《後漢書》（北京：中華書局點校本，1997年）。

〔清〕王之春：《王之春集（二）》（長沙：岳麓書社，2010年）。

〔清〕王之春：《使俄草》，收錄於鍾叔河主編：《走向世界叢書續編》（長沙：岳麓書社，2016年）。

〔清〕王之春：《談瀛錄》，收錄於鍾叔河主編：《走向世界叢書續編》（長沙：岳麓書社，2016年）。

〔清〕王之春：《東遊日記》，收錄於〔清〕王錫祺主編：《小方壺齋輿地叢鈔（第10帙）》（臺北：廣文書局，1962年）。

〔清〕王士禛：《帶經堂詩話》（北京：人民文學出版社，1982
　　　年）。

〔清〕王以宣：《法京紀事詩》，收錄於鍾叔河主編：《走向世界
　　　叢書續編》（長沙：岳麓書社，2016年）。

〔清〕王韜著，王稼句點校：《漫遊隨錄圖記》（濟南：山東畫報
　　　出版社，2004年）。

〔清〕王咏霓：《道西齋日記》，收錄於鍾叔河主編：《走向世界
　　　叢書續編》（長沙：岳麓書社，2016年）。

〔清〕左秉隆著，林立校注：《勤勉堂詩鈔：清朝駐新加坡首任領
　　　事官左秉隆詩全編》（臺北：時報文化出版公司，2021
　　　年）。

〔清〕志剛：《初使泰西記》，收錄於鍾叔河主編：《走向世界叢
　　　書‧修訂版（一）》（長沙：岳麓書社，2008年）。

〔清〕李文幹：《東航紀遊》，收錄於王寶平主編：《晚清中國人
　　　日本考察記集成‧教育考察記（下）》（杭州：杭州大學
　　　出版社，1999年）。

〔清〕李圭：《環遊地球新錄》，收錄於鍾叔河主編：《走向世界
　　　叢書‧修訂版（六）》（長沙：岳麓書社，2008年）。

〔清〕吳趼人：《新石頭記》，收錄於王繼權等編：《中國近代小
　　　說大系》（南昌：江西人民出版社，1988年）。

〔清〕林炳章：《癸卯東遊日記》，收錄於王寶平主編：《晚清中
　　　國人日本考察記集成‧教育考察記（下）》（杭州：杭州
　　　大學出版社，1999年）。

〔清〕林鍼：《西海紀遊草》，收錄於鍾叔河主編：《走向世界叢
　　　書‧修訂版（一）》（長沙：岳麓書社，2008年）。

〔清〕金鼎：《隨同考察政治筆記》，收錄於鍾叔河主編：《走向世界叢書續編》（長沙：岳麓書社，2016年）。

〔清〕姚雨薌原纂，胡仰山增輯：《大清律例會通新纂》（臺北：文海出版社，1964年）。

〔清〕故宮博物院編：《清代外交史料》（臺北：成文出版社，1968年）。

〔清〕高陽氏不才子（許指嚴）：《電世界》，收錄於《小說時報》（上海：小說時報社，1909年）。

〔清〕孫殿起：《販書偶記續編》（上海：上海古籍出版社，1980年）。

〔清〕徐繼畬：《瀛寰志略》（上海：上海書店出版社，2001年）。

〔清〕袁祖志：《瀛海采問紀實》，收錄於鍾叔河主編：《走向世界叢書續編》（長沙：岳麓書社，2016年）。

〔清〕康有為：《康有為遺稿：列國遊記》（上海：上海人民出版社，1995年）。

〔清〕康有為：《康南海先生遊記彙編》（臺北：文史哲出版社，1979年）。

〔清〕康有為：《歐洲十一國遊記二種》，收錄於鍾叔河主編：《走向世界叢書‧修訂版（十）》（長沙：岳麓書社，2008年）。

〔清〕康有為著，上海市文物保管委員會文獻研究部整理：《萬木草堂詩集──康有為遺稿》（上海：上海人民出版社，1996年）。

〔清〕康有為著，湯志鈞主編：《康有為政論集》（北京：中華書局，1981年）。

〔清〕張祖翼:《倫敦風土記》,收錄於〔清〕王錫祺輯錄:《小
　　　方壺齋輿地叢鈔再補編》第11帙（臺北:廣文書局,
　　　1990年）。

〔清〕張祖翼:《倫敦竹枝詞》,收錄於鍾叔河主編:《走向世界
　　　叢書續編》（長沙:岳麓書社,2016年）。

〔清〕張德彞:《航海述奇》,收錄於鍾叔河主編:《走向世界叢
　　　書・修訂版（一）》（長沙:岳麓書社,2008年）。

〔清〕張德彞:《歐美環遊記》,收錄於鍾叔河主編:《走向世界
　　　叢書・修訂版（一）》（長沙:岳麓書社,2008年）。

〔清〕張德彞:《隨使英俄記》,收錄於鍾叔河主編:《走向世界
　　　叢書・修訂版（七）》（長沙:岳麓書社,2008年）。

〔清〕張蔭桓著,孔繁文、任青整理:《張蔭桓集》（北京:中華
　　　書局,2012年）。

〔清〕張蔭桓:《三洲日記（上）》,收錄於鍾叔河主編:《走向世
　　　界叢書續編》（長沙:岳麓書社,2016年）。

〔清〕張蔭桓:《三洲日記（下）》,收錄於鍾叔河主編:《走向世
　　　界叢書續編》（長沙:岳麓書社,2016年）。

〔清〕梁啟超:《飲冰室詩話》（北京:人民文學出版社,1959
　　　年）。

〔清〕梁啟超:《新中國未來記》,收錄於王繼權等編:《中國近
　　　代小說大系》（南昌:百花洲文藝出版社,1996年）。

〔清〕梁啟超:《飲冰室合集・文集之十一》（北京:中華書局,
　　　1989年）。

〔清〕梁啟超:《新大陸遊記及其他》,收錄於鍾叔河主編:《走向
　　　世界叢書・修訂版（十）》（長沙:岳麓書社,2008年）。

〔清〕梁啟超：《飲冰室合集》（上海：中華書局，1936年）。

〔清〕郭連城：《西遊筆略》（上海：上海書店，2003年）。

〔清〕郭嵩燾：《倫敦與巴黎日記》，收錄於鍾叔河主編：《走向世界叢書‧修訂版（四）》（長沙：岳麓書社，2008年）。

〔清〕陸士諤：《新中國》，收錄於王繼權等編：《中國近代小說大系》（南昌：百花洲文藝出版社，1996年）。

〔清〕崔國因：《出使美日秘國日記（上）》，收錄於鍾叔河主編：《走向世界叢書續編》（長沙：岳麓書社，2016年）。

〔清〕陳琪：《環遊日記》，收錄於鍾叔河主編：《走向世界叢書續編》（長沙：岳麓書社，2016年）。

〔清〕陳蘭彬：《使美紀略》，收錄於鍾叔河主編：《走向世界叢書續編》（長沙：岳麓書社，2016年）。

〔清〕單士釐：《癸卯旅行記》，收錄於鍾叔河主編：《走向世界叢書‧修訂版（十）》（長沙：岳麓書社，2008年）。

〔清〕單士釐：《歸潛記》，收錄於鍾叔河主編：《走向世界叢書‧修訂版（十）》（長沙：岳麓書社，2008年）。

〔清〕單士釐著，陳鴻祥校點：《受茲室詩稿》（長沙：湖南文藝出版社，1986年）。

〔清〕斌椿：《天外歸帆草》，收錄於鍾叔河主編：《走向世界叢書‧修訂版（一）》（長沙：岳麓書社，2008年）。

〔清〕斌椿：《乘槎筆記》，收錄於鍾叔河主編：《走向世界叢書‧修訂版（一）》（長沙：岳麓書社，2008年）。

〔清〕斌椿：《海國勝遊草》，收錄於鍾叔河主編：《走向世界叢書‧修訂版（一）》（長沙：岳麓書社，2008年）。

〔清〕曾紀澤：《出使英法俄國日記》，收錄於鍾叔河主編：《走向世界叢書‧修訂版（五）》（長沙：岳麓書社，2008年）。

〔清〕黃遵憲、錢仲聯箋注：《人境廬詩草箋注》（上海：上海古
　　　籍出版社，1981年）。

〔清〕黃遵憲著，鄭海麟、張偉雄編校：《黃遵憲文集》（京都：
　　　中文出版社，1991年）。

〔清〕黃遵憲撰，吳振清等編校整理：《黃遵憲集》（天津：天津
　　　人民出版社，2003年）。

〔清〕黃遵憲著，陳錚編：《黃遵憲全集》（北京：中華書局，
　　　2005年）。

〔清〕黃遵憲：《日本雜事詩（廣注）》，收錄於鍾叔河主編：《走
　　　向世界叢書・修訂版（三）》（長沙：岳麓書社，2008
　　　年）。

〔清〕傅雲龍：《遊歷美加等國圖經餘記》，收錄於鍾叔河主編：
　　　《走向世界叢書續編》（長沙：岳麓書社，2016年）。

〔清〕載澤：《考察政治日記》，收錄於鍾叔河主編：《走向世界
　　　叢書・修訂版（九）》（長沙：岳麓書社，2008年）。

〔清〕鄒代鈞：《西征紀程》，收錄於鍾叔河主編：《走向世界叢
　　　書續編》（長沙：岳麓書社，2016年）。

〔清〕潘乃光著，李寅生、楊經華校注：《榕蔭草堂詩草校注》
　　　（成都：巴蜀書社，2014年）。

〔清〕潘乃光：《海外竹枝詞》，收錄於尹德翔箋注：《晚清海外
　　　竹枝詞考論》（北京：中國社會科學出版社，2016年）。

〔清〕潘飛聲：《柏林竹枝詞》，收錄於鍾叔河主編：《走向世界
　　　叢書續編》（長沙：岳麓書社，2016年）。

〔清〕劉瑞芬：《西軺紀略》（國立臺灣大學圖書館藏，清光緒劉
　　　氏養雲山莊遺稿本影印，1893年）。

〔清〕蔡鈞:《出洋瑣記》,收錄於鍾叔河主編:《走向世界叢書
　　　續編》(長沙:岳麓書社,2016年)。

〔清〕鄭觀應:《盛世危言》(臺北:學術出版社,1965年)。

〔清〕蕭瑞麟:《日本留學參觀記》,收錄於王寶平主編:《晚清
　　　中國人日本考察記集成・教育考察記(下)》(杭州:杭
　　　州大學出版社,1999年)。

〔清〕錢德培:《歐遊隨筆》,收錄於鍾叔河主編:《走向世界叢
　　　書續編》(長沙:岳麓書社,2016年)。

〔清〕戴鴻慈:《出使九國日記》,收錄於鍾叔河主編:《走向世
　　　界叢書・修訂版(九)》(長沙:岳麓書社,2008年)。

〔清〕犧甫:《倫敦竹枝詞・跋》(長沙:岳麓書社,2016年)。

〔清〕薛福成著,丁鳳麟、王欣之編:《薛福成選集》(上海:上
　　　海人民出版社,1987年)。

〔清〕薛福成:《出使英法義比四國日記》,收錄於鍾叔河主編:
　　　《走向世界叢書・修訂版(八)》(長沙:岳麓書社,
　　　2008年)。

〔清〕謝清高:《海錄》,收錄於鍾叔河主編:《走向世界叢書續
　　　編》(長沙:岳麓書社,2016年)。

〔清〕魏源:《海國圖志》(長沙:岳麓書社,1998年)。

〔清〕寶鋆:《籌辦夷務始末(同治朝)》(臺北:文海出版社,
　　　1966年)。

呂碧城:《歐美漫遊錄:九十年前民初才女的背包旅行記》(臺
　　　北:英屬蓋曼群島商網路與書公司,2013年)。

呂碧城著,李保民箋注:《呂碧城集》(上海:上海古籍出版社,
　　　2015年)。

錢仲聯：《清詩紀事》（南京：江蘇古籍出版社，1987年）。

豐子愷：《豐子愷論藝術》（上海：復旦大學出版社，1985年）。

豐子愷：《繪畫與文學》（上海：開明書店，1934年）。

〔英〕湯馬斯・摩爾（Thomas More）著，宋美璍譯：《烏托邦》
　　　　（臺北：聯經出版公司，2003年）。

二　近人論著

（一）專書

丁文江、趙豐田：《梁啟超年譜長編》（上海：上海人民出版社，
　　　　1983年）。

丁文江編：《梁任公先生年譜長編初稿》（臺北：世界書局，1958
　　　　年）。

上海圖書館編：《中國與世博：歷史記錄（1851-1940）》（上海：
　　　　上海科學技術文獻出版社，2002年）。

中國第一歷史檔案館：《清代中國與東南亞各國關係檔案史料彙
　　　　編》（香港：國際文化出版社，1998年）。

尹德翔：《晚清海外竹枝詞考論》（北京：中國社會科學出版社，
　　　　2016年）。

王彥威：《清季外交史料》（北京：書目文獻出版社，1987年）。

王慎之、王子今輯：《清代海外竹枝詞》（北京：北京大學出版
　　　　社，1994年）。

王爾敏：《弱國的外交：面對列強環伺的晚清世局》（桂林：廣西
　　　　師範大學出版社，2008年）。

王德威：《被壓抑的現代性——晚清小說新論》（北京：北京大學
　　　出版社，2005年）。

王垂芳主編：《洋商史：上海1843-1956》（上海：上海社會科學
　　　院出版社，2007年）。

王　旭：《美國城市發展模式：從城市化到大都市區化》（北京：
　　　清華大學出版社，2006年）。

王　旭：《美國西海岸大城市研究》（長春：東北師範大學出版
　　　社，1994年）。

王小丁：《中美教育關係研究（1840-1927）》（重慶：四川大學出
　　　版社，2009年）。

孔復禮著，李明歡譯：《華人在他鄉：中華近現代海外移民史》
　　　（臺北：臺灣商務印書館，2019年）。

丘良任：《竹枝紀事詩》（廣州：暨南大學出版社，1994年）。

田若虹：《陸士諤小說考論》（上海：上海三聯書店，2005年）。

田曉菲：《神遊：早期中古時代與十九世紀中國的行旅寫作》（北
　　　京：生活・讀書・新知三聯書店，2015年）。

司徒美堂：《我痛恨美帝》（北京：光明日報出版社，1951年）。

朱自清：《朱自清全集・第四卷》（長春：時代文藝出版社，2000
　　　年）。

衣若芬：《南洋風華：藝文、廣告、跨界新加坡》（新加坡：八方
　　　文化創作室，2016年）。

吳天任：《黃公度先生傳稿》（香港：香港中文大學出版社，1972
　　　年）。

吳翎君：《晚清中國朝野對美國的認識》（臺北：花木蘭文化出版
　　　社，2010年）。

呂理政：《博物館展示的傳統與展望》（臺北：南天書局，1999
　　年）。

呂紹理：《展示臺灣──權力、空間與殖民統治的形象表述》（臺
　　北：麥田出版社，2005年）。

宋旺相著，葉書德譯：《新加坡華人百年史》（新加坡：新加坡中
　　華總商會，1993年）。

李慶年：《馬來亞華人舊體詩演進史》（上海：上海古籍出版社，
　　1998年）。

李歐梵：《中國現代文學與現代性十講‧晚清文化、文學與現代
　　性》（上海：復旦大學出版社，2002年）。

李錫霖、蔡榮根：《鋼結構設計》（臺北：五南圖書公司，2017
　　年）。

沈雲龍主編：《近代中國史料叢刊續編》（臺北：文海出版社，
　　1974年）。

沈已堯：《海外排華百年史》（香港：萬有圖書公司，1970年）。

孟　華：《中法文學關係研究》（上海：復旦大學出版社，2011
　　年）。

孟華主編：《比較文學形象學》（北京：北京大學出版社，2001
　　年）。

邱　巍：《吳興錢家：近代學術文化家族的斷裂與傳承》（杭州：
　　浙江大學出版社，2009年）。

阿　英：《晚清小說史》（南京：江蘇文藝出版社，2009年）。

施蟄存著，陳子善、徐如麒編選：《施蟄存七十年文選》（上海：
　　上海文藝出版社，1996年）。

柯木林：《石叻史記》（新加坡：青年書局，2007年）。

胡全章：《傳統與現實之間的探詢——吳趼人小說研究》（開封：
　　　　河南大學出版社，2006年）。

胡曉真編：《世變與維新——晚明與晚清的文學藝術》（臺北：中
　　　　研院文哲所籌備處，2001年）。

孫　杰：《竹枝詞發展史》（上海：上海人民出版社，2014年）。

徐　純：《文化載具博物館的演進腳步》（臺北：中華民國博物館
　　　　學會，2008年）。

唐宏律：《旅行的現代性——晚清小說旅行敘事研究》（北京：北
　　　　京師範大學出版社，2011年）。

崔貴強：《新加坡華人：開埠到建國》（新加坡：新加坡宗鄉聯合
　　　　會館，1994年）。

康文佩編：《康南海（有為）先生年譜・續編》（臺北：文海出版
　　　　社，1972年）。

張　治：《異域與新學：晚清海外旅行寫作研究》（北京：北京大
　　　　學出版社，2014年）。

張慶松：《美國百年排華內幕》（上海：上海人民出版社，1998
　　　　年）。

許雲樵：《新加坡一百五十年大事記》（新加坡：青年書局，2005
　　　　年）。

陳占彪編：《清末民初萬國博覽會親歷記》（北京：商務印書館，
　　　　2010年）。

陳室如：《近代域外遊記（1840-1945）》（臺北：文津出版社，
　　　　2008年）。

梁碧瑩：《艱難的外交——晚清中國駐美公使研究》（天津：天津
　　　　古籍出版社，2004年）。

馮祖貽：《鄒容陳天華評傳》（鄭州：河南教育出版社，1990年）。

黃　剛：《頭一位大人伯理璽天德總統──中美使領關係史上的人
　　　　與事之述論》（臺北：培根文化公司，1998年）。

楊錦郁：《呂碧城文學與思想》（高雄：佛光出版社，2013年）。

楊伯峻：《列子集釋》（北京：中華書局，1997年）。

熊月之：《西學東漸與晚清社會》（上海：上海人民出版社，1994
　　　　年）。

蔡秉叡：《花都的締造：巴黎的關鍵世紀》（臺北：釀出版（秀威
　　　　科技），2021年）。

鄭子瑜：《人境廬叢考》（新加坡：商務印書館，1959年）。

鄭毓瑜：《文本風景──自我與空間的相互定義》（臺北：麥田出
　　　　版社，2005年）。

劉詠聰：《才德相輝：中國女性的治學與課子》（香港：三聯書
　　　　店，2015年）。

錢鍾書：《七綴集（修訂版）》（上海：上海古籍出版社，1994
　　　　年）。

蕭　馳：《中國思想與抒情傳統第三卷：聖道與詩心》（臺北：聯
　　　　經出版社，2012年）。

謝曉揚：《馴化與慾望：人和動物關係的暗黑史》（臺北：印象文
　　　　字出版社，2019年）。

魏紹昌編：《吳趼人研究資料》（上海：上海古籍出版社，1980
　　　　年）。

顏健富：《從「身體」到「世界」：晚清小說的新概念地圖》（臺
　　　　北：臺大出版中心，2015年）。

顏清湟著，粟明鮮、賀躍夫譯：《出國華工與清朝官員》（新加
　　　　坡：新加坡大學出版社，1985年）。

羅　靖：《中國的世博會歷程》（長沙：湖南師範大學出版社，
　　　2009年）。

嚴中平等編：《中國近代經濟史統計資料選輯》（北京：中國科學
　　　出版社，1955年）。

饒宗頤編：《新加坡古事記》（香港：中文大學出版社，1994
　　　年）。

蘇雪林：《崑崙之謎》（臺北：中央文物供應社，1956年）。

〔日〕吉見俊哉著，蘇碩斌等譯：《博覽會的政治學》（臺北：群
　　　學出版社，2010年）。

〔日〕秋山光和：《新潮世界美術辭典》（東京：新潮社，1985
　　　年）。

〔日〕鹿島茂著，吳怡文、游蕾蕾譯：《巴黎文學散步》（臺北：
　　　日月文化出版社，2008年）。

〔日〕椎名仙卓：《日本博物館發達史》（東京：雄山閣株式會
　　　社，1988年）。

〔日〕實藤惠秀著，譚汝謙、林啟彥譯：《中國人留學日本史》
　　　（香港：中文大學出版社，1982年）。

〔日〕熊達雲：《近代中國官民の日本視察》（東京：成文堂，
　　　1998年）。

〔法〕布呂奈爾（P. Brunel）、比叔瓦（Cl. Pichois）、盧梭（A.
　　　M. Rousseau）著，葛雷、張連奎譯：《什麼是比較文
　　　學？》（Qu'est-ce que la littératurecomparée?）（北京：北
　　　京大學出版社，1989年）。

〔法〕皮耶・諾哈（Pierre Nora）著，戴麗娟譯：《記憶所繫之
　　　處 II》（臺北：行人出版社，2012年）。

〔法〕克里斯托夫・德費耶（Christophe Defeuilley）著，唐俊
　　　譯：《君主與承包商：倫敦、紐約、巴黎的供水變遷史》
　　　（北京：社會科學文獻出版社，2019年）。

〔法〕達尼埃爾-亨利・巴柔（Daniel-Henri Pageaux）著，孟華
　　　譯：《比較文學形象學》（北京：北京大學出版社，2001
　　　年）。

〔英〕科林・瓊斯（Colin Jones）著，董小川譯：《巴黎城市史》
　　　（長春：東北師範大學出版社，2008年）。

〔英〕約翰・威利（John Wylie）著，王志弘等譯：《地景》（臺
　　　北：群學出版社，2021年）。

〔美〕Carol Duncan 著，王雅各譯：《文明化的儀式：公共美術
　　　館之內》（臺北：遠流出版社，2002年）。

〔美〕大衛・哈維（David Harvey）著，黃煜文譯：《巴黎城記：
　　　現代性之都的誕生》（臺北：群學出版社，2007年）。

〔美〕魏愛蓮（Ellen Widmer）：《晚明以降才女的書寫、閱讀與
　　　旅行》（上海：復旦大學出版社，2016年）。

〔美〕高彥頤著，李志生譯：《閨塾師：明末清初江南的才女文
　　　化》（南京：江蘇人民出版社，2005年）。

〔美〕費正清編，中國社會科學院歷史研究所編譯室譯：《劍橋
　　　中國晚清史（上卷）》（北京：中國社會科學出版社，
　　　1993年）。

〔美〕Falk, J. & Dierking, L.著，林潔盈等譯：《博物館經驗》
　　　（臺北：五觀藝術出版社，1992年）。

〔美〕艾明如（Mae Ngai）著，黃中憲譯：《從苦力貿易到排
　　　華：淘金熱潮華人移工的奮鬥與全球政治》（臺北：時報
　　　文化出版公司，2023年）。

〔美〕杭亭頓（Samuel P. Huntington）著，周琪譯：《文明的衝突與世界秩序的重建》（北京：新華出版社，2010年）。

〔德〕萊辛（Gotthold Ephraim Lessing）著，朱光潛譯：《拉奧孔》（北京：商務印書館，2015年）。

（二）專書論文

王文娟：〈在意識形態與烏托邦的兩極之間——高羅佩《大唐狄公案》的形象學解讀〉，收錄於楊乃喬主編：《比較文學與世界文學輯刊：第一輯》（臺北：秀威資訊出版公司，2014年），頁277-332。

王正華：〈呈現「中國」：晚清參與1904年美國聖路易萬國博覽會之研究〉，收錄於黃克武主編：《畫中有話——近代中國的視覺表述與文化構圖》（臺北：中央研究院近代史研究所，2003年），頁421-475。

方秀潔：〈另類的現代性，或現代中國的古典女性：呂碧城充滿挑戰的一生及其詞作〉，收錄於華東師範大學中文系主編：《慶祝施蟄存教授百年華誕文集》（上海：上海古籍出版社，2003年），頁330-344。

方維規：〈形象、幻象、想像及其他〉，收錄於樂黛雲、（法）李比雄主編：《跨文化對話》第22輯（江蘇人民出版社，2007年），頁252-257。

吳盛青：〈彩筆調和兩半球——呂碧城海外詞中的文化翻譯〉，收錄於高嘉謙、鄭毓瑜主編：《從摩羅到諾貝爾：文學‧經典‧現代意識》（臺北：麥田出版社，2015年），頁124-147。

周　憲：〈旅行者的眼光——從近現代遊記文學看現代性體驗的形成〉，收錄於劉昭明主編：《旅行與文藝：國際會議論文集》（臺北：書林出版社，2001年），頁405-424。

姚振黎：〈單士釐走向世界之經歷——兼論女性創作考察〉，收錄於范銘如主編：《挑撥新趨勢——第二屆中國女性書寫國際學術研討會論文集》（臺北：學生書局，2003年），頁257-296。

夏曉虹：〈吟到中華以外天——近代「海外竹枝詞」〉，收錄於呂文翠選編：《晚清報刊、性別與文化轉型：夏曉虹選集》（臺北：人間出版社，2013年），頁313-319。

陳建明：〈漢語「博物館」一詞的產生與流傳〉，收錄於中國博物館學會主編：《回顧與展望：中國博物館發展百年》（北京：紫禁城，2005年），頁211-218。

程　瑛：〈清代《倫敦竹枝詞》的形象學文本分析〉，收錄於孟華主編：《中國文學中的西方人形象》（合肥：安徽教育出版社，2006年），頁90-98。

嚴紹璗：〈序言〉，收錄於張哲俊：《中國古代文學中的日本形象研究》（北京：北京大學出版社，2004年），頁1-5。

（三）期刊論文

孔令偉：〈博物學與博物館在中國的源起〉，《新美術》2008年第1期（2008年2月），頁61-67。

尹德翔：〈《中華竹枝詞全編・海外卷》補遺〉，《寧波大學學報（人文科學版）》第24卷第5期（2011年9月），頁31-33。

尹德翔：〈晚清使西日記之為自傳文獻的考察〉，《荊楚理工學院學報》第25卷第8期（2010年8月），頁7-11。

王立群：〈《漫遊隨錄》中所塑造的英國形象〉，《北京科技大學學報（社會科學版）》第21卷第1期（2005年1月），頁76-82。

王輝斌：〈清代的海外竹枝詞及其文化使命〉，《閩江學刊》2012年第1期（2012年1月），頁107-114。

王力堅：〈馳域之觀，寫心上之語──論黃遵憲的南洋詩〉，《廣東社會科學》1997年第4期（1997年8月），頁115-120。

王德威：〈小說作為「革命」──重讀梁啟超《新中國未來記》〉，《中國現代文學》第26期（2014年12月），頁1-22。

左鵬軍：〈康有為的詩題、詩序和詩注〉，《廣東社會科學》2009年第5期（2009年10月），頁116-124。

朱　明：〈奧斯曼時期的巴黎城市改造和城市化〉，《世界歷史》2001年第3期（2001年6月），頁46-54。

何奕愷：〈左秉隆《勤勉堂詩鈔》中南洋之作考──與李慶年先生商榷〉，《南洋學報》第63卷（2009年12月），頁131-146。

宋莉華：〈晚清小說中的旅行者及其文化觀照〉，《社會科學》2011年第12期（2011年12月），頁167-173。

吳海勇、田佳佳：〈上海世博會的近代創意與文學構思〉，《渤海大學學報》2009年第5期（2009年10月），頁155-160。

孟　華：〈對曾紀澤使法日記的形象研究──以語詞為中心〉，《中國比較文學》第99期（2015年4月），頁168-179。

花宏豔：〈呂碧城遊記中的西方形象〉，《中國比較文學》2015年第1期（2015年1月），頁168-179。

周宇清：〈晚清中國駐美公使視閾中的美國形象及對中國內政的省思〉，《首都師範大學學報（社會科學版）》2009年第4期（2009年8月），頁35-36。

苑金生：〈法國巴黎凱旋門及「馬賽曲」石雕藝術欣賞〉，《石材》
　　　　2003年第6期（2003年6月），頁46-47。

胡家瑜：〈博覽會與臺灣原住民——殖民時期的展示政治與他者意
　　　　象〉，《考古人類學刊》第62期（2004年6月），頁3-39。

夏曉虹：〈寫給別人還是寫給自己：讀幾部近代人物日記〉，《讀
　　　　書》1988年第9期（1988年5月），頁140-144。

唐宏峰：〈怪熟的遭遇：晚清小說旅行敘事之研究〉，《現代中文
　　　　學刊》2010年第4期（2010年8月），頁33-43。

荊文翰：〈變革時代的城市現代化轉型——以「巴黎大改造」為
　　　　例〉，《法國研究》2019年第1期（2019年2月），頁1-10。

馬昌儀：〈我國第一個評述拉奧孔的女性——論單士釐的美學見
　　　　解〉，《民間文學年刊》第1期（2007年7月），頁27-37。

馬幼垣，〈甲午戰爭以後清廷革新海軍的嘗試——以向外購艦和
　　　　國內造艦為說明之例〉，《嶺南學報》新第1期（1999年
　　　　10月），頁501-538。

高嘉謙：〈帝國、斯文、風土：論駐新使節左秉隆、黃遵憲與馬華
　　　　文學〉，《臺大中文學報》第32期（2010年6月），頁359-
　　　　397。

高維廉：〈黃公度先生就任新嘉坡總領事考〉，《南洋學報》第11卷
　　　　第2期（1955年12月），頁1-14。

崔文東：〈從撒旦到霸王——馬禮遜、郭實獵筆下的拿破崙形象
　　　　及其影響〉，《清華學報》第45卷第4期（2015年12月），
　　　　頁631-664。

張　萍：〈晚清域外遊記中的形象危機——以《西海紀遊草》、
　　　　《倫敦竹枝詞》為例〉，《東アジア文化交渉研究》第7
　　　　期（2014年3月），頁75-78。

張　萍：〈「他塑形象」與「自塑形象」：晚清域外遊記中的「華
　　　物」〉，《國際漢學》2019年第1期（2019年3月），頁156-
　　　162。

陳室如：〈王韜《漫遊隨錄》的物質文化〉，《東吳中文學報》第
　　　25期（2013年5月），頁239-260。

陳室如：〈晚清域外遊記中的博覽會書寫〉，《輔仁國文學報》第
　　　38期（2014年4月），頁125-148。

陳室如：〈閨閣與世界的碰撞——單士釐旅行書寫的性別意識與
　　　帝國凝視〉，《彰化師大國文學誌》第13期（2006年12
　　　月），頁257-282。

陳平原：〈有聲的中國——「演說」與近現代中國文章變革〉，
　　　《文學評論》2007年第3期（2007年6月），頁5-21。

陳靜瑜：〈美國人眼中的華人形象〉，《臺灣師大歷史學報》第48
　　　期（2012年12月），頁390-393。

鹿憶鹿：〈單士釐與拉奧孔——兼論晚清學者的神話觀〉，《興大
　　　中文學報》第23期（2008年10月），頁679-703。

梅家玲：〈發現少年，想像中國——梁啟超「少年中國說」的現代
　　　性、啟蒙論述與國族想像〉，《漢學研究》第19卷第1期
　　　（2001年6月），頁249-276。

黃文車：〈南去亞洲盡，化外成都會——清末駐新領事的新加坡書
　　　寫與想像〉，《國文學報》第14期（2011年6月），頁131-
　　　160。

黃　輝：〈「文化性」空間組織力量及其認知在城市內部空間的演
　　　變——以巴黎博物館為例〉，《世界地理研究》第24卷第
　　　1期（2015年3月），頁140-149。

黃錦樹：〈過客詩人的南洋色彩贅論——以康有為等為例〉,《海洋
　　　　文化學刊》第4期（2008年6月）,頁1-24。

喻大華、姜虹：〈論晚清「孔子紀年」與「黃帝紀年」〉,《遼寧師
　　　　範大學學報（社會科學版）》2009年第2期（2009年3月）,
　　　　頁120-123。

賀昌盛、黃雲霞：〈被塑造的「他者」——近代中國的美國形
　　　　象〉,《廈門大學學報（哲學社會科學版）》2008年第2期
　　　　（2008年4月）,頁36-42。

路成文、楊曉妮：〈《倫敦竹枝詞》作者張祖翼考〉,《聊城大學學
　　　　報》2012年第3期（2012年6月）,頁40-43。

楊　　波：〈使臣實錄與小說家言——晚清出使日記的文體風格與
　　　　敘述策略〉,《河南大學學報（社會科學版）》第59卷第4
　　　　期（2019年7月）,頁89-95。

楊志剛：〈博物館與中國近代以來公共意識的拓展〉,《復旦學報
　　　　（社會科學版）》1999年第3期（1999年5月）,頁54-60。

楊湯深：〈文化符號與想像空間：晚清域外遊記中的西方博物
　　　　館〉,《江西社會科學》2012年第3期（2012年3月）,頁
　　　　109-113。

趙祐志：〈躍上國際舞臺：清季中國參加萬國博覽會之研究（1866-
　　　　1911）〉,《臺灣師範大學歷史學報》第25期（1997年6
　　　　月）,頁287-344。

劉雅瓊：〈形象與文化攜手——論比較文學形象學中的他者與自我
　　　　關係〉,《現代語文》2008年第4期（2008年4月）,頁92-
　　　　93。

潘少瑜：〈時尚無罪：《紫羅蘭》半月刊的編輯美學、政治意識與

文化想像〉,《中正漢學研究》第2期（2013年12月），頁271-302。

潘豔慧：〈「向後看的烏托邦」——論晚清作家的時間想像〉,《貴州師範大學學報（社會科學版）》2004年第6期（2004年12月），頁79-82。

薛莉清：〈從「當歸」到「榴槤」：由區域文化符號看南洋華人本土化歷程〉,《臺灣東南亞學刊》第11卷第1期（2016年4月），頁71-90。

羅秀美：〈呂碧城英倫之旅的文化景觀——兼及靈異／靈學敘事與宗教修行的因緣〉,《興大中文學報》第47期（2020年6月），頁159-202。

羅秀美：〈流動的風景與凝視的文本——談單士釐（1856-1943）的旅行散文以及她對女性文學的傳播與接受〉,《淡江中文學報》第15期（2006年10月），頁41-94。

羅景文：〈誰的富強之業——中、日、越三國參觀者對於1902年河內博覽會的觀察與書寫〉,《新史學》第29卷第4期（2018年12月），頁125-178。

蘇東海：〈博物館演變史綱〉,《中國博物館》1988年第1期（1988年4月），頁16-23。

〔法〕Constance Dedieu Grasset著，陳慧玲譯：〈法國的博物館熱潮〉,《博物館學季刊》第12卷第3期（1998年7月），頁102-110。

〔德〕狄澤林克（Hugo Dyserinck）著，方維規譯：〈比較文學形象學〉,《中國比較文學》2007年第3期（2007年7月），頁152-167。

三 學位論文

尤靜嫻：《帝國之眼：晚清旅美遊記研究（1840-1911）》（臺北：臺灣大學中國文學研究所碩士論文，2005年）。

李　璐：《呂碧城的異域之旅與自我追尋──以《歐美漫遊錄》為中心》（上海：上海社會科學院中國現當代文學研究碩士論文，2018年）。

姜　源：《異國形象研究：清朝中晚期中美形象的彼此建構》（重慶：四川大學比較文學與世界文學博士論文，2005年）。

張晏菁：《越界與歸趨：才女呂碧城（1883-1943）的後期書寫》（嘉義：中正大學中國文學研究所博士論文，2016年）。

湛　帥：《單士釐文學藝術批評研究》（濟南：濟南大學中國語言文學碩士論文，2018年）。

鄒耀勇：《巴黎城市發展與保護史論》（上海：華東師範大學歷史研究所博士論文，2007年）。

赫雪俠：《清末中國和幕末明治日本海外漢詩中的法國形象》（太原：山西大學比較文學與世界文學碩士論文，2012年）。

趙　穎：《新加坡華文舊體詩研究》（西安：陝西師範大學比較文學與世界文學博士學位論文，2012年）。

劉萱萱：《呂碧城《歐美漫遊錄》與林獻堂《環球遊記》比較研究》（臺中：中興大學中國文學研究所博士論文，2017年）。

潘宜芝：《空間‧行旅‧新女性──呂碧城作品研究》（臺中：東海大學中國文學系碩士論文，2011年）。

鄭俊惠：《近代海外竹枝詞中的「歐美」與「南洋」》（上海：華東師範大學世界文學碩士論文，2019年）。

盧瑩娟：《晚清赴美使團眼中的西方──以文化體驗為中心》（新竹：清華大學歷史研究所碩士論文，2010年）。

繆雲好：《康有為海外詩文研究》（蘭州：西北師範大學中國古代文學碩士論文，2019年）。

謝先良：《晚清域外遊記中的博物館》（杭州：中國美術學院碩士論文，2009年）。

戴瑋琪：《法語旅遊指南中的旅遊資訊分析：以1855年-1870年的巴黎為例》（臺北：臺灣師範大學歐洲文化與觀光研究所碩士論文，2014年）。

顏健富：《編譯／變異：晚清新小說的「烏托邦」視野》（臺北：政治大學中文系博士論文，2008年）。

四　報刊文章

〔清〕過庭：《獅子吼》，《民報》第2號，1905年11月。

呂碧城：〈倫敦參觀皇冕記〉，天津《大公報》第6版，1928年3月3日。

〈匯論：論中國宜開博覽會（錄商務日報）〉，《南洋七日報》第15期，頁90-91，1901年12月22日。

〈對於南洋勸業會之評論〉，《申報》，1910年11月7-8日。

五　外文論著

Bennett Tony. *The Birth of the Museum: History, Theory, Politics* (London, UK: Routledge, 1995).

Chinn, Thomas W. *A History of the Chinese in California: a syllabus* (San Francisco, CA: Chinese Historical Society of America, 1969).

Jill Jonnes. *Eiffel's Tower: And the World's Fair Where Buffalo Bill Beguiled Paris, the Artists Quarreled, and Thomas Edison Became a Count* (New York, NY: Viking Press, 2009).

Michel Carmona, Haussmann. *His Life and Times, and the Making of Modern Paris* (Chicago, IL: I.R. Dee, 2002).

Patrice de Moncan. *Le Paris d'Haussmann* (Paris, France: Mécène, 2009).

Yanning Wang. *Reverie and Reality: Poetry on Travel by Late Imperial Chinese Women* (Lanham, MD: Lexington Books, 2014).

六　網頁資料

「波格斯美術館館藏樸拉塞賓（Proserpine）被冥王強擄之石雕」，波格斯美術館（Borghese Gallery）網頁資料：https://borghese.gallery/collection/sculpture/the-rape-of-proserpina.html，查詢日期：2023年7月3日。

「梵諦岡博物館館藏之勞貢雕像」，梵諦岡博物館網頁資料：https://www.museivaticani.va/content/museivaticani/en/collezioni/musei/museo-pio-clementino/Cortile-Ottagono/laocoonte.html，查詢日期：2023年7月3日。

附錄
晚清赴美旅人與相關遊記（1840-1911）

（一）官方

	時間	作者	旅行國度	源由	作品
1	同治6年12月-同治9年10月（1867-1870）	志剛	美、英、法、瑞典、丹麥、荷、德、俄、比、義、西	清廷任命美人蒲安臣前往歐美修約，並派遣官員一同前行，志剛時任總署京記名海關道，為使節團成員之一	《初使泰西記》
2	同治6年12月-同治8年9月（1867-1869）	張德彝	美、英、法	任蒲安臣使節團譯員	《歐美環遊記》（《再述奇》）
3	同治13年8月-12月（1874-1875）	祁兆熙	美	護送第3批幼童赴美，其幼子祁祖彝亦列名	《遊美洲日記》
4	光緒4年正月-9月（1878）	陳蘭彬	美國、古巴、秘魯	任出使美國大臣	《使美紀略》
5	光緒7年秋（1881）	蔡鈞	美國、古巴、秘魯	於光緒7年奉調出洋隨使美日秘三國	《出洋瑣記》

	時間	作　者	旅行國度	源由	作品
6	光緒13年8月-光緒15年10月（1887-1889）	傅雲龍	日本、美國、加拿大、古巴、秘魯、巴西	奉總理各國事務衙門之命前往海外作遊歷考察	《遊歷美加等國圖經餘記》
7	光緒15年3月-光緒19年7月（1889-1893）	崔國因	美國、古巴、秘魯	任出使美國大臣	《出使美日秘國日記》
8	光緒22年-光緒28年（1896-1902）光緒33年-宣統元年（1907-1909）	伍廷芳	美	兩度出任中國政府駐美公使	《美國視察記》
9	光緒30年4月-光緒31年1月（1904-1905）	陳　琪	日、美、英、法、比、德	赴美參加聖路易博覽會	《環遊日記》
10	光緒31年（1905）	戴鴻慈	美、德、奧、匈、俄、義	考察西方政治，為清廷立憲改政作準備	《出使九國日記》
11	光緒31年（1905）	金　鼎	美、德、奧、匈、俄、義	陪同戴鴻慈、端方出使各國考察	《隨同考察政治日記》
12	宣統2年-宣統3年（1910-1911）	金紹城	日、美、英、法、比、丹、挪、德、奧、土、義	赴美國華盛頓參加第8屆萬國刑律監獄改良會，沿途考察歐美各國監獄與審判制度	《十八國遊記》

（二）私人

	時間	作　者	旅行國度	緣由	作品
1	道光27年2月-道光29年2月（1847-1849）	林　鍼	美	受聘往美國任翻譯	《西海紀遊草》遊記由〈西海紀遊自序〉、〈西海紀遊詩〉及〈救回被誘潮人記〉組成，另附〈記先祖姁節孝事略〉
2	光緒2年4月-光緒2年12月（1876-1877）	李　圭	美、日、英、法	代表中國工商界專程到美國費城參加紀念建國百週年所舉辦的世界博覽會	《環遊地球新錄》
3	道光27年-民國元年（1847-1912）	容　閎	美	1847年赴美留學，1854年11月13日由紐約返國，1875-1881年再度赴美，任駐美副使	《西學東漸記》書名原為《My Life in China and America》（直譯為《我在中國和美國的生活》），1915年惲鐵樵和徐鳳石將其節譯成中文，交由商務印書館出版時，方取名為《西學東漸記》
4	光緒13年3月（1887）	王咏霓	德、英、美、日	1884年隨法、德、義、荷、奧公使許景澄派駐歐洲，1887年返國之	《道西齋日記》

	時間	作者	旅行國度	緣由	作品
				際，繞道赴美旅行	
5	光緒29年正月-光緒29年10月（1903）	梁啟超	美	赴美宣傳保皇思想	《新大陸遊記》
6	光緒33年-光緒34年（1907-1908）	景憨	日、美、英、法、西、義、德、挪威、瑞典、芬蘭、俄等	自費出洋旅行	《環球周遊記》
7	宣統2年2月-12月（1910）	張元濟	南洋、歐洲、美、日	環球考察	《寰游談薈》

本表參考資料來源：

尤靜嫻：《帝國之眼：晚清旅美遊記研究（1840-1911）》（臺北：臺灣大學中國文學研究所碩士論文，2005年）、陳室如：《近代域外遊記研究（1840-1945）‧附錄三》（臺北：文津出版社，2008年）、鍾叔河：《走向世界叢書‧修訂版》（長沙：岳麓書社，2008年）、《走向世界叢書續編》（長沙：岳麓書社，2016年）。

文學研究叢書　0800012

晚清海外旅行書寫的異國形象（增訂版）

作　　　者　陳室如
責任編輯　呂玉姍
特約校對　李行之

發 行 人　林慶彰
總 經 理　梁錦興
總 編 輯　張晏瑞
編 輯 所　萬卷樓圖書股份有限公司
　　　　　臺北市羅斯福路二段 41 號 6 樓之 3
　　　　　電話 (02)23216565
　　　　　傳真 (02)23218698

發　　　行　萬卷樓圖書股份有限公司
　　　　　臺北市羅斯福路二段 41 號 6 樓之 3
　　　　　電話 (02)23216565
　　　　　傳真 (02)23218698
　　　　　電郵 SERVICE@WANJUAN.COM.TW
香港經銷　香港聯合書刊物流有限公司
　　　　　電話 (852)21502100
　　　　　傳真 (852)23560735

ISBN 978-626-386-087-2
2024 年 5 月增訂一版
定價：新臺幣 460 元

如何購買本書：

1. 劃撥購書，請透過以下郵政劃撥帳號：
　帳號：15624015
　戶名：萬卷樓圖書股份有限公司
2. 轉帳購書，請透過以下帳戶
　合作金庫銀行　古亭分行
　戶名：萬卷樓圖書股份有限公司
　帳號：0877717092596
3. 網路購書，請透過萬卷樓網站
　網址 WWW.WANJUAN.COM.TW

大量購書，請直接聯繫我們，將有專人為
您服務。客服：(02)23216565 分機 610

如有缺頁、破損或裝訂錯誤，請寄回更換

國家圖書館出版品預行編目資料

晚清海外旅行書寫的異國形象/陳室如著. -- 增
訂一版. -- 臺北市 ： 萬卷樓圖書股份有限公
司, 2024.05

　　面；　　公分. -- (文學研究叢書 ; 800012)
ISBN 978-626-386-087-2(平裝)
1.CST: 中國文學　2.CST: 旅遊文學　3.CST: 文學
評論

820.7　　　　　113004483